南山月

大宋女君刘娥

【第二部】

大宋女君
刘娥

郭宝平——作品

中国文史出版社

图书在版编目（CIP）数据

大宋女君刘娥. 第二部, 南山月 / 郭宝平著 . -- 北
京：中国文史出版社，2020.10
ISBN 978 - 7 - 5205 - 2303 - 5

Ⅰ . ①大… Ⅱ . ①郭… Ⅲ . ①长篇历史小说 – 中国 –
当代 Ⅳ . ①I247.5

中国版本图书馆 CIP 数据核字（2020）第 182219 号

责任编辑：金硕

出版发行：**中国文史出版社**
社　　址：北京市海淀区西八里庄路 69 号院　　　邮编：100142
电　　话：010 - 81136606　81136602　81136603　81136605（发行部）
传　　真：010 - 81136655
印　　装：廊坊市海涛印刷有限公司
经　　销：全国新华书店
开　　本：710×1000　1/16
印　　张：17.25
字　　数：262 千字
版　　次：2021 年 1 月北京第 1 版
印　　次：2021 年 1 月第 1 次印刷
定　　价：56.00 元

刘　娥：真宗皇后，仁宗之母。受多病的真宗委托代其裁决朝政，真宗驾崩，遗命其晋皇太后，权处分军国政事，遂临朝称制，成为仁宗朝初期的最高统治者，直至去世，谥号章献明肃太后。

赵　祯：即仁宗。初名赵受益，真宗第六子，五岁裹头出阁，九岁立太子，十三岁继位，由大娘娘刘娥垂帘听政，刘娥死，二十四岁的赵祯始亲政，并得知刘娥非其生母真相。

丁　谓：参知政事、宰相。

吕夷简：参知政事、宰相。

曹利用：枢密使。

张　耆：张旻改名而来，枢密副使、知枢密院事、枢密使。

晏　殊：翰林学士、枢密副使、参知政事。

张士逊：监察御史、太子宾客、枢密副使、宰相。

李宸妃：仁宗生母。由侍女晋嫔御，守皇陵，临终前晋宸妃。谨守诺言，至死未透露仁宗身世。

李用和：李宸妃之弟。

赵元俨：亲王、皇叔，人称八大王。

范仲淹：秘阁校理、河中府通判、陈州通判、右司谏。

罗崇勋：入内省押班、都知。

郭皇后：十三岁与赵祯成婚，立为皇后。

程　琳：知开封府。

李　迪：宰相、知河南府。

萧皇后：契丹萧太后侄女、圣宗耶律隆绪皇后、皇太子养母。

王蒙正：盐商，刘娥之侄刘从德岳父。

刘瑾儿：刘娥侄女。

符　永：富商符少爷幼子，大茶商。

目录 CONTENTS

目录 CONTENTS

第一章
百密一疏前功尽弃　杀气腾腾自食其果

1

翰林学士杨亿神情庄重地进了书房，侍妾将煮好的一壶茶放在案头，又将书案上的蜡烛换成新的，把剪蜡芯的剪刀递到杨亿手里，一切准备就绪，杨亿坐到书案前，刚要提笔，又起身，在室内细细查看了一遍，还不放心，召来家院，一脸肃穆地叮嘱道："不许任何人进来!"又起身亲自关闭了房门，转身坐回案前，伸臂提笔，手竟不由自主地颤抖起来。

午时，杨亿被寇准的亲吏领进中书直房，一听寇准命他起草皇上禅位诏书，吓了一跳。胁迫皇上退位，实为政变，一旦失败，有杀身之祸! 私下说说可以，真要付诸行动，杨亿害怕了。寇准一再向他解释，他面君时说的是"传以神器"四字，当然是禅位的意思，皇上然之，不必顾虑，杨亿还是摇头。寇准无奈，又召李迪来，紧闭房门，三人密议了一个多时辰，方达成共识：不再让皇上禅位，但要将皇权全部托付给皇太子，以太子监国；皇上、皇后移居太清楼静养，不再过问朝政；太子冲龄，以寇准为宰相、杨亿为参知政事、李迪为枢密使，三人作为辅政大臣，辅佐皇太子治国。虽打着太子监国的名义，实则还是要剥夺皇上、皇后的一切权力，只是保留其名号，形同软禁其于太清楼，无疑是一场不流血政变。此事非同小可，必须打个措手不及，以迅雷不及掩耳之势突然宣布，事前当绝对保密，不可对外走漏一丝风声。所以，奉寇准之命起草太子监国制书的杨亿，不能不格外谨慎。这是改变大宋政治格局、创造历史的大手笔，杨亿提起笔，既觉得神圣庄严，又感到千钧沉重。

杨亿双手颤抖，不得不放下笔，走到窗前，拉开窗帘向外看了又看，没有发现可疑迹象，"忽"的一声又把窗帘拉上，背手在屋内踱步，走了两圈，又拿起铜镜照了照，须发尽白，面容苍老，不像是四十五岁的壮年，倒像是年逾古稀的老人。他丢下铜镜，骂了一声："这一切，都拜那个歌女所赐！"

这些年来，阻止那个歌女封后、预政，耗费了杨亿太多的心血。他接受不了女人预政的现实，不幸的是，这个女人还是出身卑微的歌女！一个只配在风月场供男人玩弄的女人，却反过来让男人听命，天理何在?!杨亿常常暗自发出这样的慨叹，愤懑淤积于心，让他身心交瘁，筋疲力尽。如今，终于有了扭转乾坤的机会，他必须奋力一搏！想到这里，杨亿浑身充满了力量，他快步走到书案前，奋笔疾书，一气呵成。读了一遍又一遍，伸出拇指一晃，自语道："文辞优美，铿锵有力，足可流传千古！"说罢，小心翼翼地将文稿装入封套，密封停当，揣入怀中，起身走出书房，他要亲自送往寇准府中。

刚走到寇宅首门外，杨亿就听到里面传出饮酒行令的嘈杂声。他皱了皱眉，进了首门，吩咐家院请寇准到书房说话。站在院中候了良久，一个侍者出来，转达寇准的话，让杨亿入席饮酒。杨亿摇摇头，叹息一声，只得进了正堂。枢密副使曹玮、御史中丞张知白、太子宾客张士逊、知制诰吕夷简、三司判员张师德等人，个个被灌得红着脸，抬眼看着杨亿，咧嘴哄笑着。

寇准酒兴正浓，已是微醺，大声道："大年，辛苦啦，来来来，喝三盏酒解解乏！"见杨亿给他递眼色，便把手一伸，"拿来我看！"又加重语气，命令道，"拿来！"

杨亿只得从怀中掏出密件，递了过去。寇准"嚓"地撕开了封套上的封条，掏出文稿一抖。一个侍者及时地端着蜡烛走过来，寇准借着烛光匆匆浏览一遍，转手将封套和文稿递给侍者，举起酒盏道："好！不愧天下第一文章高手！"

杨亿大步跨过去，从侍者手里把文稿抢了回来。众人好奇地看着眼前的场景，知制诰吕夷简忍不住问："相公，好文共赏之嘛！"

"今日不行，过两天自可看到。"寇准诡秘一笑道。见吕夷简失望的样子，他豪迈地道，"数日之后，局面当一新！"

此言一出，众人都怔住了。

"喝酒啊，都傻乎乎愣着干什么?!"寇准举起酒盏，用手在众人面前画了个圈，"诸位都是我老寇看得上的人，都有展布才干的机会嘛！喝酒！"

众人咬着牙又灌下去一盏酒，寇准这才想起那份密件，扭头一看，端蜡烛的侍者不见了，大声问："人呢?!"

寇准要找的人，正火急火燎向枢相丁谓的府中赶去。

接到刘娥让雷允恭转达的旨意，丁谓当即与曹利用通了气。他们一时猜不透刘娥所说"有大事发生"指的是什么，但都猜到了"格外小心"，当是对着寇准的。丁谓早就通过自己的家院，拐弯抹角收买了寇准府中的一名侍者，当天就传话给他，要他留心观察寇府动静，有何异常消息，火速禀报。这名侍者观察到杨亿神情异常，便留了心眼，借端蜡烛照明的机会，窥视到了秘密。寇准"数日之后，局面当一新"的话，更证明这份被杨亿密封的文稿隐藏着一个惊天阴谋，遂悄然溜出了寇府，向丁谓禀报。

丁谓在家中坐卧不安，准备好了几匹快马，又特意准备了一辆牛车，晚饭后就一直在院中徘徊，不时停下脚步，侧耳细听首门的动静。亥时过半，寇府侍者气喘吁吁地进来了。听完禀报，丁谓又追问了几句，即悄悄坐上牛车，向曹利用府上而去。

吱吱扭扭的牛车，走在大街上，没有引起任何人的注意，到了曹府，门公以为是乡下来了亲戚，刚要阻拦，却见曹利用已闪身到了首门口，示意他放行。曹利用和丁谓一样，在院中徘徊，午前二人已商定，如有紧急状态，为掩人耳目，丁谓会坐牛车到访。二人相见，只是拱拱手，就进了曹利用的书房，闭门密议。

天刚放亮，刘娥就接到丁谓、曹利用求见的禀帖，立即吩咐传请。她在延庆殿正殿升了座，丁谓、曹利用进殿，由丁谓向皇后奏报，刘娥静静地听着，待丁谓说完，曹利用接言道："皇后陛下，臣以为这是政变，当抓捕寇准、杨亿，军法处置！"

"不惟是政变，还是大不敬！官家春秋正盛，寇准此举，无异于诅咒官家！"丁谓咬牙切齿道，"无论哪一条，寇准都是死罪！"

刘娥咬牙道："寇准号称忠亮，却阴行此不义之举，可恨！"

曹利用一撸袖子，迫不及待地说："就请皇后娘娘发牌，臣这就带兵，逮了那帮逆贼！"

刘娥思忖片刻，决断道："一切要以官家的身体为重。只要他寇准不起兵造反，能大事化小的，就大事化小。二卿不必激愤，也不要对外声张，此事本宫来处理。"

不管外人是否看得清楚，刘娥是很明白的，寇准权力欲太强，此举视为政变并不为过。可寇准是对着她的。大臣有大臣的责任，不愿看到后宫预政，也是士大夫的执念，不可因此兴大狱。确立了这样的思路，她内心不再激愤，起身来到赵恒的病榻前，俯身柔声问："寇准有没有和你说过太子监国的事呀？"

赵恒眨巴了会儿眼睛，含含糊糊道："不记得有。"

刘娥坐下，边轻轻地捏着赵恒的手，边道："赤哥儿今年才十一岁，如何监国？他们说的太子监国，是要把皇帝的权力夺过去。倘若果真实行，年幼的赤哥儿在寇准手里会是什么处境？我想过了，恐怕连汉献帝都不如吧？"

"快快，不能让寇准得逞！"赵恒悚然道。

刘娥不急不躁，继续说："你身体不好，最怕胡折腾。眼下，天下失治还是朝政有失？为什么要折腾你，折腾赤哥儿？你也别疑神疑鬼，以为我会怎样。我本蜀地一孤女，受天哥护爱，方有今日。女人本不该介入朝政，可就是寻常百姓家，女人虽弱，为了保护丈夫和儿子，连命也愿意搭上！我只想让天哥活下去，一起看着赤哥儿长大！"说着，泪水扑簌簌流了下来。

赵恒挣扎着欠起身，为刘娥拭泪，劝慰道："月妹，不是你要介入朝政，是我离不开你嘛！这么多年，多亏了你，你受委屈了。"

"为了丈夫，为了儿子，女人是不怕受任何委屈的。"刘娥语气坚定地说。她怕再说下去，两人会控制不住情绪，刺激到赵恒，便起身道，"听说寇准要杨亿起草了太子监国的制书，叫他来问问吧？"

"寇准老而狂，不说安心理政，整天想的都是排斥异己、左右皇帝的事，过分了！"赵恒生气地说。

过了小半个时辰，寇准袖中揣着太子监国制书，兴冲冲进了延庆殿。不等他施礼毕，帷帐后传出皇后的声音："寇卿，闻得你准备好了太子监国的制书？"

寇准愕然失色！他没有想到，中宫这么快就得到了消息，只得支吾道："这个，臣乃奉旨而行！"

"不记得初有此言。"赵恒接言道，话语含糊，却也能够听明白。

寇准嘴巴大张，想辩驳，又自知无益，沮丧地低下了头。

刘娥又道："寇卿，圣躬违和，太子年幼，正是务求清静之时，忠公体国之臣，安可妄生事端?!"

寇准大汗淋漓，"哗"的一声，撩袍跪地，叩头道："臣不敢！"

刘娥微微一笑道："退下吧！别忘了，回去把杨亿写的那个制书烧了！"

2

皇宫内由东华门至西华门，为一东西横街，将皇宫分为南北两部分，天安殿后路北又有一门为宣佑门，宣佑门至拱宸门，为南北大街，将大内北部又分为东西两部分，坐落在街西与皇城司相对的，是宦官总衙入内省的廨舍。

天禧四年七月二十四日夜半，天上飘着细雨，伸手不见五指，陆续有几个黑影闪进入内省的首门，没有挑灯引路者，也没有侍从，个个举着把油伞，把脑袋挡了个严实。

坐在入内省都知直房的周怀政，燥热得满脸汗津津的，后背上的汗水将长衫湿透了，两个亲吏不停地为他扇扇，却仍不能让他感到一丝凉意。一个中年男子走进直房，低声道："大哥，人都到齐了！"

周怀政脸颊上的肌肉突然剧烈地跳动几下，嘴唇打起了哆嗦，仰脸看着他的胞弟、一身戎装的客省副使周怀信，紧张得说不出话来。周怀信上前，拿起案上的一个酒壶，举到周怀政面前："大哥，喝口酒，压压惊！"周怀政接过，就着壶嘴"咕咚"喝了一大口，一抹嘴，蓦地起身，迈步向中堂走去。

中堂里摆着一道屏风，屏风前放着一把太师椅，太师椅前摆着一张双卷头条案，周怀政在太师椅上落座，扫视一眼众人，面露凶光，尖着嗓子又压低声音，说道："诸位，我皇宋到了关键时刻，大权已落入女人之手，武则天第二呼之欲出！朝廷大臣却是束手无策，故而，挽狂澜于既倒，扶大厦之将倾，历史重任，就落在了在座诸位的肩上了！"

"我辈一切听从都知吩咐！"几个内官低声回应道。

周怀政从袖中掏出一叠文稿，摆到条案上，欲展读，汗珠模糊了双眼，只得掏出手帕擦汗，手却不住地抖动着。

当年，还是赵恒尹开封时，周怀政就常常将宫中的消息向他通风报信，赵恒继位后，周怀政又善于揣摩，赢得了皇上的信任，不断提升，直至掌管了入内省。赵恒东封西祀，尤其是降天书一事，多亏了周怀政的鼎力相助，因此对他更加宠信。周怀政随侍皇上日久，渐渐变得不安分起来，不仅盗取内藏库的珠宝，还常常在皇上面前言事，为一些人谋取官位。可是，自从刘娥册后，整顿内廷，立了许多规矩，处处制约他。外廷的大臣、台谏也对他不时参劾，周怀政内外孤立之际，从他提携过的永兴军巡检朱能那里得知知永兴军的寇准急于谋取复相，便通过伪造天书，让寇准实现了复相的愿望。继之，周怀政又与寇准谋划太子监国一事，欲以此将刘娥排斥出局，与寇准分掌内外大权，结果功败垂成，周怀政惊恐不已，担心他伪造天书、参与谋划太子监国的事被揭发出来。不过，宫内并未深究，只是罢黜了寇准宰相之职，晋为太子太傅、莱国公，令其在京奉朝请。寇准不甘心，一直在谋复相，却也未能实现，不久前，升丁谓、李迪同为宰相，冯拯与曹利用共掌枢密院，寇准暗中又向周怀政求助，希望他从中运筹，使他复相。首相丁谓对周怀政防范甚严，多次当面警告他不得再生事端。内有皇后刘娥，外有宰相丁谓，周怀政被牢牢钳制住了，已经没有机会再接近皇上，惟一的办法只能是采取断然措施。他把这个想法向寇准的女婿王曙作了暗示，可过了好久，也没等到寇准的回应，而周怀政感受到的内外压力却越来越大了。更可怕的是，现在他之所以还保留着入内省都知的官位，全是因为皇后念及皇上病重，务求安静，不想动他。一旦皇上驾崩，必是刘娥以母后身份执掌大权，到那时，势必对他进行清算，周怀政越想越恐惧，便与胞弟周怀信日夜密议，决计破釜沉舟，奋起一搏。皇上、皇后和太子都居住在宫内，而内官都归他指挥，只要谋划周全，以迅雷不及掩耳之势发动政变，大事可成。胞弟周怀信任客省副使，结交了一些武将，其中客省使杨崇勋、内殿承制杨怀吉、阁门祗候杨怀玉答应参与行动。

杨崇勋当年与张旻、王继忠同侍赵恒于藩邸，赵恒继位后，三人不断晋升。杨崇勋先后以左卫大将军、恩州刺史的职衔任枢密都承旨，提举枢密诸房，又以英州防御使职衔晋升马军都虞候、代州马步军副都总管。但杨崇勋性贪鄙，在外领兵日，命兵工做木偶戏人，涂以丹白，饰以舟戴，拿到京城贩卖。在朝廷为官时，每次召对，都肆无忌惮评论朝政，还喜欢中伤他人，所以受到文武百官的鄙视、台谏的参劾，降为五品客省使，负责为外国使臣提供安保事宜。杨崇勋在客省副使周怀信面前经常发牢骚，认为是皇后有意打压他，对刘娥怨气冲天。经过私下串联，杨崇勋信誓旦旦，愿与周怀政共谋大事；周怀政又在入内省的心腹中物色了数十人，私下沟通已然完成，这才召集众人到廨舍中堂商议行动细节。

政变成败，关乎身家性命，事到临头，周怀政内心充满恐惧，大汗淋漓，双手也不由自主地颤抖着。杨崇勋、杨怀吉见状，愕然对视了一眼，又都低下头去。

周怀政把手按在条案上，镇静了片刻，起身道："明日午夜时分行动！"接着，为众人分派差事，"客省使杨崇勋，率亲兵包围丁谓住宅，斩杀丁谓，拥寇准入朝，复宰相职；客省副使周怀信，率内侍入延庆殿，将官家强行移至太清楼，签署退位制书，为太上皇；内承制杨怀吉、阁门祗候杨怀玉，率亲兵包围万岁后殿，宣布废皇后，将废后刘氏移至后苑清心殿幽禁！本人率逻卒至东宫，拥立皇太子至天安殿，即皇帝位！"

"都知，中宫多智，宜当场斩杀！"一个心腹建言道。

"不必动手，幽禁清心殿，滴水粒米不得进内，谅她也活不了几天！"周怀政恶狠狠地说。

又有一位内官起身道："都知，寇准擅权，扶他做宰相，那我辈岂不是为他人做嫁衣？"

"寇相能断大事，这等大事自是要他老人家出面维持。"周怀政解释道，又向那名内官挤了挤眼睛。

堂内安静下来，周怀政向杨崇勋、杨怀吉拱拱手道："多劳二位将军，如二位将军没有什么吩咐，就请先回去歇息，某再向属下交代几句。"

杨崇勋、杨怀吉起身告退。周怀政又将包围延庆殿、万岁后殿和东宫的行动进行了分工，最后道："老实知会尔等，当初与寇准谋划太子监国也好，此番起事也罢，非我辈为他人做嫁衣，实乃是让寇准为我辈扛招牌。何以言之？因寇准是外臣，而太子也好、明日的幼帝也罢，控制在我辈手里，就等于朝廷号令出于我辈，他寇准只能听从我辈的号令。他听从号令则可，他不听从号令，我辈随时可挟幼帝而换宰相！故而，不必有顾虑。明日以后，天下就是我辈的了！"说完，发出压抑的、故作轻松的笑声。又对不是宦官的阁门祗候杨怀玉一拱手道，"阁门乃吾弟亲家翁，届时请阁门掌枢密院！"

"大哥，咱这层意思，杨崇勋会不会看破？"周怀信担心地问。

"不会吧？"周怀政以游移的口气答，又一指周怀信，"你快去，跟上杨崇勋。"

周怀信快步出了中堂，雨越下越大了，没有灯笼照明引路，室外漆黑一团，他张望片刻，看不到杨崇勋的人影，又疾步追出宣佑门，还是没有追上，回身又向值守的小黄门问询，小黄门摇了摇头道："天黑，打伞，看不清楚。"周怀信踌躇片刻，只得回去禀报周怀政。

"他既然参与谋议，与我辈已成一条绳上的蚂蚱，不必疑神疑鬼了！"周怀政安慰周怀信，也自我安慰道。

"大哥，我心里七上八下，要不，还是罢手吧！"周怀信突然带着哭腔恳求道。

周怀政望着漆黑的夜空，长叹一声道："箭在弦上，不得不发，反正早晚是一死，与其等死，不如赌一把，兴许还有翻身的可能！"

3

杨崇勋一走出宣佑门，跟在身后的杨怀吉就上前拉住他，疾步走到拴马桩，边解马缰绳边道："大帅，周怀政面带恐惧，又向内官挤眉弄眼，我看成不了事；即使侥幸成事，汉唐宦官之祸必复现于今日，那我辈岂不成了大宋的罪人?!"

"一家子所言极是！"杨崇勋道，"周怀政杀鹤相还不算，还要谋害皇后。鹤相、皇后虽令人厌恶，但罪不至死，害了他们，手上就有了血债，早晚是要偿还的。"因丁谓腿长身高，又喜以鹤献祥瑞、写颂诗，故朝野都以"鹤相"称之。

"你我弟兄这就去向鹤相密报，这样你我弟兄就是有功之臣，照样可以摆脱眼下的处境！"杨怀吉建言道。

杨崇勋翻身上马，向前一抡手臂："快走！"

两匹快马向丁谓宅邸疾驰，在宁静的午夜，发出刺耳的践踏声。

丁谓已然就寝，闻报面色发青，后背发凉，脖颈上的青筋跳了几跳。看着眼前的两名武将，丁谓毛骨悚然，勉强挤出几丝笑意，拱手相谢，打发二人走了。他担心周怀政有密探监视，出府有危险；但又怕留在府中会被周怀政瓮中捉鳖，在屋内徘徊良久，吩咐家院："二小姐患病，需速到医馆就诊，将家中女眷所乘马车赶到正屋门口候着！"交代毕，丁谓进内室，穿上便服，胡乱裹了一条女人的头巾，登上马车，吩咐向亲家钱惟演府中赶去。

钱惟演被从睡梦中叫醒，一见丁谓裹着女人头巾进来，仿佛遇见了妖精，吓得退后两步，口中道："这、这是何故?"

丁谓一脸惊恐地向钱惟演述说了经过，最后道："特请亲家翁随令妹入宫觐见，向皇后娘娘奏报。"

钱惟演冒出一身冷汗，拱手道："亲家翁就在敝宅歇息，我这就到刘府，叫上家妹入宫！"

一番辗转，已经快入卯时了，刘美之妻钱氏乘坐的马车驶进了迎阳门，向南又疾驰了一阵，走偏门进了万岁后殿。钱惟演和钱氏下了车，在廊下候着。

刘娥已经起床，正在梳洗，忽听钱惟演觐见，惊诧不已，忙命传请。钱氏兄妹进了殿，刘娥已然升座，屏退了左右。匆忙施礼毕，钱惟演即向刘娥奏报了周怀政密谋政变一事。

刘娥脸色陡变，神情有些慌乱，但她故作镇静，感慨道："周怀政贪婪，贪婪的人什么事都做得出来！"又冷冷一笑，"我大宋行文治既久，已无狂徒野心家逞强的土壤，可笑周怀政一个内官，竟然如此胆大妄为！"她略一思忖，吩咐道，"速归，知会丁谓，不必惊慌，正常待漏上朝，权作什么事也不知晓！"不等二人回应，就疾步往延庆殿而去。

赵恒还懒在睡榻上。经过两个月的调理，他的病情又有好转，本可视朝，但外有太子于资善堂在大臣辅佐下处理日常朝政，内有刘娥阅批章奏，裁决大政，他乐得以养病为由埋头读书，抱着多一事不如少一事的态度，很少视朝。

刘娥怕刺激到赵恒，在来延庆殿的路上，已然想好了对策，一进殿，就屏退左右，以平静的语气道："官家，出了点事，需要你出面。"

"出事？好事还是坏事？"赵恒问。

"是坏事，也是好事。"刘娥答道，"说是坏事，是因为有人想夺权；说是好事，是因为，经过这件事，会让朝野都明白，内官是不可信赖的，尤其是让赤哥儿记住，万毋宠信内官。"

"周怀政？他想干什么？"赵恒又问。

刘娥这才以镇定的语调，把得到的消息转报于赵恒。

"竟有这事?!"赵恒大惊，一掀被单，边下床边道，"快快！我要写手诏，即刻把周怀政抓起来！"

刘娥拦住他："官家，他手里没有军队，成不了气候。他们计划是今夜行动，此刻不如佯装不知，在上朝时突然把他拿获，即刻审讯，让他交出同党，一网打尽！"

赵恒道："那好，今日我就上朝吧！"停了片刻，又问，"要不要差禁卫军来守护你？"

刘娥道："有动静，反倒打草惊蛇，待擒获了周怀政，谅他那些喽啰也不敢再妄动。"

赵恒听从了刘娥的提议，洗漱穿戴毕，乘步辇前往崇德殿。

皇上已经很久没有到崇德殿上朝了，一见伞盖朝殿后门而来，周怀政躲闪不及，在东庑愣愣地站立着。赵恒向四名侍卫吩咐道："捉拿周怀政，押往御药院！"

侍卫围拢过去，周怀政吓得瘫倒在地。四人将他架起，往间壁的御药院而去。文武百官见状，不知发生了什么事。赵恒上殿，在御座落座，向百官宣布："周怀政图谋不轨，已被拿获。着枢密副使曹玮、客省使杨崇勋，即刻赴御药院审勘！"

曹玮、杨崇勋出列，领命而去，殿内响起一片议论声。赵恒放心不下刘娥，带着侍卫急忙返回延庆殿。

不到一个时辰，曹玮、杨崇勋奏报，周怀政已招供。赵恒又命将他押到延庆殿，亲自审问。

周怀政跪在地上，供述了政变计划，祈哀不止："陛下，小奴一时糊涂，犯下弥天大罪！陛下仁德，小奴哀求陛下念及小奴效劳多年，饶小奴一条狗命！"

赵恒叹息一声，命将周怀政押进大牢，又命罗崇勋传旨，在长春殿召对二府三司六部并台谏大臣，曹玮将周怀政的供词当众宣读一遍。宰相丁谓是当事人，他沉默着，一语不发。

"涉案人等，当一律斩首，以绝后患！"知枢密院事冯拯奏道。

"内官谋反，大逆不道，朝廷百官闻言震惊不已，痛恨万分，恳请陛下传旨，将周怀政全家斩首！"御史中丞张知白情绪激动地奏道。

"陛下，周怀政供词，说乾佑山天书乃其与朱能策划、伪造，是为了寇准复相，此番谋逆，又有以寇准为相的谋议，当将朱能一并逮问，并令寇准奏陈，他是否参与此案！"枢密使曹利用奏道。

"陛下，臣以为，不可株连。"右相李迪奏道。

"怎么是株连？涉案者岂可不问？"曹利用辩驳道。

赵恒制止道："不必争！要召天地之和气，不可杀戮过重。只将主谋周怀政斩首，其余从犯，由刑部、御史台提问，定罪量刑。朱能勾结周怀政伪造天书，欺骗朕躬，不可不究。着枢密院传旨武宁军节度使、判陈州张旻，率兵赴永兴军捉拿朱能到案！至于寇准，待审勘朱能后再议。"他很少一口气说这么多话，虽发音有些含糊，但众人还能听明白。群臣见皇上已然定了基调，也就不再争执。

太子宾客王曙闻讯，急差亲吏向寇准禀报。

寇准正坐在院子一棵老槐树下乘凉，不时向首门张望，似乎在期盼周怀政给他带来好消息。忽见女婿王曙的一个随从慌慌张张跑过来，忙起身迎过去，问道："何事惊慌？"

随从气喘吁吁，向寇准禀报了周怀政被捕，传旨张旻率军捉拿朱能的消息。寇准手中的蒲扇"啪"地掉落在地，仰天长叹一声："惜哉寇某，孰料竟会以谋逆之罪弃首！"说罢，捶胸顿足，又"忽"地转身跑进屋内，吩咐道，"快，雇俩马车来，我不能坐以待毙！"

第二章
朝堂风波迭起　皇后处变不惊

1

偌大的延庆殿寝阁里，躺在病榻上的赵恒睡了不知多久，慢慢睁开了眼睛，四周一片寂静。他转过头四下看了看，未见一个人影。透过窗棂，初冬的阳光洒落进来，几片枯叶从窗前飘落，"扑棱"一声，有只麻鸦掠过，在窗上投下一朵暗影，瞬间又消失了。不知从何处进来了一丝风，吹动了寝阁内帷幕间的细纱帘，纱帘像是在抽搐着。一阵寂寞和孤独感袭上心头，他喊了声："皇后——"没有应答，再唤了声"月妹——"还是没有回应。"阿吭"一声，赵恒低声哭了。这个长久以来被刘娥呵护着的大男孩，在寂静的深宫，被从未有过的伶仃感所笼罩，吭叽了几声，目光中满是恐惧。他刚要喊叫，内押班罗崇勋进来奏报，二府大臣来问起居。

自寇准密谋太子监国，继之周怀政谋逆，烦心事不断。七月二十六日，周怀政被斩首，此后，参与政变的骨干分子被流放。张旻带兵前往永兴军捉拿巡检朱能，朱能率部逃往乾佑山，欲占山为王，张旻率军追击，朱能自缢身亡。赵恒闻报，说了句寇准号称忠亮，可他结交的都是些什么货色！说完就久久陷入沉默，神色黯然。想到先帝驾崩时，宦官王继恩谋废立，如今自己尚在，寇准胁迫交权于前，宦官周怀政密谋作乱于后，一旦成功，不是权臣横肆于外，就是宦官专权于内，大宋将重演汉唐的权臣专擅、宦官祸国的悲剧，赵恒为之悚然，也感到后怕，更对年幼的赤哥儿的未来感到担忧，因此，对参与此事的寇准生出怨恨。

周怀政政变事泄，将他贬知相州，再贬道州司马；寇准的女婿王曙因与宦官周怀政暗中交通，也被外放。杨亿虽参与此事，赵恒不忍放逐，可杨亿大愧，一蹶不振，不久病逝。寇准的事刚处理完毕，为了宰相、枢相之位，李迪与丁谓、曹利用形成两个阵营，明争暗斗了一场，让赵恒不胜其烦，精神恍惚，竟至随意口授诏旨，一度出现任命三人为宰相的局面，令朝野愕然，刘娥不得不紧急补救，对二府重臣腾挪调整，才算完成了宰执大臣的人事安排。几个月里，赵恒不得不支撑病体上朝，处理这些令人愤恨又伤感的事，筋疲力尽，病情再次加重，缠绵病榻快一个月了。宰执或问起居，或奏对，也只能到延庆殿的病榻前了。

赵恒正孤独恐惧间，一见宰执大臣，仿佛见到了亲人，恨不能起身与他们抱头痛哭一场。丁谓、李迪等人还未施礼毕，赵恒就以可怜巴巴兼带愠怒的语调诉苦道："中宫不知何在，把朕身边的人也都叫走了，孤零零地撇下朕一人。"

丁谓、曹利用等闻言，低头不语。

"陛下！"李迪兴奋地说，"既如此，就该依法治其罪！"

自周怀政谋逆失败，寇准被贬，百官不得不接受刘娥裁决政事的现实，就连一向鄙视刘娥的杨亿，在临终前也告诉前去探视他的王曾说，官家曾亲口对他说过揽月入怀之事，看来这是天意，天意不可违，违天意者必败。参知政事王曾也通过钱惟演传话说，太子年幼，非皇后不立，以此表示接受了皇后裁决政事的现实。可是，李迪却不愿意接受，他要抓住一切机会向刘娥发起攻击。所以，一听皇上抱怨中宫，别的宰执大臣都缄默以对，李迪却不避嫌疑，直截了当请求皇上下旨将刘娥治罪。

赵恒眨巴了会儿眼睛，突然紧紧盯着李迪，问道："治罪？治何人罪？"

李迪道："中宫失职……"

不等李迪说完，赵恒打断他："哪有这样的事！"

李迪摇摇头，脸一红，低下头去，丁谓、曹利用却在旁窃笑。

"唉！陛下这病……"辞出延庆殿，李迪叹息着嘀咕了一句，以掩饰自己的窘迫。

宰执大臣进殿时，刘娥正从万岁后殿往延庆殿走，她走的是延庆殿的后门，刚走到屏风后，正好听到了赵恒和李迪的对话。

昨天，刘娥已向赵恒奏报：后苑的占城稻收割后，已晾晒了些日子了，她今日要率赤哥儿并一应内侍、宫女，到后苑亲自打稻子，让赤哥儿体验稼穑的艰辛，体恤百姓，懂得节俭。可刚到后苑，刘娥心里牵挂着赵恒，提前回到了延庆殿，不意听到了那样的一番对话，既气恼又好笑。李迪是太子监国的积极谋划者，但他辅导太子尽心尽力，刘娥不忍放逐他，还让他和丁谓一起做了宰相，不意他居然乘皇上恍惚之际蛊惑治她的罪，真是用心险恶，却也是自讨无趣！同样是寇准提携起来的，王曾就和李迪不同。王曾对钱惟演说："太子年幼，非皇后不立；皇后非倚太子之重，则人心不附。皇后厚待太子，则太子安；太子安，乃所以安刘氏也。"刘娥觉得王曾的话，首先肯定了她参决政事的必要性，没有像寇准、李迪、杨亿那样，故意把太子和她对立起来，这才是一片忠心。相比之下，刘娥对王曾已是另眼相看，而对李迪顿生厌恶。

清明之世，存心不良、妄生事端者，早晚自己把自己折腾下去！刘娥这样想着，待宰执出了延庆殿，才从屏风后走出来，佯装刚进殿，笑吟吟地走到赵恒病榻前，兴奋地说："占城稻穗大，颗粒饱满，收成比那些不耐旱的本地稻要好几成呢！"说着，将几粒稻谷放到赵恒的手里。

赵恒咧嘴笑道："嘿嘿嘿，我想起来了，今日都去后苑打稻谷去了！"又搓了搓手中的稻谷，"嗯，待会儿命人送些稻谷到政事堂、玉堂，让宰执和学士们看看，叫他们赋诗以记。"

刘娥道："这就对了，多写些诗，刊刻出来，励农，是国家的大事。"

赵恒"嘿嘿"一笑，点点头。

"官家，你说，这世上最心疼赤哥儿的人，是谁？"刘娥突然转移话题问。

"是月妹和淑妃。"赵恒有些羞愧地答。

"自我入宫以来，宫闱出过什么乱子吗？"刘娥又问。

"没有！"赵恒不假思索地答道，"连外面的大臣都说，皇后处理宫闱事，都是依照规矩，没有定规矩的，援引先例，赏赐有节，赏罚有度，没有不适当的。"

刘娥继续问："你说心里话，这么些年来，帮衬你处理朝政，我有什么大失误没有？给你出过什么坏主意没有？"

赵恒想了想，道："没有，月妹最是识大体顾大局。"

"我为娘家人争过什么没有？"刘娥还是追问。

赵恒看着刘娥，不知今日为何没完没了地说起这些，但他还是兴趣盎然地回答道："这个更不必说。我几次要委刘马军做军帅，月妹都拦住了，仅此可证，月妹没有扶持娘家人的想法。"

刘娥仰起脸，眼睛快速眨着，慨然道："和天哥厮守，快四十年了，不知不觉，我们都老了。近来我常常想，有朝一日，要是能和天哥一起走，该多好呀！"说着，眼中涌出泪花。

"月妹，你不能这样想！赤哥儿年幼，我们都走了，赤哥儿怎么办？"赵恒拉住刘娥的手，着急地说。

"是——啊——"刘娥慨叹着，"赤哥儿年幼，放心不下，一个女人家，何其艰难！"她攥起赵恒的手，"天哥，你争口气，我们一起多陪赤哥儿些年。万一天哥弃我们母子而去，我和赤哥儿，孤儿寡母，何等凄惨！"说着，伏在赵恒胸前，压抑地小声抽泣起来。

赵恒在刘娥的后背上轻轻抚摩着，安慰道："月妹放心，我会安排好。"

刘娥抬起头，掏出手帕擦了擦眼泪，道："我现在只想着让天哥好起来，相互多陪伴些年。"

这样的话，刘娥说过多次了，可每次听了，赵恒的心头都会涌出一股暖流。他也相信，若不是刘娥的精心呵护，说不定他难以坚持到今日，遂感激地点头道："我听月妹的。"

一个小黄门冒冒失失、战战兢兢进殿，奏报道："陛下，政事堂里，宰相、宰相打起来了！"

2

李迪在延庆殿当众讨了个无趣，颇是懊恼。回到政事堂，宰执商议人事，丁谓道："太子在资善堂不惟进学，还要听政。故太子宾客里，最好是有精通理财的人，以便太子熟悉天下钱粮之事。三司使林特补太子宾客如何?"

"简直胡闹!"丁谓话音未落,李迪就怒气冲冲大声道,"给太子做师傅,当精通圣贤书,钱粮衙门之官,满脑子都是俗务,岂有资格为太子师?"他又冷笑两声,"哼哼,你不就是想扶持同党吗?林特南方下国之人,去岁晋右丞,今岁改尚书,皆非公选,物议未息,你又想把他安插在太子身边,如此结党,李某万难坐视!"

王曾小声劝道:"李相,宰执议事,不必激愤。"

李迪瞪眼道:"想我李某起自布衣,登第不到十年即官至宰相,有以报国,死且不恨,安能附权幸为自安计?!"

丁谓知道李迪的厉害,谨记刘娥的嘱咐,不与人争意气,他压住心中的怒火,赔笑道:"李公消消气。"

李迪适才在延庆殿憋了一肚子气,终于找到了出气筒,破口大骂道:"哼哼,李某对君子,从来就是翩翩儒者风;对小人,就没有什么风度可讲了!你丁谓何德何能,居首相,不就是攀附中宫吗?你就是小人,奸臣!"

017

知制诰吕夷简劝解道:"相公不必动怒,政事堂里破口大骂,传出去不好。"

李迪面色通红,大声道:"哼,老子不仅骂人,老子还要打人嘞!"说着,举起朝笏,向坐在他左手边的丁谓打去。丁谓忙躲闪,李迪不依不饶,又是一笏砸了过去,丁谓又躲闪过去,起身往外走,李迪弯身抓起朝笏追过去,在他后背上狠狠打了几下,王曾、吕夷简急忙跑过去,抓住了李迪的手。李迪喘着气,一边挣扎着还要追,一边大骂不止:"小人,奸臣!"

政事堂的打骂声,使得堂吏、诸曹都围拢过来,有的伸舌头,有的摇头,有的窃笑,有的叹息。丁谓的亲吏则一溜小跑到宣佑门,要向皇上奏报,值守的小黄门跑到延庆殿首门,却不见有内侍在,只得自己进殿,向皇上奏报。

"大惊小怪!"刘娥瞪了小黄门一眼,呵斥说,他怕赵恒心烦,忙向小黄门递眼色,"你必是听错了,堂堂宰辅,怎么可能打架?"

"就是,不可能的事嘛!"赵恒附和了一句,又一皱眉,叹了口气,

第二章 朝堂风波迭起 皇后处变不惊

顺势向下滑了滑，躺下了。

刘娥走到小黄门面前，低声吩咐道："传王曾来。"

过了片刻，王曾到了，刘娥已在正殿升座，问道："政事堂里怎么回事？"

王曾知道，丁谓通过钱惟演，随时可以与皇后通消息，所以他也不敢隐瞒，只得如实奏报。

"这成何体统呢？官家病着，身为宰相，这么闹！"刘娥小声责备了一句，又道："你回去禀报丁谓，就说林特做太子宾客的事，不必再提了；再知会李迪一声，为了官家的龙体，不要忿争！"

王曾施礼告退，回到政事堂，他先向李迪转达了皇后的话。

"哼！她有什么资格对我说话？"李迪不屑地说，"我辈不是宫娥，轮不到她训示！她要是有自知之明，应该知道我为什么忿争！"

王曾默然，转身进了丁谓的直房，把皇后的话转述了一遍。丁谓叹息一声，没有说话。

赵恒对大臣间的忿争感到厌倦，也知道这背后的症结，他决定再次向反对皇后参决朝政的人发出信号，便在长春殿召对宰执，不再遮遮掩掩，说道："皇后精心调护，朕迩来寝膳颇渐康复，然军国之事，未免劳心。今太子年德渐成，皇后素贤明，临事平允，深可托付。朕思维再三，欲令太子莅政以外，皇后居中详处！"

丁谓道："臣等奉德音，实邦家之大庆。皇太子升储以来，日隆德望。皇后辅佐岁久，中外遵教，海内瞻企，人无间言。"顿了顿，又道，"太子既监总朝政，望令中书、枢密大臣各兼东宫职任，庶日奉谋议，便于翼赞。"

让二府大臣兼东宫官，是丁谓对李迪的反击。对李迪咄咄逼人的攻势，丁谓一直采取回避态度。他很清楚，李迪的矛头是对着皇后的，越是肆无忌惮地闹腾，越能收服那些对后宫干政不满者的人心，赢得舆论的赞誉。所以，丁谓不敢和他争意气，但也不甘心一味受欺，他想出了一个往东宫掺沙子的主意，以遏制李迪挟太子以压群臣的态势。

李迪自然明白丁谓的用意，他刚要辩驳，赵恒大声道："甚好！传内制！"

翰林学士孙奭被召进长春殿，接受了"词头"，起草制书：首相丁谓兼太子少师，右相李迪、知枢密院事冯拯兼太子少傅，枢密使曹利用兼太子少保，参知政事、枢密副使皆兼太子宾客。师、傅、保十日一赴政事堂，宾客以下，单日互陪侍讲。

公然宣布皇后代替皇上裁决政务，又命二府大臣皆兼东宫官，让李迪忍无可忍，在政事堂大骂道："我朝宰执，从未有兼东宫职事者，今小人使出此阴招，不就是想压制老子吗？休想！"

丁谓苦笑："李公，官家已同意的事，臣子有异议，可上疏谏诤，政事堂岂可如此？明日面君，再请官家宸断。"

"我是不去延庆殿的，那里不是大臣当去的，闲杂人等都在；要面君，只能到长春殿。"李迪强硬地说。

丁谓吩咐堂吏写了禀帖，请皇上在长春殿召对二府大臣。

刘娥接报，蹙眉问赵恒道："官家，不能总这样闹下去了，成什么样子！"

赵恒面露怒容："不成体统！明日当训诫之。"

次日，交了午时，丁谓、李迪、冯拯、曹利用、王曾、曹玮等一起上殿，赵恒沉着脸，拿着一份文稿道："此内制起草好的，卿等兼东宫官的制书。"

"臣不受命！"李迪高声道，又指着丁谓骂道，"此小人、奸佞！望陛下不要受其蒙蔽！"

"这是什么话！"赵恒不悦地说。

李迪继续道："陛下，丁谓就是小人、奸佞，臣愿与他到御史台对质！"

"对什么质？"赵恒含怒问。

"陛下，丁谓结党，一力提携三司使林特；寇准无罪罢斥，朱能罪不当死，都是丁谓这个小人进谗言，蒙蔽圣聪！如今又别出心裁让二府大臣都兼东宫师保，用心何在？"李迪口吐白沫，淋漓尽致，越说越激愤，索性一股脑把心中积压的愤恨都倾吐出来，"钱惟演是丁谓的姻亲，也是奸臣，臣愿陛下将臣与丁谓、钱惟演一同罢斥，再别选贤才辅弼！"他意犹未尽，又道，"曹利用，冯拯，也是奸臣，皆丁谓的朋党！"

丁谓一语不发，曹利用是武人，耐不住性子，上前一步道："陛下，以片文只字获得重用，臣不如李迪；奋空拳，捐躯命，入不测之敌，李迪不如臣！"

赵恒想不到李迪火气如此之大，反倒有些茫然了，问道："是不是政府里有什么不当的事？"

丁谓这才开口："陛下可垂问同列。"

赵恒道："王曾，你来说。"

王曾躬身道："陛下，据臣所知，政府供职如常，并无旷阙事。"

赵恒叹了口气："中书都退下吧！"待丁谓、李迪、王曾等走出长春殿，赵恒突然浑身颤抖，喘着粗气道，"传朕的口谕，将丁谓、李迪下御史台勘问！"

曹利用惊诧道："陛下，大臣下狱，骇人听闻。况适才无论李迪如何攻讦，丁谓都沉默不语，不当把他与李迪一样对待！"

"是非未明，怎可不到宪台问明？"赵恒质问道。

冯拯道："陛下，曹枢相所言，也是臣的想法，请陛下息怒。"

赵恒沉吟良久，方道："都退下吧，朕自有处分！"待冯拯、曹利用、曹玮转身辞出，赵恒吩咐内侍，"草制书！"须臾，知制诰宋绶被临时传到，赵恒授"词头"道，"丁谓、李迪俱降秩一级，罢相；丁谓知河南府，李迪知郓州！"

走出长春殿的李迪，跟在丁谓身后继续骂："小人！奸佞！"王曾拉住他，低声劝道："官家厌恶忿争，朝堂之上破口大骂，乃至以朝笏打同僚，官家能容忍吗？寇公有些事做得是不合适，官家已然优容，相公却说不该罢斥，这不是指责官家吗？相公替朱能说话就更无道理了，他领兵叛乱，乃十恶大罪！相公也不该把曹、冯二枢相都骂为奸臣。在官家面前，不管你说什么，鹤相都一语不发，这是修养！"

"我要见官家！"李迪转身又进了长春殿，语气平静了许多，"陛下，臣不该忿争，请陛下宽谅！但臣一心为陛下、为太子、为大宋江山社稷，无私心存焉！"

"朕德薄威弱，无君体，故臣便无臣体。都是朕的错！"赵恒伤感地说。

李迪惶然，忙道："臣知错了，请陛下息怒。"

"好了，退下吧！"赵恒有气无力地说。

李迪刚走，钱惟演求见，奏道："陛下，臣与丁谓姻亲，为避人言，请陛下将臣罢斥。"

赵恒安慰道："别人说什么，卿不必理会，安心供职就是了。且丁谓、李迪俱罢相外放，卿就更不必顾虑了。"

钱惟演正是替丁谓来探消息的，闻听丁谓罢相，忙道："陛下，臣听说契丹使臣就要到了，宰相绝班，让外人笑话，不如把丁谓、李迪留任吧？"

赵恒沉默良久，叹息道："丁谓以户部尚书、李迪以户部侍郎归班。"说完，摆手让钱惟演退下，命知制诰宋绶重新起草制书。

次日，制书送至政事堂。丁谓一语不发，写了禀帖，求见皇上。

赵恒在内东门召见丁谓，一见他进殿，就怒斥道："丁谓，你身为首相，却在朕面前与同僚忿争，是何道理？"

"臣有罪！"丁谓躬身道，"圣心怀怒，臣惶恐甚矣！可陛下都看到了，不是臣与李迪忿争，是他对臣又打又骂，臣屈己未出一语。若因臣不称职，陛下罢斥，臣无话可说；若因忿争而与李迪一起罢斥，臣委实冤枉！李迪无大臣体，当罢；臣当留任！"

赵恒面色和缓下来，吩咐："赐座！"

内侍踌躇片刻，依照户部尚书的待遇，搬来一把土墩。丁谓低头一看，不满地说："官家已恩准让我留任宰相了，换一把！"内侍抬眼看着皇上，皇上没有说话，内侍重新搬来一把机凳。

丁谓落座，拱手道："陛下，是否召内制起草制书？"

赵恒向新任内押班雷允恭一颔首，雷允恭快步出了内东门，不一会儿就引导知制诰宋绶进了殿。赵恒对丁谓道："卿说吧！"

丁谓道："有劳知制诰，起草制书，丁谓复相职，李迪知郓州。"

宋绶一惊，未免变得太快了吧？两日三变！他面露难色："臣昨日起草罢相的制书，今日又起草复相的制书，不合适，恕臣不能奉诏。"

赵恒看着丁谓，问："卿看呢？"

丁谓道："也罢，召知制诰晏殊来。"

雷允恭只得又去传召晏殊。晏殊进殿，为难地说："臣掌外制，命相的制书，非臣之职。"

丁谓沉脸道："知制诰是官家的臣子，官家急着颁发，命你起草，你不得推托！"

晏殊踌躇片刻，领命而去。丁谓又一拱手道："陛下，臣已复相职，契丹使臣明日就要到了，还有许多事要处理，臣这就到政事堂理事？"

赵恒点点头。

丁谓向雷允恭招手道："侍御，劳烦送丁某到政事堂。"又转脸向皇上，"陛下，今后不会再有纷攘，臣等可安心办事了，请陛下放心。"

3

一过午后，此起彼伏的爆竹声就在京城响起。夜幕降临，从教坊司和御前禁卫军中挑选的几百名男子，戴上五颜六色的面具，换上戏装，装扮成天兵天将、阎罗判官、灶君土地，还有的扮成钟馗，另外一些人扮成小鬼，手持各种兵器和五彩缤纷的旗帜，分成两队，在一片韶乐的鼓吹声中，分别从皇宫东华门、西华门浩浩荡荡而出，绕城游行，为京城守岁的百姓驱鬼添乐，率先掀起京城过年的第一个高潮。

刘娥命内押班雷允恭带着赤哥儿在拱宸门门楼上观看。赤哥儿露出难得的轻松的笑容。队伍不见了踪影，赤哥儿才恋恋不舍地下了门楼，去往延庆殿。事前，大娘娘叮嘱他，今年除夕，要陪爹爹一起吃年夜饭，一起守岁。

餐桌是一台炕桌，摆在睡榻上。赵恒卧床不起已经一个多月了，常常处于昏睡状态。他已不能行走，即使要从床上坐起来，也需要有人扶持。赤哥儿进殿时，餐桌上照例摆上了"五辛盘"和"百事吉"，前者是用油饼、馓子、麻花、馒头和蒸熟的腊肉垒成；后者是在盘中放上柏枝，柏枝上摆着掰开的柿饼和橘子。用萝卜和生菜切断制成的春盘，用菜羹煮熟的馎饦，也是除夕餐桌上必不可少的菜肴。

用罢了这顿特殊的晚膳，赤哥儿笑着说："爹爹，今年收成好，各路的奏章都说，百姓稻谷满仓；儿问了三司，三司说左藏库里收入丰盈。"

赵恒慈祥地看了看赤哥儿，又与刘娥对视了一眼，咧嘴笑了。

　　刘娥也露出了欣慰的笑容。自李迪出知郓州，一年多过去了，朝廷里一直很安静，宫府和谐，再也没有人对皇后裁决政事提出过质疑，内外打理得井井有条。刘娥关注占城稻推广之事，丁谓有才干，经他提议，命各路转运使来京，奏报各该路试种占城稻情形。刘娥受到启发，嘱咐丁谓制定了转运使述职制度，除奏报占城稻推广情形，还要将开垦田亩、税赋征收情形，一并奏报。又制定了《文武七条》，考核各级官员，官风大好。一年下来，百业俱兴，人心向上，出现了多年来少有的祥和局面。初冬，缠绵病榻两年的刘美去世，刘娥颇伤感，但刘美年逾花甲，儿女已然长大，后继有人，刘娥的哀伤很快也就过去了。惟一让她感到焦心的是，赵恒的病越来越重了。她和丁谓商议，不再使用"天禧"这个年号，明年改元。丁谓奏报，改元"乾兴"，含有期盼当今皇帝康复振作之意，刘娥接受了，将新年号颁布中外。

　　"明天就是乾兴元年的元旦啦，赤哥儿就十三岁了！"刘娥以喜悦的语调说。说罢，从怀中掏出一个迎年佩，给赤哥儿系到腰间，"赤哥儿，新的一年平平安安！"又掏出一个，起身轻轻掀开被褥，把迎年佩拴在赵恒的腰间，道，"官家，我也给你佩上迎年佩，新的一年，病要好起来！"

　　赵恒"嘿嘿"笑着，伸出四根手指。

　　刘娥感慨道："是啊，四十个年头了！年年如此，来年还要如此！"

　　两颗豆大的泪珠，从赵恒塌陷的双目中涌出。赤哥儿见状，忙走过去帮他拭泪。刘娥扭过脸去，哽咽道："赤哥儿，四十年了，你爹对娘至今不离不弃，你爹爹是好人！"

　　赵恒拉住赤哥儿的手道："赤哥儿，你娘娘这一辈子不容易，你要孝顺娘娘，听娘娘的话！"

　　"儿记住了，爹爹！"赤哥儿连连点头道。

　　赵恒拍了拍床沿，示意赤哥儿坐下，又道："你娘娘贤能，有你娘娘在，爹爹放心。"

　　刘娥嗔怪道："大过年的，说些高兴的话！"

　　赵恒"嘿嘿"笑了笑，道："读《尚书·皋陶谟》了吗？书里有句话，叫'通贤共治，示不独专'。就是说，治理国家，不可一个人说了算。常言天下治乱系于宰相，所以要选贤德的宰相，有事要和宰相商量。还有台谏，虽然他们经常说些逆耳之言，但都是出于忠君爱国之心，不可惩罚台谏。内制外制，对词头也有封还权，他们拒绝起草诏书，也不要强迫他们，更不要惩罚他们。"

赤哥儿含泪点头。

赵恒又与赤哥儿交流写飞白的技巧，不知不觉间，就听到钟鼓楼和京城寺院里传出的钟声。新的一年到了。刘娥起身，唤内侍进来，嘱咐道："服侍太子回宫歇息，天明还有许多礼节要办。"

赤哥儿施礼告退，刘娥唤来副都知罗崇勋，将面做的一条蛇、一把炒熟的黑豆、一个煮熟的鸡蛋递给他，嘱咐道："用心！"

罗崇勋道："娘娘放心，这么多年了，小奴都办得妥妥的！"

京城民间习俗，大年初一天亮前一个时辰，要在家中挖坑，将面蛇、炒熟的黑豆、煮熟的鸡蛋埋在里面，边埋边默念："蛇行则病行，黑豆生则病生，鸡子生则病生。"意思是除非面做的蛇爬出来、炒熟的黑豆生了芽、煮熟的鸡蛋孵出鸡子，家人才会生病。宫里本没有这个习俗，可刘娥怕赤哥儿养不活，凡是有助于让赤哥儿长大的法子，她听说了，就要用上。这么多年来，每年大年初一，都要埋上这三样东西。

该办的事都办妥了，刘娥又服侍赵恒睡下，嘱咐内侍、太医，好生看顾，这才回万岁后殿歇息。

次日一早，在爆竹声中，文武百官、外国使臣、宗室各枝，都列班文德殿，在太子率领下，向皇帝拜舞贺岁。赵恒躺在病榻上，并没有升殿，但礼节同样举行。朝贺毕，皇太子率宗室成员，到延庆殿为皇上贺岁，宗室女眷则到万岁后殿为皇后贺岁。

一应礼仪毕，刘娥便急匆匆赶到延庆殿。赵恒听到脚步声，侧过头看着她，张了张嘴，想说什么，话到嘴边，又咽了回去。目光飘忽、惶然。

适才，宗室来贺岁，礼毕，众人都退出了，八王赵元俨却留了下来，屏退左右，突然问赵恒如何看"烛光斧影"的流言。借机大谈金匮之盟，说："汉唐亡国之祸、五代乱世之鉴，让太祖对身后事不放心，怕好不容易到手的江山再给丢了。太祖和爹爹是手足，爹爹那时正值壮年，又有人望，把江山交到爹爹手里，太祖放心。"赵恒怀疑，元俨是暗示不该把皇位传于幼子，而应传给他。见到刘娥，他本想把此事说给她听，但又担心引起骨肉猜忌，欲言又止。

刘娥觉察出赵恒神态有异，忙召内侍到正殿垂问，得知赵元俨单独留下来说过什么话，她心里"咯噔"一下，顿起警觉。

近来，市井突然有传言，契丹人控制下的燕冀之地，谁家小儿夜啼，家长就会吓唬娃娃说："八大王来啦!"而契丹人所说的"八大王"，指的就是赵元俨。刘娥听到内侍的禀报，只是"呵呵"一笑。此时她才蓦然醒悟，赵元俨已然在制造舆论了! 看来，对他，是要有戒备心了。

4

一眼望见太平兴国寺灵感塔，刘娥不禁潸然泪下。当年，也是在春天里，赵恒曾以为先帝祈福为名在此与她密会，倏忽间已过去了二十五年，却如同昨日。那个敦厚纯真的大男孩，那双澄澈的眼睛，那憨憨的笑声，她不能忘怀，更不舍失去。可是，分别的时刻，不可避免地要到来了。过完年，赵恒的身体就一天不如一天了，刘娥心急如焚，除了脂粉钱，又把宫阁中自己的妆具财用，全部拿出来变卖，差人到道宫、佛寺、天下名山胜景去祈福；命丁谓将去年受灾之地开列详单，减免税赋，赈济灾民；又颁诏大赦天下，接济鳏寡孤独，恩赏文武，为他们晋爵加官。无论刘娥如何用心，如何虔诚，赵恒的病情却未见好转，太医已无力回天。刘娥不甘心，又亲自到灵感塔祈福。她泪流满面，祈求上天，给她减寿，让赵恒再多活几年，能够看着赤哥儿长大成人。

正祈祷间，刘娥的脑海里，突然又浮现出宰相吕端以朝笏急召太子的情形，她"忽"地站起身，疾步登车，心神不宁地往回赶。

还好，宫殿里没有异常情形。刘娥在万岁后殿净手更衣，就往延庆殿走，刚走到屏风后，就听到寝阁里有人在说话。刘娥驻足侧耳细听，像是赵元俨，她顿时浑身一紧。

"谁在与官家说话?"正殿里，传来宰相丁谓的声音。当是宰执大臣来问起居的。

刘娥躲在屏风后，没有出声。

"禀相公，是八大王。"内侍禀报道。

"八大王？"丁谓重复了一声。京城"八大王"的流言已是尽人皆知，就连宫里也以"八大王"尊称赵元俨了。多年来，因府中奴婢纵火殃及皇宫一事，赵元俨颇自谦抑，很少露面，但这些日子，他却突然活跃起来，不能不引起丁谓的警觉。传言中，大宋曾有兄终弟及的所谓金匮之盟，如今太子不满十三岁，而赵元俨三十九岁，正值壮年，他会不会生出觊觎之心？

"晋公，此非亲王入宫之时！"王曾低声提醒说。前不久，朝廷加恩百官，宰相丁谓封晋国公，故王曾以晋公尊称他，"晋公，快到配殿去，我有话说。"

随即，几个人退了出去。过了一会儿，一个内侍进了寝阁。忽听赵元俨惊问："这、这是什么水？"话音未落，就急匆匆出了寝阁，脚步有些慌乱。

刘娥急忙从屏风后转出，快步进了寝阁。只见内侍手里端着一个脸盆，里面的水是黑色的，忙问："这是什么？"

内侍奏报道："皇后娘娘，适才宰相让小奴给八大王送洗脸水，参政王曾用狼毫笔在砚台里蘸了墨，放入盆中搅了搅，成了这样。八大王一见，脸色变了，就急急地走了。"

正说着，丁谓、冯拯、曹利用、王曾进了殿。近日来，赵恒病重，言语不清，大臣不便再透过寝阁中间的帷幕奏事，便改在直接到病榻前，男女不便混杂在一起，刘娥也只好避于睡榻的帷幕后。

"喔喔……"病榻上的赵恒口中发出含糊不清的声音，待宰执躬身近前，他伸出一个手掌，晃了晃；又伸出另一只手掌，蜷住两根指头。众人一看，皇帝伸出八根指头，刚想问明，却见赵恒缓缓放下手掌，闭上了眼睛。

"这一定与八大王有关！"丁谓道。

"事态严重！"王曾一脸惊恐地说。

丁谓向外摆了摆头，施礼告退。

外间的情形，帷幕后的刘娥看得一清二楚，听得真真切切。她打了个寒战。八根手指，当是指八大王。刘娥能猜得出，赵恒必是要宰执大臣戒备赵元俨的。因皇帝病重而引发的刀光剑影，血雨腥风，史不绝书，即使是大宋朝，开国以来已进行过的两次皇位传承，也没有一次平静过。先是烛光斧影的传闻，再是皇后与宦官谋废立，难道，如今还要再掀起一场风波吗？

大宋的江山是如何来的？因周世宗驾崩，新君年幼，不能镇服文武，随太祖出征的将士都说，不能将自己的命运、国家的命运委于幼帝之手，这是部将拥立太祖的原因所在。如今过去才一个甲子，大宋也面临着幼主君临天下的局面。刘娥知道，朝野是不甘心接受太后临朝的，一旦赵恒驾崩，会出现什么意外，真是不可预料。青蘋之末已响起了风声，祸患或许正潜伏在不可测度的微末节点！想到这里，刘娥的心怦怦直跳，汗水将内衣湿透了。

可是，骨肉猜疑，是一副莫测险牌，说不定反而会激起事变。赵恒不会愿意看到这个局面，刘娥也不允许出现这种局面。显然，宰执大臣是要回去商议对策的，这无疑会发出宗室不稳的信号，刘娥要制止发出这样的信号。

"众卿且留步！"刘娥转身走出帷幕，以响亮的声音唤道。

众人不约而同扭过脸来，停下了脚步。

刘娥故作轻松，一脸笑意道："众卿，适才官家先展五指，再出三指，意思是再有三五日，病势必见好。此外并无他意，不必揣测。"

丁谓躬身道："臣等谨受教！"

几个人刚走，刘娥唤了声："来人！"副都知罗崇勋应声进来，刘娥吩咐道，"去皇城司宣谕，官家需静养，宗室无论男女老幼，未经宣召，一律不得入宫！"

5

乾兴元年是倒春寒，已经二月中旬了，天气依然寒冷，接连下了几场大雪，屋檐上，到处挂着晶莹如同匕首般的琉璃冰柱，在阳光的照耀下发出凛凛寒光。

"二月的雪，不是好兆头！"上了年纪的人念叨说。

刘娥听到了这些议论，看着病榻上虚弱不堪的赵恒，不祥的预感越来越强烈了。四十年了，和赵恒厮守，就是她的全部，她一直不愿接受这个给予了她一切的男人要舍她而去的现实，期盼着能够出现奇迹。她日夜守在赵恒身旁，悉心照顾，给他打气。

"要坚持住呀天哥，看着赤哥儿长大！"刘娥不断在他耳边这样说。

"月妹，我、我支撑不住了……"十七日夜里，万籁俱寂中，赵恒苏醒过来，对守在身旁的刘娥说。

"赤哥儿年幼，天哥不能撒下孤儿寡母不管啊！"刘娥俯身，把脸颊贴在赵恒的脸上，哽咽着说。

赵恒突然发出惊恐的声音："周怀政何在？"

刘娥一惊，仰起头道："官家，周怀政谋逆，处斩了。"

"嗯，宦官干政的隐患已除。"赵恒喃喃道，喘息片刻，又蓦地睁大眼睛，问，"寇准何在？"

刘娥轻声道："官家，寇准在道州。"

赵恒畅出口气："权臣，被我赶走了。"又闭目想了一会儿，问，"八哥何在？"

刘娥答："官家，宗亲不传召不能进宫，要传八哥吗？"

赵恒抓住刘娥的手，断断续续地说："赤哥儿年、年幼，大宋江山，儿子，都、都托付给、托付给月妹了！我、我知道，月妹、月妹不会、不会辜负我的！"

泪水模糊了刘娥的双眼，她抚摩着赵恒的脸颊，抽泣道："我什么也不要，我只要天哥活着，与天哥永远厮守在一起！"

赵恒吃力地伸过手去，边替刘娥拭泪边道："我、我赵恒，今生得有月妹，足矣，夫复何憾！"

刘娥强抑悲痛，郑重道："天哥放心吧，我一定要把赤哥儿抚育成人，还要教他做一个像天哥这样的好皇帝。到那时，我就能像过去四十年这样陪天哥了。"

赵恒大口大口喘息着，良久，又道："月妹，有一个、一个秘密，埋在心里，二十、二十多年了。赤哥儿继位、继位前，月妹带他、带他去恭读、恭读石刻遗训。"刘娥还想问，赵恒却已没有力气再说话了，刘娥轻轻捋着他的胸脯，嘱咐说，"天哥累了，先不说了，改日再说！"

随后的两天两夜，赵恒一直处于昏迷中，二府大臣奉皇后懿旨，在延庆殿轮值守候。十九日清晨，丁谓率二府大臣问起居，皇上依然昏迷着，已经两天粒米未进了。从众人的神色中可以看出，已经没有人再抱希望了，只有刘娥还在做着最后的努力，灌汤药、针灸，不时还在耳边呼唤着。丁谓不便劝阻，召来二府三司六部大臣，在配殿等待着最后的时刻。

"起居舍人何在？"辰时刚过，赵恒突然缓缓睁开了眼睛，用微弱的声音问。待得到起居舍人的应答，赵恒用尽最后的气力，断断续续，气若游丝地说，"东宫年幼，皇后贤明，太子继皇帝位，尊皇后为皇太后，权且处分军国政事……"话未说完，就闭上了眼睛。太医上前把脉，已没有了心跳。

"皇后娘娘，皇帝陛下上仙了。"太医跪地奏报。

刘娥扑过去，大哭一声："天哥——"

寝阁里，顿时哭声一片。

内押班雷允恭在丹墀上高唱一声："皇帝陛下驾崩了——"

丁谓闻报，率群臣在殿外跪地哭临。

延庆殿内外哭声震天，刘娥蓦地抬起头，擦干眼泪，迈步走出延庆殿，站在丹墀上，神情镇静庄严，大声道："有哭的时候，此刻有要事需处理！"

众臣起身，被皇后的镇定和威严所震慑。

"大行皇帝遗旨！"刘娥高声道，"皇太子赵祯即皇帝位，尊皇后刘氏为皇太后，杨淑妃为皇太妃，军国政事权取皇太后处分！"

尽管早有预感，但刘娥此言一出，群臣中还是有人发出重重的叹息声，为不得不面对女主临朝而遗憾、愤懑，抑或还有羞辱感。丁谓与曹利用对视了一眼，同声道："臣等谨遵遗教！"众臣随即散漫地呼应了一声。

刘娥又道："宰执照此起草遗诏，颁布中外！"说罢，拉着赤哥儿的手走出大殿，坐上了停在殿外的车辇，急匆匆向太庙而去。

第二章 朝堂风波迭起 皇后处变不惊

到得太庙，祭告天地祖宗毕，一应侍从皆止步，只有一个小黄门引导，皇后、太子二人前去恭读"石刻遗训"。二人随小黄门走到太庙寝殿的夹室，小黄门揭开销金黄幔，露出一座高八尺、阔四尺的石碑，小黄门领拜，皇太子跪地默读："周之郭氏子孙，有罪不得加刑，纵犯谋逆，止于狱内赐尽，不得市曹刑戮；不得杀士大夫及上书言事人；子孙有逾此誓者，天必殛之。"

读毕，小黄门领拜后，将销金黄幔覆盖石碑上，引导皇后、太子出了夹室。刘娥故意问小黄门："此碑所刻何字？"小黄门答："回皇后娘娘的话，祖制，凡识字者不能看守此碑，小奴不识字。"刘娥放心了，坐到车辇上，低声对赤哥儿道："谨记，不可对外人言，不然那些大臣欺负你，你也没有办法。"

就在刘娥带皇太子告庙的同时，皇宫里一片繁忙。内侍在忙着布置灵堂，宗亲、百官接到紧急札谕，已在宣佑门外哭临，列班。翰林院和政事堂诸曹，则忙着对事先起草好的皇帝登极诏、册封皇太后制书等进行最后的审核。偏殿里，参知政事王曾执笔起草遗诏。他面容严肃，眉目如画，神态庄重，做事缜密，当提笔写下"杨淑妃为皇太妃"时，又停住了，对丁谓道："晋公，皇皇遗诏，写入晋一个妃子为太妃，不庄重吧？"

丁谓不耐烦地说："遗诏能改吗？适才皇后亲口说的。"

王曾没有再辩，低头继续书写。丁谓侧过脸去，看见"以皇太后权听断军国大事"一句，伸手指点着"权"字道："此字似可删去。"

"晋公！"王曾突然色变，慷慨激昂道，"官家年幼，由母后听政，这已经是我大宋朝的不幸之事了，有了这个'权'字，还可以让天下人稍有安慰，怎可删掉？！"

丁谓脸一红道："好好好，就按参政说的。"

遗诏起草完毕，刘娥也领着太子回到了延庆殿，正殿里已然安放了梓木镶金棺椁，随之即为大行皇帝行大殓礼：众内侍将大行皇帝遗体入棺，棺前设几筵，安神帛，立铭旌。礼毕，皇后、太子身着素服致奠。这时，刘娥才传口谕，着宗亲和文武百官进延庆殿哭临。

"三哥啊——大行皇帝啊——"在众人的哭喊声中，八大王赵元俨的声音最为高亢。

哭拜礼毕，百官列班，宣赞舍人宣读大行皇帝《遗诏》：

> 门下。朕嗣守丕基，君临万寓……皇太子赵祯。予之元子。国之储君。仁孝自天。岐嶷成质。爰自正名上嗣。毓德春闱。延企隽髦。尊礼师傅。动遵四术之教。诞扬三善之称。矧穹昊眷怀。寰区系望。付之神器。式协至公。可于柩前即皇帝位。然念方在冲年。适临庶务。保兹皇绪。属于母仪。宜尊皇后为皇太后。淑妃为皇太妃。军国事权兼取皇太后处分……

宣读毕，赵元俨高声哭喊："三哥啊——"哭声中传递出的是痛心疾首的失望与无奈。百官被这哭声所感染，不顾礼仪，纷纷大哭起来。这哭声，表达的是对女人执掌朝政的不满，是对堂堂七尺男儿不得不拜在女人裙裾之下的屈辱！

刘娥站在大行皇帝梓宫前，冷眼看着面前的场景，一摆手，吩咐罗崇勋道："请皇太子出，灵前即位！"

皇太子赵祯身着龙袍，走到灵前，宣赞舍人一声高唱："遵大行皇帝遗诏，皇太子灵前即位！"说罢，宣读《登极诏》。

丁谓率百官跪地拜贺："皇帝陛下万岁！万岁！万万岁！"

"众卿平身！"赵祯用带着稚气的声音高声道。

宣赞舍人又高唱一声："宣晋封皇后为皇太后制书！"说罢，将制书展读一遍。丁谓率百官再拜："皇太后陛下千岁，千千岁！"

刘娥扭脸看了一眼身旁的幼子，五内俱焚，泣不成声。在赵恒活着时，她不敢说出口的一个事实是，唐末五代近百年间，凡是幼主继位的，不是不久就惨遭杀戮，就是随之与国俱亡，没有一个顺利度过权力交替危机的。如今，当天下又一次出现幼主的时候，刘娥感到责任重如泰山，她暗暗发誓，一定要抚育赤哥儿长大成人，一定要把赵恒托付的江山社稷守护住！

031

第二章 朝堂风波迭起 皇后处变不惊

第三章
不动声色罢权臣　三言两语破招数

1

　　身材瘦高的丁谓，过去常常佝偻着身子出现在众人面前；突然之间，他挺直了腰杆，眉宇间散发出一股豪迈之气。

　　每天散朝回家，丁谓总会在自家的院落里走上一圈。他特意命沿着围墙内侧修了一条环形甬道，每当漫步甬道，他都会生出几分得意，甚或触发灵感。这座院落，是去年秋天刚刚建成的。当初，这块地皮位于偏僻的水柜街最不起眼的地方，非常低洼，闲置多年无人问津，价格极其低廉。丁谓买入后，找到间壁的集禧观，和道长商定，自己出资为道观开凿一个水池，取出的土用于垫高所买洼地，这块地一变而高爽，丁谓即在此建造了宅院。无论是同僚还是下人，抑或是左邻右舍，不是暗自嘲笑就是大为不解：偏僻之地，上街、上朝都要绕行好远，劳累奔波，何苦来哉？可这样的嘲笑声尚未止息，突然之间，人人都惊叹起来！丁谓奏请皇上，传旨权知开封府吕夷简，开保康门为通衢，丁谓的住宅，顿时成为要津，上朝也不必再绕行了。

　　这是智慧和权力的明证。此刻，丁谓背手走在甬道上，脸上像是写上了"得意"二字。寇准、李迪以戴罪之身被放逐；前不久，他又略施小计，将王钦若由西京赶到了杭州，已经没有人再威胁到他的地位，而一个更大的杰作也已完成，掌握最高权力的皇太后，将成为他手中的木偶。

　　根据大行皇帝遗诏，皇太后临朝称制，宰执大臣联袂上奏，请示太后听政所御之殿，太后让内押班雷允恭传谕："皇帝视事，当朝夕在侧，何需别御一殿？"照太后的说法，宰相的权力反倒不如先帝在日了。丁谓提出了自己的主张：皇帝年少，太后又不便直接面对外臣，百官于每月初一和十五在崇德殿朝见皇上，大事则由太后召见宰执于承明殿断定，日常事务由宰执在政事堂决定，交内押班雷允恭传奏禁中，请太后裁示，太后的裁示再由雷允恭传达于政事堂。

这意味着，太后与皇上、太后与大臣，均被隔离开来，一切取决于宰相的奏报，而居间传达的内押班雷允恭，丁谓已与他结为密友。女人治天下，本就名不正言不顺，又不便经常与外臣相处，朝政大权，势必落入宰相之手。丁谓暗笑寇准、李迪之辈，只知蛮干，不谙人情。先帝与中宫感情甚笃，中宫与今上母子情深，他们却试图通过离间计将中宫排斥出局，只能头破血流。

一想到寇准、李迪，当年受到的种种凌辱顿时浮现在眼前，丁谓撸了撸袖子，做了一个刀劈的动作，发出一阵解气的笑声。他无心再漫步，快步走进书房，提笔拟写奏表。

过了两天，雷允恭来政事堂传旨：皇太后在承明殿召丁谓、冯拯、王曾奏对。

承明殿位于宣佑门西廊之北，大中祥符七年建，是皇宫内惟一一座坐南朝北的殿阁，俗称倒座殿。殿中御座前，垂着一道纱帘，召对大臣则垂下，大臣退出则卷帘。这是赵恒驾崩后，刘娥第一次在承明殿召对宰执。她坐在帘后，声音沙哑地说："众卿，新皇登基，已大赦天下，蠲免赋税，但哀家近闻，一些地方谷价上涨，恐影响百姓生计，当尽快施策，平准京东、京西、河北、淮南等地谷价。"

丁谓吃了一惊，环视同列，似在探问：谁奏报太后的？

刘娥隔帘看得真切，担心宰执大臣相互猜忌，解释道："先帝常遣内官采择市井议论，哀家不过仿效先帝而已。"

丁谓、冯拯不禁交换了一下眼色。宫内传出的消息，先帝上仙后，太后哀伤过度，整日哭哭啼啼，谁知第一次召对宰执，竟有心思说到这个话题。稍一思忖即明白了：太后是怕大臣小看了她，摆出胸怀天下的姿态，想尽快拿出政绩来，赢得臣民的承认、尊重。

第三章　不动声色罢权臣　三言两语破招数

"臣等正在商议对策，请太后放心。"丁谓奏道。

"先帝在位二十五年，天下大治，民受其惠。"刘娥又道，说着，声音变得哽咽起来，"凡先帝葬祭之礼，务极崇厚，还要在山陵旁建一座禅寺，以修梵福！"

"太后，先帝遗诏有一切从简……"王曾提出了异议。

不等王曾说完，刘娥就厉声打断了他："哀家宁可不吃不喝，也要风风光光安葬先帝，也要让山陵有香火、先帝不孤寂！"

王曾不甘心，辩驳道："太后，臣以为如此铺张，不是纪念先帝的好办法。对先帝最好的报答是奖忠直、远小人、成圣德。"

刘娥不理会，以决断的口气道："命丁谓为山陵使，全权负责营造先帝山陵事宜，众卿也要协力谋划，不要辜负了先帝。"说着，又哭泣起来，"先帝是好皇帝！临终时，执手把幼主、天下托付于哀家，哀家盼卿等协力，君臣一心，把天下治理好，告慰先帝在天之灵，哀家也好见先帝于九泉。"

"太后陛下放心，臣等必尽心竭力！"丁谓表态道，停顿片刻，问道，"臣昨日上章，不知太后是否御览？"

刘娥不语。昨日，她看到丁谓奏表，言寇准、李迪勾结宦官周怀政，在先帝面前挥刀自残，又接连政变，导致先帝屡受刺激而病情加重，建言追究寇准、李迪责任。这不禁勾起刘娥对往事的回忆，曾经遭受的屈辱，化作了一团复仇的火焰！对赵恒的无尽思念，也转化成对摧折他的健康者的痛恨！刘娥想严惩寇准、李迪，可新朝开局，孤儿寡母，凡事还是谨慎为好，她一时拿不定主意。

丁谓见太后沉默，奏道："臣这就命知制诰起草敕书。"言毕，告退卷班。

回到政事堂，丁谓召知制诰宋绶，命他起草再贬寇准、李迪的敕书。次日，宋绶将《寇准贬雷州司户敕》呈上，丁谓浏览一遍，皱眉道："身为知制诰，我看你对制诰如何写，知之甚少！"说着，提笔在文稿上加上一段话："寇准包藏凶德，背弃大恩，与逆阉以通谋，构厉阶而干纪。果上穹之降遣，俾渠魁之就擒。始其告变之辰，适当违豫之际，阽危将发，震骇斯多。"

宋绶一脸惊悚道："照相公的贬词，则寇准、李迪可斩！"

丁谓不耐烦地说："知制诰不知内情，照抄就是了。"

王曾踌躇再三，还是忍不住，对丁谓道："晋公，说寇公参与政变，又说先帝崩逝是受此刺激，未免牵强。加此罪名，有失厚道。"

"参政还要替寇准辩护？"丁谓冷笑道，"让太后知道了，恐你这个居停主人也保不住咯！"

王曾悚然。当年周怀政政变事发，寇准以为朝廷会抓捕他，仓促之间乘车到王曾家里躲避多日。若丁谓纠缠此事，王曾难脱干系，他也就不敢再言，只得对宋绶道："照晋公的意思办吧！"

宋绶只得按照丁谓的修改稿，重新抄写一遍，丁谓、冯拯、王曾都在纸尾签署了名字，呈报禁中。

刘娥接到敕书一看，寇准贬雷州司户参军、李迪贬衡州团练副使。可细看贬词，二人又都是死罪。她提笔要在敕稿上批出"不许"二字，即将落笔时，又停住了。自语道："寇准、李迪危言耸听要防武氏之祸，倘若我真是武氏，仅凭这通贬词，就足可把寇准、李迪杀了！"可"杀"字一出口，连她自己也吓了一跳，又拿起笔，在奏表上批了一个"许"字。

内押班雷允恭将太后的御批送到政事堂。丁谓向他递了一个眼色，雷允恭心领神会，跟着丁谓到了他的直房。

"侍御，要差你信任的中使前去向寇准、李迪宣旨。"丁谓神情诡异地说。

"吓？"雷允恭哑哑嘴，"相公的意思是？"他做了一个刀砍的动作。

丁谓摇摇头，附耳叮嘱了几句。

2

每到夜晚，康保门外水柜街就会出现行踪诡秘的身影，躲躲闪闪着钻进丁谓的宅邸。

几年前，丁谓遇到一个叫刘德妙的女道士，因先帝崇道，丁谓就想从女道士那里修习道教，将她请进家中供养。先帝驾崩后，太后不信道，丁谓本欲将刘德妙请走，刘德妙说她有太上老君附体之功，可在家中做法事。丁谓又把她留了下来。起初，只是丁谓邀请一些对他有用的人参与，内押班雷允恭，就是因为受邀参与法事，与丁谓结成了密友；寇准、李迪被远贬的敕书一颁布，朝野为之震动，一时人心惶惶，为向丁谓表示亲近，纷纷呈启，请求到他的宅中做法事。

诡异的人影中，也有未进丁宅的，而是探头探脑后，跑到了皇宫内的万岁后殿。

刘娥早在幽居期间，就有打发侍女到市井打探消息的经历；赵恒在世时，也常差内侍到街面采集舆论。如今她身为女主，与群臣接触多有不便，遂安排几名侦事内侍，专责到街面打探各种消息。水柜街丁宅前的异常情形，吸引了侦事内侍的注意力，他们把打探到的消息随时向太后密报。当年李沆、王旦做宰相，严禁官员到私宅拜谒，寇准则是终日招饮，丁谓却在私宅做起了法事。那些参与做法事的内外官员，不是行贿，就是结党，终归不是光明之举。刘娥顿生反感。对丁谓，她一直有感恩之心。且不说丁谓的才干、政绩令她感到满意；多年来，为了给赵恒解颐，每每求助丁谓，丁谓也是一直维护她的，可谓忠心耿耿。听到在起草《遗诏》时丁谓与王曾就要不要"权"字的争论，更是让刘娥感动。可是，此时，刘娥对丁谓的动机突然生出怀疑。照常理，身为士大夫，对女主临朝有抵触情绪，倒是可以理解，丁谓为何反而试图删除那个"权"字？删除"权"字，意味着太后可以一直掌权到死。丁谓是不是觉得女人好应付？难道，这么多年来丁谓的恭顺都是韬光养晦，一直在利用她？

看来，是要敲打一下丁谓了。

"众卿可知，哀家尚俭朴，奢靡已不能容忍，况贪墨乎？"这天在承明殿召对，宰执尚未奏事，刘娥先说话了。

丁谓等人一脸茫然。

"有贪官，路人皆知！"刘娥冷冷道。

丁谓一惊，小心翼翼问："臣有失察之过，但不知贪官为何人？"

刘娥沉默了半天，才道："知福州陈绛，赃污狼藉，众卿闭目塞听，何故？"侦事内侍向她密报，街谈巷议，知福州陈绛有贪名，适才她故意先不说出来，以便敲山震虎。

丁谓松了口气，奏道："外方之事，须本路转运使有参劾，或台谏有弹章，今陈绛贪墨一事自宫中揭出，万一传闻不实，所损何其大！"

刘娥被噎住了。但她并未退让，而是以严厉的语气道："传旨审官院、御史台，加意肃贪，拿到真凭实据，不管是谁，绝不轻饶！"

丁谓心头一颤，躬身道："太后圣明！清污俗，正士风，臣等必身体力行！"

刘娥又道："天禧元年蝗灾时，外廷浮议，谓朝廷鲜纳谏诤，先帝于是下诏增设谏官、御史各六员，增其月俸，不兼他职。但此事拖至今日仍未落实，不能再拖了。"

众人又是一脸茫然。历来皇帝对台谏官颇是忌惮，太后因何主动要扩增台谏？

"记得祖宗有说法，台谏官不能由宰执举荐，应由翰林学士、三司副使、御史知杂一起举荐，是这样吗？"刘娥问。

"臣隐隐约约记得有这么回事。不过寇准做宰相的时候，台谏官都是他举荐，规矩早被他坏掉了。"丁谓回答。他顿时明白了太后的用意，扩增台谏官，既可树立善于纳谏的形象，又可牵制宰执，矛头似乎是对着他的。

"寇准做宰相，规矩都是给别人定的，不能约束他。所以他终归做不长久。"刘娥意味深长地说，突然问丁谓，"丁相，闻得贵宅有位女道士，甚有法力，卿可否让她入宫一见？"

丁谓"滋"地吸了口气，慌忙答："无名道姑，何敢污大内、仰圣慈！"

刘娥一笑道："呵，那就不见了。"

她本就没有打算见什么道姑，只是敲打丁谓的。从侦事内侍随后的密报中得知，水柜街丁宅前，突然变得一片寂静，再无车马穿梭。显然，敲打取得了预期效果。丁谓到底是有敬畏、知进退的，不像寇准那样我行我素。刘娥这样想。自此，对丁谓说话，变得和缓了许多。

可是，这样的风平浪静并没有持续多久。这天，刘娥刚用完了晚饭，一个内侍低声奏报：内西头供奉官杨怀敏求见。

"他一个内官小头目，有什么事还要见我？"刘娥不悦道。内侍战战兢兢退出。刘娥忽然想起，杨怀敏两个月前奉命向寇准、李迪宣旨去了，必是有机密奏报，便唤内侍，宣杨怀敏来见。

杨怀敏一脸憔悴，神情紧张地进了万岁后殿。他本是雷允恭的心腹，所以才被指派去向寇准、李迪宣旨。临行前，雷允恭密嘱：到了寇准、李迪的贬所，用锦囊藏一把宝剑，举于马前，先不要急于宣谕。

他自然明白，这是为让寇准、李迪误以为举尚方宝剑来杀他们的，以逼其自裁。杨怀敏照着做了。他先到了郓州，李迪闻报，果然误以为是来赐死的，便要自缢，被他的儿子救下。到了道州，寇准正在宴饮，出来接旨时，看到像是有尚方宝剑，便问有无赐死诏书，杨怀敏只得向他宣读贬雷州的敕书。寇准脱掉道州司马的官服，换上便服，继续饮酒。二人都没有死，杨怀敏担心不好向雷允恭交差，更怕受到他和丁谓的报复，为了自保，想出了直接向太后奏报的计策。作为雷允恭的心腹，杨怀敏所知内情甚多，除了举报丁谓欲置寇准、李迪于死地这件事外，索性借机将其所知一股脑都抖搂出来：雷允恭与丁谓暗中勾结，里应外合，把持内外，重要章奏都是先送给丁谓阅过后，再送内廷；内廷旨意，雷允恭转达于丁谓，丁谓再转达于政事堂，丁谓说什么，如有同列提出异议，他就说这是太后的意思，二府三司大臣皆不敢与之争。

刘娥听罢，出了一身冷汗！若寇准、李迪二人真的自杀了，杀士大夫的责任，一定会由她来承担，朝野势必会说，先帝不该把天下托付给女人。还有，当初她传谕要与皇帝朝夕在侧，丁谓偏偏提出一个将她和皇帝隔开的方案，却原来暗藏玄机！刘娥气得浑身发抖，只有一个念头：罢黜丁谓！但是，很快，她就冷静下来。先帝去世不过两个月，外有契丹、西夏，或许会乘先帝新丧、孤儿寡母之际突然变脸；内有对太后临朝充满敌意的大臣，不测之事随时可能发生，稍有不慎，大局崩坏，这个时候，怎可轻易罢黜宰相？现在，对大臣，最需要的是安抚，而不是打击。当然，也不能一味安抚，让他们觉得女人软弱可欺。她在殿内徘徊良久，终于想出了一个对策，命雷允恭传旨：明日辰时，在承明殿召对二府大臣。

"卿等俱为先帝所用元老大臣，忠心谋国，皇帝即位时虽已为百官晋爵，但不足以酬卿等之功。丁谓、曹利用二卿有勋劳，冯卿是三朝元老，俱拜侍中，其余王曾等俱加爵位。"刘娥和颜悦色地说。

众人大感意外。侍中是加于宰执大臣的崇高荣衔，自开国以来，只有两人获得过。太后尚未正式临朝听政，一日同授三侍中，虽是鉴于局势未稳，有意笼络宰执大臣的，可如此滥授国器，未免耸人听闻。王曾不避嫌疑，提出了异议："新朝开局，当重国器，臣敢请太后收回成命！"

"臣不敢受！"丁谓、冯拯、曹利用也异口同声道。

"卿等不必谦辞。"刘娥坚持说，又道，"先帝甚赏识吕夷简、钱惟演、晏殊，知开封府吕夷简升参知政事，翰林学士钱惟演升枢密副使，知制诰晏殊升翰林学士，卿等以为如何？"

安抚旧臣，原来是为了起用新人，未免太急切了些。可太后打的是先帝赏识的旗号，众人也不便反对。

丁谓倒吸了口凉气。看来，女人，未必比男人好对付！难怪都说蜀女多慧，也难怪先帝对她须臾难离。这么聪慧的女人，什么看不明白？丁谓突然感到一阵恐惧。正好雷允恭来传旨，丁谓急忙把他叫到直房，悚然道："侍御，太后已起疑心，你不能留在京城了。"

"相公多虑了吧？小奴整天在太后身边，没有看出来呀！"雷允恭不以为然道，又一扭身子，"小奴是不愿离开京城的。"

"那就只能是我离开咯！"丁谓一摊手道，"不然，就是你我二人一起被赶出京城！"

3

雷允恭走进承明殿，一言不发，"嗵"的一声跪在地上。

"雷允恭，你这是做什么？"刘娥吃惊地问。

"太后娘娘，小奴思念先帝不止！小奴恳请太后娘娘恩准，让小奴到永安去，督修先帝山陵。"雷允恭叩头道。本来，他不相信太后已然对他和丁谓起疑心，也不愿意离开京城；可一听丁谓说让他去督造山陵，不禁大喜。修造山陵，经费充足，金银犀玉不可胜数，油水不少，便爽快地答应了，当即就来到承明殿，向太后提出请求。

刘娥暗忖：丁谓果然多智，察觉到了，分明是要避嫌。但她故意不准雷允恭所请。

雷允恭痛哭道："太后娘娘，小奴此生得先帝恩典，效命之事，从不甘人后。如今报答先帝的，就是为先帝修造好山陵，太后娘娘不许小奴去效力，是不是小奴有什么罪过啊？"

刘娥平静地说："你自幼侍奉先帝，这么多年，也没什么过错。"

"倘若太后娘娘认为小奴无罪过，那就恩准小奴去吧！"雷允恭边痛哭边叩头不止。

刘娥眼珠快速转了两圈，道："丁谓是山陵使，此事，须与他商量。"说罢，吩咐内侍传丁谓到承明殿奏对。

须臾，丁谓进殿，一听太后是为雷允恭去山陵事，他佯装对雷允恭的请求一无所知，大大方方地说："既然雷允恭恳请，臣以为不妨允准了他。"

刘娥隔帘细细观察丁谓的表情，问道："卿家，内外传递，全仗雷允恭，他一走，怎么办？"

丁谓答道："内外传递，无非跑腿罢了，内官谁都能做。"

"是吗？"刘娥眉毛一挑道，"既然卿家这么说，只好放雷允恭去了，内外传递的事，让杨怀敏权代吧！"

丁谓和雷允恭对杨怀敏有辱使命十分气恼，正要着手惩治他，不料他却获得了太后如此信任。丁谓不禁有些后怕，暗忖：低估女人，会铸成大错！一回到政事堂，当即写敕书。让他为难的是，修造先帝山陵各项职务，都已有人出任，丁谓蹙眉略一思忖，命雷允恭为督修山陵特使，即刻离京！

雷允恭接到敕书，兴冲冲向永安而去。谁也没有想到，雷允恭踏上的，是死亡之旅。

本朝祖制，皇帝生前不营建陵寝，驾崩后则定为"七月葬期"。赵恒的山陵，在他病重时即命天监司到永安踏勘选址，经过烦琐的程序，最后选在卧龙岗。赵恒驾崩后，立即动工营造。

雷允恭的职衔是山陵特使，相当于朝廷山陵使的代表。他一到永安，判天监司邢中就悄悄对他说，安葬先帝灵驾的皇堂上移百步，才是宜子孙的吉地。雷允恭踏勘后决定，停止在旧址掘穴，下令改为在宜子孙的吉地重新开掘。众人皆知雷允恭炙手可热，不敢违抗，工役几万人便转移到他指定的新穴破土动工。雷允恭这才日夜兼程回京奏报。

一到京城，雷允恭顾不得洗脸，就径直到万岁后殿去觐见太后，将先帝山陵皇堂上移百步宜子孙，他已令工役在新址开工的事奏报一遍。

刘娥责备道："这么大的事，岂可轻易决断？"

雷允恭叩头道："太后娘娘，小奴踏勘时，眼前浮现出的，是太后娘娘孙男娣女绕膝的场景，方斗胆先斩后奏的。"

"宜子孙"的说法，委实让刘娥动心。赵恒只有赤哥儿这一个儿子了，她盼着赤哥儿长大成人，也盼着后嗣繁衍昌盛，如新址果有这样的吉兆，未尝不可改移；可皇堂勘定是经过烦琐程序定下来的，一个内官说变就变，未免轻率。她一时拿不定主意，只好说："丁谓是山陵使，你该先征询他的意见才是。"

雷允恭急忙到政事堂拜见丁谓。

丁谓见雷允恭刚走几天又回来了，不禁大惊。听完他的禀报，暗暗抱怨雷允恭多事，万一出事或者误了工期，责任非轻；但雷允恭已下令在新穴动工，若再改回去，势必要追究其责任。思来想去没了主意，所无可否，惟惟而已。

雷允恭当即返回万岁后殿，奏报山陵使无异议，刘娥也就点头同意了。

意外在雷允恭还未赶回卧龙岗时就发生了：新穴开挖几尺，即出现了许多卵石，再挖下去出现冒水。葬地受水，尸骨散架，此乃凶兆。修奉山陵部署杨崇勋下令立即停工，差人火速回京，向山陵使丁谓禀报。丁谓叫苦不迭，又怕追究雷允恭，便以改穴乃太后钦定，不宜朝令夕改为由，命杨崇勋勉力完成。杨崇勋还是不放心，又差人回京直接向太后请训。

刘娥闻报大惊！营造山陵之事进展迟缓，还闹出这样的麻烦，如何对得起先帝？天下人会不会嘲笑她，到底是女人，成不了大事？都是雷允恭，一个内官，竟敢先斩后奏改了皇堂选址！她怒不可遏，召新任入内省都知罗崇勋到万岁后殿，吩咐道："雷允恭竟敢擅移皇堂，传旨皇城司,即刻差逻卒到永安,就地密审!"说完,提笔写手诏交与罗崇勋,"速去!"

罗崇勋出了万岁后殿偏门,迎面遇上了雷允恭。

"我要觐见太后!"雷允恭说着,从怀中掏出一张舆图,"太后御览此图就一目了然了!"

罗崇勋挤出一丝笑意,没有说话,却也没有走开。雷允恭请侍卫通禀入奏。须臾,侍卫回禀:太后娘娘不见。雷允恭愕然失色,急忙去见丁谓。

丁谓这才感到事态严重,一面命雷允恭速返山陵工地,一面上表请求差人前往永安实地踏勘。刘娥接报,指令尚未交开封府印的吕夷简火速前去踏勘。

吕夷简探勘后回奏,皇堂当仍用旧址。刘娥还不放心,再差参知政事王曾前去复勘,并祭告祖陵;又传旨丁谓召百官集议此事。

丁谓奏报,群臣建议采纳吕夷简之议,仍用旧址,但不妨等王曾复勘回来,若他也持此议,届时再动工。

刘娥正踌躇间,接到罗崇勋奏报,查得雷允恭盗窃山陵财物,计库金三千一百一十两、银四千六百三十两、金帛一千八百匹、珠四万三千颗、玉五十六两、犀带一条、黄铜七十两。刘娥气得浑身颤抖,当即传旨,山陵恢复工役如初。

丁谓大惊!怎么太后不等王曾回来就下令复工?他意识到,自己已失去对局面的掌控,不祥的预感,蓦然涌上心头。

4

复勘山陵回京后,参知政事王曾突然变得婆婆妈妈起来。连续几天,每到散班时分,他都会叹息不止,眼圈泛红,一副可怜状。

"参政,有何心事?"丁谓终于忍不住问。目下他处境微妙,生恐同僚落井下石,便处处表现出对他们的关心。

王曾露出可怜巴巴的神色,闷然道:"唉——晋公,下官真是羞于说出口啊!下官少孤,只有一个姐姐,姐姐只有一子,此子从了军,做士卒，在军旅不守军纪，常被杖责，他又在家书里将此告知下官的老姐，老姐几次捎信来，求下官让她的儿子回家。"

丁谓一笑道："我以为是什么大事，参政上表向太后陈情，除了令甥的军籍也就是了。"

王曾拱手道："下官位列政府，有外甥如此，岂不有辱朝廷，哪里好意思向太后开口啊！只是苦了我那可怜的姐姐了！"说着，竟掉下了眼泪。

"谁家没有点私事？这等事，不足为愧！"丁谓劝道，"参政还是早点向太后陈情，让令甥早脱军籍，免得参政为此事烦心。"

过了两天，在去往承明殿奏对的路上，丁谓问王曾道："参政，令甥的军籍解除否？"见王曾摇头，遂关切地说，"家门事，不可总拖着，奏对毕，我在阁门候着，你务必留下向太后陈情。"

果然，待奏对完毕，丁谓还记挂着此事，向王曾使了个眼色，便卷班退出了。王曾屏息细听，确认丁谓已出了殿，突然跪地，以急促的语气奏道："太后陛下，丁谓天资险狡，多阴谋，视太后为女流、皇上为婴孩，不足临天下，遂勾结内官、窃弄权柄、包藏祸心，社稷将危，臣不敢不奏！"

刘娥吃惊道："卿言非同小可，有何凭据？"

王曾早有准备，奏道："太后陛下，丁谓过去看似依附，处处维护太后，实则是以太后为靠山，打击政敌，谋取权位；如今他得到权位，不惟不把太后放在眼里，反而又想夺了太后的权力！"接着，将丁谓勾结雷允恭隔绝内外说了一遍。

刘娥默默地听着，一语不发。她从杨怀敏的奏报和侦事内侍那里早已听说过了，王曾的奏报，在她听来，并无新意。

"太后陛下！"王曾终于拿出了他的撒手锏，"臣在永安踏勘时方知，丁谓令雷允恭所选皇堂新址，乃绝穴！臣不知丁谓是何居心，意欲何为！"

王曾奉命到永安复勘皇堂选址，返程途中，在郑州马铺与传旨复工的钦差相遇。他心里不禁打鼓：既然差他去复勘，因何不等他回去就急急复工如初？王曾判断，不是太后对他不信任，是对雷允恭失去了信任。

而首相丁谓，与雷允恭是连为一体的。从此时起，王曾就决心抓住这个契机，驱逐丁谓。刚回到京城，王曾就得到一个惊人的消息：内押班杨怀敏携密旨，御史台、刑部、大理寺合议，将雷允恭就地杖死，没收家资入官。雷允恭死无对证，王曾决计付诸行动。但丁谓已将大臣与太后隔绝，他没有机会单独面见太后，这才故意装作婆婆妈妈，果然蒙蔽住了丁谓，争取到了这个机会，遂编造出丁谓勾结雷允恭故意为先帝选"绝穴"的罪名。

"绝穴"二字，深深刺痛了刘娥的心。这不是要让赵恒断子绝孙吗？连带的，也诅咒了赤哥儿。刘娥愤怒了！赵恒、赤哥儿，是她最爱的人，这么多年来，她所做的一切，都是为了保护这两个男人。现在，居然有人以这种卑鄙的方式，诅咒、伤害他们，刘娥气血上冲，眼冒金星，"丁谓该死！"她骂了一句，蓦地冷静下来了。雷允恭的供词里，并未有丁谓嘱他移皇堂之说，而且雷允恭一口咬定，之所以移皇堂，是因为新穴宜子孙，与王曾"绝穴"之说大相径庭。王曾为何等雷允恭已死才揭发此事？这样想来，刘娥由愤怒转为悲凉，都不是什么君子，且不可上其当！她叹息一声道："卿家退下吧！"

王曾退出承明殿，刘娥独坐御榻，陷入了沉思。她不相信王曾构陷丁谓为赵恒选绝穴的话，但王曾所言以往丁谓处处维护她实则是为谋取权位的话，却让刘娥对丁谓所有的感激之情顷刻消散。寇准、李迪反对她，摆出的是堂堂之阵，正正之旗；丁谓维护她，无非是为了与寇准、李迪争夺权位，如今他如愿以偿，却试图架空她，岂不是与寇准他们异曲同工、殊途同归？他们都是轻视女人的，满朝文武，明里暗里，都在轻视乃至敌视她。那就杀鸡骇猴，以罢黜丁谓立威！

宣佑门外，丁谓在焦急地等待王曾，心里不禁打鼓，好不容易见王曾走过来，刚想问他何以耽搁如此之久，王曾却含怒不揖而去，丁谓方知上当，顿足戾耳，悔之不及，急忙向钱惟演求救。

第二天午时，内押班杨怀敏传旨，冯拯、王曾、曹利用、晏殊、钱惟演到承明殿奏对。刚一进殿，就看到殿廷正中摆着一张条案，条案上陈列着一套金酒器。众人面面相觑，帘后传来太后的声音："都是丁谓托雷允恭让后苑工匠打制的。"说着，又命内侍拿出一沓文稿向众人展示，皆为雷允恭写给丁谓的书函，多是请丁谓为他的亲朋谋取官职的。

刘娥怒道："官职乃国家公器，内官与大臣沆瀣一气，予取予夺，成何体统？"

钱惟演抢先奏道："丁谓用人理事，还是讲规矩的。"

"钱卿，你当回避！"刘娥冷冷道。

冯拯奏道："自先帝上仙，朝政皆丁谓与雷允恭同议，对臣等则说是得了太后旨意，臣等莫辨虚实，不敢与之争。幸赖太后圣神，省察其奸，实乃我皇宋社稷之福！"

刘娥顺势道："每次丁谓通过雷允恭奏事，哀家都会问，众卿是否商议过，雷允恭皆曰丁谓已与卿等商议妥当了，故而哀家才准了他。渐渐地，哀家察觉了二人的矫诬，正要与卿等商议办法，雷允恭擅移皇堂事发，丁谓与雷允恭胆大妄为，竟敢擅移皇堂，差点误了大事！丁谓当罢，就照先例，授他太子少保，分司西京。"

"太后圣明！"承明殿响起一片欢快的颂扬声。

"冯卿暂留议事，众卿退下吧！"刘娥平静地说。

王曾、曹利用、晏殊、钱惟演等人卷班退出。出了承明殿，曹利用与晏殊相互对视一眼，似乎不敢相信眼前发生的一切。晏殊加快步伐，追上低头而行的王曾，慨然道："王公，今日离先帝上仙，刚过去四个月又五天。太后一举逐鹤相，这与武后除长孙无忌，有异曲同工之妙！可武后尚且是借高宗之手，而我太后却是独决策，手段在武后之上！"

王曾微微一笑，没有说话。

在直房枯坐的丁谓闻听同僚的声音，踉踉跄跄赶往宣佑门，哀求奏对，刘娥接报，漫不经心地说："来就来吧！"

丁谓进殿，跪在帘前，凄凄哀哀陈述移皇堂之事的来龙去脉，以求解脱。说了半天，却不见帘内回应，丁谓越发焦急，边叩头边回忆起了过往一力维护中宫之事，说得涕泪横流。内侍卷起纱帘，对丁谓道："相公在和谁说话？"丁谓抬头一看，帘后空空如也，太后不知何时走开了，见此情形，顿时瘫倒在地。过了片刻，蓦地爬起来，喃喃道："我不能就这样完了！"说着，摇摇晃晃出了承明殿。

5

接到丁谓被罢次日就悄然出京的消息，刘娥良久无语。都说丁谓多智，当年先帝已然降麻罢了他和李迪的相职，丁谓硬是让先帝收回成命，只隔了半天就让他重新复相。这次，丁谓真的就这么轻而易举、服服帖帖地走了？正疑惑间，忽有阁门吏来奏：道士刘德妙请求入参。刘娥没有踌躇，当即允准。

次日辰时刚过，刘德妙一身道士装扮进了万岁后殿。刘娥觑了她一眼，是一个气度不凡的中年女子，长相俊秀，目光狡黠。见过礼，刘德妙先呈上一首诗，请刘娥过目。刘娥一看，是丁谓临行前赠给刘德妙的告别诗，题为《混元皇帝颂》。再细细观看，读出了其中三昧：丁谓借颂扬刘德妙，拐弯抹角夸耀自己德能非凡。刘娥读罢，把诗稿放于御案，没有说话。刘德妙又掏出一个锦盒，捧递于御案，闭目祷告了几句，才缓缓打开。刘娥看过去，见里面装着一只脊背上有几道金线的小乌龟，甚为不解。刘德妙奏道："太后陛下，此乃太上老君化身！"

刘娥一皱眉，不悦地问："道士何以晓得？"

刘德妙神情诡秘地说："太后陛下，丁相公非凡人，他应该能够分辨出来，若太后陛下不信，可命丁相公一辨。"

闻听此言，刘娥对丁谓仅存的一丝同情陡然间被愤怒的情绪所驱散。

随着丁谓被罢黜，刘娥期盼着，这场突如其来的罢相风波，就此止息。听到丁谓离京的消息，除了疑惑，内心还生出一丝愧疚。丁谓曾经给予的一次又一次明里暗里的襄助，不时在她的脑海中闪现。为了立威，以霹雳手段罢黜丁谓，倘若他有兔死狗烹之叹，或许也不能说错。她不想让这件事再发酵，对中枢也没有大的调整，只是冯拯以集贤院大学士晋昭文馆大学士，取代了丁谓。她之所以爽快地同意刘德妙入参，更多的是出于对丁谓的愧疚。可刘德妙的一番表演，让刘娥一眼看穿了丁谓的心机。她脑海里闪出寇准的形象。寇准罢相，内心不服，几次三番求见，向皇帝申冤，要求复职，那时，刘娥对寇准嗤之以鼻，可寇准毕竟敢公开提出来，称得上堂堂正正；与此相比，丁谓的做法，就显得猥琐不堪了。尤其是，一个女道士，装神弄鬼，跑到她这里为丁谓说项，自己还满怀愧疚地接待她，刘娥有种被耍弄的感觉。她勃然色变，喊了声："来人！拿了，押往大理寺审勘！"

刘德妙吓得浑身发抖，说不出话来。一到大理寺，尚未动刑，就毫无保留地招供了。她入参的目的，果然是奉丁谓之命，一切都是丁谓交代她的；她还招供说，丁谓以做法事为名结党，不少朝臣都送密函请求参与法事，以巴结丁谓；丁谓接受四方赂遗，不可胜计；刘德妙与丁谓一子有染，也赫然见于供词。

看了供词，刘娥大怒，传旨皇城司与入内省，速速赶往水柜街查抄丁宅，并密嘱带队的罗崇勋，把官员写给丁谓的书函一律搜出，单独封奏。

查抄丁宅，果然搜出不少官员的密函。刘娥命内押班杨怀敏到政事堂传旨，召宰执承明殿奏对。待冯拯等人一进殿，刘娥即命传看刘德妙供词。众人尚未传看毕，忽听帘内"啪"的一声，像是太后把手中的团扇扔到了御案上，随之，是一声愤怒的喊叫："丁谓该杀！"

众人不约而同地打了个寒噤，垂首偷偷擦汗。

"太后陛下！"冯拯求情道，"大臣非谋逆，不宜诛杀，况新君甫继位即诛杀首相，骇人听闻。丁谓固然有罪，然非有谋逆之心，臣敢请太后宽待之！"

刘娥故意说杀丁谓，只是为了立威，冯拯给了台阶，她也就装作从善如流的样子，缓和了语气道："既然冯卿替他讲情，就饶他不死！"又吩咐内侍，"把证供拿来！"

内侍抱着一个布袋上殿，刘娥道："这都是朝廷里的人写给丁谓的！"说罢，又命内侍，"押走！"

宰执大臣战战兢兢，不敢出声。回到政事堂，冯拯心有余悸，对王曾道："这、这是要兴大狱吗？"

王曾也感到恐惧。扳倒丁谓，是他以构陷手段促成，但若牵连过广，弄不好会被骂为太后的帮凶，他忙给冯拯作揖道："相公，当年道士扶乩妄言宫中事被抄家，抄出不少朝臣的私函，时宰王文正公当即下令将搜出的书函烧毁，保护了不少人；冯公为宰相，此番端赖冯公维持。"

冯拯还礼道："参政，老朽衰病，不堪此任，这就向太后递辞表！"

"这……"王曾惶然，大汗淋漓。

先帝驾崩刚刚四个多月，寇准、李迪再贬，丁谓遭罢，刘德妙被捕，丁宅被查抄，宰相冯拯刚上任就请辞，一连串的事变，让百官感到错愕！无论是亲近寇准，抵制女人预政的；还是倾向丁谓，维护中宫的，都失去了安全感，一股恐怖气氛，在朝堂弥漫开来。

6

谁也没有想到，皇太后正式临朝听政的第一次朝会，是在百官人人自危的恐怖气氛中举行的。

赵恒驾崩将近半年了，乾兴元年的八月八日，皇太后刘娥第一次垂帘面对百官，在长春殿临朝听政。

罢黜丁谓后，按照太后懿旨，宰执大臣主持制定了皇太后听政仪规：太后与皇帝每五日一御长春殿，皇帝居左、太后居右，令中书、枢密院奏事，太后与皇帝共加裁酌；非御殿之日，凡军国大事及臣下陈乞恩泽，二府呈禀取旨；太后出旨称"予"，听政时口头称"吾"；太后所乘称大安辇，出行摆仪仗，鸣鞭。刘娥阅罢，嘴角挂着一丝冷笑，但还是提笔御批："如议。"

经过一系列事件，百官都见识了太后的手腕，但没有人发自内心甘愿受制于一个女人。刘娥正式听政的第一次朝会，气氛压抑。

一个女人，在先帝驾崩刚四个月时，不动声色间，突然罢黜了大权在握的宰相，朝野无不感到意外。抄丁谓私宅的举动，又加深了对刘娥罢黜丁谓动机的怀疑。当年，寇准与内官里应外合，谋划太子监国，其中，将帝、后移居太清楼的举动，无异于政变。事情败露后，也仅仅罢相而已。相比之下，丁谓的罪错，至多是想架空太后，何至于抄家？历史一再表明，女后、外戚、宦官，一旦掌握朝廷大权，因其缺乏正当性，遇到阻力时，每每使用严酷手段，以高压迫使士大夫屈服。唐之武氏临朝称制后，其统治手段之酷烈、李唐皇室和忠于皇室的正直之士遭遇之血腥，令人不寒而栗。难道，这等悲剧，真的要在大宋朝廷重演？

交了辰时，百官依序列班进殿。抬头望去，纱帘后，十三岁的皇帝和五十四岁的太后分左右并排而坐，气氛庄严肃穆。

屡递辞表而又屡被慰留的宰相冯拯，勉力支撑着，举笏道："今日皇太后临朝听政，臣率百官朝贺！"

刘娥悲喜交加，禁不住抽泣起来。半年来，她没有睡过一个安稳觉，今日正式垂帘听政，预示着新旧交替实现了平稳过渡，局势已然明朗。有些事，是该有一个了断了。她向内押班杨怀敏轻扬下颌，杨怀敏会意，一扬拂尘，宣赞舍人站立帘前，宣读对丁谓的"责词"和进一步的惩治：贬为崖州司户参军，四子全部降黜。

宣赞舍人宣读毕，一名内侍抱着一个布袋，出现在百官面前。

"众卿知道袋子里装的是什么吗？"刘娥问，又自答道，"都是你们里面的一些人，写给丁谓的私函！"

殿内一阵躁动，三司使林特站立不稳，晃了几晃，晕倒在地。殿班内侍见状，急忙上前把他架了出去。殿内变得死一般寂静，三司副使胡则脸上汗珠"啪嗒啪嗒"滴落到地砖上的声音，隐约可闻。

"众卿——"刘娥拖着长腔唤了一声，"丁谓是首相，卿等不管出于什么原因和他暗中来往，都可以理解。此番只追究丁谓一人，不会牵连任何人！"说完，命内侍道，"到院里把书函即刻烧毁！"

须臾，院中焚烧纸张的烟气蹿进殿中，百官都松了口气，无不为太后的恩威并施所震慑。

冯拯奏道："臣等奉懿旨为先帝上庙号、谥号，俱已议妥：先帝庙号真宗；谥号'文明武定章圣元孝皇帝'。"

刘娥听到"先帝"二字，抑制不住哀伤，突然抽泣起来。

众臣愕然，有的摇头不止，有的露出轻蔑的冷笑，分明是说，女人，到底是女人！

刘娥拭去眼泪，向坐在左侧的赵祯扬了扬下颌，赵祯按照大娘娘事先的叮嘱，以稚嫩的声音大声道："众卿，皇太后有旨！"

宣赞舍人宣读：

先皇帝上仙，哀家五内俱摧，难以自已！先皇帝以母子之

第三章 不动声色罢权臣 三言两语破招数

爱，有异常伦，所以遗诏之中，权令处分军国政事。哀家勉遵遗命，不敢固辞。待皇帝春秋长，即当还政。

百官都听明白了，皇太后刘娥是向群臣表明，她临朝称制乃先帝授权，合法；她是今上的母亲，辅导小皇帝，合情；她不会永远掌权，但在皇帝成年之前，政权由她掌握，待皇帝成年后，再归还给皇帝。

冯拯忙回应道："太后临朝，盖先帝顾命之托，臣等无不仰尊！"

"事体之间，宜从允当。"刘娥肃然道，"哀家曾传谕政事堂，言要与皇帝朝夕在侧；丁谓擅权，别有所议。今卿等所呈听政仪规，哀家与皇帝反复斟酌，尚需充实。"

参知政事王曾一惊。这个听政仪规，是他精心设计的，目的是限制她的权力，将太后置于完全被动之地。五日一临朝，对她就是一个极大限制；即使有呈禀取旨一款，主动权仍在宰执手里，她只能被动接受。原以为太后没有看出玄机，认可了；此刻一听她说到要充实内容，顿时神经紧绷。

"哀家无论书面抑或口头，皆不称'予'，只称'吾'。"刘娥道。

王曾一听乃是称呼之事，松了口气。

刘娥又道："除五日一御殿外，中书、枢密院有事关机要者，应及时请对奏明；哀家与皇帝亦可随时召对，不必设定时间、次数。如此，方无贻误朝政之虞。"

王曾暗暗叫苦。她可随时召对大臣，就有了主动权。正斟酌该如何回应，忽听帘后又传出太后的声音："皇帝年少，哀家受先帝顾命之托，一日不敢懈怠，中外章奏，哀家在内廷与皇帝仔细阅览、商议。"

完了！王曾默念了一句。如此一来，太后和皇帝有何区别？不能就这么轻易就范！遂奏道："陛下为皇太子时，即在资善堂听政，处理常事，重大事项方请旨，臣以为可仍沿袭此例。常事由陛下在崇政殿处理，重大事项请皇太后裁夺。"

刘娥扭过脸去，看着赵祯，道："官家，你看呢？"

赵祯明白大娘娘的心思，也知道他当初在政事堂听政，实则一切听命于宰相；如今既然大娘娘临朝称制，凡事自然要听大娘娘的。他不假思索道："礼仪院照太后娘娘的懿旨拟定仪规进呈！"

王曾重重咽了口唾沫，沉默了。

"臣有一事！"参知政事吕夷简举笏道，"臣闻皇太后自入宫，一直晏居万岁后殿。此殿迄今没有命名，足见甚为狭小，非皇太后长居之所。万安宫乃专为皇太后所建，臣以为太后陛下搬入此宫为宜。"

刘娥册立为后时，没有搬到坤仪殿；如今成太后，也不打算搬到万安宫。皆因万岁后殿与皇帝居住的延庆殿前后相通，连为一体。她猜透了吕夷简的心机，不以为然地说："本朝祖宗以俭德垂世，太祖有训：'尝思在马甲营时可也。'衣食住行，当常思百姓家。万岁后殿相比万安宫固然狭小，但比普通百姓家的居所，不知轩敞几多，哀家住惯了，不必搬！"

吕夷简暗忖：太后果然厉害！他本意是想要太后搬到万安宫，即可与皇上所居延庆殿隔开；可太后却从尚俭的角度巧妙地否决了。无奈之下，吕夷简只得道："太后俭朴，足可垂范天下。只是晏居之所无名，而太后用印，照例当是'某宫之宝'，以万岁后殿为太后玺名，似有不妥。臣以为可命名'柔仪殿'。"

刘娥不语。

吕夷简揣度，太后必是对"柔"字不满，晃着脑袋略一思忖，想出一个名字，奏道："万岁后殿命名崇徽殿，如何？皇太后之印，即以'崇徽殿之宝'为名。"

刘娥道："就依吕卿所言。"

御史中丞张知白急得额头冒汗，太后三言两语，把原定的听政仪规推翻了，召对大臣、阅批章奏，什么权力都有了，若不给她出点难题，显得大臣无能。他大步出列，举笏道："太后，臣任台谏，不敢不言。钱惟演以其妹妻刘美，乃太后姻家，不可与机政，请出之！"

枢密副使钱惟演大吃一惊，奏道："但不知臣有何罪？若说臣乃太后姻亲，不可与机务，臣入枢府时，何不言之？"

张知白道："当初是当初，时下不同了，太后临朝称制，姻亲自当回避！"

刘娥轻叹一声道："也罢，外放钱惟演！"

一场朝会下来，以突然袭击的方式修正了听政仪规，刘娥获得了皇帝般的权力；但最终又不得不将钱惟演外放。她知道，群臣并不甘心臣服于一个女流，这样的较量，随时都会发生，绝不能掉以轻心。

第四章
天书随葬换时代　飞白入盒召瘿相

1

刘娥正在承明殿带着赵祯阅看章奏，接到钱惟演陛辞的禀帖，心里一阵酸楚。她不忍面对钱惟演，没有见他，只让钱惟演在宣佑门外例行公事陛辞而已。正伤感间，阁门使递来枢密使曹利用的禀帖，言有军机奏报。

看着旁侧的幼子，刘娥心里"怦怦"乱跳。过去，虽然不少参与军事、外交事宜，甚至伴驾亲征，但那时有赵恒在，压力都在他的肩上；如今，这副担子，只能由她担起了，她感到有千钧之重。

枢密使曹利用进了长春殿，奏道："臣等接定州、雄州羽书，契丹十万大军抵幽州，契丹主耶律隆绪要在幽州大阅兵，前线将帅判断，契丹人有攻取瀛州之意！"

赵祯睁大眼睛，以惊恐的目光看着大娘娘。刘娥用余光觉察到了，她极力掩饰自己的惊慌，用淡定的语气问："侍中，还有呢？"她一向看重曹利用，称其侍中而不名，以表格外尊重之意。她希望听到曹利用说出该如何应对，所以方追问了一句。

"臣已奏完。"曹利用答，"请太后陛下决断，或召二府三司大臣商议。"

刘娥沉吟着。曹利用如此表现，似是对听政规制不满，故意给她出难题。刘娥仿佛听到朝臣窃窃私语，暗中讥笑着说，你不是揽权吗，出了事，一切就由你来定吧！可军国要务，岂是争意气之时？刘娥压住火，决断道："二府熟议进呈！"

刘娥最担心的是发生战争。赵恒驾崩后，哀痛万分之际，她也没有忘记嘱咐枢密院，遣有学识的告哀使去契丹，申明新君维系和平诚意。突然传来的契丹大军南下的消息，让她十分忧虑。

自唐末以来，凡幼主继位者，都以战乱、亡国而告终。要打破这个魔咒，责任何其重大！这不能不让刘娥压力陡增。如何应对契丹人南下，她一时尚无主意，不愿召对宰执，先让二府拿出方案，她也好有一个缓冲。

曹利用窃笑，她把球又踢回来了。女流之辈，岂可言军机？有了这次教训，看她以后还揽权！他以为刘娥惊慌失措，无计可施，不得不交给二府商量对策，所以，走出长春殿时，恍惚间有种得胜回朝的感觉。

刘娥出了承明殿，径直来到赵恒灵前，低声哭道："天哥，过去你遇到难事，还有我；如今我遇到难事，该找谁？"哭了一会儿，坐在蒲团上沉思。突然想起，告哀使张师德早该返国了，当向他了解契丹的动向，遂命内押班杨怀敏召张师德承明殿奏对。

张师德状元出身，因故相王旦说他竞奔，一直未能晋升；本想投靠寇准，不料寇准惹出事端被贬。他虽未受牵连，晋升的愿望却落空了。张师德整日郁郁寡欢，借酒浇愁，接到让他出使契丹告哀的谕旨，就想好好表现一番，留心观察，多方探听，得到不少讯息。忽听皇太后单独召见，既惊喜又紧张。进了承明殿，便条分缕析，将出使契丹所见所闻及回来后又从契丹国信使那里得到的所有讯息，细细奏陈。

先帝驾崩，遣往契丹的告哀使尚未入境时，契丹边将已得到消息，驰报朝廷。耶律隆绪很伤感，对文武大臣说："朕闻侄帝年幼，必不知兄皇分义，与吾违约矣！"待告哀使张师德到后，转达维系和平诚意，耶律隆绪甚慰，对齐天皇后萧氏说："吾观侄帝来意，必不失兄皇之誓。"遂下令在范阳悯忠寺设先帝灵堂，建百日道场，并诏令契丹全国避先帝名讳。

刘娥静静地听着，最后问："以卿之见，契丹人会背盟吗？"

张师德道："太后陛下，微臣返国前，特意拜会了王继忠，王继忠对微臣言，契丹主耶律隆绪谨守盟约，无背盟之意。"

"那么，契丹主能统御手下的骄兵悍将吗？"刘娥又问。

张师德答："微臣在契丹时探得，当年承天萧太后之所以急于与我达成和平，其中一个重要动机就是为了控驭骄兵悍将，经过十余年的和平，已无人敢挑战契丹主权威。"

刘娥满意地点头，突然脸一沉，质问道："如此重大事体，为何不及时奏陈？"

张师德低头道："太后陛下，微臣不敢越过枢府，曹枢相言，与契丹互通使节乃常事，况先帝上仙，太后哀痛方殷，不必再烦圣听了。"

刘娥明白了，必是外廷大臣以为她一介女流，不懂军机，更不宜出面办外交，索性不向她奏报；如今突然奏报说契丹大军抵幽州，她情况不明，自是不好决断，不得不有求于大臣。想到这里，她火气上蹿，"腾"地站起身，可站立片刻，又缓缓坐下了。她告诫自己，作为大宋的当家人，要有胸襟，不能耍女人的小性子。世界上，没有十全十美的事，也没有十全十美的人。这样一想，便强迫自己镇定下来，和颜悦色地命张师德退下。

坐在御案前，刘娥欲哭无泪。她分明感觉出，百官对一个出身卑微的女人成为他们的当家人，内心并不接受，敌意从未消失，或许是更强了。没有人在乎她能不能把天下治理好，只在乎大宋的当家人不能是女人。有先帝顾命之托，他们不能公开反对，但却费尽心机要捆住她的手脚，试图把她束缚在深宫。想到这里，她突然发出一声冷笑，提笔写了份手诏，命内押班杨怀敏即送政事堂。

二府大臣正在政事堂议军机，接过手诏一看，上写：召判陈州张旻回朝，复任枢密副使。

王曾看了曹利用一眼，道："张旻藩邸旧臣，皇太后信得过。"

曹利用听出了王曾的弦外之音，是暗示，太后大抵是想让张旻取代他的，顿时惴惴不安。暗忖：难道自己的心机被太后看穿了？

"枢相，枢相！"王曾见曹利用怔怔的样子，连唤了两声。

这时，堂吏进来，附耳向宰相冯拯禀报了几句。冯拯叹口气道："怎么会出这样的事？有伤国体嘛！"

2

汴河东水门码头，不时有挂着各色旗帜的船只停靠。京城百姓都知道，这是番邦朝贡的船只，贡使除携带进贡礼物外，还随船装载大量方物用于售卖，所以，一见有番船驶来，不少人就会拥到码头，争买番邦方物。还有一些士庶喜欢西域的方物，就候在大顺门外，一见骆驼队走近，便围拢过去，购买他们携带的方物。

大宋开国，鼓励海外贸易，无论是西域还是外洋的物产，像日本的漆扇、高丽的人参、勃泥的犀象、真腊的珠贝、三佛齐的拣香等等，应有尽有，只要到大相国寺街随便走走，外洋番邦的方物随处可见。只是，在街市上购买番邦方物，加了商税，价格比直接在朝贡使团手里购买要贵许多，所以，尽管朝廷多次下令开封府维持秩序，不许百姓、商贾围观番邦贡使、抢买异域方物，但开封府逻卒的阻拦，不仅不能阻止百姓围观争购，反而常常与围拢来的百姓发生冲突，而且朝贡使团也乐得一到京城就将携带的货物出手，有鉴于在番邦贡使面前的官民冲突有损国体，开封府也就暗示逻卒做做样子，维持秩序而已，不必强行驱散百姓。朝贡使团则每每感叹所带货物太少，朝见时就会向大宋天子请求，多给使团名额并增加朝贡次数。

幼主登基刚几个月，前来朝贡的番邦贡使便络绎不绝。京城百姓除能更多购买到廉价的方物外，还能分享万国来朝的荣光，所以对朝贡使团态度友好，处处礼让。议论起来，多半是满脸自豪，赞叹不已。也有个别读书人说些怪话："四方来贺，八方来朝，怀柔远人，厚往薄来，赚了面子，亏了里子，粉饰太平，伊于胡底！"每当有人说出诸如此类的怪话，总会引起一番争论，有时还会演变为互殴。

昨日，甘眉流国贡使乘坐的番船刚到东水门码头，有书生模样的人说起了风凉话："唉，不知又有多少民脂民膏喂给这帮番人！"一个码头搬运工听不下去了，上来就是一个耳光，书生模样的人也不示弱，大骂低等人只配干粗活，不懂天下事，码头上正在做活的几个搬运工大怒，齐齐上前殴打，围观的人群看不下去，有的劝架，有的参与扭打，乱作一团，后面的人群向前拥挤，将多人挤入汴河，汴河水流湍急，人一掉落，翻滚几下，就不见了踪影。

因事涉番邦，国体所关，开封府不敢怠慢，忙向中书禀报。冯拯听罢叹息一声，命开封府查明上奏。

刘娥早就通过侦事内侍了解到了对番邦朝贡一事的议论，朝廷里也不时有密启、章奏，吁请重新检讨朝贡国策，刘娥也一直在斟酌该如何应对。十余年的歌女生涯，市场、交易、民生这类观念，已然牢牢印在她的心灵深处。她想终结厚往薄来的朝贡体系，又深知事体重大，没有契机，不敢轻易启齿。汴河落水事件和枢密院奏报的契丹人南下幽州的军机联系在一起，让她找到了突破口。经过反复斟酌，她有了主张，便在承明殿召二府三司大臣奏对。

从张师德的奏报中，刘娥判断出，契丹人不会发动战争，曹利用是故意拿这件事来给她出难题，好让她放权。心里有了底，她不再紧张。众臣施礼毕，刘娥就以质问的口气厉声道："军情紧急，一天过去了，尚未拿出应对之策，是何道理?!"

事关枢密院，冯拯不接话。曹利用只得说："太后命臣等熟议，故……"

"熟议，不等于议而不决!"刘娥打断曹利用。

曹利用忙道："太后责备的是。臣等已议妥，当准备粮饷、训练军队，以备不测。臣等正在绘制阵图，不日即可呈上。"

刘娥揶揄道："等侍中绘好了阵图，恐京师也要守不住了!"

众人低头不语。刘娥不想再兜圈子，亮明了自己的观点："吾判断，契丹并无背盟之心，发兵幽州，当是因为官家刚即位，想以此观察我之举动，我安得自造祸乱?!若对他们举动有疑，可适当部署兵力，但要找一个合适的借口。"

群臣都暗暗惊叹。他们也判断出契丹人无背盟之意，只是拿此事吓唬太后的，不想被她看穿了。但他们并不甘心，谁也不想替刘娥找什么合适的借口，既然她如此多智，那就自己想办法好了，待想不出办法，她就不得不乖乖放权给二府!

"怎么，都没有主意?那么吾来说!"刘娥从容道，"记得太宗雍熙年间，黄河在滑州决口，朝廷急调禁军五万前去修河。去年秋，黄河又在滑州决口，危害甚烈，先帝违和，却也系念百姓，多次和吾说起要兴河工，只因病疴沉重，力不从心，差专使恭祭河神了事；时下就以修筑滑州黄河决口为由，暗中增调兵力，一举两得。不过，吾提醒众卿，治河，是先帝遗志，不仅是因应此番契丹大军进驻幽州的临时措施，卿等当同心协力，共底于成！"

二府大臣不禁暗自赞叹，这个女人果然通晓史事且多智，拿出了一个一举两得的应对之策。

这个回合倘若再败下阵来，今后就只能乖乖听太后摆布了，王曾不甘心。他知道太后心目中最看重的是什么，便拿这个做挡箭牌，与她过招，遂奏道："先帝奉安大典在即，太后明示臣等务必崇厚，时下财用不足，奉安、河工，恐一时难以并举。"

三司使胡则附和道："河工一开，耗费巨大，臣恐后续财用不足，难以为继。"

刘娥料到大臣会抛出这个难题，而且她希望抛出这个难题。有了这个借口，正可把她终结朝贡体系的想法提出来，遂从容道："各地官建道观，未开工的概不许再开，已开工的一律停止；国丧期，今年各项节庆，概不许再举；迅疾着手裁减归并闲散衙门。所省费用，全数用于河工！"顿了顿，又道，"还有一件事，与众卿商议：以后，除党项、回鹘、吐蕃这些我大宋藩属外，与诸如高丽、日本、天竺、阇婆、甘眉流等等诸番邦，不要再以厚往薄来的朝贡模式交往了，当把朝贡体系转为贸易体系，这对双方都有利。"

二府三司大臣谁也没有想到太后会抛出这个话题。冯拯大声咳嗽着，既掩盖自己的震惊，又想回避奏对。王曾忍不住道："太后，且不说朝贡体系为历朝历代所遵循，就说我皇宋，太祖太宗混一四海，主动传召各国入贡，通过四方来贺，八方来朝显示正朔，衬托太平。为怀柔远人，自当厚往薄来，以彰显我皇宋泱泱大国风范。"

刘娥早就想好了应对之词："太祖太宗为混一四海，自是要安抚远人。如今我大宋立国一个甲子了，与契丹维系和平多年，花钱买面子的事，不做也罢！与其花钱粉饰太平，营造人为盛世辉煌，莫如把省下来的钱花到百姓身上。百姓富庶，安居乐业，才是真正的太平盛世。况且，我朝富庶了，与外邦互通贸易，照样可以维系关系。"见众臣不语，刘娥决断道，"先限制朝贡使团人数，每国除使副、判官各一人外，大食、注辇、三佛齐等邦，防援官削减一半，占城、甘流眉、勃泥、古逻摩逸等国削减七成，往来仍发券料；其次，给外邦赏赐削减一半；再则，外邦除贡物外，其余方物不必携至京城，入国即可自由售卖，但要课税十分之一。"

□"太后，这未免……"王曾还想辩驳，却被刘娥制止了，"王卿，河工更需要钱，省下的钱先用到河工上！"

众臣不再争辩，各怀心事退出了长春殿。

契丹大军南下是虚惊一场，想办的几件事都如愿以偿，可刘娥非但没有感到一丝轻松，反而心事重重，在阅看章奏时，常常突然发愣，又不时长吁短叹。赵祯不解，问："大娘娘有何心事？"

"娘是有一件……"刘娥欲言又止，赤哥儿年纪尚小，这件事他未必明白，还是不说给他为好。遂叹息一声，遮掩道，"娘在想，你爹爹的奉安大典，就要到了。"

3

入冬了，随着赵恒奉安大典日子越来越近，刘娥的心情变得越来越沉重。这份沉重，固然带有对赵恒的不舍，更重要的是，一块心病，像一块大石头，重重地压在她的心头。

八月中旬时，朝廷差新任知制诰张师德出使契丹，知会其滑州兴河工之事，张师德刚到幽州，即遣随从回京，奏报契丹大军已从幽州撤去；九月中旬，二府大臣奏报，改明年为"天圣"元年，朝野随即解读说，"天圣"即是"二人圣"之意，象征着大臣承认了她的合法地位。刘娥牵挂的这几件大事落了地。这样，她的几乎全部心思就转向赵恒的奉安一事，特差枢密副使事张旻亲赴永安验看山陵，张旻返京奏报，卧龙岗山陵营造坚固。刘娥深感欣慰，传旨中书，令二府三司大臣，一面督办滑州河工，一面抓紧筹办奉安大典。她要让这个她深爱的男人有一个风光的葬礼，不仅寄托对他的爱，也是展示太平盛世之象，让天下士庶知道，让契丹人、党项人知道，大宋在她的统驭下，国力雄厚，政局稳定。

但是，刘娥深知赵恒很在意他的历史地位、历史评价。二十五年的岁月里，咸平之治、景德盟约，让大宋国力渐增；但其后十余年东封西祀、神道设教，举国如狂，也耗去了多年的积累，后世子孙会不会诟病？封泰山、祀汾阴，曲阜祭孔子、亳州封老子，这都能做出合理的解释；建玉清昭应宫，一开始就有劳民伤财的指责，但毕竟为后代留下一座恢宏的建筑，如同始皇修长城、隋炀开运河，后世不会尽非；惟一让刘娥担心的，是恭藏于玉清昭应宫里的天书。自从揭出寇准、朱能乾佑山天书造假，刘娥的心里就蒙上了一层阴影。乾佑山天书是伪造的，恭藏在玉清昭应宫内的天书，又何尝不是伪造的？早晚有一天，后世子孙会把天书拿出示众，揭穿真相。天书，就是赵恒的一个把柄，这个把柄，就像一根巨椽，会在赵恒的行状上，画上大大的污点。一想到此，刘娥就惴惴不安，难以入眠。她心目中天下最好的男人，是不能有污点的；可怎样才能消除这个隐患？这样的事，又不便发动大臣想办法，刘娥只有把这块重重的大石头，压在自己的心头，一个人苦苦思索对策。

一份随葬清单呈达御前，刘娥突然有了主意。

离发引的日子只有五天了，刘娥传谕，要亲自对随葬物品进行最后的检视。朝议毕，二府大臣齐集会庆殿，一一观瞻为先帝准备的随葬物品，珠襦、玉匣、遂、含及先帝的生平服御玩好之具，摆满了会庆殿大厅。众人检视毕，退至殿外平台，垂首恭立。刘娥领着赵祯进了殿，边垂泪边细细检视，不时用手轻轻抚摩，恋恋不舍。足足过了半个时辰，方把物品检视一遍，突然一转身，大声道："先帝所重者，非尽收其中！"

站在殿外的宰执大臣闻言愕然！太祖皇帝一再宣示要薄葬，先帝遗诏里也明明白白写着一切简朴，可太后执意要厚葬，如此之多的随葬之物，她还不满意？

只有参知政事吕夷简猜出了太后的心思，大声奏道："太后陛下说的是！天书，是上天对先帝的恩赐，此项荣光只属于先帝，先帝上仙，天书也应与先帝同归皇堂奉安才是，万不可再留人间！"

刘娥畅出了口气，这正是她反复斟酌想出的对策，所以才故意说出"非尽收其中"的话，吕夷简居然听出了弦外之音，而且话说得也很有技巧，既不损害赵恒的圣威，又让天书从人间消失。这让她对吕夷简多了几分好感。

"吕卿说的是，天书随葬永定陵！"刘娥当场表态道。

"天书随葬，预示着神道设教时代的彻底终结！"

"一举结束神道设教时代，是皇太后做的最正确的事！"

百官私下议论说。

回到崇徽殿，刘娥像被掏空似的，没有了气力。明知道让赵恒入土为安是她的责任，可还是万般不舍。

灵驾发引前夜，一应礼毕，她独自坐到赵恒的灵前，追忆着从前的种种，又把这半年多来发生的一切都细细地说给他听，默念道："赤哥儿乖顺、好学，和你一样有一颗仁爱之心，放心吧，我一定把赤哥儿抚养成人，把他培养成一个好皇帝。你把天下托付给我，我会尽心尽力，让天下人看看，女人，同样能够治天下，而且不比男人差。我向你发誓，绝不让天哥落得所托非人的名声。等赤哥儿长大了，天下也富庶繁荣了，我就去找你，下辈子，还和你相厮守，永不分离！"

天亮了，入内省都知罗崇勋进殿奏报，文武百官已列班。两名侍女上前将刘娥搀扶起来，回到崇徽殿稍事洗漱，就坐上步辇赶往太清楼。依照仪规，灵驾发引前，先在太清楼举行白宴。赵祯和百官都已在大殿就位，默然而坐。刘娥进殿，在一道纱帘后坐定。虽然一夜未眠，虚弱至极，可一旦有事，精气神儿瞬间就充溢周身。她缓缓起身，流泪道："先帝上仙，国家多难，若非众卿同心辅佐，怎有今日景象？哀家恳请众卿，念先帝之仁德，怜皇帝在冲龄，与我母子齐心协力，把天下治理好，使黎庶受惠，让先帝放心。哀家在此委托皇帝，以水代酒，敬众卿一盏，略表寸心。"说着，抽泣不止。

大厅里随即响起一片哭声。

"众卿节哀！"刘娥含泪道，"卿等一心谋国，朝廷要推恩大臣，以解除后顾之忧。文武百官，可把亲族的名字呈上，当破例推恩。"

"太后起自寒微，素偏向苦寒出身者，今日为何对百官这么慷慨？"吕夷简侧过脸去，狐疑地对身旁的王曾低声嘀咕了一句。

王曾微微摇头道："猜不透。"

4

暮春的午后，人变得有些懒洋洋的，内东门偏小殿首门值守的内侍，昏昏欲睡。

这座偏小殿，太宗时常夜召值守的侍书、待诏、书艺等文学侍从在此秉烛切磋书法技艺。赵恒也常在此写飞白。自赵祯立太子后，刘娥即命他在偏小殿学习书法。适才，刘娥差内侍打探，得知赵祯此时正在偏小殿写飞白，便手持一把团扇，只带了两名侍女，悄然来到殿前。

直到太后已到了跟前，内侍才猛醒，慌慌张张要向内通报，刘娥摇了摇手，阻止了。她迈步进殿，轻手轻脚走到御案前，赵祯正在埋头写大字，以为是内侍在走动，并未在意。

刘娥歪着头看了两眼，发出惊喜的叫声："天哪天哪！"

赵祯一惊，抬头一看，竟是大娘娘，忙丢下笔，躬身施礼。

刘娥掏出手帕，为赵祯擦去额头上的汗珠，边道："吾儿的飞白，酷似你爹爹，故而娘只看了一眼，就惊叹不已。再练练，当能超过你爹爹！"

赵祯忙道："大娘娘夸奖，儿不敢当。"说着，让出御座，请大娘娘入座。

刘娥没有坐，指着御座道："吾儿坐下，给娘写几个字来看。"

内侍急忙上前，展纸、研墨。刘娥摆摆手，将他们屏退，亲自动手为赵祯研墨，边道："过去，你爹爹写飞白，娘就常常为他研墨。"

赵祯坐下，提笔问："大娘娘要儿写什么字？"

刘娥道："要不，写个人名吧，就写'王钦若'这三个字，让大娘娘看看。"

赵祯照大娘娘的话，写下了"王钦若"三字。刘娥拿在手里，端详了片刻，道："待娘带回去，仔细看看。"

回到崇徽殿，刘娥即命宫女找来一个锦盒，将赵祯手书飞白装入盒中，传入内省都知罗崇勋，低声吩咐道："你差人日夜兼程赶往杭州，召王钦若迅疾晋京！"

王钦若是在两年前被贬到杭州的。当时，赵恒病危，王钦若忽从西京差亲吏谒丁谓，言思念皇上至极，欲回京探视。在寇准、李迪被贬出朝廷后，丁谓就把防范重点转到了王钦若身上，他将计就计，带话给王钦若，说官家对他甚思念。王钦若大喜，即从西京赶往京城。王钦若尚未进城，丁谓即奏报皇后，说王钦若擅离职守。皇帝弥留之际，刘娥最担心大臣擅为，一气之下，把王钦若从西京留守贬知杭州。直到丁谓被贬，王钦若上表将此事奏明，刘娥方得知真相。

办完赵祯奉安大典，宰相冯拯就一再呈请辞职，前不久，冯拯让他的儿子搀扶着到承明殿跪地求情，刘娥见冯拯辞意甚坚，只得同意了。她之所以一直不愿冯拯辞职，并不是因为他有能力，恰恰是因为他的平庸。冯拯自甘平庸，从不拉帮结派，是刘娥最为欣赏的。但冯拯年迈，物色接替人选也是迫不得已。王曾端厚持重，进退有礼，人望最高。但她听政伊始，需要一个能够理解她、愿意配合她的人做宰相，王曾不是这样的人；这样的人，天下只有一个，那就是王钦若。

王钦若因为是南人，受到寇准、王旦他们的排挤；而她因为是女人，受到百官的敌视。遭受排挤、轻蔑，似乎是她和王钦若与生俱来的命运。王钦若不向命运低头，创造了南人大拜的历史；她不向命运低头，创造了歌女封后的历史。在刘娥看来，在与命运的抗争中，咬紧牙关忍受屈辱和不公的遭际，却也不灰心丧气放弃希望，是王钦若的品格，也是她的品格。有人非议王钦若是奸臣，刘娥并不这么看。在满朝敌视、排挤南人的氛围中，若得不到皇帝的欢心，王钦若是不可能有出头之日的。倘若他在皇帝面前像寇准那样刚直，就不可能得到拜相的机会。王钦若鼓动皇帝东封西祀，固然遭到诟病，但刘娥同样理解他。赵恒如果没有这个寄托，不知会发生什么！在收复旧疆无望的情形下，以神道设教收拢人心、提振士气，镇服四夷，也不能说就是荒谬。所以，刘娥理解王钦若，她相信，王钦若也能理解她。她要向世人表明，南人可以坐政事堂，正如女人可以治国。坐政事堂的南人，必能体谅治天下的女人，不会给她使绊设陷，而会诚心诚意辅弼她。

命相是人君的特权，可刘娥目睹过王钦若登政府时的曲折。当年赵恒命相，总是和重臣商量，只要有人反对，就会搁置。在这一点上，刘娥不愿也不能仿效赵恒。因为，她是女人。赵恒想办的事、想用的人，每每受大臣所阻而搁置，但朝野反而会赞誉他仁德；倘若刘娥效法赵恒，就只会被嗤笑为女人优柔寡断成不了气候。刘娥明白，用王钦若为宰相，势必遭到群臣的抵制，她看透了大臣的伎俩，总是拿皇帝做招牌，以其子而攻其母。刘娥不想让赤哥儿承受压力，卷入旋涡，她反复斟酌，想出了这个计策——让赤哥儿亲笔书写王钦若三字，然后密召王钦若回京，来个突然袭击。因有皇帝御笔，群臣也找不到借口再拿皇帝做幌子反对王钦若复相。

所差使者已然南下，一个多月来心神不宁的刘娥终于睡了一个好觉。一大早，后苑就热闹起来。今日立夏，本朝沿袭唐朝旧例，除特殊典礼外，每年元日、冬至、立夏、立秋、立冬日，命妇当入宫参谒皇太后，谓之命妇入参。本朝的命妇，亲王、郡王之母、妻，命为妃；文武官一品、国公之母、妻，命为国夫人；三品以上母、妻，命为郡夫人；四品母、妻，命为郡君；五品母、妻，命为县君……刘娥因临朝称制故，为减轻负担，命妇入参，限定在二府三司台谏馆阁学士的夫人。命妇入参从穿着、仪仗等各方面都有仪规，刘娥也命予以简化。她担心内外生出奢靡之风，故命妇入参时，就常常把话题引导到这上面来，还不时旁敲侧击，以了解大臣在家时的表现。今日，刘娥刻意问到御史中丞张知白的夫人，张夫人笑道："奴家汉子，饭粒掉地上还要捡起来吃。"

刘娥记住了这句话，当天午后，即召张知白到承明殿奏对。她先试探道："本朝重文治，坊间议论说，优待文官，正是文治的具体体现。吾观史书，历朝历代，都没有本朝优待官吏。若一个高官生活清简如同平民，一般人会相信吗？"

张知白曾经公开反对刘娥册后，也极力排斥女人干政，忽蒙太后单独召见，内心打鼓间，一听她问出这样的话，不冷不热地说："据臣所知，以臣的职位，若在唐朝，每年领取俸米两百六十石、铜钱一万一千文；而我皇宋给臣的俸禄，则是俸米六百石、铜钱五万文，官家又常赏赐臣工，远过汉唐。臣之所以敢言极谏，就是要对得起俸禄，报效国家！"

刘娥故意说："卿俸禄很高，但听说吃饭时掉了米粒还要捡起来吃下，如此清苦，又何必呢？"

张知白义形于色道："臣听人说：'浓处味短，淡中趣长。'凭臣的俸禄，足可达到全家锦衣玉食程度。但是看一看人之常情，从俭朴到奢华易，从奢华回到俭朴难。臣今天的俸禄怎么会永远有呢？倘若家人都习惯了奢侈，一旦失去了臣的俸禄，家人要适应俭朴，何其难哉！假如臣在位与不在位、在世与不在世，都是一样的，即使我去世了，家人也能像现在这样生活，岂不乐哉！"

"此有李沆之风。国家虽日渐富庶，但尚质实的风气不能变。"刘娥高兴地说，不仅为张知白的回答，更为又确定了一位人选。她知道用王钦若为宰相会引起非议，为不致引发反弹，刘娥颇费了一番心思，她有意将一向对她持反对立场的张知白延揽进政府。经这一番考察，张知白过关了。

只等王钦若到京了。又过了二十多天，奉命赴杭州的内侍回来复命。当夜，刘娥命赵祯把知制诰张师德召到内东门小殿锁院，一连起草了三份制书。次日晨，百官奉命在内东门听宣。

时辰未到，众文武就陆陆续续到内东门列班，个个面带狐疑。众人都揣测必是拜相的，但到底皇太后择定的是何人，没有一个人知道。

这时，忽听宣佑门传来痛哭声，人人错愕。稍一打问，方知是王钦若从杭州回京，伏阙追念真宗皇帝。王曾还在政事堂没有出来，接报大吃一惊，正要查问，内押班杨怀敏送来一道手诏：升衡州团练副使李迪秘书监、知舒州。

"这……这怎么回事？"王曾疑惑地对吕夷简道。

吕夷简笑了笑道："相公，走吧，听听宣制就一切都揭晓了。"

二人来到内东门，百官边列班边窃窃私语着。须臾，宣赞舍人走到台阶上，朗声吟诵。众人这才明白，太后以迅雷不及掩耳之势，召王钦若回朝，任昭文馆大学士、中书门下平章；又任王曾为集贤院大学士，中书门下平章事；张知白为参知政事。

"喔呀！皇太后的手腕，了不得啊！"朝班里发出感叹声。

太子宾客张士逊愤愤不平，内东门朝班一散，就不避嫌疑，拉住王曾向旁侧走了几步，低声道："相公，南方下国之人做首相，若先帝在，这事未必办得成，怎么女主临朝，轻而易举就办成了？"

王曾苦笑一声，答非所问道："李迪又起用了。"他叹息一声，"雷州太苦了，寇公想必思念中原不止。"

生米已然做成熟饭，再争无益，李迪已然晋升，不如设法也给寇准争取内调。这，大概是王曾的弦外之音。张士逊听出来了，他无话可说。王曾晋右相，张知白拜参知政事，李迪重新起用，太后如此安排，足以抵消王钦若回朝的阻力。

张士逊垂头丧气，环顾四周，百官似乎刚刚从错愕中平复下来，多半流露出一副接受现实的表情。张士逊用力吸了一下鼻子，一抬头，正看到枢密使曹利用走了过来，张士逊迎上去，拱手一揖："见过侍中！"

曹利用愣了一下，慌慌张张还礼，暗忖：张士逊是寇准、杨亿的追随者，一向视他为武夫，今日居然如此谦恭，看来，这个人要改换门庭了。

第五章

争主导一举得手　攀门第再次受挫

1

枢密使曹利用揭开茶盏，"滋"地喝了口茶，咂嘴品了品，发出享受的微笑。暗忖：善攀附的人，用起来就是顺手。当年，张士逊年近五十还是知县，投到比他年轻几岁的杨亿门下，受到杨亿、寇准提携，做了太子宾客。失去靠山后，又攀附上了曹利用。不仅路遇时总是笑脸相对，作揖打躬，还登门拜访，恭维他文武双全，胆略超凡，又说他职衔、威望，乃当朝第一人。曹利用很受用，举荐张士逊任枢密副使，太后批准了。张士逊一到职，对曹利用俯首帖耳，曹利用则对他言听计从，二人如同一体，枢密副使张旻很快被边缘化了。蒙在曹利用心头的随时被取代的阴影，也就烟消云散了。

正得意间，内押班杨怀敏送来一道太后手诏。曹利用阅罢，疑惑不解，召张旻来，把手诏递给他看。张旻一看，是让枢密院查报契丹齐天皇后生辰日的，也猜不透是何用意，命院吏查核，得知齐天皇后生辰日是八月初八，便据此上奏。

刘娥接到奏表，即命杨怀敏传召二府大臣，问道："众卿，我朝与契丹通好，照例正旦节互派贺节使，还有别的名堂吗？"

众人不解。都说皇太后通晓史事，记忆力惊人，与契丹通好已有十余年，重大典礼、节庆，互派使节贺问，也实行了多年，照理她是知晓的，为何明知故问？因不明就里，王钦若、王曾、吕夷简、张知白都保持沉默，目光不约而同地投向枢密使曹利用。枢密院执掌与契丹交往之事，曹利用不好回避，只得将互派使节名目，一一列举奏报。

刘娥笑着问："侍中说的不全吧？不是还有贺国母一项吗？"

曹利用答："当年承天萧太后在世时，依契丹人所请，她的生辰日和每年的正旦节，我朝都遣专使相贺，谓之贺国母。然自承天萧太后死后，贺国母之礼就没有了。"

张旻恍然大悟，接言道："契丹没有国母了，如今我大宋可是有国母的，当提请契丹遣使贺我国母。"

曹利用这才明白太后让呈奏契丹皇后生日的用意，但遣专使为契丹皇后贺寿贺节，此前无先例，他不敢反对，却也不愿赞同，并不接话。

参知政事张知白忍不住道："国无二君，臣以为彼此遣使贺皇上万寿足矣！"

刘娥不理会他，又道："记得当年承天萧太后在世，契丹致我国书，都是用的她的名义。依此规矩，以后对契丹的蕃书，亦当以吾之名义发出。"

众人愕然！张知白暗自撇嘴，堂堂大宋，男人都死光了吗？国书竟要以女人的名义发！如果契丹人知道这个女人曾经是个歌女，那大宋的国格，岂不丧失殆尽？遂瓮声道："外交讲究对等。目下契丹并无国母，臣不知，以太后名义发出的蕃书，发给何人？"

刘娥不满地说："承天萧太后在日，我大宋有国母否？契丹的国书照样以她的名义发来！"

王曾紧锁眉头。他恍然大悟：太后绕了半天弯子，原来用意在亲自掌握对契丹交往的主动权！可身居后宫的女人，如何能主导对契丹的交往？他咳嗽了一声，以低沉的声音道："照当时澶渊之盟论定的辈分，先帝为契丹主耶律隆绪之兄，承天萧太后即为先帝之姊，故先帝尝与之通使；今我皇太后乃契丹主之嫂，叔嫂之间，礼不通问！"

刘娥怒道："右相饱读诗书，不知夫妻齐体之说？吾之名义所发国书，致齐天皇后，就等于致契丹主，有何不可？"

张知白气得眼冒金星。女人致书女人，两国交往岂不成了闺房闲谈?! 他一梗脖子道："臣以为不妥！"

王曾接言道："契丹，夷狄也，基于游牧狩猎传统，一向以皇族与后族共治，国情如此不同，我彬彬中华，万不可受蛮制影响！"他早就觉察出刘娥对契丹宫廷的关注，不经意间会提及契丹萧太后，似乎从她那里获得了精神支持，仿佛是说，女人介入朝政乃至安邦治国，不值得大惊小怪，剽悍的契丹男人可以接受，文弱的大宋男人为何不能接受？王曾早就想给予迎头痛击了，碍于没有适当的机会，今日终于抓住了把柄，便义形于色地把久已憋在心里的话说了出来。

此言一出，气氛陡然紧张，吕夷简打圆场道："夫妻齐体，也是圣人之训。皇太后的蕃书，发给契丹皇后似也说得通。"

赵祯感到大娘娘受到围攻，急得满脸通红，一时又不知如何帮衬，听吕夷简的话是帮大娘娘的，便道："朕看吕卿说得对！"

刘娥满意地看了赵祯一眼，不想再和众人争执下去，遂道："齐天皇后生辰在即，选派贺寿使的事，上紧办，行前要准备好。"说完，向杨怀敏一扬手，杨怀敏甩了一下拂尘，高唱："卷班——"

众人退出，刘娥长出了口气。一个女人，想真正当家，就不得不面对这样的难题。多年来她已习惯了，也知道该如何与他们周旋。

过了几天，承明殿召对滑州河工事。众臣卷班，刘娥将曹利用留下，问："侍中，贺寿使物色好了吗？"

曹利用露出表功的神情，道："太后，张师德等今日已启程，恐已快到陈桥驿了。"

"撤回来！"刘娥沉着脸，怒气冲冲道。

曹利用一惊，问："太后陛下，臣不知因何故撤回？"

刘娥并不回答，厉声道："重新任命！"

"这……"曹利用额头冒汗，支吾道，"太后，出使契丹者，一向由枢密院任命，臣、臣敢问，因何要重新任命？"

刘娥并不解释，生硬地说："枢密院上紧物色新使，别误事！"

曹利用很窝火，又不敢发作，匆匆赶回枢密院，让张旻差人追回贺寿使张师德一行，又把物色新使的事全权交给张旻办理。张旻怕不能领会太后意图而误事，索性呈帖请对。

张旻是故旧，刘娥直言相告："吾非对枢密院物色的贺寿使不满。吾特意嘱咐过，行前做好准备，可贺寿使不声不响就出发了？与契丹交往，干系重大，以后，凡出使契丹的使臣，出发前，都要先帝前请训，都要差一名内侍随行。"

"看来太后是要把与契丹交往的事牢牢抓在自己手里啊！"曹利用听完张旻的禀报，慨叹道，"帝前请训，定基调；内官随行，一言一行一举一动都方便向太后奏报，如此而已。"他越说越来气，"曹某南杀北闯，见识倒不如一个女人？"发完怨言，还是在新任贺寿使的敕书上签字画押，并吩咐新使程琳帝前请训。

程琳知礼仪院，又多次充任契丹使臣的接伴使，谙熟礼仪，是除张师德外最合适的人选，刘娥很满意，训示时也和颜悦色："卿等使契丹，记住八个字：'待之以礼，答之以简。'总之不可妄生事端；但也别让人看轻了，以为我大宋孤儿寡母好欺负！"顿了顿又道，"知会契丹十六字：'南北欢好，传示子孙，两朝之臣，勿相猜沮。'卿等切记！"

2

承明殿的后墙上，贴着一张推恩图，被屏风遮挡着。赵恒发引当日的白宴上，刘娥垂泪说出推恩大臣的话，百官将能沾上边的亲属名字，都写进各自的推恩单中进呈。刘娥命内侍梳理罗列，绘制成图贴在墙上，她不时站在图前，细细观看。这天午后，她又一次站在推恩图前，额头上渗出了汗珠，后悔自己那天没有控制住情绪，说出推恩百官的话。倘若真的照此推恩下去，满朝岂不尽是高官亲属，苦寒子弟岂不没有出头之日？下一步该怎么办，她一时拿不定主意。突然，开封府判官刘烨的名字，引起了她的兴趣。难道是他？四十年前，她刚到京城的次日，在冯仙儿家门口遇到娶亲的队伍，冯仙儿告诉众人，新郎叫刘烨，娶的是嫁过两次的寡妇孙氏。这件事，让刘娥对世风的开放、男女的缘分感到惊奇，所以记忆深刻。不过她拿不准此刘烨是否彼刘烨，于是命内押班杨怀敏到审官院去，将刘烨的履历找来。

果然是他！履历表明，刘烨祖籍太原，自十二代祖北齐中书侍郎刘环隽起，几乎世代都有官宦之人，是太原几大望族之一，而他的妻室，也正是孙氏。

一晃四十年过去了，都垂垂老矣！刘娥暗自感慨。想到就是在那时，冯仙儿把她和龚美叫进院子，和法灯道长一样，也卜她必贵。卜语谶言，曾经支撑着她度过了艰难岁月；如今，她以皇太后之尊临朝称制，作为女人，已贵至顶点，可面对的艰困，似乎并不亚于当年。在满朝文武看来，权力场上没有女人的位置，倘若皇帝强行领进来一个女人，那这个女人也应该是名门望族、大家闺秀，似乎只有这样，男人们受伤的心才可得到些许安慰。

这么多年来，仅仅因为自己的出身而受到的屈辱，让刘娥的内心伤痕累累，可她愿意也能够独自承受。如今不同了，她是大宋的当家人，自己内心伤痕累累，还要考虑安慰男人们受伤的心。直到此时，她才意识到，赵恒为她编造身世，除了爱她护她，更是为了给朝廷的文武百官心理上提供安慰，减少他们因不得不接受一个来路不明的皇后而生出的耻辱感。可是，大臣们个个精明过人，他们对皇帝宣布的她的身世并不相信。如今，在不少大臣的心目中，她还是一个来路不明的女人。让他们发自内心尊重一个来路不明的女人，甘心臣服于她，终归是勉为其难。他们内心受到的伤害，或许也不亚于自己吧？刘娥这样想。给他们受伤的心以安慰，不仅是换取尊重之所需，也是君臣同心治理天下之所需。所以，刘烨履历上"祖籍太原"四字，让刘娥心跳加快。倘若刘烨能够站出来证明皇太后与他同出一门，那么，百官对她来路不明的质疑或许可以大大消除。她当即命内侍将王钦若召来，商量说："知河南府空缺，让开封府判官刘烨去做如何？"

王钦若甚觉怪异，怎么太后过问起一个判官的任用了？但以刘烨的资历、资格，知河南府倒也说得过去，便道："太后知人善任，臣敢不仰赞。只是……"他欲言又止。

"首相有何难处？"刘娥问。

"唉——太后！"王钦若长叹一声道，"因臣是南人，被王旦、寇准二公排挤，幸遇皇太后圣明，虽晚十年才当上宰相，却也创了南人做首相的纪录。可臣德不配位，不能服众，王曾、张知白，对臣专事挑剔，议事每持异说，与臣争论，令臣无所措手足。刘烨任河南府之事，臣答应了太后，回去王曾、张知白不同意，臣也无奈，故臣敢请太后写手诏，自上而下为好。"

这些情形，刘娥听到过。李沆、王旦、寇准做首相，皇帝说的首相不赞成，就办不成；首相说的皇帝不赞成，最终却能办成。刘娥不愿意再出现这样的首相，政事堂里宰执争论，可以避免朝政出现大的缺失，并不都是坏事。她半是安慰、半是提醒道："卿家，你是晓得的，朝会上，吾说了什么话，王曾、张知白这些人，不是也时常辩驳吗？所谓一忍敌灾星，卿家要学会忍，要放宽心。"

王钦若本想让太后替他做主的，可她这一番话，没有为他做主的意思。尽管如此，他内心还是得到了安慰。一个忍字，就是他和太后的共同点。当年，他就是靠一个忍字，在修书馆度过了几年黯淡时光；如今，当了首相，以为可以不再忍，但太后的话提醒了他，就像太后当了女主还要忍一样，他做了首相也要忍，他们都背负着莫名的原罪——太后是女人，而他是南方下国之人。王钦若想通了，也释然了，挺了下脖子，举笏道："臣谢太后的教诲！臣必鞠躬尽瘁，死而后已！"

事情办得很顺利，第二天，政事堂就把任命刘烨知河南府的奏表呈进。刘娥传口谕给政事堂："河南府举足轻重，让刘烨帘前请训。"

当年，赵恒为了证明刘娥的身世，曾经召见过一个叫刘综的，许以开封府之位，暗示刘综承认他和刘娥是同宗，可刘综拒绝了，此事刘娥后来还是听说了，暗自伤心了许久。所以，这一次，她小心翼翼，不敢过于直白。她先说了一通河南府如何重要，就是要用像刘烨这样的老成之士，又话家常似的问到刘烨之妻孙氏，这才转入正题："吾知卿乃名族，听说卿家保存有太原刘氏族谱，可否拿来让吾一观？先祖也是太原人。"

刘烨躬身道："臣不敢！"

刘娥脸上的笑容僵住了，眼圈湿润，久久沉默着。但她还抱着最后一丝希望，期待刘烨将太原刘氏的族谱呈来。

过了好几天，没有任何动静，刘娥差杨怀敏到开封府去追问，刘烨以家中并无族谱相搪塞。刘娥正在承明殿与赵祯一起阅看章奏，听完杨怀敏的奏报，脸色煞白，良久，长叹一声，感慨道："什么'不敢'，是不屑啊！"说着，潸然泪下。

"大娘娘，大娘娘！"赵祯惊慌地问，"出了什么事？儿不许大臣对大娘娘无礼！"

"赤哥儿，娘是想起了你的外祖父母。"刘娥边拭泪边道，"你外祖父母下世早，娘没能尽一天孝，每念及此，心里就难受！"她不想让赤哥儿知道她的身世，也就不便把刘烨拒绝认同宗的事说出口，只得找了这样一个借口。

"大娘娘，儿替大娘娘尽孝！"赤哥儿半是自豪、半是表孝心地说，"儿做皇帝，还未封赠外祖父母，儿这就让内制起草封赠诏书。"

刘娥的泪水又一次涌了出来，哽咽道："吾儿有此孝心，娘深感宽慰，你外祖父母也可含笑九泉了！"

两次攀宗亲，一次是皇帝出面，一次是临朝称制的太后出面，都未能如愿，由此可知，要想扭转百官对她出身卑微的歧视，几乎是不可能的了。刘娥有些赌气，既然要封赠，索性就封到顶！亲笔写下了词头，叫赤哥儿抄了，交给内制起草诏书：追尊皇太后之父刘通为开府仪同三司、封魏王，母庞氏封晋国太夫人；避皇太后之父名讳，改通进司为承进司，改皇帝通天冠为承天冠，天下士庶名字有犯讳者亦改之。

诏书送到政事堂副署。恰在此时，政事堂接到了寇准夫人奏表，奏报寇准在雷州病逝，恳请朝廷拨给运灵费，以便让他叶落归根。王曾和张知白正在筹划将寇准内调，突然接到这个消息，伤感良久。他们担心太后不会同意给寇准拨付运灵费，便将追封刘娥父母的事与此相联系，拟在朝堂为寇准一争，所以，二人都拒绝在皇帝追封外祖父母的诏书上签名。赵祯见诏书迟迟未下，便传旨召对。

王曾先发制人，召对开始，就抢先把寇准夫人的奏表读了一遍，说道："寇准虽有罪错，但侍奉太宗、真宗两朝，如今客死他乡，其妻奏请拨付运灵费，臣以为当准。"

"右相，你看看吧！"刘娥举起一份文牍，内侍接过，传于帘外递给王曾。王曾一看，是太后在寇准夫人奏表上的批示："可其奏。"

"吾闻寇准没有儿子，立门户之事寄托于女婿王曙身上。记得王曙因受周怀政牵连，贬郢州团练副使，卿等回去商量一下，把他用起来吧！"刘娥和颜悦色地说。

接到寇准去世的奏表，刘娥感慨不已。寇准反对她介入朝政，站在士大夫的立场，是坚守传统，并没有错；错在他的权力欲太强。像寇准这样的大臣，在吕后或武后手里，必遭抄家灭门之灾；但本朝仁德，君臣都守住了底线，寇准再强势，没有血债；君主再恼怒，不开杀戒。既如此，何必为微不足道的运灵费斤斤计较？她细细盘算，那些激烈反对她册后的人中，赵安仁、杨亿都不在人世了，如今寇准也死了，她的地位也基本稳固了，何不以寇准之死为契机，弥合过去的裂痕，打破曾经的朋党界限，消除党争的隐患？所以，她不仅批准了寇准夫人的请求，还主动提议，起用寇准的女婿王曙。

王曾面露愧色。暗忖：这个女人委实有天子之气！与她相比，自己反倒显得小肚鸡肠了。他深深一揖，举笏道："太后圣明，寇准九泉之下必感戴！"

听到王曾说出这样的话，刘娥欣慰地舒了口气。

赵祯顺势道："众卿，朕追封外祖父母的事，为何迟迟不办？"

王钦若、吕夷简都不说话，王曾本来要抗辩一番的，临时打消了念头，也沉默了；只有张知白依然坚持己见，奏道："陛下追封外家以表孝心，无可厚非。只是追封为王，未免太过，臣请陛下三思。"

刘娥怕赵祯为难，主动将此事揽到自己身上，答道："此非为吾母家，乃为官家。"

张知白嘴角露出一丝冷笑，心想，你也知道皇帝有这样的外家说不过去？但寇准的后事超过预期，王曾已转变态度，他也就不再阻挠。

众臣卷班出了长春殿，刘娥突然涌出报复的念头，起身拉住赵祯的手，走到推恩图前，问道："官家，身为人君，最忌讳什么？"

赵祯一时回答不上来。

"儿子，要记住，最忌讳的是，"刘娥一字一顿道，"大、臣、结、党！"她指着墙上的推恩图说，"以后，每有奏请升迁封赏，要比对此图，凡是大臣亲故，非有特殊才干，一律扣下！否则，对寒门子弟不公。出身寒门，不是错；任何人不应因出身寒门而受到歧视！"

赵祯一脸懵懂，但也不得不点头道："儿记住了，大娘娘！"

3

就在为齐天皇后贺生辰的贺寿使程琳启程不久，契丹突然遣使到京，说草原连年大旱，水草不足，恳请南朝借给他们一块牧场。契丹人本以游牧为生，兵即民，民即兵，借牧场放牧，也就等于是在国中屯兵。一时间，契丹人要背盟的流言在京城流传开来。宰相王钦若力排众议，认为不答应才是示弱，痛痛快快答应，正说明我朝并不惧怕它。听了王钦若的一番分析，刘娥做出决断，答应借给契丹牧场。这个决策太冒险了。煎熬了近一个月，契丹人一直没有回音，雄州也没有传来任何消息。她盼着奉命为齐天皇后贺寿的使臣早点回来，以便了解契丹人的动向。

贺寿使程琳一到京，刘娥就在承明殿召对。程琳首先奏报，契丹主耶律隆绪亲自召见他，让他带口信，借草场的事，就不再劳烦了，他们自己克服暂时的困难。程琳又奏报，契丹人问明了皇太后寿辰日，届时将遣使贺寿；并同意双方正旦节遣专使为契丹皇后、我朝皇太后贺节；契丹主耶律隆绪乐于以齐天皇后名义与我皇太后互致国书。

听完奏报，刘娥长出了口气。通过大军南下幽州、借牧场两件事，刘娥得出结论，契丹人没有背盟之意，和平当可维系。而对这两件事的应对，没有惊慌失措，也没有判断失误，主导权也已牢牢掌握在她的手里，刘娥信心大增，也顿感轻松。

"女人并不比男人差吧？"刘娥隔帘扫视群臣，真想把心里想的这句话问出口，但还是忍住了。

众人卷班退下了，刘娥又把内供奉江德明召来，屏退左右，命他如实奏报出使契丹所了解到的宫廷情形。虽然江德明的奏报有些东拉西扯不得要领，但刘娥还是听明白了：齐天皇后出身高贵，相貌娇媚，又因是承天太后萧绰的侄女、宰相韩德让的外甥女，耶律隆绪对她宠爱有加。契丹人中有一个传说，因他们实行皇后"宜子"制度，皇后若没有儿子，即当废除，而齐天皇后迟迟未生育，很容易成为反对势力的一个把柄，随时可能被废，而年过四旬的耶律隆绪三个儿子先后夭折，面临无子继承皇位的危险，无奈之下，召萧太后曾经的侍女萧耨斤侍寝，一年后诞下一子，取名宗真。此子一出生，就被齐天皇后抱去抚育，视如己出，立为太子。只是，宗真为萧耨斤所生，齐天皇后只是养母的事，并没有保密，朝野皆知。随后的几年里，萧耨斤又接连为耶律隆绪生下一子两女。耶律隆绪念她生育有功，册封其为顺圣元妃。时下耶律隆绪已年老体衰，而元妃萧耨斤野心勃勃，有人建言齐天皇后杀了太子生母萧耨斤，可齐天皇后宅心仁厚，不愿下手。契丹高层担心，一旦契丹主去世，齐天皇后和太子生母间，很可能爆发争斗，鹿死谁手，不可预料。

听完奏报，刘娥刚刚松弛下来的神经又绷紧了。她擦了把汗，移步窗前，想到耶律隆绪四十多岁后，三子夭折，皇后不能生育，想出了借腹生子的计策。天下竟有如此惊人相似之事！惟一不同的是，赵恒、绣儿，替她保守了秘密。可这秘密能永远守住吗？刘娥坐不住了，命内侍传杨淑妃到崇徽殿来见。

"哎呀，太后姐姐，你太操劳了，面容憔悴，怪心疼人的。"杨淑妃一见刘娥，就惊讶地说。

"做女人，难哪！"刘娥叹口气说。

杨淑妃向刘娥身边凑了凑，低声道："太后姐姐，吕后年过花甲有宠臣，武后古稀之年养面首，契丹萧太后老而淫，掌权的女人为何都有这喜好？奴原来不理解，这会儿突然理解了。"

"不要胡言乱语！"刘娥呵斥道，又叹息一声道，"武氏终归对高宗非真感情，不然她不会做对不起高宗的事！"

杨淑妃急忙转移了话题，问道："太后姐姐，怎么没有加封外婆家？太后姐姐不是自幼养在外婆家多年吗？"

刘娥脸色陡变，目光中流露出的全是恨意。如果不是当年舅母给她喝打铁水，哪有今天被那个惊天秘密压得喘不过气来的恶果！

杨淑妃吓了一跳，不敢再问。

"绣儿最近如何？"刘娥问。

"李婕妤从未问过赤哥儿一句，只是偶尔会提到她的弟弟李用和。"杨淑妃奏报道。她受刘娥之托，常常秘密探访已晋封婕妤的李绣儿，一则表达关心，一则观察动静，李婕妤的一举一动，都在她的掌握中。

"绣儿对得起我，我不能对不起她。"刘娥幽幽地说，"我想晋升她为顺容。还有，她弟弟李用和迟迟找不到，我很焦急，你知会她，李用和或许入了军旅，我会让张旻暗中布置，在军中找寻。"

"动静太大，会不会引起外间猜测？"杨淑妃担心地说。

"要对得起绣儿！"刘娥又重复了一遍，像是在起誓。

"太后娘娘，成都、成都，出事了！"内押班杨怀敏在殿外奏报了一声。

第六章

抄纸院内印交子　奉宸库前设香案

1

金耀门是内城的西六门之一。金耀门内的一座宅第，虽说不上豪华，却也颇气派。当年刘美将惟一的女儿嫁给茶商之子马季良，只有一个要求，就是要定居开封，马家遂出资购买了这所宅院。

这天刚吃罢晚饭，秘书阁校书郎马季良正百无聊赖地在院中徘徊，家院递进一张门状，马季良一看，是从益州来的世交王蒙正，忙出来相迎，延至书房。

当年王蒙正因盐井诉讼，差人求到马季良门下，被寇准侦知，抓住把柄不依不饶，连累马季良的岳父刘美惊吓卧病，从此一蹶不振，缠绵病榻一年多后就去世了。王蒙正一直心存愧疚，这次是特来向马季良致歉的。

"不会为此专程跑一趟吧？"马季良不相信，笑着问。

王蒙正"嘿嘿"笑了笑，只得实话实说："听说只要官府有人相帮，做茶叶生意能赚大钱，如今皇太后当家，贤侄是她的侄女婿，还不是一句话的事。"

马季良面露难色："世叔有所不知，太后只有这一门亲戚，可对这门亲戚约束甚严。"可他毕竟商人出身，听到赚大钱的事不免动心，搓着手，跃跃欲试的样子。

王蒙正以为马季良是故意做出为难的样子向他要价的，便一脸豪气地说："贤侄不必出资，在京城帮着说说话，生意做成，二一添作五。"

说着，伸出一个巴掌。

马季良一笑："这个……先把生意做起来再说吧！"

王蒙正大喜："听说京城的正店，以樊楼最有名，今晚，我请贤侄去坐坐。"

马季良忙摆手："免了免了，万一被太后晓得了，吃不了兜着走。"

"诶！"王蒙正一晃脑袋，不以为然地说，"又不花官府的钱，太后管这个？再说，太后居深宫，哪里会晓得这个哟！"

马季良神秘地说："世叔有所不知，正因为太后居深宫，她才常常差内官到街面上探事。"他拿起书案上的书册一晃，"所以小侄我轻易不敢出门。"放下书册，又问，"世叔，交子铺的生意如何？"

蜀地在五代十国时期相对安定、富庶。太祖皇帝混一四海，灭了孟昶的蜀国，自此，蜀地叛乱频发，太祖命将铜钱收缴运京，蜀地只能以铁钱交易。小钱每十贯重六十五斤，大钱每一贯重二十斤。街市买卖，至三五贯钱就携带困难，而蜀地尤其是成都，恰恰又是营商之都，药市、米市、蚕市，举国闻名。不仅交易频仍，且买卖量大，故铁钱使用率高，带在身上甚为不便，商人、百姓都叫苦不迭。有鉴于此，成都一些大商贾聚在一起，苦思冥想，商议出一个替代铁钱的办法：用楮纸红黑间错印上屋木人物、铺户押字，谓之交子，以作交易之用。商民向交子铺缴纳铁钱，可兑换等值的交子，人称"纳钱请交"；如果想以交子兑换铁钱，缴纳百分之三的手续费，即可兑付，人称"见交付钱"。交子一出，大受欢迎，贸百金之货，走千里之途，将交子揣入怀中即可。但是，印行交子是民间行为，官府并不承认，缴纳税赋、购买专卖物品皆不能使用。所以，持有交子者，时常需要兑付铁钱。可交子铺是商人开办，除了赚取手续费，还以交子兑付的铁钱用作他们其他生意的资本，一旦投资失误，兑付铁钱困难，就会引发争诉。真宗时，张咏镇蜀，对交子印行加以规范，限定并挑选出十六户豪富办交子铺，王蒙正即是这十六户中的首户，与人合伙开办着一家交子铺。以纸币充当金钱，此事亘古未闻，举国之人都很好奇，所以马季良才向王蒙正打问。

"提心吊胆！提心吊胆啊！"王蒙正以惊悚的语气道，脸上现出紧张的神情，"贤侄，茶叶生意得上紧做起来，赚了钱，交子铺才周转得开。

我怕交子铺出事，得赶快回去，我带的两个伙计，留下经理茶叶生意，一切仰仗贤侄了。"

马季良皱眉道："世叔，不是小侄推托，太后委实约束太严。"

王蒙正摇摇头道："皇亲国戚，这点小事，算啥子哟！贤侄啥子话也不必说，叫三司的官爷出来坐坐，把两位经理引荐给他们，事情不就成了？三司发茶引、做估价，太后侄女婿引荐的人，自会关照。"

马季良低头沉吟。突然，他诡秘一笑，压低声音道："世叔，有笔大买卖，做不做？"

"吒？！还有比盐茶生意更大的买卖？"王蒙正惊喜地问。

马季良附耳低语了一阵，王蒙正听着，眉毛挑了又挑，脸上的肌肉有节奏地跳动着，现出激动的神情。待马季良说罢，他咧嘴一笑，握起右拳，向左手心一砸，道："好！"

辞别马季良，王蒙正不愿耽搁，立即启程返蜀。一到成都，就直奔设于南米市桥北头的交子铺。远远看去，铺席前围了黑压压的人群，他的脑袋"嗡"的一声大了，一路上担心的事还是发生了！他连连甩手，打马向东，去往大东门外的妙圆塔院暂避。

近几年，天下无事，商业繁荣，王蒙正买卖越做越大，交子印行量连年翻番，"纳钱请交"兑得的铁钱，都投到买盐井上去了，"见交付钱"便时常发生困难，兑不到铁钱的民众越来越多，生意上的对手讹言惑众，说王蒙正卷款潜逃，百姓不明真相，前去兑换铁钱的排成了长龙，交子铺难以招架，终于酿成兑换危机，民众一连数天围住交子铺，要求如数兑付铁钱不果，转而到益州衙门前聚集，呼喊口号，要求知州寇咸出面，主持公道。

寇咸以清静无为为圭臬，一切放任，倒也相安无事。只有交子铺的事，不是因兑付不及时发生纠纷，就是因出现假交子而闹腾，让他不胜其烦。去年，开办交子铺的十六户豪富，因不法之徒仿印交子，曾联名提告到官府，寇咸一直压着未查办。多一事不如少一事，本有法定官币，为何允许商人自行印制交子？寇咸不理解，更愿意看到交子铺因不堪假交子充斥而关张，从此再也不必为这件事而烦恼。所以，交子铺发生兑付危机的事，寇咸不闻不问，袖手旁观。待大批民众在州衙前聚集，他也只是差堂吏去喊话，告之民间交易纠纷，官府不介入。民众不惟不散，呼喊声反而越来越大。寇咸又命州判出去解释，让他们去找十六豪富说事。

如此反复了几次，聚集民众群情激愤，大有冲击衙门之势。寇咸慌了神，躲到大慈精舍，传令厢兵前来维持秩序，急召十六豪富商议解决办法，态度强硬地说："交子既然能伪造，还有信用吗？如今又酿成这般事端，若不尽快平息，恐激起事变，诸位皆脱不了干系！"

听寇咸这么一说，众人大惧。寇咸顺势提出，收闭交子铺、封印卓。又令十六豪富，砸锅卖铁也要把商民手里的交子兑付铁钱。

众人一起到了王蒙正家，急寻他的下落。王家不得不把王蒙正的藏身处说了出来。众人火急火燎地转往妙圆塔院去见王蒙正。王蒙正一听寇咸要求关闭交子铺，又要十六户限期兑付，又急又气，前去衙署与寇咸交涉。

"老公祖，交子可以伪造，可官钱也有私铸的；不能因为官钱有私铸的就废了官钱吧？同理，不能因为交子可以伪造就废了吧？交子便于商业，尽人皆知，一时兑付困难也是难免的，只要老公祖出手搭救，不难化解。"王蒙正半是求情，半是辩驳说。

"到底能不能兑付，何时兑付？"寇咸不耐烦地问。无论王蒙正如何解释，寇咸就是寸步不让。

王蒙正变色道："这是削足适履，不敢担当！老公祖知益州以来，无所作为，我商民早就忍无可忍了，这就联名向朝廷陈情，要求朝廷罢免你！"说罢，拂袖而去，与众人一番谋划，串联大批商民上街示威，同时向朝廷呈递陈情表，要求罢免寇咸。

一时间，要求罢免知州的、反对废交子的、要求交子铺兑付现钱的、凑热闹的、借机生事的，都涌上了街头，高呼口号，声震城阙。寇咸眼看事态急剧恶化，隐瞒不住，一面令厢军弹压，一面上表向朝廷奏报。

益州的奏表和成都绅商的陈情表，同时到了四方馆。四方馆见是太后家乡的事，录副本转内押班杨怀敏及时进呈。杨怀敏急匆匆赶到崇徽殿奏报成都出事，正是此事。

2

听到成都出事的消息，刘娥既惊且恼。蜀地已风平浪静多年，怎么她主政刚一年，突然又出事了？看了寇咸的奏章，又看了商民的陈情表，方知是交子一事引发，稍稍松了口气，吩咐杨怀敏传王钦若、王曾、吕夷简、张知白和三司使胡则到承明殿奏对。

"这个寇咸，为官一地，官声如此，真是丢朝廷的脸！"待王钦若等人一到，刘娥就怒气冲冲道，"寇咸守蜀不力，要换人！"

张知白道："寇咸是朝廷命官，安得以绅民之请就罢黜他？此例一开，恐各地效尤，官员任免，是朝廷说了算还是百姓说了算？"

"郡守不能见微知著，防患于未然，惹出事端，不换何待?!"刘娥态度坚决地说，"就是要树立一个范例，让地方官都看看，朝廷要他们镇守一方，是让他们保境安民的，不是让他们混日子的！哪里闹出事端，就撤换哪里的主官！"她缓和了一下语气，接着说，"守成不等于无所作为，励精图治不等于瞎折腾，朝廷要拿捏好，地方主官也需拿捏好。"

众人知道太后既求治心切又怕出事，没有人再抗辩。

刘娥又道："记得祥符末年成都就发生过交子兑付风波，时任川陕路转运使薛田曾就交子存废上过奏表，想必他对此事是熟悉的，吾意急调薛田守蜀，众卿以为如何？"

王钦若道："太后圣明，薛田不失为最合适人选。"

三司使胡则是理财官，对用人不便置喙，旁敲侧击道："交子乃商贾私印，允许其存在，无异于公然鼓励官钱私铸；而衡之国法，私铸官钱是大罪！臣闻，薛田当年就主张置交子务以榷其出入，为时相王旦所阻。"

王曾也倾向于反对薛田的主张，便接着胡则的话说："币制关乎国计民生甚重，历朝历代凡是轻率改易的，后果都十分严重。兹事体大，不可草率决策。"

刘娥略一思忖，说："交子存废，只看是否便民，其他因素，不必考虑过多。"

"便民之事，若纷争不断，屡屡引发事端，岂不成了害民?"张知白辩驳道。

"那是做官的没有能耐!"刘娥高声道，"既然便民，就要设法让它通畅起来，纷争也好，闹事也罢，终归还是因为没有尽职尽责把好事办好。"顿了顿，决断道，"先罢黜寇咸，命薛田知益州，火速赴任，妥善处置商民诉求，平息事端。至于交子存废，命薛田与川陕转运使仔细经度利害呈奏，届时再议。"

薛田领旨，怕走水路耽搁时间太长，骑马走旱路，日夜兼程赶往成都。街面上已照寇咸的教令停止使用交子，而要求恢复交子的民众还在州衙前静坐;位于南米市桥北头的交子铺早已被兑不到铁钱的民众捣毁，一片狼藉;十六户豪富已将家产变卖殆尽，仍然只兑付了不到三成，兑付不到铁钱的民众不时到州衙前聚集呼喊。

王蒙正一直躲在大东门外的妙圆塔院不敢露面，闻听薛田到任，乘夜色悄悄前去投帖拜访，向他提出化解交子兑付危机的想法:以益州"羡余"先行兑付，以安抚百姓，官府垫付的钱，则由十六户豪富分期偿还。

地方收税时，照例加收损耗;扣抵损耗后多出部分，谓之"羡余"。自刘娥听政以来，神道设教销声匿迹，内外无事，商业繁荣，各地税收增多，"羡余"猛增。薛田想尽快平息事端，也有此意，所以欣然同意了。王蒙正又提出，交子应恢复流通，仍由十六户继续办理。薛田摇头道:"交子存废，要朝廷决断;即使要恢复流通，是否仍维持民间发行，也需慎重研议。"

以"羡余"先行兑付后，闹事的民众散去了;薛田又亲自出面，向聚集在州衙前要求恢复交子流通的民众喊话，保证向朝廷建言，满足民众诉求。亮出这两手，事态很快平息了。薛田这才腾出手来，商议交子存废事，很快与川陕转运使张若谷达成了共识，联名上章，奏称:"自住交子后，成都市肆经营买卖寥索。今若废私交子，官中置造，甚为稳便。臣等经度利害，窃以为，废交子不复用，则贸易非便，但请官为置务，禁民私造。"奏章并列出了五条具体措施。

刘娥阅罢，对一旁的赵祯道:"官家看，换一个人，一个地方的局面

第六章　抄纸院内印交子　奉宸库前设香案

就得到扭转，地方官吏委任不可小视，务必得人！"凡是她认为做皇帝应该格外关注的事项，就会结合实例提醒赵祯，赵祯每次都心悦诚服地接受。

次日，刘娥和赵祯在承明殿召对王钦若、王曾、吕夷简、张知白并三司使胡则，商议薛田、张若谷所奏官发交子事。王钦若、吕夷简表示支持；王曾保持沉默；张知白、胡则反对。

刘娥听罢，决断道："既然有言在先，命薛田会同张若谷仔细经度利害呈奏，如今此二臣根据益州情形提出建言，朝廷不宜驳回，当依薛田、张若谷所奏，颁敕实行！"

"官发纸币，历朝历代所未有，太后实司听断，决然用薛田之议，成此开历史先河之举，亦仁也夫，亦智也夫，托六尺之孤而不负先帝者，由此可见！"王钦若半是感慨、半是恭维地说。

张知白撇嘴。因反对官发交子意见被否决，耿耿于怀，还想挑薛田的毛病，瓮声道："薛田平息事端，用的是'羡余'，谁都知道，我朝财权属于朝廷，地方安得支配？他有什么资格拿'羡余'给商人做垫付？"

"说到'羡余'，臣还要向太后、皇上奏报一个好消息。"吕夷简兴奋地说，"各路转运使述职时，不少人说，愿向朝廷献'羡余'。据臣所记，仅六路转运使提出要贡献的'羡余'，一年可得二万石，输京师后，可专供太后、皇上赏赐、捐赠之用。"

"地方为何主动提出献'羡余'？"刘娥问，又自答道，"吾看多半是为炫耀政绩罢了。不要他们献什么'羡余'，一来，是让地方有些余钱，便于化解一时难题，如薛田用于平息交子风潮；二来，是不让他们再搜刮民脂民膏。有此二者，比要他们那些个小钱更划算！"

张知白脸上热辣辣的，想不到女人也有大气魄！他低下头去，不再言语。

卷班后，王钦若即召知制诰张师德起草敕书：设置抄纸院，专责交子印制，革伪造之弊；于成都设交子务，由京朝官任监官，主持交子发行，并于益州民间商贾中遴选一人佐理；监官人选由知益州保荐，任佐理的民间商贾由商民推举。

敕书制成，马铺八百里加急送往成都。

薛田见朝廷全盘采纳了他的建言，振奋异常，当即着手组建抄纸院，印制交子一百二十五万多贯。新印制的交子，以模具强力压制，使钞纸隐显纹理、图案凸起于纸面，增加了伪造的难度。新交子印制出来，交子务也组建完成，薛田将样钞一并呈报，得朝廷允准后，正式发行。

交子务佐理，商民保荐王蒙正出任，薛田也属意于他，可王蒙正却婉拒了。既然交子已然官发，以开交子铺筹集盐茶生意本钱的初衷不复存在，王蒙正对发行交子的事已是兴味索然。时下，他有一桩天大的买卖要做。

3

天圣二年上元节，皇城里张灯结彩，除了不闻韶乐，其余都恢复了往昔的热闹。因放假之故，白天，赵祯有了点闲暇，几名内侍撺哄道："上元节允许关扑耍钱，我辈想和官家玩耍。"

依照律法，上元、冬至、寒食三节，百姓可在任何场合赌钱，这三节之外，则只能到专设的赌场和相扑场去赌。本朝士庶，一则爱花，一则爱赌，自太祖时代，上至皇帝、后妃，下至摊贩、农夫，每到上元节，都会玩一种叫"关扑"的赌博游戏。赵祯年少，正是贪玩的年纪，平时不是陪大娘娘上朝，就是在资善堂读书，要么就是写飞白、度曲，不敢稍有玩乐。上元节这天上午，禁不住内侍一再恳求，也就拿出两千文钱做本，与内侍岑保正几个人在延庆殿里玩起了关扑。赌了没几局，赵祯就输了一千文，几个人还要耍，他拿起装有剩余一千文钱的钱袋，起身道："不玩了不玩了！"说着就要走。

岑保正只有十二岁，最会哄赵祯开心，他指着赵祯嘲笑道："唉呀呀，官家太穷相，输不起！"

众内侍也附和道："是呀官家，太小气了吧？"

赵祯并不生气，而是把钱袋一晃，问："你等可知，这钱是谁的？"

"谁的？太后娘娘的？"岑保正以猜测的语气道。

"错！"赵祯干脆地说，"这钱，非我钱，也非皇太后钱，乃百姓的钱！百姓的钱，让我输了一千了，我哪里还敢再玩？！"

岑保正不解："不对吧官家，老百姓还不是靠朝廷养活？"

"大谬！"赵祯一扬脸道，"太后娘娘对我说，国家的财富，都是老百姓辛苦创造，皇宫里的用度、官员们的俸禄，都是老百姓出的。"

岑保正不想再探究，眼睛眨巴了几下道："要不，到一个好玩的地方去看看？"

"何处？"赵祯问，有些动心。

岑保正道："远在天边，近在眼前，就是奉宸库啊！好玩的多着呢，官家没见过吧？"他又故意叹息一声，"唉，就怕官家不敢去！"

赵祯好奇心顿起，也想在岑保正面前保住面子，一拍胸脯道："我是皇帝，去看看奉宸库，有何不敢的，这就去！"说着，跟在岑保正身后就往奉宸库走。

刘娥放心不下赵祯，命内押班杨怀敏到延庆殿看视，杨怀敏赶到延庆殿，并未见到皇上的影子，一问方知皇上去了奉宸库，他吓了一跳，急忙到福圣殿向太后奏报。

福圣殿不大，为专门安放赵恒御容之所。去年上元节，赵恒刚奉安不久，刘娥一想到他孤零零躺在冰冷的山陵，皇宫里却一片喜气洋洋的节日气氛，就心如刀绞，下令宫中不得放灯。结果天圣元年的上元节宫中死气沉沉，气氛压抑。一年过去了，再不许过节，说不定会适得其反，让人生出怨恨，刘娥只好提前传谕，宫中今年如常过节。但又特意传谕："自先帝弃天下，吾终身不欲听乐！"所以，宫廷里不再奏韶乐。别人欢天喜地过节，刘娥却不能，她思念赵恒。去年的上元节，她是躺在床榻上昏昏沉沉度过的；今年不能再躺倒了，她想陪伴赵恒，于是就到了福圣殿，坐在赵恒的御容前和他说话，把他奉安永定陵这一年多来大大小小的事，向他诉说一遍。

"太后姐姐，不能总是沉浸其中出不来呀！"

刘娥扭脸一看，是杨淑妃在说话，便收住了泪，责备道："你跑来做什么？有空莫不如去看看赤哥儿。"

"姐姐年纪也大了，不能总这么伤感呀！为了赤哥儿，姐姐就别总到这里来了吧？"杨淑妃劝道。她得知刘娥大过节的又去了福圣殿，担心她伤心过度，便找来了。

“太后娘娘，官家去往奉宸库了！”杨怀敏慌慌张张奏报道。

刘娥“腾”地站起身，怒问：“谁让他去的?”

赵祯做了皇帝后，刘娥对他的管束越来越严厉。他继位不久，刘娥就颁下懿旨，皇帝双日不视事，当宣召近臣入侍讲读，冀不废学。过了半个月，又下诏，皇帝单日视朝毕，亦召侍臣讲读。这样，赵祯所有空闲时间，都要到资善堂读书。刘娥还挑选几位馆阁学士，采撷历代君臣事迹，编纂《观文览古》一书，又将本朝祖宗事迹，编成《三朝宝训》一书，还命翰林待诏善绘画者将郊祀仪仗编成《卤簿图》，以图解说礼仪，让赵祯置于枕边。对于赵祯的言行，则动辄以礼法约束，一再嘱咐他身边的人，要引导皇帝戒奢，切忌玩好，以免玩物丧志。而奉宸库，是太祖皇帝时设立的，存放的都是当年灭诸国时得到的瑰宝珍奇之物。太祖留有遗言，这些宝物不许使用，只有到收复幽云十六州时卖掉以供军需，所以几十年来，奉宸库里的藏品没有动过。赵祯年纪尚小，刘娥担心他见了这些宝物会生出玩心，所以大为光火。

杨淑妃一看刘娥满面怒容，急忙带着内侍往奉宸库走，刘娥阻止道：“罢了，由他去！”

杨淑妃转过身，不解地问：“太后姐姐不管束赤哥儿了吗?”

刘娥叹口气道：“赤哥儿是皇帝，不是百姓家没爹的孩子，打骂由娘。先不必声张，我自有办法！”

过了几天，是五日一听政的例行朝会。百官早就在长春殿列班候着，却迟迟未听到御驾到前的鸣鞭声，宰相王钦若差阁门吏前去探问，阁门吏回禀说，皇太后命在奉宸库前设了香案，正带着官家在香案前焚香而拜。

奉宸库外的香案前，刘娥领着赵祯焚香拜道：“祖宗混一四海，创业维艰，奉宸库所藏，皆诸国失德而不能保有，故归我帑藏，今日观之，正可为借鉴，若取而为玩好，或以供服用，则是重蹈覆辙，非祖宗垂训之意。”

刘娥说一句，赵祯学一句。拜罢，便羞愧地低下了头。刘娥心疼地拉住他的手，一同往长春殿走。坐定，朝会开始。刘娥打破常规，开言道：“众卿，适才吾带皇帝在奉宸库前焚香，不为别的，只为对着那些亡国之君曾经的玩好向祖宗保证，带头俭朴。古圣贤云：君俭，德也；君俭则国丰，国丰则民富而寿。"

众人这才恍然大悟。王钦若忙道："太后用心良苦，臣等受教了！"

"官家年少，要约束内官才好！"枢密使曹利用不合时宜地冒了一句。他断定，必是内官诱导皇上去的。自太后临朝，内官常奉命到外间探事、传达口谕诏命，不自觉间就流露出飞扬跋扈的神态，甚至就武官升迁，向枢密使曹利用说情，让他甚为反感，遂借机发泄不满。

刘娥心中不悦，却也未理会，按事先想好的话继续说："众卿，咱们的皇帝，打小就有俭朴之德。皇帝外穿龙袍，内里穿的衣裳，却都是旧的。前些日子，要过年了，做了一身新的，初一未明时，皇帝起床，内侍把新衣拿给皇帝穿，皇帝说，新衣不如反复洗涤过的旧衣穿着舒适，命以后不可再做新衣。"

王钦若道："两宫如此尚俭，实乃社稷之福！"

刘娥又道："当年吾到慈孝寺进香，遇到一个织妇，整日勤劳仍不免贫困，就觉得这是朝廷做得不够。三司要好好梳理一下，凡是无名杂税，一律废除，务必减轻百姓负担。民生多艰，堪怜！可有些做官的呢，把爱民挂在嘴上，实则口是心非。众卿当知，蜡烛以邓州为最佳，寇准曾知邓州，从此不再点油灯。据说寇准夜宴剧饮，虽寝室亦燃烛达旦。他每到一地，走的时候，别人去他的官舍，房间里到处是烛泪，往往成堆。吾又闻李沆在官，从不燃官烛，油灯一炷，萤然欲灭，与客相对清谈而已。二人奢俭不同如此。李沆寿考终吉，寇准晚有南迁之祸。望众卿以之为鉴！"

朝堂沉寂，没有人敢说话。

刘娥意犹未尽，继续说："奢靡，不是吉兆，更不是本事。让国丰民富才是真本事！节俭不仅是美德，更是本事，能够克制自己欲望的人才做得到。朝廷给官员的俸禄不薄，哪家比百姓家苦？不要攀比富豪之家，要与百姓比，知足！"

"臣等领教！"王钦若呼应了一句。

散朝后，刘娥带上赵祯一起到了延庆殿，将内侍召集在一起，呵斥道："此后尔等谁若导官家游玩、尚奢，砍了你们的脑袋！"

众人皆恐惧流汗。

刘娥扭脸看了一眼罗崇勋："今日曹侍中说要约束内官，必是尔等有不检点处，让外廷都晓得了，今日郑重警告尔等，谁不守规矩，本宫就拿他开刀！"

第七章
选皇后母子存心结　寻国舅姐弟终团圆

1

杨淑妃突然递帖求见，让刘娥浑身一紧。多年来，二人情同姐妹，无话不谈，杨淑妃随时可到崇徽殿来，今日因何这么郑重其事？

"太后姐姐，妹妹有件事，要向太后姐姐奏明，为表郑重，特递帖求见。"杨淑妃一进崇徽殿，就先解释说。与往常的随意不同，她说这番话时，仍是一脸庄重。

刘娥屏退左右，边示意杨淑妃落座，边道："说吧！"

"太后姐姐！"杨淑妃唤了一声，欲言又止，欠了欠身，踌躇着，良久方道，"太后姐姐太操劳了！"

刘娥一笑。"操劳"二字用在她身上，有些轻描淡写了。她既要像皇帝那样处理朝政，又要精心训导、培育年少的赵祯；由于赵祯尚未成婚，刘娥除了履行皇太后的一应职责，还要兼代皇后的一些礼仪。与皇帝不同的是，作为女人，她不必把时间、精力花费在嫔妃身上，而是把全部身心都投入到治理天下、训育皇帝、管理后宫这三件事上。要兼顾三者，委实不易。可从杨淑妃的神情中可以看出，她是有大事相商，绝不会是为了说句慰劳的话而来。

"太后姐姐，赤哥儿十五岁了，莫不如、莫不如给他成婚吧？有了皇后，也好替太后姐姐分劳。"杨淑妃说出了来意，又怕刘娥误解，急忙补充道，"太后姐姐不要误会，奴没有别的意思。"

皇帝成婚，预示着成年；成年理应亲政。杨淑妃鼓足了勇气却还是吞吞吐吐，就是担心刘娥误以为她是变相要求她还政给赤哥儿的。

刘娥不语，起身在殿内徘徊。

要不要给赵祯成婚，正是她的一块心病。按照皇家的规矩，皇子十五岁就算成年，再过两个月，赤哥儿就满十五岁了，从去年下半年，刘娥就纠结此事。她想早些为赤哥儿成婚，好让赵恒子孙繁衍，后继有人，只有这样，才算兑现了将赤哥儿抚育成人的诺言，才对得起赵恒；但是，一旦赤哥儿成婚，就预示着可以亲政了，可赤哥儿肩膀太稚嫩，江山社稷的千钧重担压在他的肩上，未免太沉重了，当年赵恒继位时已是而立之年，若不是她从旁襄助，不知皇帝做得该有多么辛苦，说不定会倚重内官，导致宦官干政的局面；如今，赤哥儿只是一个十五岁的少年，如何让人放心得下？

夜里睡不着觉，刘娥会将这几年主政的情形一一梳理，看看有没有过失，结论是，她治下的这几年，是大宋最好的时期。别的不说，就说今年长宁节，皇帝率百官和外邦使臣在崇政殿为她贺寿，契丹人原先提出，大宋的使臣在契丹朝贺时列班在前，而他们在大宋朝贺时列班却在最后边，请求对等，被驳回了，却也没有引起什么风波，契丹贺寿使毕恭毕敬，排在朝班后为她上寿；西夏使节呈上的贺表，则是以赵德明署名的，这是过去所没有的。以往西夏首领虽被赐国姓，但继迁不用，所有来往文书仍用李姓；德明接位后，也以李德明呈文，此次贺表却改为赵德明，这是表达彻底臣服之意，朝野为之欢欣。没有战争，也没有士卒叛乱和民变，天下太平，断然终结神道设教，不再大兴土木，所有举措都紧紧围绕安民惠民这个主线，国家呈现出繁荣景象。欣慰之余，刘娥担心，她一旦还政，这个进程会受到影响。

但是，倘若皇帝成亲而她还不还政，于法无据，于理有亏，会引发政潮。好在，开国以来，皇子还没有十五岁成亲的，多在十八岁以后才正式结婚，再迟一两年给赤哥儿成亲，也不会引起朝野的质疑。刘娥还在纠结着，杨淑妃就找上门来了。

杨淑妃仰脸望着刘娥，道："太后姐姐，奴会和赤哥儿说，他大婚后，还要太后姐姐继续听政，再带他几年。赤哥儿乖顺，他不会有异志。"

"妹妹,我答应过先帝,要把赤哥儿抚育成人!十五年来,没有一天不是战战兢兢的,生恐有闪失。"刘娥感慨万千地说,"也罢,就照妹妹说的,给他成亲。这样,我对先帝,也算有个交代了!"说着,掩面抽泣起来。

杨淑妃上前扶刘娥入座,劝慰道:"太后姐姐,赤哥儿长大成人,该娶媳妇了,这是喜事呀,太后姐姐不必伤感。"

刘娥坐下,喝了口茶,思忖片刻道:"此事,我来和赤哥儿说。"

次日午时半,刘娥吩咐内侍请皇帝到崇徽殿来见。

赵祯在资善堂听讲毕,忽听大娘娘相召,心中忐忑,脑海里迅疾将这些天来的言行举止过了一遍,似乎没有什么背礼失当之处,却还是惴惴不安地进了崇徽殿。

"赤哥儿,来,坐娘身边来。"一见赵祯进来,刘娥就亲热地向他招手道。

赵祯施礼毕,走过去在坐榻坐下,刘娥屏退左右,侧过脸来打量了他良久,蓦地转过脸去,流泪道:"儿长大了,娘也可以向你爹爹有个交代了。"

"大娘娘……"赵祯不知所措地唤了一声。

刘娥拭去眼泪:"赤哥儿十五岁了,该成亲了,娘老了,想早点抱孙子。"

赵祯神情慌乱:"大娘娘,儿、儿还小。"

刘娥道:"你爹爹只有你一个,娘要看着你给你爹爹早日生几个孙子。"见赵祯低头不语,她重重吐了口气,"成了亲,儿就可以亲政了。"

"不不不!"赵祯忙不迭摇头摆手,恳切地说,"大娘娘,儿还小,大娘娘再带带儿吧!"

刘娥叹了口气道:"儿啊,娘是女人,若不是你爹爹临终前托付天下,大臣们怎接受一个女人裁决政事?你爹爹的遗诏里有一个'权'字,儿长大了,娘若还不还政,大臣们会怎么说?"

"可是、可是……"赵祯支吾着,起身跪在了刘娥面前,"大娘娘若要儿成亲,儿不敢不从,可大娘娘不能撒手不管;大娘娘若说还政,那儿就再等几年成亲,儿恳请大娘娘了!"

"好了赤哥儿，快起来吧！"刘娥向赵祯轻轻抬了抬手说，"为了不辜负你死去的爹，娘答应你就是了。"

赵祯起身，不知是继续坐下去还是退出，有些局促。

刘娥向外摆了摆手，道："赤哥儿，用膳去吧！"

赵祯施礼告退，走了两步，又回过头来，想说什么，却欲言又止。

2

刘娥娘门萧素，只刘美一家，所以她对刘美的儿女疼爱非常，对惟一的侄女刘瑾儿格外喜欢，特命皇城司发给她一张腰牌，随时可进宫入参。

夏末的一天上午，瑾儿带着一个女子进宫，一到迎阳门，就由侍女引导着，径直到了崇徽殿。刘娥正在承明殿召对宰执，瑾儿就又转往杨淑妃居住的宝庆殿。多年来，杨淑妃因赤哥儿之故，也把刘美一家视为亲人，彼此来往，不拘礼节。

"啧啧，好俊美的女子！"杨淑妃一见瑾儿身后的女子，就禁不住夸赞道。

刘瑾儿很高兴，指着女子道："太妃娘娘，她是成都人，乳名叫蓉儿，侄女带来，让太妃娘娘过目，若太妃娘娘满意，就让蓉儿做太妃娘娘的儿媳吧！"

早在去年夏季，刘瑾儿的丈夫马季良就向盐商王蒙正说到一桩大买卖：官家春秋渐长，估计皇太后不会拖太久就会为官家成婚。抚育官家的大娘娘、小娘娘都是蜀人，官家也必会对蜀女情有独钟；若物色到貌美蜀女，届时他可让其妻刘瑾儿领到宫中，先让皇太后过目。太后起自寒微，对门第必不会在意。一旦太后满意，等于为官家选择了皇后，无论是官家还是未来的皇后，必心存感激，立此大功，以后必有回报。王蒙正自是喜出望外。他正有一女，年方十四，国色天香，便动了心思，将她带到了京城。今日，刘瑾儿带她入宫，就是要让姑母过目的。

杨淑妃见蓉儿美貌非凡，高兴地拉住刘瑾儿的手说："不瞒闺女说，大娘娘一和官家提及娶亲事，他就求我去和太后娘娘陈情，要娶蜀女为妻。"

两人越说越高兴，直到崇徽殿侍女来请，刘瑾儿还意犹未尽，又说了一阵，才拉上蓉儿往崇徽殿走。刘娥笑吟吟地看着侄女进来，见身后跟着一个姿色冠世的美少女，眼睛一亮，问："闺女，这个娇美的女子是谁？"

刘瑾儿撒娇道："姑母，难道侄女不娇美吗？"

刘娥嗔怪道："傻孩子，你就是个丑八怪，在姑母心目中，也是娇娃！"

刘瑾儿笑了，拉住蓉儿的手道："姑母，这是侄女为官家弟弟找的媳妇，姑母看好不好？"

刘娥打量着蓉儿，问："从哪里寻的？父祖是什么身份呀？"

刘瑾儿答道："回姑母的话，她是成都人，蜀中盐商王蒙正之女。"

一个富商家的女子，做母仪天下的皇后，岂不让人耻笑？可刘娥又不想直截了当以这个理由回绝，就沉下脸来道："官家择后，朝廷自有规矩，家里人不要乱掺和。"

刘瑾儿蒙了，嘴唇嚅动着，低头抽泣起来。

刘娥略一思忖，道："闺女，这女子貌美，从德媳妇殁了几个月了，就让从德娶了她吧！"

"姑母——"刘瑾儿唤了一声，却也不知该说什么好，只得带着蓉儿回家，向母亲钱氏禀报。

杨淑妃对发生在崇徽殿的一幕并不知情。她判断，刘娥一定会喜欢刘瑾儿带来的长相甜美的女子，便迫不及待地说给了赤哥儿，还把蓉儿大大夸赞了一番。赤哥儿听得心里甜滋滋的。那天大娘娘和他说要替他成亲，临出崇徽殿，他本想说要娶一个蜀女的，又怕惹大娘娘不高兴，才欲言又止，转而找小娘娘求情。今日忽有此一喜讯，眼看娶蜀女的愿望就要实现，赤哥儿兴奋不已。他拿出《百叶图》，偷偷挑选吉日。

过了十多天，接到太后懿旨，由皇太后、太妃并皇帝在太清楼相看秀女，而附送的秀女名册里，并没有蜀女。

杨淑妃不解，忙去找刘娥，问起刘瑾儿带来的蜀女。

"那个女子妖艳太甚，不利少主。"刘娥沉着脸回答。

杨淑妃不禁打了个寒战，后悔不该和赤哥儿说那个蜀女的事。她心里七上八下，却又不能挑明。已犯过一次错，相看秀女时不能再犯错，便试探着问："太后姐姐心目中有人选了吗?"

刘娥把秀女名册递给杨淑妃，指着首页道："妹妹看这女子如何?"

杨淑妃一看，是郭氏女的履历：祖父郭崇，历后晋、后汉、后周军职，随周世宗出征，为收回被割让给契丹的关南之地立下功勋，授定武军节度使，又任京城都巡检使，加同平章事，出镇澶州，大宋开国，太祖加郭崇中书令。

"倘若此女长相端庄，立为中宫，倒是最合适的。"刘娥向杨淑妃表明了态度。

杨淑妃明白了，刘娥将那个蜀女摒弃在外，并不是因为什么妖艳太甚不利少主，实则还是碍于门第。她暗忖，却原来，出身寒微而尝尽屈辱的人，反倒格外看重门第。但杨淑妃不敢反对，不仅是不敢，还因为选择门第高贵的女子做皇后，是朝廷的规矩，也是朝野的共识。

倘若选一个商贾之女，势必引发百官的反对，到时候，连同刘娥的身世，恐怕也会被捎带上，成为攻讦的目标。所以，她支持刘娥的决断。只是，此事不好向赤哥儿交代。当晚，赤哥儿去给杨淑妃请安，杨淑妃吞吞吐吐、拐弯抹角，说了一通择后是朝廷大事，先前提到的那个蜀女商贾出身，让她做皇后坏祖制，大臣不会同意之类的话，又劝慰赤哥儿，大娘娘必会选一个更好的媳妇给他。赤哥儿只是听小娘娘说那个蜀女美若天仙，并无缘相见，只是为不能娶蜀女为妻而感到失望，但备选秀女中想必会有令人心动的女子，他也就勉强接受了现实。在床上辗转反侧了大半夜，想象着未来皇后的模样，期盼着会有一个可人的女子像大娘娘陪伴爹爹那样，与他厮守终生，赤哥儿禁不住笑了，对天亮后相看秀女充满期待。

赵祯期盼的时刻终于来临了。他和大娘娘、小娘娘坐在后苑太清楼正厅，有郭氏、张氏等命妇带着自家的女儿入参。施礼毕，命妇并所偕少女入座喝茶。刘娥只看了郭氏女一眼，就轻咳一声，向杨淑妃递了个眼色，点了点头。

赵祯睁大眼睛，细细相看，见一个女子身材高挑、相貌娇美，向他投来多情的一撇，让他怦然心动。他拿起名册对照了一下，此女姓张，是开国功臣、定国军节度使、左骁卫上将军张美的曾孙女，她的祖父张守瑛官至供备库使，父亲张士宗任内殿承制、叔父张士禹为崇班、张士安为阁门祗候、张士宣为礼宾副使。有此门第，让她做皇后，朝野不会说三道四。想到这里，赵祯忍不住又把目光向张氏女投去，正与她的目光相对，赵祯心里涌出一阵甜蜜，脸上露出满意的笑容。他怕大娘娘相中了他人，一旦提出他不好反对，便先发制人，待入参的命妇带着自家的女儿刚退出，就红着脸，急不可待地说："大娘娘、小娘娘，儿看定国军节度使、左骁卫上将军张美的曾孙女最是可人。"

刘娥露出错愕的神情，想不到赵祯小小年纪竟要自作主张！转念一想，又感到好笑，真是有其父必有其子。可他的爹当年只是一个普通的皇子，想娶一个自己中意的女子无关紧要；而赵祯是皇帝，他娶的是皇后，不仅事关后宫，稍有不慎，还会给她和皇帝的母子关系乃至处理朝政带来干扰。她的阻力已经够多、够大了，不想再无端增加一个。为了大宋后宫的和谐稳定，皇后必须在她的掌控中，为此，必须由她来挑选，而不能由着皇帝的性子来。所以，惊愕之余，刘娥没有丝毫的动摇，沉着脸道："自古外戚之家，鲜能以富贵自保，故祖宗定了规矩，皇后当选于衰旧之门，庶免他日干扰圣政。我看张氏家族庞大，还有不少亲故在朝廷做事，张氏女子，不宜选为皇后。故中书令郭崇孙女，是最合适的人选。"

"大娘娘——"赵祯以哀求的声调唤了一声。

刘娥突然抹起了眼泪："你爹爹不在了，他要是活着，娘就由着你的性子，儿看在你死去的爹爹的分上，不要让娘为难了吧！"

杨淑妃忙道："赤哥儿最孝顺，不会让大娘娘伤心的，是吧赤哥儿?!"

赵祯垂下头，低声道："儿听大娘娘的。"

"你是娘的儿，可你别忘了，你首先是皇帝，一切都要为天下着想。"刘娥半是安慰半是训诫说。

"太后姐姐，赤哥儿说了，由大娘娘做主。赤哥儿是天下最孝顺的儿子，也必成为史上最好的皇帝。"说完，拉着赵祯的手，先辞出了。

出了后苑，赵祯抑制不住，两行泪珠顺着脸颊滚落下来。杨淑妃心有不忍，命步辇跟着她的轿子到了宝庆殿，一迈进殿门，赵祯就放声大哭，边哭边道："她是亲娘吗？如此狠心！"

杨淑妃大惊失色，忙捂住赵祯的嘴："我的乖乖儿，可不敢这么说，大娘娘晓得了，心要碎了！"又试探着问，"赤哥儿，你为何说出这样的话？"

赵祯顿足道："儿喜欢的，她不要；儿不喜欢的，她偏要，这让儿怎么想?!"

杨淑妃重重吐了口气："哎哟天哪，小娘娘被你吓了一跳。赤哥儿，莫耍脾气，你是皇帝，皇帝娶媳妇，岂可像普通人家那样？大娘娘必是有周全考虑的。"她突然"呵呵"笑了起来，说道，"赤哥儿莫在意，皇帝又不是只找一个媳妇，你喜欢的那个女子，小娘娘也让她入宫，做嫔妃就是了。以后，小娘娘再帮你挑几个美人！"

赵祯止住哭声，两眼发直，咬着嘴唇不再说话。

3

赵祯是大宋第一个即位后再成亲的皇帝，政事堂接到皇太后以故中书令郭崇之孙女为皇后的手诏，即采择汉唐皇帝大婚礼仪，制定仪注，任命使臣，选择吉日，次第行纳采、问名、纳吉、纳徵、告期、册封、亲迎之礼。

七月二十六是迎亲吉日。这天，天气阴沉，零零星星飘下几滴细雨。黎明前，御座、制案、节案、卤簿、彩舆、中和大乐等都已陈设毕，要送往皇后府邸的大雁及各种礼物，也都摆在天安殿的丹墀上，皇后銮驾车辂则陈于天安门外。吉时一到，各就各位，宣赞舍人宣读制词："兹册故中书令郭崇之孙郭氏为皇后，命卿等持节奉册宝，行奉迎礼。"正副使程琳、张师德以册宝置彩舆中，在礼乐仪仗引导下，前往皇后宅第。

一应礼仪毕，内执事恭请皇后乘舆，皇后降阶升舆，仪仗大乐前行，随后是彩舆，正副使跟在彩舆之后，自皇后宅邸沿御街从乾元门中门入，百官朝服于宣佑门外列班迎候。皇后乘舆至，鸣钟鼓，卤簿仪仗停下。

正副使以节授入内省都知罗崇勋,向皇太后、皇上复命。入内省捧册宝官杨怀敏捧册宝,仪仗女乐前导,进宣佑门,至坤仪殿幕次,杨怀敏以册宝授女官,皇后出舆,由西阶进,赵祯在内侍引导下,由东阶降迎,揖请皇后入内殿。内侍引导皇上到更服处换上衮冕;皇后被引导到更服处换上礼服,乘凤辇跟在赵祯的御辇后,一起来到后苑内供奉祖宗圣容的宜圣殿,行谒祖礼。祭毕,回到坤仪殿,行合卺礼。

赵祯面无表情,行礼如仪,仿佛木偶。皇后郭氏虽然年少,却也察觉出了赵祯的冷漠,不禁偷偷抹泪。

大婚当日,依礼,刘娥并不参与其间。鼓乐喧天声中,她独自来到福圣殿,对着赵恒的御容,喊了一声"天哥!"顿时泪流满面,指着殿外道:"你听到了吗?这是赤哥儿娶妻的声乐,赤哥儿长大成人了,我给他娶媳妇了!"拭了拭泪,又道,"照说,儿子娶了媳妇,当娘的就该让位了,朝廷的事儿子管,后宫的事媳妇管,我该撤帘还政,颐养天年了。可是,我放心不下啊!赤哥儿也恳求我,再扶持他一程。我想,天哥也会同意的,是不是?"说完,她闭上眼睛,仿佛看到赵恒向她点头。刘娥相信,赵恒真的答应了,甚至还"嘿嘿"地笑了笑,向她投以充满歉意和感激的眼神。几十年来,只要是刘娥想办的事,赵恒没有不答应的。难对付的是朝廷的大臣,他们可不像赵恒那样善解人意,所以,她要对百官有个交代。

出了福圣殿,刘娥即命内侍传翰林学士晏殊、侍读学士孙奭到承明殿,向晏殊口授"词头",命他起草一份懿旨;又嘱咐孙奭,将先帝晚年在馆阁听讲的遗编汇集,届时在朝会上出示。

次日早,按照大婚仪注,赵祯偕皇后郭氏着礼服到崇徽殿谒见大娘娘。辰时一到,刘娥升座。赵祯和皇后走到座前。一名宫女手捧腶修盘站在皇后左侧,赵祯夫妇一同行四拜礼。刘娥偷偷观察赵祯的表情,见他神情木然,脸上没有一丝笑意,心里颇不是滋味。赤哥儿年少,使些性子就使些性子吧,谁让他是天子呢?天子,为了天下,就不能不牺牲自己的某些感情。

礼毕,内侍抬案至,宫女将腶修盘递给皇后,皇后双手捧着,恭恭敬敬置于案上。两名宫女将案几抬至刘娥御座前,皇后走过来,端起腶修盘捧递给刘娥，刘娥微笑着接过，传递给宫女，皇后退到赵祯右侧，一起再行四拜礼。礼毕，赵祯偕皇后退出。

望着赵祯夫妇的背影，刘娥悲喜交加，想到当年在皇后这个年纪，自己正在为到京城来而努力着，那个时候，无论如何也不会料到会有今天；暮色里被一辆厢式马车悄然带进韩王府的情形，内廷册后时的一幕，拥挤着在她的脑海里闪现。刘娥的眼睛湿润了。此时，回忆所带给她的，没有伤感，除了感慨，就是自豪。

大婚第三日辰时，赵祯着冕服，皇后着礼服，相偕再进崇徽殿向太后大娘娘行八拜礼。

第四天，宗室、命妇、百官都要按制行礼庆贺。

至此，大婚礼仪本该宣告结束，可赵祯在大婚仪注上，加上了第五日行盥馈礼一项。汉唐皇帝大婚，是没有这项礼仪的。有司据此请皇上再酌，可赵祯以《仪礼·士昏礼》中"舅姑入于室，妇盥馈"为依据，坚持要加上。

不知为何，皇上对选郭氏为后不满的消息传到了外廷，京城里街谈巷议也在说这件事。不用说，大娘娘一定也会听到，赵祯深感不安，他要以增加盥馈礼，表达对大娘娘的一片孝心，消除误解。

第五日辰时，御厨准备好了膳馔，皇后着礼服到崇徽殿，在刘娥御座前行四拜礼，宫女以膳馔捧递皇后，皇后捧膳馔进于案，行四拜礼后，退立于正殿西南，俟刘娥用膳。

皇后早已听闻，她能够成为皇后，都是拜太后娘娘所赐，所以她对太后心存感激，也有发自内心的崇敬。尤其是，赵祯的冷淡让她伤感，她只能从太后这里寻找到关爱和支持。

这一点，刘娥从皇后的神情中捕捉到了。对皇后，她总是笑脸相对。她没有女儿，但想象中，皇后神情中所传递出的，应当是女儿对母亲的依恋。刘娥相信，皇后会成为她的亲人、助手，而绝不会成为她的对手。

皇后所呈膳馔，刘娥只是象征性地吃了几口，就吩咐撤下了，和蔼地招呼皇后在她旁边的坐榻坐下，嘱咐道："圣人，官家像他的爹爹，仁德淳厚，你要好好待他。"

"请大娘娘放心，儿媳一定照大娘娘的吩咐做。"皇后乖顺地说。

"后宫的事,圣人要多操心。"刘娥又道。

皇后道:"儿媳初入宫,年纪又小,不晓事,一切听从大娘娘的吩咐。"

刘娥拉住皇后的手,感慨道:"先帝把幼主、天下托付给我,我不能辜负先帝。我母子、婆媳要一条心,把后宫打理好,把天下治理好,不能让外人看笑话。"

"儿媳一定牢记大娘娘的教诲。"皇后点头道。

婆媳说了会儿体己话,刘娥又将后宫的规矩简要向皇后交代了几句,方吩咐皇后退出。

过了两天,是五日一听政的朝会,刘娥和赵祯在长春殿升座。朝会一开始,刘娥即命宣赞舍人宣读晏殊为她起草的懿旨:

> 吾受先帝顾托之深,皇帝富于春秋,助成治道,用乂斯民。
> 期见抱孙之欢,永遂含饴之乐,此君之志矣也。

皇帝大婚,百官早就在等待着有一个说法:皇太后是不是还政?宰执、台谏,也在私下商议,何时提出这个议题。听罢懿旨,群臣都明白了,太后要等皇帝生子后方正式还政。既然皇帝已然成婚,生子也就是一两年内的事,况且皇帝虽然成婚,毕竟也只有十五岁,这是大宋所有皇子中成婚最早的,太后再听政一两年,也说得过去。所以,朝堂上,没有一个人提出异议。

刘娥放心了,问孙奭道:"孙学士,先帝讲遗编汇出来了吗?"

侍读学士孙奭奏道:"先帝好学,自咸平至天禧二十一年间,无论亲征、封禅,风尘仆仆间,讲席从未中断。末年,又召冯学士讲《周易》,讲至六十四卦时,冯学士奉命出使契丹,待回朝,先帝已病危。臣等念先帝孜孜求学,特将馆阁所讲遗编汇集,册页之上,先帝手泽凝签,细笔所记异义,历历在目,今进呈御览。"

内侍跪接呈上,刘娥翻开册页,果然有不少赵恒的亲笔批注,阅之垂泪,不能自已,起身抱住赵祯放声大哭起来。

众臣见状,也都难抑悲情,长春殿响起一片抽泣声。

刘娥止住哭声，清了清嗓子道："本朝尚文治，祖宗皆好读书习文。今皇帝虽学问日增，但仍需侍臣讲说，如先帝故事。吾意当增设天章阁侍讲，晏殊、孙奭，端方纯明，有德学，可任为侍讲，专为皇帝讲书、陪皇帝读书，每日迩英阁讲读不可辍。"

"太后圣明！"王钦若呼应道。

"看来，太后是一心想把官家培养成圣君啊！"

"也没有这么简单吧？或许，太后是以此向朝野表明，官家的主业是读书，朝政的事，还需要她来处理？"百官私下议论说。

杨淑妃听到消息，很不解，便到崇徽殿问刘娥："太后姐姐，听说孙奭学问倒是有，可人太刚直，说话不留情面。太后姐姐怎么命他辅导赤哥儿？"

刘娥道："敢言的人是忠臣。"

"奴是怕赤哥儿受委屈。"杨淑妃解释道，又感慨一声，"奴看出来了，太后姐姐是想为大宋再造一个真宗啊！"

"有句话说：'只知开元无事久，不知贞观用功深。'"刘娥动情道，"我不能辜负了先帝，对不起天下臣民。我要让天下士庶、后世子孙都看看，我们女人手上，照样能训导出仁德圣君！"

杨淑妃叹息一声道："太后姐姐的良苦用心，大臣们若能体谅就好了。"说完，察言观色了一阵，这才把赵祯那天在她面前说出"是不是亲娘"的话，压低声音向刘娥转述了一遍，最后，又特意说出了自己的判断，"太后姐姐放心，赤哥儿越是这么说，越说明他对自己的身世没有丝毫怀疑。"

刘娥叹息道："只是时时感到对不住绣儿。"

杨淑妃道："这么多年了，找不到那个李用和，想必已不在人世了吧？"

4

枢密使曹利用筹措了一笔款项，在朱雀门外购地，营造新宅。赵州兵马监押曹汭是曹利用的亲侄，他特意带了百十号人，赶来工地帮忙，并替叔父在现场监工。

这天吃过午饭，曹汭又到工地转悠，远远看到有两个人在吵骂厮打，不觉大怒，快步走过去制止。一问方知，是他从赵州带来的两个士卒，因赌钱欠账而争执。曹汭见有人赖账不还，又在工地吵吵闹闹，不由分说，甩鞭在赖账男子李京身上狠狠抽打了几下。李京抱头蹲在地上，任凭鞭子抽在身上，一声不吭。

曹汭火冒三丈，质问道："为何赖账不还，你给老子说明白了！"

李京战战兢兢抬头看了曹汭一眼，嗫嚅道："小的没钱。"

曹汭大怒，"啪"的一声，又是一鞭抽了过去，骂道："穷酸相，既然没钱，还敢贪赌，今日老子要你长长记性！"说着，又是一鞭。

李京被抽了几鞭，疼痛难忍，急忙从怀中掏出一个鞶囊，捧在手里，求饶道："求监押爷饶过小的，小的实在拿不出一文钱，只有这个物件。"

曹汭以为是一锭金银，接过一看，是一个手结缂丝鞶囊，捏了两下，"忽"地向远处一抛，举鞭又打，边打边大声骂道："穷酸鬼，贱骨头！"

一个中年男子弯腰捡起鞶囊，小跑着来到曹汭跟前，喊道："军爷手下留情，此子是小的世侄，有何过错，小的愿替他弥补。"

曹汭停下鞭子，冷冷一笑，问李京："你说，欠多少钱？"

李京伸出一根手指道："一、一贯。"

中年男子二话不说，从照袋里拿出一把碎银，交到李京手里，又掏出一锭银子，递给曹汭，指着李京道："军爷，小的找他有事，请军爷放他会子假。"

曹汭上前踢了李京一脚："滚吧！"

李京起身，满脸疑惑地跟在中年男子身后，刚走了两步，蓦地转过身去，追上曹汭，跪在他脚下恳求道："求求监押爷，把小的那个鞶囊还给小的吧！"

曹汭厌恶地踢了他一脚道："什么破烂玩意儿，老子扔了！"

"啊?!"李京惊叫一声，趴在地上爬着，慌慌张张地四处乱找。

"小哥，来来来！"中年男子喊了一声，举着鞶囊道，"适才军爷正扔到鄙人脚下，还给你。"

李京眼睛发亮，仿佛怕他变卦，扑过去夺过鞶囊塞进怀里，用双手紧紧护住。中年男子一笑，向北一扭头，道："走，鄙人请小哥去喝酒。"

李京流出了口水，跟上中年男子向北走，进了朱雀门，蓦地停下脚步，向中年男子拱拱手道："敢问恩公尊姓大名？为何要救小的？"

中年男子不说话，径直领他进了左近的一家酒馆。二人坐定，点了几样酒菜，筛了酒，喝了几盏，中年男子方问："敢问小哥，那个鞶囊哪里来的？"

李京警觉地盯着对方，又低头想了想，道："是小的姐姐给小的的。"

中年男子惊喜道："吓？那么敢问小哥叫什么名字？家住哪里？"

李京眼珠转了几转，没有回答。

中年男子叹了口气，脑袋向李京伸过去，压低声音道："不瞒小哥说，鄙人奉宫里的旨意，为一位娘娘寻找他的胞弟，这位娘娘的胞弟，有一个信物，恰好就是一个缂丝鞶囊。"

"真的？"李京瞪大眼睛问，"小的就是因为要寻找姐姐，才一直随身带着鞶囊，小的真名叫李用和，怕人要账，改名叫李京。"

中年男子摇摇手，又在唇边打了个手势，示意他小声说话，随即亲自为李用和斟上酒，敬了他一盏，放下酒盏，抹嘴道："李小哥不必再去做工，跟鄙人到一个地方，如何？"

"不知恩公带小的到何处？"李用和问。

"枢相张旻张大帅府上。"中年男子道。

李用和也知道，枢相比曹汭的官大得多，也就不再恐惧，满口答应了。时间还早，中年男子先领李用和到香水行洗了澡，又为他雇了匹马，将他带到了张旻的宅邸。

张旻散班回家，刚下了马，候在首门的中年男子就将找到李用和的喜讯禀报了他。张旻也不知李用和是什么人，太后为何坚持不懈地要寻他。前不久，太后又单独召见张旻，命他格外用心，继续寻找李用和，领命后，他差大批人马到军中寻找，又差家丁在京城各个角落打探。那个中年男子，正是张旻的家丁。凡是有人扎堆之处，他必去打探一番，刚到曹利用新宅工地，一个鞶囊滚落在脚下。鞶囊，正是要寻之人的信物，这才有出手归还赌债的一幕。苦苦寻觅的人被领到家里，张旻自是喜出望外，来不及更衣，就吩咐将李用和带进了花厅，一番盘问，又细细查看了鞶囊，感叹道："找你找得好苦啊！"

李用和十二三岁就因躲赌债离开京城，临别前，姐姐绣儿怕将来无以相认，给了他一个缂丝鞶囊，嘱咐他无论如何颠沛，切莫把此囊丢了，若有出头之日，姐姐一定会寻找他，就以此囊为信物。李用和牢记在心。他改名李京，一路流浪到了杭州，并没有找到亲族，只好继续流浪，学会了一门做纸钱的手艺，聊以谋生。他不敢回京城，向西到了郑州，又向北过相州，到真定。因朝廷实行募兵制，招徕无业游民入军旅，李用和在真定衣食无着，就参了军，随部到了赵州。刘美、张旻派人寻找，只知他去了杭州，一路打探，找遍了沿途各个城市，却不知李用和人在赵州，所以苦寻不见。若不是曹汭带他们进京为叔父营建住宅，还不知要寻觅多久。

张旻听罢李用和的流浪经历，一阵感慨，吩咐家院好生款待，便疾步进了书房，写了密启，命侍从立即进宫，到宣佑门交阁门吏呈递。

刘娥接到张旻的密启，一阵惊喜。但她故意装作若无其事，将密启放在一边。次日，趁赵祯在迩英阁讲读，单独在承明殿召对枢臣曹利用、张旻、张士逊，问了些边军供给的事，就让曹利用、张士逊退下了。

"张旻，曹侍中营造新宅，何以将赵州士卒借来？此事你晓得否？"刘娥问。

张旻以为太后得知李用和找到了，会召见他，昨晚等到半夜也未敢更衣，却未见宫里有人去；今日单独留下他，必是问他李用和的事，不意太后还是没有提，却问了一个他难以回答的问题。思忖片刻，回奏道："臣闻曹侍中为营建新宅，借了不少款项，大抵是为了省钱吧，他的侄子曹汭就带些人来帮忙。"

刘娥沉吟不语。

张旻忍不住了，以为太后尚未看到密启，便奏道："太后命臣密查的人，臣已找到，此时就在臣府中。"

"哦？"刘娥故作惊讶，停顿了一下，轻描淡写地说，"想起来了，难为你还能觅得到。给他胡乱补个殿班吧。你这就差人回府，让马季良去把李用和接走。"

张旻从太后的话中听出，李用和也不是什么重要人物，很可能就是太后娘家的一个远亲，这样的话，补殿班的事曹利用未必同意，只得奏道："太后，补殿班的事，恐曹侍中那里通不过。以往太后降手诏要枢密院给勋旧子弟补殿班，曹侍中常常压下不办，想必太后也是知道的。"

刘娥以无所谓的语气笑着说："那些命妇，总求我，我也碍于情面写了手诏，不办就不办吧，勋旧都晓得我写手诏也不管用，也就不再找我了。不过李用和补殿班的事，你和曹侍中说，无论如何要办，就说这是我求他的事。"

张旻退出了，刘娥即命内侍把侄女婿马季良和侄女刘瑾儿召进宫。她并没有把李用和的身份说透，只是嘱咐马季良将李用和接到家里，好生款待，不要让他四处乱走。安排停当，这才传杨淑妃来，写了手诏、发了腰牌，要她陪已晋升为顺容的李绣儿当晚悄悄出宫，到马季良家里，姐弟相认。

次日午间，杨淑妃到崇徽殿向刘娥禀报，李用和就是李绣儿的胞弟，二人相见，喜极而泣，抱头痛哭，说了一番感激皇太后大恩大德的话，话里话外，没有一字有透露赤哥儿身世之嫌。

刘娥很满意，拿出自己的脂粉钱，命马季良为李用和赁了一所宅子，又物色了侍妾、仆从，不过半月工夫，就把李用和安顿好了。她又破例特许李顺容到李用和的新宅去看视了一趟，认作娘家。

李顺容感激不尽。这些年来，她和先帝的嫔御住在一起，从来没有表现出丝毫的异常。只是，她的内心一直充满恐惧。她又生育过一位公主，却在两岁上夭折了。多少次，她以为刘娥会灭口，战战兢兢过了几年；赵恒去世后，她又担惊受怕了几个月，仍然平安无事，这才踏实下来，又思念起弟弟李用和来。她以为刘娘娘当初也就是随口一说，哪里会当真为她寻找弟弟？又到哪里寻找？她甚至怀疑过，真的寻找到弟弟，刘娘娘或许会灭口。毕竟，此事传扬出去，很容易引起外间的猜疑。所以，李顺容对今生姐弟相见一事已然绝望。万万想不到，刘娘娘千辛万苦把她的胞弟找到了，还冒着外界猜疑的风险送宅第，怎不令人感激涕零？她暗暗发誓，就是死，也不会向外吐露一字。所以，她并未向李用和透露当今皇上就是他亲外甥一事，而是嘱咐他铭记太后大恩，做事不可张扬。

李用和的仆从、侍妾，都是马季良安排的，李顺容在李用和新宅的一举一动、一言一行，喘息间就传到了刘娥的耳朵里。

刘娥闻报，放下心来。只是，李用和补殿班的事被枢密使曹利用压下了，刘娥本来想顺水推舟，不再追问，此时也改变了主意，当面督促曹利用落实。

曹利用对太后降手诏为皇亲国戚、功臣勋旧亲属谋官，一直持抵制态度，李用和来历不明，他更是断然拒绝。刘娥不得已，只好把李用和乃李顺容之弟的事说了，又言李顺容为先帝生育过公主，看在先帝的分上，给李用和授个官职。曹利用这才勉强答应，给李用和补右班殿直。

李用和有了住宅，又有了官职，便给自己起了个字：审礼。他拿着名刺去拜谢马季良，请他做媒，找一个富家女做妻子。马季良自是满口答应。从马季良家出来，李用和骑马来到朱雀门外的曹利用新宅工地，趾高气扬地到曹汭面前。曹汭嘴巴大张，揉了揉眼睛，惊诧地看着李用和。李用和一举马鞭道："曹汭，见了御前侍卫官，为何不拜？"见曹汭一脸懵懂不敢相信的样子，李用和"哈哈"一笑，"回去问你叔，老子这个官，他是盖了印的！"虽则姐姐一再嘱咐不可张扬，可这些年来受到的屈辱，李用和还是想发泄一下，动辄骂他是穷鬼、贱骨头的曹汭，正是最好的发泄对象。所以他还是忍不住到工地上招摇一番。

"李京，你，凭什么？"曹汭不服气地问。

"凭什么？凭……"李用和咽回了后面的话，得意一笑，"你小子睁大眼睛看着吧，看咱俩谁的官升得快、做得大！"说完，"哈哈"大笑了几声，扬长而去。

工地上干活的人都停下手中的活计，围拢过来，叽叽喳喳议论起来。此事很快就传开了。上至二府大臣，下至宫女内侍，都在私下议论着，皇太后对娘家人约束甚严，突然冒出的李用和何许人也？太后为何对他如此关照？

参知政事吕夷简特意向枢密使曹利用打问，得知李用和是李顺容的弟弟，而这个李顺容曾是皇太后的侍女，心中的谜团似乎一下子解开了。

杨淑妃也听到了议论，找到刘娥，焦急地说："太后姐姐，人说妇人之仁会误事，到底是有几分道理的。找到这个李用和，引起这么多议论，这样下去，怕是要出事啊！"

　　终于给绣儿找到胞弟，了却了一桩心事，刘娥感到宽慰，减少了对绣儿的负疚感。她预料到会引起一些闲言碎语、无端揣测，但只要绣儿信守诺言，真相就不会暴露。可是，绣儿姐弟团聚了，久而久之，会不会生出别的想法？刘娥本就有些担心，又听了杨淑妃一番话，不禁皱起眉头，叹息一声道："看来，只能如此了！"

第八章
意气用事争首位　软硬兼施改两法

1

皇宫宣佑门次西，有一道双重门，谓之长春门，门内东西两廊设二府、亲王、三司、开封府、学士以上候班幕次。入长春门，即为长春殿，按照仪规，刘娥垂帘听政，即在此殿，而以承明殿为召对和阅看章奏之所。

天圣三年六月的一天，是垂帘听政之日，两宫已经就座，殿庭却空空如也，百官并未进殿。刘娥甚感诧异，急命内押班杨怀敏出殿查看。

杨怀敏走出殿外，却见王曾和曹利用二人正为谁先进殿争执不下，僵持难解。

依例，每遇朝会，进殿前，百官先在殿外所设幕次等候，太后、皇上驾到，内侍鸣鞭，阁门吏到幕次前报班，宰相率文武大臣进殿列班。殿庭内，宰相、亲王、参知政事、枢密使等各有砖位，依次排列。因宰相、参知政事、枢密使等例有加官、加衔，位次排列并不完全取决于一个职衔，常常因职衔变化，由皇上下旨，重新确定砖位排序。

首相王钦若前不久去世，王曾拜司空、景灵宫观使、昭文馆大学士，此即首相之职。曹利用则是由司空晋侍中、尚书令，兼领景灵宫使。论官衔，侍中在司空之上、景灵宫使在景灵观使之上，且曹利用任枢相多年，资格远超王曾。因今日朝会是王曾以首相身份第一次列班，行谢恩礼，曹利用以侍中、景灵宫使身份，不愿列王曾之后。

"今日朝会，相公行谢恩礼，而相公的职衔里，有景灵宫观使之任，观使当列宫使之后，乃是先帝所定，明诏天下的，所以曹某当排首位进殿。"曹利用态度强硬地说。

王曾见曹利用如此嚣张，一改谦让之风，沉着脸道："王某无所谓，但是要维护朝廷宰相之体！"

两人争执不下，阁门使不敢裁决，见杨怀敏走过来，像抓住了救命稻草，忙求他进殿请太后裁夺。

刘娥闻报，脸色陡变，胸口快速起伏着，半天没有说话。倘若是太祖太宗坐在此地，大臣敢如此无礼吗？她真想大喝一声，下令将曹利用、王曾一起罢免；但是，她知道，不能这样做，小心翼翼才能维系朝廷的安宁。也正因如此，尽管明知王曾在很长一段时间里反对她册后、抵制她参与朝政，可王钦若去世后，刘娥还是毫不犹豫地立即降麻，让他做了首相，只有这样，朝廷才能安静，才能集中精力做事。刘娥寄希望于在她的治理下，天下太平、百姓富庶，以此获得世人的认可。对于曹利用和王曾的这场大失体统的争执，她也只好强忍怒火，佯装毫不在意。不惟如此，刘娥突然有种耍弄他们的冲动，让他们表演下去，把他们的狂妄暴露于百官面前！这个念头一闪出，她怒气顿消，漫不经心道："照规矩来嘛！"

杨怀敏把太后的话传于阁门使，曹利用得意地说："这是太后陛下的懿旨，按规矩进殿。既然按规矩，侍中、景灵宫使该排第一，曹某自是第一个进殿！"说着，跨步向前，走到王曾前面。

王曾一把拉住他："且慢！本朝可曾有枢密使先于宰相进殿之例？"见阁门使惶恐不知所措，王曾大喊一声，"只需奏报说宰臣王曾等告谢便可！"说着，欲率先进殿。

曹利用愤愤不平，一把拉住王曾："且慢！难道太后陛下的裁示相公没有听到？"

殿外的争吵声，帝后隐约可闻，刘娥却一语不发。百官个个一脸错愕，这错愕的神色里，不仅是因为曹利用、王曾出人意料的表现，还流露出对太后的若无其事的不解。

杨怀敏又一次进殿，传报阁门使恳请太后裁示，刘娥笑道："宰相与侍中一同进来嘛！"

阁门使和曹利用、王曾三人，都茫然不知所措。可是，再僵持下去，委实说不过去了，阁门使只得一手拉住王曾，一手拉住曹利用，一同进殿。

众臣以为，曹利用、王曾进殿后，必是太后劈头盖脸的责骂，曹利用、王曾也神色惶然。不意从帘后传出的，却是太后的笑声："呵呵，宰相和侍中在玩过家家吗？"

王曾躬身道："臣有失体统，请太后、皇上治罪。"

话音未落，曹利用瓮声道："臣敢请太后明示，到底臣与王曾谁当排首位。"

赵祯气得腮帮鼓了又鼓，想呵斥曹利用无礼，还是忍住了，扭脸看着大娘娘。刘娥沉吟片刻，裁示道："此后朝会列班，依从前旧制所定。"又宽慰曹利用说，"然，侍中爵高，当排在亲王和参知政事之前。这是特例，以后枢密使无侍中衔者，依旧例排班。"

这样的裁定，王曾自是满意，曹利用也挣足了面子，算是皆大欢喜，就仿佛什么事也没有发生，朝会照常进行。

曹利用如此忘乎所以，大娘娘却不以为意，赵祯大为不解。近些日子，有好几件事，都让赵祯觉得难以理解。先是滑州河工完竣，政事堂奏请嘉奖有功官员，却被大娘娘否决了，传旨二府，说滑州河工是先帝生前一直挂在心里想办未来得及办的事，如今办成了，不能无声无息。结果，朝廷遣官告谢天地、社稷、诸陵；又命翰林学士晏殊前去祭河，撰写《修河记》；为朝廷有司和地方官员加官晋爵；免全国秋税十分之三；宰相率百官上朝称贺，文德殿动用鼓乐大摆宴席……大娘娘一向尚俭朴，而对滑州河工的庆贺，却营造出了普天同庆的景象，大宋开国以来还从未有过。大娘娘对大臣说，这是为追念先帝，也为振奋人心。但赵祯听到私下议论，说这是太后向天地、祖宗、臣民宣示自己的功绩，以此表明她作为女主，一点也不逊于太祖太宗！另一件事就是对王钦若的超常封赠。王钦若病逝，大娘娘竟亲临祭奠，又宣谕中书，参照太祖朝宰相赵普的规格为王钦若治丧；并否决了政事堂提交的对王钦若的封赠，坚持赠他太师、中书令，谥号"文穆"。朝野议论纷纭，都说自大宋开国，宰相恤恩未有可与王钦若比肩者。滑州河工完竣，普天同庆是为宣扬政绩，争取朝野对女主临朝的认可，这还说得过去；可是，对王钦若的封赠，赵祯就找不到什么可以自洽的理由了。

这天晚间，赵祯陪大娘娘在承明殿阅看章奏，过了半个多时辰，大娘娘放下笔，在揉眼睛，赵祯乘机问："大娘娘，儿听说王钦若在朝野名声不好，有人还说他是奸臣呢！"

刘娥扭脸看着赵祯，沉脸道："儿是说，你的爹娘是昏君？"

赵祯吓得连连摆手道："大娘娘，儿绝无此意！"

"明君朝中无奸臣！"刘娥含怒道，"对大臣评价不是小事，首先要顾及皇帝的威信。如果说王钦若是奸臣，他奸在何处？无非是鼓动东封西祀神道设教那件事。可是，有谁晓得你爹爹当年的心情多么灰暗、多么痛苦？王钦若对你爹爹是一片忠心！再说，否定王钦若，会不会牵出东封西祀的旧账？时过境迁，那个账能翻吗？一旦翻起旧账，对你爹爹的威信有损，也不利于当下集中精力做事情。"

"儿、儿明白了，大娘娘！"赵祯语带歉疚地说。

刘娥意犹未尽，又道："大娘娘念旧，都是因为思念你爹爹的缘故。王钦若对你爹爹忠心耿耿，这两年又忍辱负重，把朝政打理得甚是妥当，如果不是他的恭忠，你爹爹走了，撇下我孤儿寡母，局势能这么平稳过渡下来？我看满朝的大臣，没有哪个像他这么忠心的。不要听外人说三道四，要照他们的说辞，大娘娘就不该预政，王钦若不但不暗中抵制，还死心塌地辅佐，所以是奸臣。这种话，能听吗？说这话的，是忠臣吗？"

赵祯起身，端起茶盏递到大娘娘手里，讨好道："大娘娘喝茶，消消气，大娘娘说的，儿都记下了。"

刘娥喝了口茶，把茶盏放下，笑着说："晏殊做事周密，深得你爹爹赏识，让他做枢密副使吧！"

赵祯道："大娘娘思虑周全。时下枢密院就是曹利用把持着，是该让信得过的人加入进去。"

刘娥笑而不语。赵祯理解了她的意图，她很欣慰。

枢密副使张士逊也看出了刘娥的意图。对曹利用道："太后是想让晏殊来牵制侍中的，这叫掺沙子。"

曹利用不便阻止对晏殊的任用，却又耿耿于怀，朝会上，几次阴阳怪气地大谈要约束内官，避免汉唐宦官之祸重演。

刘娥熟知史事，女人当国往往伴生宦官干政或外戚弄权，这也是士大夫反对后宫预政的一大原因。她不便抛头露面，许多事不得不依赖内官，又怕内官真的参政或给外间一个参政的印象。曹利用故意宣扬内官横肆，分明是发泄对任用晏殊做枢密副使的不满。但曹利用打着防止宦官干政的旗号，刘娥也不便反驳。这天，她将罗崇勋召到崇徽殿，一拍御案，大声道："你说，有什么把柄在曹利用手里？"

罗崇勋浑身一抖，跪地叩头道："太后娘娘，小奴奉命监后苑亭台营造，岁满没有叙功，也没有恩赏，小奴不过是向曹枢相打问了一下原因而已。"

"放肆！"刘娥大声呵斥道，转脸吩咐内押班杨怀敏，"你去知会曹利用，罗崇勋横肆，交他严加戒谕！"

这样的事，无论如何说不上宦官干政，太后如此小题大做，杨怀敏很不解，一缩脖子，想替罗崇勋辩解："太后娘娘，这……"

"怎么？"刘娥怒目圆睁，打断杨怀敏，"是不是连你也一起交给曹利用？"

杨怀敏吓得浑身一抖，急忙传谕去了。

曹利用接到太后口谕，既惊且喜，他故意选在百官上朝时命罗崇勋跪在枢密院门外，摘掉他的璞头，斥骂良久。

这个场景，不少人都看到了，一盏茶的工夫就传开了。

"太后刻意高调惩治罗崇勋，无非是想做给外廷看，以表明她虽是女主，却不会重蹈汉唐女主的覆辙。"枢密副使张士逊嘲讽道。

参知政事吕夷简摇摇头，自语道："曹利用武夫，如此忘乎所以，危矣！"

2

京城酒楼，以樊楼为最。这是由五座三层楼构成的建筑群，五座楼房各有飞桥相通，首门外缚扎彩楼欢门。正因其奢华至极，而朝廷尚质朴，故大小官员，几乎无人敢涉足。

可是，这天晚上，三司使胡则却进了樊楼。虽则换了一身便装，可还是被守在首门外的内官岑保正认出来了。

岑保正因诱导赵祯观看奉宸库，受到刘娥责罚，并将他从皇帝身边调开了。刘娥经常差内官到市井采集舆论，岑保正年少机灵，就专委以探事之责。他在皇帝身边多年，认得朝廷大臣，又常在樊楼蹲守，对京城豪富也识得八九。所以，当三司使胡则进来时，岑保正一眼就认出来了：陪在他身边的那个人，是京城首富符少爷的幼公子符永。

三年前，符少爷临终前，将家产分给十五个儿子，有几个儿子沉迷赌博，很快败光家业，只有庶出的幼子符永，做茶叶生意，顶起了符家的门户，此事在京城尽人皆知。岑保正一看三司使和茶商一起到樊楼吃饭，立即两眼放光，悄悄跟在了二人身后。岑保正本是一身茶博士装扮，在胡则和符永的雅间里进出了几次，并未引起二人的关注。他看到符永给胡则送了一罐茶叶，说话的神情有些怪异："此茶请胡爷和夫人留品，不可送人。"

次日，岑保正就将探得的情形禀报都知罗崇勋。因关涉朝廷重臣，罗崇勋随即奏报给了太后。刘娥命罗崇勋密查，看看符永是如何攀上胡则的。过了几天，罗崇勋奏报，查得符永的母亲与三司使胡则同乡。刘娥不动声色，只是问："做茶叶生意这么赚钱？符永不几年就成了豪富？"

罗崇勋道："小奴不懂，只听说街面上议论，官茶多滥恶而私茶皆精好。"

刘娥沉默不语。多年来，不断有朝廷和地方官员上表，对茶法多有诟病，倡言改制；每年投入打击"私茶"的人力、物力也不少，可禁而不止甚至法不责众现象令人头痛。看来，再不能头痛医头脚痛医脚了，要从改制入手。

前不久，知兴化县范仲淹给太后呈《奏上时务疏》，言倘不思改作，因循其弊，官乱于上，风坏于下，恐非国家之福！这些话虽然刺耳，刘娥却颇欣赏，与她的心思不谋而合。她正谋划做几件就连赵恒也不敢做的事，让朝野看看，女人也是有魄力的！经过一番召对，刘娥首选的是革新盐法。但茶商和官员勾结的事冒出来了，索性先从茶法入手。

这天，刘娥在承明殿召二府三司大臣奏对，专议茶法。

三司使胡则奏道："本朝因袭唐制，对茶叶实行禁榷。官府给茶农本钱，所产茶叶，由官府统购统销；为解决边境军需，朝廷允许茶商先输钱粮至边关，然后在京师取茶引，再到各地茶场凭茶引领茶贩卖，谓之入中法。太祖、太宗混一四海，又与契丹多年战争，军需浩繁，为了更有效吸引茶商为前线输送钱粮，官府多虚估茶价，也就是说，茶商向前线输送钱粮后，会给予其数倍乃至十倍的茶引。"

"有具体数字吗？"刘娥追问。

胡则支支吾吾，参知政事吕夷简素对入中法不满，遂奏道："据臣所知，每年茶商输入前线的钱粮不过五十五万，而东南三百六十万茶利，尽归商贾。另一方面，茶农常常把恶茶、伪茶交官府，而把好茶、真茶私下卖给贩商。结果官茶多滥恶而私茶皆精好，百姓争买私茶，私贩有利，法难责众。"

"这成什么话？！"刘娥生气地说，"太祖太宗时代军旅繁兴，以茶商输运前线军需尚可理解，目今天下无事，还用得着这个法子吗？"

"太后说的是。"吕夷简道，"先帝时，三司使丁谓即奉真宗皇帝之命革新茶法，但也仅仅是将虚估的倍数降低到两倍，并未有实质性改变。先帝晚年，财用不足，因西北用兵，军费无着，于是又募茶商入中，虚估翻番，单纯的茶引已不能偿付入中之数，所以又加上了东南的香钱、犀齿，交付入中茶商，谓之三说。"

刘娥摇头："茶利都归了茶商还不算，又把香钱、犀齿也抵扣上了，这个法子，非改不可！"

枢密使曹利用冷冷道："改茶法，恐不利国防。"

胡则忙附和道："入中法行之既久，说明有其道理，轻言改易，臣恐万一边境有事……"

"军需只能寄托于茶商身上？！"刘娥打断胡则道，"吾看此法，不利茶农、不利官府，只利茶商！不，也方便官商勾结，虚估多少倍、发多少茶引，有司官员大可上下其手，所以这个法子对丧尽天良的官员也有利！"

胡则浑身战栗，脸色煞白，低头不敢再言。

"你这个三司使当得好，能富人！"刘娥冷笑着说，"符永之所以暴富，端赖你暗中扶持。"她突然提高声调，呵斥道，"胡则，收多少赃钱，都给我吐出来！"又隔帘一指王曾，"王卿，罢胡则三司使，下御史台勘问！"

胡则"嗵"地跪地，叩头哀求，刘娥向站在一旁的内押班杨怀敏一使眼色，杨怀敏一甩拂尘，两名内侍上前，将胡则的乌纱帽摘下，架出了承明殿。

刘娥吐了口气，拍了拍胸口，抑制住怒气，决断道："吾看靠惩治一二贪官，非治本之策，当务之急是茶法改制。"

枢密副使张士逊奏道："茶法非同小可，攸关边防，望太后慎之！"

"臣也这样看！"参知政事张知白道，"祖宗创业，后世守成，茶法与边防、国用，所关非轻，岂可轻易?!"

刘娥耐着性子道："先帝时也改过嘛！张副使说慎之，张参政说不可轻易，都对，那就慎重研议嘛！不过，改制对三司官吏损害最大，这事不能委于他们，要从有司抽人，临时组计置司，专责其事，就由吕参政总其成吧！"

吕夷简领命，随即抽调人员，组建计置司，可众人争论不休，难有共识，吕夷简只得率权知计置司事程琳一起请对。

刘娥一听吕夷简说难有共识，不等他再奏下去，打断他道："行通商法就好！"她自幼卖艺街市，与商人多有接触。在益州时，从来没有听说过茶叶专卖的事。她主张以自由交易取代专卖，便解释道，"现行茶法只利于大茶商，也易生官商勾结之弊；欲禁私茶又法不责众，徒损朝廷威信。吾看，官府只管收税就好！"

"不再行专卖?"程琳惊问。

刘娥自信地说："通过课税确保国家收入，未必比专卖收入少。"

程琳仍不甘心，辩道："我朝开国以来，凡政事有大更革，必集百官共议，或命百官各上条陈，言明利害，以尽人谋而通下情。太宗皇帝当年为定茶法，曾专门召集茶商百余人听取意见，足见审慎。因此，我皇宋重大政策，深得民心，从无失误。今茶法更革，关系重大，臣敢请太后集思广益。"

"反复研究过了嘛!"刘娥不耐烦地说,"吾知此事触动既得利益甚大,如再交给百官商议,旷日持久且难以达成共识,非独断无以推进。程卿耐辛苦!"

"耐辛苦",就是不想再听下去的意思。程琳摇摇头,咽了口唾沫,叹息一声,不再言语。

刘娥决断道:"吕卿,就照适才所议,起草敕令颁发!"

"专卖之法,历朝历代无不行之。太后陛下一再申明要谨守祖宗成宪,如今废止专卖法,力度未免过大,臣恐不易推行!"程琳到底还是没有忍住,言辞恳切地说。

刘娥不悦道:"常言说,此一时彼一时。娃娃的衣裳,到壮年还能穿?守成,不能简单理解为万事一成不变,明知有弊而不改,不叫守成,叫懒政!"

程琳摇摇头,不再说话。吕夷简奉了懿旨,急传达于计置司,吩咐草敕进呈。

逮三司使胡则、改茶法的消息,令百官为之震动,京城的大茶商更是慌了手脚。第一大茶商符永急忙找太后的侄女婿马季良商议。

去年,王蒙正从蜀地特意来京商议与马季良一同做茶叶买卖,马季良知道太后约束娘家甚严,不敢亲自出面,就找到茶商符永寻求合作。符永知道马季良是太后的侄女婿,有了这个招牌,到地方当可畅行无阻,便欣然同意。开春后,符永差人到淮南十三茶场考察,又贿赂三司使胡则,答应届时为他们虚估茶价。一切都很顺利,不料朝廷要改茶法,符永找到马季良,再三鼓动,马季良只好差夫人刘瑾儿进宫谒见姑母。

刘瑾儿见到姑母,拉了会儿家常,就说到改茶法消息传出,街面上人心惶惶;又言哥哥从德的岳父王蒙正刚投一笔钱要做茶叶生意。

刘娥本想呵斥几句,见她楚楚可怜的样子,又于心不忍,说:"闺女,我是刘家的家长,可也是大宋的家长啊!王蒙正也是我的亲戚,按照朝廷的规矩,可以恩荫做官,以后就不要做买卖了,让他慢慢等着,朝廷再有恩荫,就给他安个官。"

刘瑾儿不便再求情,撒了会儿娇,告辞而去。送走侄女,刘娥在殿内徘徊。她本来要先改的是盐法,因缘际会先从茶法入手了,而茶法更革引来的争论很大，再改盐法，恐阻力更大。但她是决计要做几件大事的，此事非做不可。到底如何推进，她一时没有理出头绪。

正烦恼间，郭后进殿请安。郭后入宫以来，对刘娥恭顺有加，就好像她们婆媳是真正的一家人，相比之下，赵祯反倒像一个外人。一见郭后进殿，刘娥蓦然有了主意：女人有女人的优势。她一笑，对郭后道："圣人，你替大娘娘张罗件事！"

3

夏秋之交，正是北苑花草最盛之际，这天刚交了巳时，北苑迎阳门大开，一群命妇按照品级，鱼贯而入，在太清楼行参谒礼毕，皇太后刘娥起身，示意众人随她到苑中赏花。

这些命妇，都是朝廷大臣的夫人，多出身名门，父辈以"榜下捉婿"的方式，许配给当年的新科进士。虽则如此，命妇们都知道太后尚俭朴，谁也不敢穿金戴银，甚至不敢穿新衣裳，一个个装扮得与市井主妇无异。

自逮治三司使胡则、强行推出新茶法，百官憋着一股怨气，认为刘娥临朝称制只是个过渡，不宜有创举；可刘娥念兹在兹的却是做出非凡政绩，让士大夫认可她、尊重她。她的这个心机，自王钦若去世后，就再也没人能够洞察、理解了。这个信念支撑着她，不能退，只能进！但茶法改制已然满城风雨，再推新举措几无可能。她不忍像吕后、武则天那样大开杀戒，就只能施展柔术。她想到了利用命妇在家庭中的影响力，便吩咐郭后安排了这次命妇入参。

刘娥有心事，只走了不到一刻钟，就吩咐郭后带命妇们游赏，她则带着二府三司大臣夫人到瑶津亭品茗。

依序坐定，刘娥见枢密副使张士逊夫人身旁站着一位三四岁的女孩儿，脸庞胖嘟嘟的，甚是可爱，便向她招招手，示意她过来，抚摸着她的脸蛋，爱怜地说："多可爱的娃娃哟！是卿家的孙女吧？"张士逊夫人点头致谢，刘娥吩咐："给这小可人儿也端盏茶来！"又转脸对王曾、吕夷简、张知白夫人道，"回去各自知会你家汉子，先帝没有看错他们！"三位夫人忙起身致谢。刘娥忽然感慨一声，"哀家不如夫人们哪，想上开封街上转转也不能。"她一挑眉，问，"记得朱雀门外有一个'俞金剪'开的剪纸铺，生意很是兴隆，不知现在怎么样了？"

张士逊夫人大大咧咧，答道："听说'俞金剪'的生意大不如从前了！"

"那是为何？"刘娥问。

"一个很有本事的少年，能在衣袖里剪字画，而'俞金剪'却要边看边剪，所以生意没落了呢！"张士逊夫人以惋惜的语气道。

吕夷简夫人接话道："时下市面都这样呢！奴听说，一家菜馆就因有一天菜色不地道，客人一下子就转到另一家去了。"

刘娥又问："各位夫人到过相国寺北面的小甜水巷吗？听说那里都是专卖南菜的店铺，不知有无哀家家乡菜？"

"什么地方的菜都有哩！"张士逊夫人兴高采烈地向刘娥一一列举起来。

"唉——"吕夷简夫人乘张士逊夫人喝茶的间歇，长叹一声，苦笑道，"菜是好菜，就是盐不好。"她转问刘娥，"太后娘娘，想必满开封城，也就是宫里御膳用的盐还好吧？外间全是吃的土盐哪！"

刘娥摇头道："御膳也是土盐，多土不可食，官家年少，常常难以下咽啊！"

张士逊夫人失望地说："究竟是怎么回事？京城哪里都好，就是吃土盐，委实说不过去。原以为有法子治治，今日方知太后娘娘和官家御膳也用土盐，那就没有法子喽！"

"法子嘛倒是也有……"刘娥故意顿了顿，见命妇们都以期盼的眼神看着她，却突然摇摇手，"不说也罢！"

命妇们叽叽喳喳，以为是家长里短的话题，便请求太后说下去。

刘娥笑道："要说呢，不该在这个场合说。既然各位夫人都关心此事，哀家不妨念叨几句。"她喝了口茶，缓缓道，"时下京西、陕西、河北三地共三十七府、州、军，百姓吃盐，都是通商之法，也就是自由买卖，官府课税；京师、西京、京南、京东等三京二十八府、州、县、军，实行专卖法，官府禁榷，商人私贩竟致死罪。哀家倒是听说，行通商法的地方，不大有土盐。"

吕夷简夫人忙道："哎呀呀，那……都改成商人自由买卖多好啊！"

"唉——"刘娥叹息道，"看法不一，还是缓缓再说吧！"

"谁有异议？"张士逊夫人瞪大眼睛道，"谁有异议，饭菜里给他再撒把土，让他吃不下去，饿他几天，看他还反不反对！"

众人哄然大笑。

刘娥见火候已到，笑着说："那好，各位夫人回家后，不妨和汉子们说说，改盐法，才能不吃土盐。"

命妇们这才明白，原来太后和她们说的是朝政大事，个个收敛了笑容，一脸肃穆。

过了几天，刘娥感到时机成熟，遂在朝会上突然问："众卿，近来家中食盐如何？"

曹利用抢先道："多土，不可食！"

王曾已然从夫人那里得到了太后拟改盐法的消息，心情颇是复杂。食盐多土，京城百姓早已怨声载道，朝廷不能无动于衷；但动辄改成宪，未免太轻率。经过反复斟酌，他准备好了一套说辞："晋盐之利，自唐以来，可以半天下之赋。故朝廷法令严峻，百姓不敢乱煮炼，专卖之法畅行无阻，官盐大售；先帝以降，缓刑法，宽聚敛，私盐多，国家收入大减，盐的质量也鱼目混珠。臣以为，解决之道，在以重典打击私煮私售食盐者，严格食盐专卖之制！"

张知白接言道："王相公所言极是，臣望太后、皇上俯纳。"

刘娥不语。她不想在朝堂上与宰相直接对立，也相信会有人出来辩驳。

果然，吕夷简出列奏道："盐法当改！"

刘娥暗喜，忙道："吕卿不妨仔细说说。"

吕夷简从夫人那里已知太后意图，精心准备了奏辞："臣以为当行通商之法，解除商人私贩禁令。如此，有五利：往者官府专卖，船运车载，常有沉船、翻车事故发生，还有一些污吏侵盗，为了充数，便将沙子、硝石掺杂其中，其味苦恶，新法行，商人自相运售，此弊可除，其利一也；商人自行运售，朝廷可裁减对盐官、兵卒、西夫、佣作的供给，其利二也；官府运输食盐，需征调民夫，又役车户，全是苦寒人家承担，一些轮到运盐的民户，每年都有躲避逃亡的，新法行则此弊革，其利三也……"

不等吕夷简说完，谏官队列里发出抗议声："吕参政，食盐专卖为历代所行之法，难道祖宗就察觉不出你说的那些所谓的利？吕参政比历代的君臣、比我太祖太宗都聪明？!"

张知白出列道："行通商之法，税收分散于各地收缴，恐县官必多所耗。"

"虽弃数千万也在所不惜！"刘娥语气坚定地说，"况且防范县官作弊，那是整饬官纪的事，不必与盐法扯到一起！"

张士逊挪动了一下脚步，又站了回去。夫人前几天就和他说起此事，警告他若反对改盐法，每天往他的饭菜里撒土，虽是笑谈，却也让张士逊反对改盐法的想法不再那么强烈，不然，每天吃多土的食盐必被夫人责骂。

刘娥见殿庭里一片沉寂，即知群臣内心仍不赞成，便高声道："行通商之法后，若开封百姓还说食土盐，吾下罪己诏以谢天下！"

"太后陛下！"随着一声唤，右司谏宋绶出列奏道，"开封百姓食土盐，怨声载道，臣以为盐法不得不改；然茶法不应改，宜恢复入中法！"

张士逊忙接言道："谏官之言，望太后、皇上俯纳！"

刘娥吃了一惊。刚议定改盐法，他们却要求把茶法再改回去！台谏官说说也就罢了，张士逊身为中枢众臣，此时也站出来公然要求改回去，未免有失体统。她把身子靠在御座，眯起双目，直视前方，脑海里在快速地盘算着。

4

枢密副使晏殊的直房书案上，放着一个香炉。一有闲暇，就会在香炉里燃上檀香末，望着香炉上面的小孔里冒出的细细袅袅的烟雾，追逐着烟雾如游丝般旋转、升腾，他内心就会生出一派祥和、宁静的感觉。晏殊少年得志，不到而立就做了翰林学士，三十出头即升枢密副使，方今天下无事，枢密院的事情并不很多，他有足够的闲暇，写诗赋词，享受岁月静好，现世安稳。

满屋的檀香味，激发了晏殊的诗情，提笔写道：

拂霓裳

乐秋天。晚荷花缀露珠圆。

风日好，数行新雁贴寒烟。

银簧调脆管，琼柱拨清弦。

捧觥船。一声声，齐唱太平年。

人生百岁，离别易，会逢难。

无事日，剩呼宾友启芳筵。

星霜催绿鬓，风露损朱颜。

惜清欢。又何妨，沉醉玉尊前。

写毕，低声吟唱了一遍，露出了得意的笑容。

"同叔！"门外有人唤他的字，是枢密副使张士逊的声音。晏殊起身相邀，请张士逊进了直房。

张士逊尚未落座，就长叹一声，道："同叔，听说了吗，太后写了手诏给中书，要任张旻为知枢密院事。"

晏殊摇摇头，有些茫然。张旻是先帝的府邸旧臣，担任枢密副使多年；而且本朝枢密院多半会任用两人掌院事，曹利用独掌枢密院多年，补充一人与他同掌，并不奇怪，他不知道张士逊因何叹息。

张士逊却又是一声长叹："同叔啊，都说目今天下承平，本朝又推崇文治，可枢密院的两位正官，却都是武人，这让读书人如何自处？"

晏殊"哦"了一声，蓦然明白了张士逊唉声叹气的原因。

张士逊继续道："曹侍中虽是武人，但当年出生入死，为澶渊之盟立下大功，有资格做枢密使，就如同当年为混一四海立下汗马功劳的曹彬一样。可是，张……"他摇摇头，表情痛苦地说，"不说了不说了！"言毕，步履沉重地往外走。

晏殊紧紧抿着嘴唇，鼻孔中呼出粗气，把适才写好的词稿用力往旁边一推，提笔写奏表。

刘娥接到晏殊的奏表，有些意外。没有想到晏殊会站出来反对对张耆的任命。听政后，她第一次亲手提拔并有意栽培的大臣，就是吕夷简、钱惟演和晏殊。钱惟演因所谓外戚之故，不得不外放后，就只剩吕夷简和晏殊二人了。吕夷简尽管时常当面谏诤，至少没有公开唱反调；晏殊一向温润、内敛，这次为何如此轻狂？思忖片刻，吩咐内押班杨怀敏，召晏殊到承明殿奏对。

待晏殊施礼毕，刘娥把一张纸向地上一扔，道："晏卿，这是你写的吧？"

内侍从帘内将稿纸传出，递给晏殊。晏殊以为是他写的奏表，低头一看，却是有人抄的他写的一阕词：

清平乐

秋光向晚，小阁初开宴。

林叶殷红犹未遍。雨后青苔满院。

萧娘劝我金卮。殷勤更唱新词。

暮去朝来即老，人生不饮何为。

公务之余，晏殊最喜欢做的是呼朋引伴，与他们赋诗填词，推杯换盏。这阕词，写的就是这样的场景。太后尚俭，对此自是不悦。晏殊举起朝笏，刚要解释，太后先说话了："当年，先帝曾对吾言，晏卿做事恭谨细密；又颇自律，士大夫游乐宴饮成风，晏卿散班后却闭门研读。正因如此，吾向先帝建言，让晏卿做了王友，听政后又特拔擢为宰执。是不是官做大了，人就变了？"语气严厉，还夹杂着几分失望的情绪。

晏殊诚惶诚恐道："太后陛下，臣当年就向先帝奏明，臣之所以不去宴饮，是因为臣家贫，倘若臣有了钱，也会宴饮。先帝为之启齿。蒙先帝和太后陛下厚恩，臣得富贵，然奉养极约，惟喜宾客，虽未尝一日不宴饮，而酒馔皆不预办，客至旋营之，从不奢靡。重在诗酒相娱，不枉我皇宋承平静好之时光。"

刘娥抿嘴笑了。大宋的读书人，就是这样坦诚可爱！她本是想抓住晏殊奢靡的把柄好好训诫一番的，只得作罢，便转入召对正题："你因何反对张旻之任？"

"两枢相皆武人，与我皇宋崇尚文治之风不合。"晏殊从容道。

"呵呵！这么说，吾之罪何其大哉！"刘娥揶揄道，"晏卿可曾到过沙场，抑或曾从戎军旅？倘若不尚文治，晏卿一介书生，因何位居枢密副使？"

晏殊被噎得哑了哑嘴，低头不语。

"谁鼓动你上疏的？"刘娥突然厉声问。

晏殊一愣，额头上渗出汗珠，躬身道："没、没有，臣饱读诗书，自有主见，岂可受他人指授！"

刘娥从神态举止中觉察出，一向守静的晏殊之所以有此举动，确乎是受人鼓动。她冷冷一笑，嘲讽道："晏卿，你轻狂了！你自以为无所不通吧？吾看，你不通的地方，还很多！"

那天商议盐法更革，枢密副使张士逊公开要求恢复旧茶法，令刘娥甚为恼怒。她听到私下流传一个说法：张士逊是曹利用的"和鼓"。张士逊背后是曹利用。刘娥对曹利用的跋扈早就不满了，之所以萌生让张旻同掌枢密院的念头，正是要敲打越来越忘乎所以的曹利用的。正如当年将判陈州的张旻调回枢密院、前不久命晏殊为枢密副使，都是同样的用意。晏殊不明就里，不惟不牵制曹利用，还受其蛊惑，意图打乱她的这个布局，刘娥不能对晏殊明说，便嘲讽中夹带暗示，算是对他的敲打。

晏殊十四岁以神童入仕，二十多年来，听到的全是夸赞、恭维，加之他脸皮薄，内心敏感，听了太后的一番挖苦，既羞且惧，又不愿和任何人说起，只能自己闷在心里。他反复回味太后的话，白天常常走神，夜里辗转反侧，一副失魂落魄的样子。

这一天，是被追封为宣祖的当今皇帝曾祖的祭日，皇上率群臣到景灵宫进香，又传旨枢密副使晏殊率馆阁学士到玉清昭应宫行祭奠礼。

仪式预定在交巳时正式开始，晏殊在玉清昭应宫正门前下了马，正要往里走，这才想起朝笏还在随从手上。他扭头眺望，却不见随从的人影。时辰就要到了，知玉清昭应宫事李知损躬身上前，请晏殊移步。晏殊一顿足道："没有朝笏，如何行礼！"说着，举起袍袖擦汗，在原地不停地打转。

须臾，随从气喘吁吁赶来，将朝笏递了过去。晏殊已然憋闷了十几天了，失眠的折磨让他情绪烦躁，又觉得自被太后训斥，似乎周边的人都在轻视他，就连随从也如此轻慢，不觉火起，接过朝笏，猛地向随从打去，只一下，便打掉了随从的门牙，顿时血流如注。

众人面面相觑，踏着报时的鼓点，随晏殊到圣祖神殿行礼。

次日，御史纠弹晏殊"身任辅弼，百僚所法，而忿躁无大臣体，请正典刑，以允公议"的弹章，就摆到了御案上。

刘娥阅罢，冷笑道："轻狂！太轻狂！"提笔批道："晏殊有失大臣体，外贬！"又轻叹一声，对赵祯道，"没有想到，为两法更革，受贬的竟是晏殊。看来，事情还没有完！"

第九章
问案件遭抵制歪打正着　倡文教恤苦寒宝马香尘

1

益州盐商王蒙正虽未当上国丈，却因女儿嫁给了太后的侄子刘从德，也算与太后成了亲家。他原以为，太后亲家这个身份，足以带来丰厚的回报，却不料，竟是处处受约束，连生意也做不得了。他虽依朝廷惯例恩荫补官，因非正途，颇受歧视，俸禄寥寥，无法与他做买卖时相比，免不得时常唉声叹气。忽一日，茶商符永投帖拜访，以百两黄金相赠，求他疏通一个官司。王蒙正舍不得黄灿灿的金子，答应了下来。

这是桩人命官司。茶商符永的儿女亲家陈近，是祥符县最大的主户，租种他家田亩的客户有几十家。一位李姓客户提出弃租，陈近不允，争执之下，陈近将李姓客户殴毙，苦主告到了开封府。新任权知开封府王曙是寇准的女婿，王蒙正与他素无交通，凭他的身份王曙也不会买账，只得找马季良相商。马季良做秘书省校书郎后，姑母命他多读书，以应馆阁之选，他不愿管闲事，却也禁不住王蒙正再三恳求，便让妻子刘瑾儿和王蒙正的女儿、太后的侄媳妇王蓉儿一同入宫，向姑母求情。

刘瑾儿不敢直接找姑母，便向杨淑妃求情，说只是双方争执互殴时失手所致，人犯愿花钱给苦主补偿。杨淑妃认为，苦寒之家，得一笔补偿，主户家免死，这个结果对双方都好，便带着刘瑾儿、王蓉儿去向刘娥陈情。

"这闲事也敢胡乱揽下？是好日子过够了吧？"刘娥听罢，劈头盖脸对刘瑾儿一顿责骂。

杨淑妃从旁劝道："太后姐姐，人生在世，总要顾个面子。门第显赫之家，免不得有人求到。人情世故，不可不顾。太后姐姐不能只是一味约束，也要给娘家人一个面子嘛！"

刘娥虽余怒未消，又呵斥了刘瑾儿几句，却也接受了杨淑妃的一番劝告。正好开封府有桩案子报上来，她要驳回重审，刚批了"此人情耶"四字，还未发下，便借机将权知开封府王曙召到承明殿奏对。

"京兆，冯怀信这个案子，不能这么判吧？"刘娥问道。因有求于人，说话的口气格外和缓。

内侍从帘内接过卷宗，传递于王曙。王曙因替岳父寇准与宦官周怀政牵线，周怀政政变失败后他也受到贬谪，降郢州团练副使。丁谓罢相后，王曙先起为光禄卿、知襄州，又徙汝州；再升给事中、知潞州；再升权知开封府。鉴于岳父寇准的教训，王曙为官变得谨慎。开封府判案，一向严格依据法条，朝廷极少驳回。太后所说冯怀信的案子，是祥符县民冯怀信，要放火烧仇家的房子，被他的妻子劝阻；后来，他让妻子去偷摘邻家的石榴，妻子不从，冯怀信持刀胁迫，其妻惊恐之下跑到祥符县衙，告发丈夫杀人放火。祥符县把冯怀信拿到，当堂审问，冯怀信如实招供。但依照法条，妻子状告丈夫者，若告丈夫有死罪，则妻子流放。祥符县据此判决，冯怀信之妻流放；冯怀信虽有犯罪故意，并未实施，免罪。此案报到开封府，僚属也有提出异议者，但王曙裁定，维持祥符县的判决。他预料此案太后会提出异议，早已准备了答对之辞，从容道："太后陛下，执法之臣，不敢乱天下法。"

"合乎人情的法，才是良法！"刘娥回应道，语调中流露出不满。但她很快缓和了语气，"京兆说得也没错，根子出在法之不善。这就让法司改了这个法条！"顿了顿，低声问，"京兆，听说开封府正在审一个陈姓主户殴毙客户的案子，不知京兆打算怎么判？"

王曙觉察出太后态度有异，此时才明白过来，她是想过问具体案件。这个先例不能开！遂奏道："臣知太后严明，留心庶狱，一再谆谆告诫，清明之世不能有冤狱，臣铭记在心，不敢稍有偏差。"

刘娥笑了笑，又道："吾闻陈姓主户殴毙客户，并非有意，而是误伤人命。"

开封府审理案件甚多，王曙并不知悉太后所问案件详情，只好如实回答："臣尚不知太后陛下所说的案子。但臣闻太后陛下恤矜苦寒，此案中的人犯，家是富豪，不宜包庇。"

刘娥道："京兆刚说过不知此案，安知人犯乃富豪？"

王曙揶揄道："若不是富豪，怎么打通了宫中的关节？"

一句话说得刘娥面红耳赤，无言以对，只得找台阶道："吾只是想提醒京兆，办一个案子，要慎之又慎。"

此事就这样朦胧带过了。刘娥把刘瑾儿召来，追问是谁揽下的这桩案子，刘瑾儿只得实话实说。刘娥碍于侄媳的面子，没有训诫王蒙正，交代宰相王曾，给王蒙正找一个偏远的地方，安置一个无关紧要的差事，早日打发走。这正合王曾的心意，当天就奏报说，已任王蒙正为郴州酒监，命他即日启程赴任。

过了十几天，王曾、张知白、吕夷简和王曙一起请对。权知开封府王曙奏报太后先前过问的案子："臣仔细阅看太后所说的案子，乃是客户租种主户田亩，合约到期，不愿续租，主户不允，双方争执，主户为震慑客户，怒将李姓客户殴毙。"

"这个案子……"刘娥心虚地说，"有无从轻余地？"

王曙凛然道："天下之法，当与天下共守；有司守之以死，虽天子不得而私，而后天下之大公始立！"

刘娥面有愧色，又有几分安慰。守法之臣如此，则立天下大公有望，遂改口道："案子的事，法司依法据理审判！"

2

过问案子碰了壁，刘娥一时不快，但并不生气。执法之臣秉公执法，立天下之大公，正是她所期盼的；只是，近来到衙门打官司的事越来越多，让她寝食难安，正可借机一问究竟，便轻叹一声道："古人把刑措、狱空目为治世之象，而今不要说刑措、狱空，官司竟是有增无减，这是何故？"

张知白瓮声道："浮薄喜事之人越来越多，务守清静之风遭到冲击，遂致天下多事！"

众人沉默。

刘娥内心不赞同张知白的看法，对王曾道："宰相说说看！"

王曾奏道："据臣所知，近来像主户与客户纠纷的案子，越来越多，大抵是商业繁荣，客户不想再租种主户的田亩，想去做买卖，可律条对客户限制过苛，遂致纠纷陡增。不断有州县官吁请改律条，政事堂商议过几次，看法不一。"

刘娥又问："都有什么看法？"

王曾答："臣主张改，张参政力主不可轻改。"

刘娥道："张参政的主张不必说了，王卿的主张，不妨说一说。"

王曾奏道："说起主户、客户，当回溯历史。因五代之乱，人口大减，均田制遭破坏，我太祖开基，即鼓励百姓开垦荒地。太后听政以来，又连颁两敕，一则是田亩十年无主者，其田听人耕；一则是流民限期回归复耕田亩，免赋五年，期尽主户不归者，听耕者所有。"

刘娥插话道："是啊，百姓有自己的地种才好。"

王曾继续说："祖宗鼓励垦田，太后鼓励对无主田亩的复耕，天下土地得以充分利用，国家财用增加，也使大批客户摇身变为主户。但是，这些政策同样适用于豪富之家，他们借机兼并了大量田亩。乡野无地的农户，借人之牛，租人之地，佣而耕者，也不在少数。我朝沿袭前朝法令，规定客户非时不得起移。也就是说，若契约不到期，客户不能解除与主户的租赁关系。现实是，即使是契约到期，客户若要弃租，主户也常常百般折勒，不放起移，而客户又求告无门，开封府的这桩案子，就是因此而起。"

刘娥突然发火道："哼！朝廷的大臣，大抵是家里田亩多，自身就是主户，所以都向着主户，没人替客户说话。这么不合情理的法令，为什么不改?!"

"太后，法令岂可轻改?!"张知白反唇相讥道。

"何谓轻改？不合情理之法，又因何不能改？"刘娥沉着脸道。

张知白寸步不让："古人云，国以农为本。我皇宋虽则商业发达，可农业仍是国之基础，农之基又在于田亩。主客户关系的法令，意在稳农，根本大法，不可轻言改易！"

去年提出改盐法时，张知白就是这个调调，可结果是，新盐法实施不到半年，开封百姓奔走相告，说终于得食真盐！刘娥底气大增，此时，她不再理会张知白，对王曾道："王卿，怎么不说了？"

王曾接着道："依臣之见，法令当改为：凡客户与主户契约到期，客户要求起移的，主户不得无故阻拦。"

刘娥沉吟片刻，道："不必限定那么死，非时起移，未尝不可！"

吕夷简奏道："太后陛下用心良苦，但契约还是要遵守，不然臣恐纠纷不断。若还要为客户松绑，不妨再增加一款：契约尚未到期，客户有确实理由需非时起移的，主户当允；主户不允的，双方到县衙听断。"

刘娥道："此更周全，就照适才所议，把敕令尽快颁出去！"

张知白不满地说："太后听政以来，新颁的法令已远超祖宗朝，这还叫守成吗？"

刘娥虽心中有气，却也不得不耐心解释："张卿可知，太祖太宗乃开基创业时期，致力于混一四海，各项法令，多沿袭前代；先帝在位二十五年，国家多事，但也先后颁布了十部敕令；如今天下太平，各行各业步入正轨，完善法令，正当其时，岂可延宕？！"她转向王曾道，"王卿，政事堂当颁敕：现行法令，其未便者，听中外具利害以闻。"

张知白大惊！太后听政以来，虽未颁布政纲，也未敢宣示变法改制，可先改币制，在益州官发交子；再改朝贡体系为贸易体系；又改茶法、盐法；今更是大幅调整主客户关系；这还不算，还要全面修改法令，这不就是历史上常说的变法改制吗？皇宋开国以来，崇尚的是务守清静的黄老之学，一个权且处分军国事的女人，却敢如此变乱祖制，意欲何为？张知白火气上冲，以激昂的语调道："太后陛下！祖宗创业，事为之防，曲为之制，纪律已定，物有其常，岂可逾越？！"

刘娥虽不悦，可张知白搬出祖宗家法，她也不便直接反驳，突然想起知兴化县范仲淹《奏上时务疏》，其中表达出的再不思振作，非江山社稷之福的那些话，正是对张知白所代表的主流观点的批驳，遂道："众卿都看过那个叫范仲淹的知县的奏疏了吧？"

张知白抢白道："太祖太宗时，赵普为相，不喜兴立事端，在政事堂坐屏后置二大瓮，凡有人投利害文字，皆置瓮中，满即焚之于通衢；真宗朝李沆为相，自称惟四方言利事者，未尝一施行，聊以此报国尔！皇宋开国数十年，士君子务以恭谨静慎为贤，相与养成浑厚诚实之风，不用浮薄新晋喜事之人！"

刘娥是希望有范仲淹这样的新晋充实朝廷的，以期改变墨守成规的政风，便质问道："张卿安知范仲淹是浮薄喜事之人？"

张知白"哼"地冷笑道："他在给太后上时务疏前，三番五次请求在泰州沿海修捍海堰，这是不是喜事？又曾给臣上启，说他有'益天下之心，垂千古之志'，又说他不仅有写诗填词的本事，更有可与言天下之道，还自夸熟悉诉讼，并对政教之繁简、货殖之利病也不陌生，倘若得在臣门下做事，定然可做出有益于当世、见称于后代的成绩来。这样的人不是浮薄之徒，那么天下就再也没有浮薄之徒了！只要臣还有一口气，绝不会让范仲淹之流列班朝廷！绝不忍睹祖宗家法被……"话未说完，身体一晃，栽倒在地。

3

天圣五年二月十三，辰时许，旌旗仪仗前引，皇帝的御辇、皇太后的大安辇，皇太妃的红伞辇，浩浩荡荡出乾元门，沿御街南行，在汴河大街拐向西行，出了天顺门，一直向西而去。

今年是真宗皇帝的五年祭期，年届花甲的皇太后执意要颠簸二百多里去祭陵，令赵祯和宰执大臣大惑不解。只有刘娥自己心里清楚，她此去祭陵，除了追怀她的伴侣、恩人和知己，还要办一件不可为外人道的机密要事。

本朝皇家山陵，位于河南府所辖的永安县。这里东距京城开封二百四十里，西距西京洛阳百余里。当年太祖皇帝有意迁都洛阳，西巡路过巩县，见此处南依嵩岳，北望邙岭，河洛交汇，山川秀丽，即选为皇陵吉壤，并将追封为宣宗的亡父迁葬于此，建永安陵；太祖驾崩后，葬永昌陵；太宗葬永熙陵。景德四年，真宗皇帝下诏，割巩县、偃师、鏶氏、登封四县数乡，设永安县，以赋役专奉皇陵。真宗驾崩后，在永安县卧龙岗建造第四座皇陵，谓之永定陵。

永定陵距永安县城不足六里，兆域达一千八百亩，背山面水，坐北向南，由上宫、下宫组成。兆域四周种植棘枳，上宫有陵墙，中心是陵台，四隅有角阙。南门又称司马门，进入司马门，就是长长的神道，两侧排列着石兽、石柱及石雕将军、大臣和客臣，造型雄浑；下宫在陵西北，是日常奉飨之处，离下宫不远，就是与山陵同时起建的永定禅院。

赵恒奉安已经五年了，永定陵已是柏木森森；刘娥对赵恒的思念之情并没有因时光流逝而变淡。一路上，她沉默不语，回忆着和赵恒相伴的四十年岁月，时时泪目。到永定陵的次日，举行正式祭奠典礼，漏未尽三鼓，刘娥率赵祯、郭后、杨淑妃并皇亲、群臣，来到永定陵前，却御辇伞扇，素服步入司马门，沿神道北行，到献殿行奠献礼。司马门外御辇驻停的一刻，刘娥已是泪如雨下，恨不能跑到赵恒的皇堂去放声痛哭。行奠献礼时，她几近昏厥，几名侍女用力搀扶，才勉力支撑。

尽管泪眼模糊，感伤万分，可刘娥的目光，却仍然不忘在人群中不时扫视，她隐隐觉得，有一个人，躲在某个隐蔽处，偷偷地窥视着赤哥儿。

奠献礼毕，入内省礼宾官导引刘娥和杨淑妃，来到南神门外东阙庭休息。刘娥大口大口地喘息良久，喝了口茶，屏退左右，以诡异的声调问杨淑妃道："你，看到什么了？"

杨淑妃毛骨悚然又莫名其妙，扭脸向四处看了看，道："没、没有呀！"

刘娥闭上眼睛，疲惫地靠在坐榻上，幽幽道："这次，我想让她见见赤哥儿！"

杨淑妃顿时明白了，惊讶地说："太后姐姐，为何？"

刘娥叹口气道："欠了人情，心里就像筑了道坎儿！"

"怀良善之心者，活得累！"杨淑妃无奈地说。

刘娥唤来内押班杨怀敏，向他嘱咐了一番。杨怀敏出了阙庭，向下宫方向而去。

下宫在上宫的西北部，那里，有守陵嫔妃的住所。

三年前，为李顺容寻找到胞弟李用和后，引起朝野一片猜疑。刘娥担心事情有变，思来想去，让杨淑妃转告李顺容，说了一番太后思念先帝的话，李顺容当即提出，她愿到永安为先帝守陵。前朝嫔妃为先帝守陵是祖制，李顺容自愿前去，也正是刘娥的想法，不久就差内侍将她送到了永定陵，另配两名侍女服侍。

自诞下赤哥儿，绣儿由宫女变成了嫔御。多年来，她默默地处在众嫔御之间，没有人看出有任何异样。赤哥儿在刘娘娘的精心抚育下一天天长大，由太子而皇帝，身为母亲，绣儿感到说不出的幸福；刘娘娘不仅没有伤害她，还不断为她晋升，又为她寻找到了胞弟，姐弟终得团圆。一个生计无着、避往寺庙躲债的寡妇，本已心如死灰，只因遇到了刘娘娘，摇身成为皇宫的二品顺容，还有了儿子，找到了弟弟，有了娘家。这一切，都是刘娘娘给的，她愿以死相报。她知道刘娘娘还是不放心，所以主动请求守帝陵，又千叮咛万嘱咐，要弟弟低调做人，安心做事，过平静的日子。来到永定陵，她每日在斋殿诵经，为先帝祈祷、超度，为皇太后祈福。前不久，李用和捎来家书，向姐姐报喜，李家添丁，诞育一子；他本人也晋升为合门祗候、权提点在京仓草场。绣儿喜极而泣，夜深人静，跪地先向先帝的陵台三叩首，又朝东方遥拜皇太后，谢恩。

一年四季，京城常有官员奉旨前来祭陵，每当这时，李顺容就会回避。此次五年大祭，她同样没有露面，躲在居室里打坐诵经。

天快黑了，祭祀大典到了尾声。李顺容还在打坐，忽听侍女前来禀报，内押班杨怀敏有请。她也不多问，跟在杨怀敏身后上了一辆厢车，一直驶到南神门外的东阙庭才停下。杨怀敏躬身请李顺容下车进殿。殿内已燃上了蜡烛，一眼望见坐榻上的刘娘娘，李顺容说不清是意外还是激动，浑身颤抖，叫了一声"太后娘娘"，就"嗵"地跪在地上叩头，又跪行几步，再叩头道："奴婢给太后娘娘请安！"

刘娥起身上前，把李顺容扶起，让她到坐榻右侧坐下，细细端详了一番，拉住她的手道："妹妹受苦了！"

李顺容连连摇头："太后娘娘，奴婢哪里会苦，奴婢心里只有甜，奴婢今生今世，报答不完太后娘娘的恩德！"

刘娥也摇了摇头："吾老了，觉也少了，夜里常常扪心自问，这世上不欠谁的，只欠妹妹的。"

李顺容正要回话，阙庭外响起一阵脚步声。刘娥知道，是赤哥儿来了。祭礼已毕，他要到此稍事休息，再和大娘娘一同返回行宫。李顺容没有想到会在这里遇到赤哥儿，一时愣住了。待缓过神儿来，就要回避，刘娥侧身拉住她的手，示意她坐下。

须臾，赵祯上前给大娘娘行礼，李顺容惊慌失措退避。刘娥看着她道："妹妹受官家一礼，并不为过。"又对赤哥儿道，"这是李顺容，你爹爹在世时，服侍你爹爹很用心，还为你生过一个妹妹。"

李顺容神情慌乱，不敢直视赤哥儿，只是惶恐地偷觑一眼，扭头拭泪。

赵祯不解，何以大娘娘把一个先朝无名嫔妃荐于御前？他这才看了李顺容一眼，不觉一惊，面庞似曾相识，好像是见过的。刚要开口问，刘娥又道："李顺容和大娘娘一样，思念你爹爹不止，恳求为你爹爹守陵，替大娘娘陪伴你爹爹。"又转向不知所措的李顺容，"妹妹退下吧，在这里要多保重！"

两名侍女上前，搀扶着李顺容匆匆走开了，刘娥向站着发愣的赤哥儿示意："官家，快坐下歇息，吃盏茶！"

赵祯往坐榻走，却又忍不住扭头张望了一眼，见李顺容也回头向他张望，甚感纳闷，蓦地想起，镜中自己的面庞，恰与那位顺容面庞的轮廓有些像，转念一想，这怎么可能？便自嘲地一笑，又向大娘娘施了一礼，这才入座。

刘娥正色道："官家，明日五更返程，还有大事要办！"

4

天尚未破晓，御街两侧就站满了人。人群不断往乾元门方向拥挤着，站在乾元门下的人群中发出愤怒的喊声："别挤啦！俺们昨晚吃罢晚饭就来了，守了一夜啦，想占好地儿，早来呀！"

皇城司逻卒不得不一遍又一遍高声喝叫，维持秩序。

"不用挤，都有份！"一个骑在马上的押班大声喊道，"这科进士多，一千多呢！"他"啪"地一甩马鞭，声调越发高了起来，"诸位听着：进

第九章　问案件遭抵制歪打正着　倡文教恤苦寒宝马香尘

士们出来，概不许捉！"

"知道知道，俺们只是先看看，对对号！"人群中发出知趣的回应声。

"三年才遇到一回嘛，谁不想抢到一个！"又有人发出急不可待的声音。

本朝科举最初是每年举行一次，但随着增加殿试，推行弥封、誊录新制，使每一次考试的筹备、人员安排等都颇费周章，朝廷和府州疲于奔命，故刘娥称制后，试行三年举行一次，每次录取人数则大大增加。唐时和本朝太祖时代，每科进士不过十几、几十人；先帝时代每科百余人，天圣二年开科，扩大录取名额，一下子增至四百八十三人。这一科，刘娥在审阅省试名册时，问到包拯、韩琦、文彦博等几个考生，颇是喜欢，生恐他们落第，索性命殿试只排名，不淘汰，结果，一科录取，达一千零七十七人之多。

辰时半，乾元门内传出鼓乐之声，皇家禁卫军金吾卫的七匹大马，披红戴绿，在前引导，出了乾元门，侍卫列队举旗，鸣锣开道，接着，新科进士依照名次，个个身穿绿衣，骑马挂花，锦鞍绣鞯，意气风发，沿街夸示。

太祖太宗推崇文治，重文士之风已浸染方方面面。新科进士发榜后，要跨马游街，以示朝廷对读书人的尊崇，激励百姓课子读书，朝为田野郎，暮登天子堂，举国形成了万般皆下品、惟有读书高的风气，以至于京城兴起了"榜下捉婿"的风俗。进士唱名排序后，一甲三名进士，倘若尚未婚配，宰执大臣和考官们，当场就会抢着定亲，抢不到一甲的，就在后面的进士中挑选。其他官员和皇亲国戚、豪富之家，无缘在唱名现场，便早早差定专员，到皇榜前哄抢看榜的进士；没有抢到的，抄下皇单，在进士跨马游街时一一对号，择机抢为快婿。所以，进士跨马游街之日，京城万人空巷，人们放下手中的活计，纷纷涌到街道两旁，一睹新科进士风采。富贵之家的闺阁之女，早早就租下了临街的阁楼，打开窗户，手持名册抄本，用心观察；还有公卿豪富之家，高车宝马，以闺阁女坐在车内，紧追不舍，倾城纵观。一旦新科进士游街散后，不少人就会哄然上前捉抢。

韶乐高奏时，刘娥特意偕赵祯登上了乾元楼，俯视新科进士跨马游街的场景，不禁心潮澎湃，眼含泪花，对赵祯道："赤哥儿，娘对得起你爹爹了！"

赵祯躬身道："大娘娘宵衣旰食，孜孜求治，天下士庶，莫不感戴！"

刘娥还未从对赵恒的思念中解脱出来，拭泪道："可惜你爹爹看不到今日的场面了。"说着，抽泣不止。赵祯刚要劝慰，刘娥突然抓住他的手，"赤哥儿，你爹爹重儒学，目今科场条制，皆当年商议所定。自此科起，前十名进士及第者殿试试卷都要抄录副本，于你爹爹御容前焚烧，报与他知晓。"

赵祯点头道："儿即传旨照办。"

刘娥宽慰了些，指着御街上跨马游街的新科进士道："赤哥儿，这些士子里头，有的适合做文学侍从，有的适合做谏官，有的善理财，有的有军旅才……平时要留心观察，用其所长。人才济济，还要用人得当，如此，天下无不治。"说着，她突然笑了，"只怕那个柳三变会骂我。"

进士科考试，先由礼部主持省试。省试毕，将考生和考试成绩登录簿册，呈皇上御览。省试簿册，只是有资格参加殿试的考生姓名和成绩，照例是照单发榜的。可刘娥不想走过场，要一一审核。她之所以急急从永安赶回，就是为了审阅省试簿册的。看了不到一半，忽见"柳三变"三字，传旨召对考官，劈头就问，柳三变是不是写词的那个？知贡举宋绶答："柳郎善词曲，所谓'凡有井水处，皆能歌柳词'。"赵祯洞晓音律，也很喜欢柳三变的词曲，一听他的名字，脱口吟出《鹤冲天·黄金榜上》中"忍把浮名，换了浅斟低唱"一句。太后沉脸训斥道："官家当留意儒雅！当年先帝殿试举子，说柳三变属辞浮靡，让他且填词去，怎么他又来赴考？"赵祯似乎是为了补过，附和道："他既想'浅斟低唱'，何必在意虚名呢？"提笔将柳三变的名字划去了。柳三变失去了参加殿试的资格，也就失去了登第的机会。

此时，赵祯见大娘娘高兴，替柳三变辩护道："大娘娘，柳三变虽则屡试不中，却也能安然处之，词曲无戾气，除偶有个人忧伤、关涉天下苍生的，皆讴歌承平景象之作，对皇家也是一片赤诚。"说着，命内侍将刚抄来的柳三变新曲《玉楼春》呈上：

皇都今夕知何夕，特地风光盈绮陌。

金丝玉管咽春空，蜡炬兰灯烧晓色。

凤楼十二神仙宅，珠履三千鹓鹭客。

金吾不禁六街游，狂杀云踪并雨迹。

刘娥读罢，感慨道："到底是大宋的读书人，落第了，也没有哀怨！"又惋惜地说，"他若不写那些个艳词就好了。"

赵祯心里暗忖：将来我亲政了，就把柳三变录取了。可这话他没敢说出口，只是点头道："正是的！"

刘娥突然想起一件事，对赵祯道："记得太祖开宝二年有诏：西川、山南、荆湖等路贡生赴京赶考，往来给券，凭券免费使用官驿。目今天下富庶，所有苦寒子弟晋京赴考，都该照这个法子办！"

赵祯道："儿即传旨给宰相，照大娘娘的懿旨办。"

过了几日，仿唐代曲江赐宴旧例，皇帝在琼林苑赐宴。新科进士身着绿袍，头戴乌纱帽，展角两端系着皂纱垂带，骑马穿街，赶往城西顺天门外的琼林苑。尚未捉到女婿的达官贵人、豪富之家，早就备好了鞍马香车，沿途追赶，更有大胆的女子，索性身穿红裙，打扮得花枝招展，站在街边吸引绿衣俊郎，向他们投去含情的目光。新科进士驰马而过，马蹄荡起的尘土里，弥漫着红裙女郎身上的香气。

琼林苑主楼宝津楼正殿内，已安下御座。交了午时，随着韶乐奏起，赵祯率宰执大臣、馆阁学士来到宝津楼。状元王尧臣率新科进士跪拜，山呼万岁。礼毕，赵祯赐状元郎诗与箴各一，宣赞舍人高声吟唱，俱是庆贺、鼓励、警戒之意。吟唱毕，乐声再起，内侍捧着皇帝的诗作和箴言，恭恭敬敬交到状元手里。状元谢恩，韶乐暂停，接着，馆阁学士向新科进士献贺诗，随后，宰相王曾高声向皇帝道喜："我皇宋得人矣！"赵祯回应道："此乃万民之福！"话音刚落，群臣跪拜，新科进士再拜，齐呼三声："万岁！万岁！万万岁！"

琼林苑里，群情振奋激昂，场面壮观。赵祯低声对王曾道："若太后娘娘也能亲临就好了！"

王曾惊得差一点从座位上跌下，想不到当今圣上竟还是一个没有断

136

奶的孩子！镇静片刻，正色道："陛下，再过半个来月，就是乾元节了！"

　　乾元节是为赵祯的圣诞日而设。他的十八岁生日就要到了，十八岁在民间也算成年人了。王曾要表达的这个意思，赵祯听出来了，脸上一热，急忙转向别处。好在众人在礼官的引导下正在各就各位，没有看到这一幕。

第九章　问案件遭抵制歪打正着　倡文教恤苦寒宝马香尘

第十章

大庆之梦水中捞月　还政呼声震动朝野

1

天圣五年四月底的一天，黎明时分，清脆的鸣鞭声响起，一队仪仗从乾元门沿御街南行。但见宽大的车辇上，罩着黄罗伞盖，仪卫分列，走在各队前头的旗手高举旌旗，手持斧钺剑戟弓弩的侍卫跟随在各自的旌旗之后，从旌旗上所书文字可以看出，走在最前头的五十四人是御龙直，紧随其后的八十人为骨朵直，殿前左右班各五十六人，夹护着车辇，弓箭直、弩直各五十四人走在最外侧，仪卫供御辇官六十二人、宽衣天武一百人，紧随辇后，禁卫皇城司二百人清路喝道。

照例，鸣鞭出仪仗，是皇帝出行才有的礼节，可细细观看仪仗、乘舆，并不是皇帝的卤簿，更不像皇后的銮驾，这阵势，不要说京城百姓，就是朝廷百官也很少见过，引得众人纷纷跑到街上观看。有人连蒙带猜，恍然大悟似的说："必是当今圣母皇太后的仪仗！"

"啊呀，那不是皇太后的大安辇吗？"有人惊叫道。

这正是皇太后刘娥的仪仗。早在临朝称制之初，礼仪院奉命制定太后礼仪，就对乘舆、仪卫做出了明确规定，其声势气派，直追皇帝卤簿。但是，刘娥尚俭朴，六年来，这样的仪仗还从来没有动用过。今日并非节庆，只是平常一日，太后仪仗突然浩浩荡荡出宫，令人大惑不解。再细细看去，皇帝和皇后的御辇，跟在大安辇之后，并未备威仪，越发令人琢磨不透。若说有重大典礼，皇帝亲临，当摆卤簿，何以皇帝的御辇还跟在太后大安辇之后？若说没有重大典礼，一向没有动用过的皇太后仪卫，何以今日出动？

在围观民众惊奇、不解的议论声中，大安辇缓缓驶向南熏门。

皇太后、皇帝、皇后出行的情形，喘息间就在百官中传开了。新任御史中丞王曙急匆匆赶到政事堂，不顾礼仪，大声道："诸公还安坐朝堂？太后的大安辇往南熏门去了，官家、皇后乘坐的御辇却跟在后面，百官议论纷纷！"

"今日太后和官家、皇后一起到慈孝寺上香。"王曾轻描淡写地说，"说是皇室的私事，政府也不好干预。"

"上香？上香动用太后仪仗？还让御驾跟在大安辇之后？"参知政事张士逊眼一瞪，忿忿然道，说着，起身吩咐堂吏，"备马！"

去年，参知政事张知白在长春殿因急火攻心，当庭栽倒，不久就去世了。张士逊由枢密副使转任参知政事，取代了张知白的角色。

"太后动用仪仗上香，恐事体不那么简单！"身后传来王曙的声音。

张士逊跨马疾驰，一口气追到南熏门，太后的大安辇正要穿门而过，张士逊举朝笏高声喊叫："停——"

禁卫军见是朝廷的参知政事，以为有军机大事要奏报，不敢阻拦，举旗让仪仗停了下来。

张士逊下马走到大安辇前，喘着粗气，躬身道："太后陛下，圣贤云：妇人有三从，在家从父，出嫁从夫，夫亡从子；更何况，朗朗乾坤，天子为大，故臣冒死恳请太后，让官家御辇先行！"

刘娥一愣，气得浑身颤抖，恨不能上前扇张士逊的嘴巴。但她还是忍住了，怕受委屈，她走不到今天；不占理的事，她不做，这是她的信条，今日之所以如此高调出行，也是基于这个信条。

皇帝刚过了十八岁寿诞，乾元节贺寿后，朝廷的气氛很紧张，似乎都在等待着太后的一句话：何时还政？但刘娥已打定主意，不能就这样不明不白地交出权力，她也在等待着大臣们的一句话。可刘娥心里明白，皇帝成年而不还政，理亏的是她。她想到了三年前赵祯大婚时，第一次面临还政压力，她以"期见抱孙之欢，永遂含饴之乐"做了交代；此番还要在这个承诺上做文章。赵祯大婚三年了，迄无子嗣。开始时，刘娥担心他年少，血气方刚，嘱咐郭后要看住他，以免他留恋宫娥嫔妃之中。

第十章 大庆之梦水中捞月 还政呼声震动朝野

郭后仗着大娘娘撑腰，颇是骄妒，约束赵祯不遗余力，而她自己却又一直未孕，刘娥暗暗着急。只有赤哥儿生育了几个皇子，才能真正保证赵恒不会绝后。这是刘娥暗自赋予自己的一个使命，是她将来九泉之下要向赵恒所做的一个交代。所以，乾元节一过，刘娥就吩咐入内省、皇城司预为准备，她要带皇上、皇后到慈孝寺上香。十九年前，为给赵恒求嗣，刘娥曾经微服去慈孝寺上香，在那里遇到了绣儿，果然就有了赤哥儿，这让她对慈孝寺求子灵验之说深信不疑。她要高调到慈孝寺上香，一则虔诚为赤哥儿求子，一则让朝野都知晓，皇帝大婚时的承诺也是君臣达成的默契，仍然有效，那就是，见到孙子就还政。慈孝寺上香的举动向朝野宣示，她急切地想抱上孙子，也就是急于还政。

母亲带儿子、儿媳去求子，自是母亲的车在前面，不然岂不成了儿子带母亲去求子？这成什么话？可张士逊硬要她让道。这是几十年来他们一以贯之的做法，千方百计压制她、贬低她。刘娥想说，按孝道当娘的走前头也不为过。倘若她真说出这样的话，张士逊也是不好辩驳的。可刘娥忍了、让了。毕竟，她动用了皇家仪仗；毕竟，赤哥儿是天子；毕竟，她是女人！让就让吧，免得让围观的百姓看笑话。

"照张参政说的做，闪让一旁，请皇帝御辇走前面！"刘娥含泪吩咐道。

大安辇穿过南熏门，避闪到一旁，赵祯遵大娘娘懿旨，命御辇穿门而过，径直前行。待皇帝御驾过去了，大安辇才又重新上道，跟在御辇后，向慈孝寺驶去。

2

望着跟在御辇之后的大安辇，张士逊露出了胜利的微笑。

多年来，他虽是女人预政的坚定反对者，却从不冲在前面。今日不同了，皇上十八岁了，太后年逾花甲，时间的天平正在向皇上倾斜，他该站出来了。

跨马回到政事堂，张士逊得意扬扬地向王曾炫耀了一番。王曾、吕夷简这才知道太后是摆了仪仗的。慈孝寺进香为何要摆仪仗？宰执们一时想不明白，政事堂里的空气陡然变得沉闷。

正沉默间，内侍送来一份太后手诏：升李迪为门下侍郎，知河南府，宣其入朝觐见。

李迪是当年反对刘娥预政最力者。自周怀政政变发生后，一再贬谪，几死。刘娥临朝称制，为显示大公，特起用李迪为秘书监、知舒州，此后又不断提升，调其知青州、兖州，再升郎中、知河中府。此次任他为侍郎、知河南府。这是仅次于开封府的一个职位，钱惟演几次恳请而不得，李迪忽得之，离回朝复相只是一步之遥。吕夷简阅罢，感慨道："太后敢起用李迪，说明她还是有胸怀的。"

张士逊接过一看，蹙眉道："会不会又有名堂？"

"名堂"二字一出口，提醒了王曾和吕夷简。如果说太后晋升李迪是在显示胸怀的话，那么宣李迪入朝又是何意？

带着这个疑问，王曾等待着李迪的消息。他预料，李迪一旦入京，必会拜谒他，届时再摸摸底。

可是，左等右等，王曾并没有等到李迪的消息。这天，是五日一听政的日子，百官在长春殿列班。快要卷班时，刘娥高声道："李迪何在？"

李迪出列，躬身道："臣李迪在此！"

王曾大吃一惊！太后不仅宣李迪入朝，竟然还让他以门下侍郎身份列班参加朝会，而李迪何时入京的，他竟一无所知。这到底是怎么回事？

"李卿知河中府有年，河中乃盐井所在，朝廷革新盐法，不知河中百姓有何看法？"刘娥问。

"回太后陛下的话，"李迪恭恭敬敬地答，"新法颁行，百姓、盐商皆受实惠，蒲、解之民争做感恩斋！"

刘娥一笑道："京城百姓说，自新盐法实施，才吃上了真盐；河中的百姓则感恩朝廷革新盐法，吾可安枕矣！"顿了顿，又问，"李卿久历地方，不知《田亩敕》颁下后，百姓拥护否？"

李迪以沉稳的语调道："朝廷颁令，解除了主户对客户的束缚，实乃富国利民之策！臣以为，欲致国家繁荣、百姓富庶，必造就为数甚多、负担得起赋税的自耕农，自耕农拥有自己的土地，便对土地有极大的爱惜之情，莫不披星戴月精耕细作，他们收入多，国家的税赋就多；再则，给客户以自由，也是间接促进商业的政策，无地农户经商赚了钱，不少还会回去购买田亩，成为自耕农。所以，放松对客户的限制，意义重大而深远！此策对主户不利，开始难免抵触，但世人皆知朝廷法令严明，主户不敢公然对抗。目今，主、客户关系大为改善，纠纷大量减少，主户对续租田亩的客户也客气了许多，客户出于自愿，一旦和主户订立契约，比往昔要卖力许多。"

"李卿——"刘娥拖着长腔唤了一声，"记得你一直反对吾参预国政，甚至在先帝病榻前建言治吾的罪，吾当时就想，你错了，但不必与你计较，应该让事实说话。卿看，如今吾将天子抚养成人，天下治理得怎么样？"

李迪诚惶诚恐道："臣蒙受先帝厚恩，永志难忘。当年也是出于一片赤诚。如今见天子聪达，臣方知皇太后的大德到了如此地步！"

进士及第不过八年就位列宰辅、少年轻狂的状元郎李迪，经过挫折，变成了一位饱经风霜的老者，沉静而自制。接到朝廷的诏书，他风尘仆仆晋京，不声不响地住进了四方馆为他安排的官舍里等待觐见，连王曾、王曙、张士逊这些曾经的同道，他也没有知会，更别说拜谒了。此刻，面对太后的提问，他一一照实作答，说出在外人看来分明是奉承的话也在所不惜。

刘娥露出欣慰的笑容，道："吾相信卿家的为人，也相信卿家的能力。此去守河南府，要把西京治理好。朝政得失，望卿家随时指陈。"

此番对话，令群臣大感意外，似乎也明白了太后的意图。无论是高调率皇帝伉俪赴慈孝寺上香，还是让她曾经的坚定反对者李迪入朝，无非是向朝野传递一个信号：她把国家治理得很好，还没有到还政的时候。

这些议论，不几日就传到了刘娥的耳朵里，她只是苦笑。没有一个人理解她，知晓她内心的真实想法。自赵祯十八岁生日一过，刘娥就着手布局。她让寇准的女婿王曙出任御史中丞，这不仅是对王曙的重用，也是向王曾释放善意。因为御史中丞主要是牵制宰相的，她明知王曙和王曾是同道、好友，仍然让他来做。继之，又下旨恢复了李迪被贬谪前的本职——门下侍郎，并让他出知河南府。按照朝廷的惯例，以门下侍郎知河南府，相当于以宰相身份外放。她要以此同曾经带头反对她的人进一步和解，换取他们对她的认可，同时向朝野传递出一个信号，她对驾驭局势充满自信。刘娥从山西路走马承受的奏报里研判出，李迪时下变了，不再激愤，而是务实了许多。正因如此，才特意让李迪入朝，当着百官的面，问他反对她预政的对错，李迪说出"皇太后的大德到了如此地步"的话，委实让刘娥感到意外，欣慰之余，也琢磨出李迪的话，其实是充满机巧的，他是想说，当年之所以反对后宫预政，是为当今皇上而争。意思分明是说，她的功劳，就在于保育皇上。皇帝十八岁了，如果能够还政，可以保全她的大德。

刘娥想到了还政，但她要体面还政。她需要得到承认、尊重，这不仅仅关乎她的颜面，更关乎赤哥儿的身世这个惊天秘密！如果大臣对她这些年参决朝政持否定态度，一旦失去权力，那么，惊天秘密的泄露将是不可避免的。所以，刘娥不敢轻易放手。如何检验大臣是不是认可她？刘娥设定了一个目标，就是看他们如何操办她心目中的一件大事。

已经进入下半年了，还是没有人觉察出她的这个心机，刘娥决定再作暗示。这天，她吩咐入内省都知罗崇勋："宰相诞日，差官押赐礼物，乃祖宗旧制。记得王曾的生日就要到了，这回多赏赐些吧，赐给四个涂金镂花银盆，你预备下来，届时亲自押送至王曾府上。"

罗崇勋一听，张大嘴巴，话也说不利索了："太、太后娘娘，宰相寿诞，朝廷赏、赏赐，从未有过如此、如此之盛啊！"

"住口！内官安得插嘴外朝事?!"刘娥呵斥道。

罗崇勋满脸狐疑地出了崇徽殿，刘娥长叹一声："赏赐超常，但愿王曾能够明白！"她眯起双目，又自语道，"难怪君王喜欢用亲信大臣，政府里没有亲近之人，有些事办起来，委实不那么顺畅。"说这话时，刘娥脑海里闪现出钱惟演的身影。

3

北依巍巍太行，南临滔滔黄河，即为古城孟州，领河阳、济源、温、汜水、河阴五县。因孟州与河阳州、县同城，又居黄河之北，故历来知孟州者，人们习惯称为知河阳。

第十章 大庆之梦水中捞月 还政呼声震动朝野

孟州古城之西五里远的紫金山上，有座建于唐朝垂拱初年的金山寺，坐北朝南，颇有规模。夏末的一天，一个相貌堂堂的中年人在几个侍从的簇拥下进了寺庙，穿过山门，在大佛殿上香。他双手合十跪在蒲团上，嘴里默念着，久久不愿起身，似乎有许多心里话要向神祇倾吐，又仿佛身有要事，欲以万分的虔诚，恳求神祇助成。

"钱公，时辰不早了！"随从不得不提醒了一句。

被称为"钱公"的，正是知孟州钱惟演。他叩了几个头，缓缓起身，一言不发出了寺庙，跨马下山，往州衙疾驰。

州衙后堂的院落里，栽种着不少桃树，传说西晋时有名的美男子潘安最爱桃花，他任河阳县令时，下令在县内广植桃树，故至今孟州的桃树随处可见。钱惟演一进后堂，就看见一棵最大的桃树下，侍奉他多年的歌姬惊鸿正坐在一张方桌前向他招手，钱惟演走过去，侍女端来了茶盏、酒菜。

钱惟演举起酒盏，一饮而尽，声音哽咽道："想我钱某，也是名门之后，少时好学，归皇宋后，也是参加考试得用的。目今朝中大佬，哪个资格比钱某老？照我钱某的资历、才干，早该登政府。可是，因与太后娘家结亲，非但没有沾光，还被打上外戚的印记，竟被排挤出京，困于此地，倏忽六载！"

刘娥称制不久，丁谓罢相，钱惟演被外放河阳。开始，他流连于孟州山水，写诗作赋，梦想着与故里孟州的韩愈和曾游历此地留下不少佳句的李白、杜甫一样，以文章流传千古；可是，蜗居河阳不到两年，钱惟演就难以忍受了。几次上表希望能让他到西京洛阳任职，都被朝廷拒绝。他时常叹息，作为江南人，处处受中原人的排挤。无奈之下，他想到寻找新靠山，好在几个子女都已到了婚配的年纪，钱惟演遂把心思用于为子女寻找佳偶上。由他的胞妹钱氏牵线搭桥，长子娶了郭皇后的妹妹；次子做了皇上的姑母、万寿长公主的女婿；女儿则嫁给曹王赵元俨之子、皇上的堂兄赵允迪。这些亲家纷纷在太后面前为他说话，可六年过去了，还是没有效果。前不久，他的妹妹、太后的嫂子钱氏去世了，钱惟演觉得，所谓外戚的身份，也就不那么凸显了，所以，这些天，他又动了心思，想回到政府，至少，能够到西京洛阳去。可是，该走的门路都走过了，钱惟演不知还有什么法子，只能虔诚地拜菩萨，求神祇。

歌姬惊鸿见钱惟演情绪激动，怕他喝多了，端起一碗河阳特产混浆绿豆凉粉递给他："钱公，先垫垫肚子再喝。"

钱惟演接过，用箸挑了几挑，没有胃口，轻轻放下，又饮了一盏酒，长叹道："难道不得于黄纸上押字，竟成钱某平生大憾?!"说着，潸然泪下。

惊鸿跟随钱惟演多年，知道有资格在黄纸上押字的，只有宰相和参知政事。别看他平时嘴上说要以文章垂后世，到底还是不甘心，一直做着登政府的梦。一个大男人，说到伤心处，竟流起泪来。惊鸿很同情他，起身边为他拭泪边道："钱公尝言'平生惟好读书，坐则读经史，卧则读小说，如厕则阅小词，盖未尝顷刻释卷也'。这么一来，哪还有心思琢磨别的事？如今皇太后当家，既然钱公想回政府，就得做让太后高兴的事呀！"

"有道理！"钱惟演拊掌道，"那么，什么事会让皇太后高兴?"

惊鸿眨巴着眼睛，说："钱公没有听说吗？举国都猜测，官家十八岁了，太后会不会还政。"

"这事？这事不能沾！"钱惟演连连摇头，"讨好了太后岂不得罪了官家？讨好了官家，又会得罪太后，这事万万不能沾！"

惊鸿讥笑道："钱公脑子被书给塞满了。谁让你说这事了，来来来，奴为你提示一二！"

钱惟演用心听着，紧锁的眉头渐渐舒展开了。他照惊鸿的提示，当即修成奏表，投递马铺进呈。

不几日，钱惟演的奏表摆到了刘娥的御案上。她不禁一惊，难道世上人与人之间真有感应吗？前几天还想到钱惟演，今日就接到了他的奏表。她细细浏览了一遍，脸上现出笑容，心里却颇不是滋味。这些年，钱惟演因与她沾亲带故的缘由被放逐，着实受委屈了。倘若钱惟演在，那件事，或许已经提上日程了。如今，反对她最力的王曙早已回朝并重用，李迪也用起来了，为何一直拥戴她的钱惟演不能回来？是时候让他回朝了！主意已定，便召宰执大臣到承明殿奏对。

"这是钱惟演写的，卿等一阅，看他说的是不是这么回事。"刘娥拿起钱惟演的奏表，命王曾一读。

> 如今北虏通和，兵革不用，家给人足。以河阳言之，民以车载酒食声乐，游于通衢，谓之棚车鼓笛。

虽然已经阅过，可听到王曾读出钱惟演奏表里的这些话，刘娥还是感到有几分得意。这些话，描述天下富庶、百姓安乐之状，正可做她治国有方的例证。她需要这样的佐证。

"钱惟演奸险！"张士逊未等读完，就先发制人道，"当年他尝与丁谓结为婚姻，由此大用。臣记得太后称制初，即有臣下献《王凤论》，以戒外戚。钱惟演也因外戚之故出知河阳。今若令其回朝，必大失天下之望！"

刘娥一脸怒容，以质问的口气道："钱惟演有文才，长年做地方官，合适吗？"

王曾道："太后熟读史书，深知自古外戚之家，鲜能以富贵自保。朝野皆知，太后以史为鉴，自谦自抑，赐族人御食，必改用铅器，谕曰：'皇家用具勿使入吾娘家。'臣等闻之庆幸不已！今若以一钱惟演而弃前功，臣为太后惜之！"

刘娥不知所措，故作镇静道："钱惟演是天下名士，既然卿等认为钱惟演不宜回朝廷，他奏表里也说了，'先垄在洛阳，愿守宫钥'，就调他到西京去做留守吧，那里文人聚集，也好让钱惟演到那里奖掖后进，卿等以为如何？"

王曾勉强同意了。

既然钱惟演不能回京，刘娥试图通过钱惟演为她办成她心中的那件事的希望落空了，不得不向宰执有所暗示，遂道："众卿，如今天下富庶，先帝五年祭期已过，天圣六年的一些节庆，卿等可早斟酌。"

王曾蹙眉沉思，揣测太后这样说，必有隐情，当即拒绝道："太后素尚质实，衣不织靡，与宫女无少异；又常告诫臣等戒奢，臣等奉命惟谨。况臣思维再三，并不知明年国家有何大节庆。"

刘娥碰了软钉子，感到阵阵悲凉，召对不欢而散。她突然感到从未有过的疲惫，心里窝着一股火。她不怨王曾，因为王曾从来没有真心拥戴过她，无论她多么努力、克己，也不会赢得他的尊重。她怨赤哥儿，十八年来，第一次对赤哥儿生出怨怒。倘若赤哥儿对那件事佯装不知，那说明他没有孝心；倘若赤哥儿是故意为之，那就是离心离德，无论前者还是后者，刘娥心理上都难以承受。

很少生病的刘娥病倒了，躺在床榻上暗自垂泪。赵祯来探视，她闭目不语，看也不看他一眼。赵祯接过侍女端着的药碗，要喂大娘娘吃药，可唤了几声，刘娥还是不回应。

赵祯既伤心又害怕，急忙去找小娘娘诉说。杨淑妃一拍脑门，懊悔地说："唉呀呀，全怪我，全怪我，我这就去找大娘娘说！"

虽然后妃见太后规矩甚严，可杨淑妃例外，她可以随时出入崇徽殿。见到刘娥，问候了几句，随即转入正题："太后姐姐，有件事赤哥儿和奴说了好久了，奴看太后姐姐一直忙，又想着时候还早，就没有及时与太后姐姐说。"

刘娥睁开眼睛，看着杨淑妃。

"是这样的，"杨淑妃清清嗓子，继续道，"明年是太后姐姐的六十大寿，赤哥儿惦记着这件事呢！赤哥儿说，照祖制太后寿辰在崇政殿举办，但这太委屈大娘娘了，要风风光光给大娘娘祝寿。奴呢就对他说，先让我听听大娘娘什么想法再定。太后姐姐，赤哥儿一片孝心，连奴都感动得掉泪呢！"

刘娥露出了笑容，嗔怪道："这孩子，有事不直接和我说，还要通过你来转达！看来，还是和你亲呀！"

杨淑妃笑着说："那倒不是。奴看赤哥儿是敬畏大娘娘，生恐哪句话说不对了，惹大娘娘生气。那些个大臣，已经让大娘娘受不完的气了，赤哥儿心疼大娘娘嘛！这也是赤哥儿的一片孝心呀！"

刘娥接受了杨淑妃的解释，却突然叹了口气道："老了，生日过一个少一个了。先帝五年祭期也过了，倘若赤哥儿想把天圣六年的长宁节办隆重些，我也不阻拦。"她临朝听政不久，赵祯传旨，皇太后娘娘诞辰日命名为长宁节，东西两京放假一天。

杨淑妃道："太后姐姐没有辜负先帝的托付，把国家治理得这么好，太后姐姐也没有任何享受，花甲之寿理当大办，在文德殿给太后姐姐祝寿如何?!"

刘娥皱眉道："文德殿……不够宽敞吧?"

文德殿是皇宫第二大殿，在宣佑门外，属于外朝，杨淑妃提出在文德殿办寿典，实则已然越制，没有想到刘娥还是不满意。杨淑妃虽然没有去过文德殿，但她也知道那是太宗皇帝时举办朝会的大殿，相当宽敞，刘娥竟言其狭窄，比文德殿宽敞的，就只有天安殿了。杨淑妃就一拍胸口道："太后姐姐放心，赤哥儿必下旨在天安殿给太后姐姐祝寿!"

天安殿乃皇宫正殿，位于乾元门之里，也正好压在全城的中轴线上，规模宏大，殿庭广阔，但只有国家重大典礼时方启用，且为皇帝专属，从未有后妃涉足此殿的先例。在天安殿举办寿庆，无异于向朝野宣示，刘娥享有皇帝的尊严。这，恰恰是刘娥所希望的。她心中的那件大事，不是花甲大寿是否要办，而是在何处办。如果能在天安殿举办寿庆，那么，就证明大臣承认她作为女主，与男君一样具有治国能力，也应当享有皇帝的尊严。果如此，她愿意体面退出，还政赤哥儿。

让大娘娘高兴的事，赵祯很愿意做，他丝毫没有犹豫，当即降手诏给政事堂。

接到手诏，王曾一语不发，递给吕夷简，吕夷简也缄默不语，又递给张士逊。张士逊"啪"地一拍书案，大声道："休想!"

4

上元节乾元楼赏灯，照例是皇帝率大臣在正殿，后妃则只能在偏殿，还要拉上帷幕。即使贵为临朝称制的太后，刘娥也未破此例。刚在偏殿坐定，她就听到两名侍女在指指点点、嘀嘀咕咕，便问："说些什么?"侍女吓了一跳，低头缩颈不敢再言。刘娥不依不饶，指着叫秋水的侍女道，"你说!"

秋水吞吞吐吐道："她们侍候官家，服饰那么华丽，奴婢侍候太后，却如此寒酸。太后是当家人，奴婢不能让她们比下去呀!"

适才登楼前，刘娥的侍女正看见赵祯的几名侍女走过来，故意摇摇摆摆，丝绸裙裾在风中轻飘，头饰发出的清脆响声悦耳动听。刘娥的侍女不觉自惭形秽，心有不平，所以嘀咕了几句。

"大胆！"刘娥大声呵斥道，"她们侍候官家，自有她们应该享用的服饰，汝等有这样的资格吗?!"

在旁的郭后忙劝慰了几句，刘娥还要发火，内押班杨怀敏在帷幕外躬身求见皇后。刘娥喘着粗气，沉默着，杨淑妃伸过头去，示意郭后说话，郭后看了刘娥一眼，见她闭目不语，迟疑片刻，壮了壮胆子，命杨怀敏入内。

"圣人，官家命老奴送首新词来，说让圣人读给太后娘娘听，高兴高兴！"杨怀敏说着，从袖中掏出一叠稿笺，双手捧递给郭后，施礼退出。

郭后浏览一遍，并没有看到作者的名字。但从格调来看，颇似柳三变的。她也知道赵祯喜欢读柳三变的词，大抵是怕提了柳三变的名字会惹大娘娘不高兴，方故意把名字隐去的。这首《迎新春》词，正是写上元节的，读来也委实令人高兴，于是，郭后便照赵祯的吩咐，给大娘娘诵读一遍：

> 懈管变青律，帝里阳和新布。晴景回轻煦。庆嘉节，当三五。列华灯，千门万户。遍九陌罗绮，香风微度。十里然绛树。鳌山耸，喧天箫鼓。
>
> 渐天如水，素月当午。香径里，绝缨掷果无数。更阑烛影花阴下，少年人，往往奇遇。太平时，朝野多欢，民康阜，随分良聚。堪对此景，争忍独醒归去。

"圣人，这词的大概意思，你给咱说说看。"杨淑妃提议说。

郭后喜读书，正可在大娘娘和尚才人、张才人面前表现一番，也就接受了杨淑妃的建议，解说道："词是描写上元佳节盛况的。首句'懈管变青律'，交代时节进入了新春，后两句中，描述了春回大地之时，京城风和日丽，充满着温暖祥和之气，既是写实景，也是写国运的。接下来，就是描述上元佳节的景致了：千家万户挂起彩灯，街道上熙熙攘攘，都是欢度佳节的男女，绮罗丛中香风阵阵，彩灯如同珊瑚般闪烁，各种乐器奏出的音乐交汇在一起，震天彻地。写词者要表达的意思应该是上元之夜的美妙景致，展示出大宋富足的气象，百姓正逢太平盛世，安居乐业，尽情欢度最美时光。"

"真好！"杨淑妃夸赞了一句。

郭后甜甜一笑，继续道："下阕呢，就是渲染情绪了。写的是夜幕降临，天空大地和汴河之水混为一色，皎洁的月光洒满京城，街道里，红男绿女喜若狂，夜色中，少男少女竹阴花影说情话。这正是天下太平的景象，朝廷和民间同欢，百姓富庶，随时随地可宴请宾朋。面对如此美景，怎忍心独自离去？"解说毕，郭后稍一停顿，浅浅一笑道，"承平气象，形容曲尽！"

"这都是太后姐姐和官家的功劳啊！"杨淑妃感慨道，"记得太后姐姐引过一句诗：'只知开元无事久，不知贞观用功深。'奴看，太后姐姐用功之深，要过于贞观呢！"说罢，转脸看着刘娥，却见她面无表情，似乎在想着心事。

郭后附和道："常言春华秋实，春天开花，秋天结果。大娘娘辛劳如此，春天里花开得更多、更好，不愁秋天里不丰收！"

刘娥还是一语不发，仿佛什么也没有听到。

去年初秋，赵祯降手诏给政事堂，命他们提前筹备太后的六十寿庆，长宁节当日，他要率百官、客使，在天安殿为皇太后上寿。手诏随即被封还。王曾奏称，在天安殿举办寿庆，恐引起天下非议，生出他事，暗示不收回成命，会引起要求太后还政的风潮。刘娥半是赌气、半是试探地说，不要因为吾之故破了朝廷的规矩。王曾顺水推舟说："陛下以孝奉母仪，太后以谦全国体！"一句话，将刘娥心心念念的大事敷衍过去了。就在七天前，刘娥的六十寿庆，虽然没有照例在崇政殿举办，却也只是皇帝率百官在会庆殿上寿。崇政殿属于内朝阅事之所，会庆殿则介乎内朝与外朝之间，是举办宴会之所。在会庆殿上寿，算是给刘娥一个面子。对王曾的心机，刘娥洞若观火，无非是提醒她，女人，是没有资格涉足外朝大殿的！刘娥没有说什么，可心里却满腹怨气，一时难以释怀。

此刻，坐在乾元楼的偏殿里，透过帷帐，俯瞰御街万民同庆的场景，听到文人墨客对承平气象的描述，刘娥内心没有喜悦，也已经没有了幽怨，只有刺骨的悲凉。无论她多么克己、多么辛劳；无论国家在她的治理下多么富庶，大臣们从内心里，还是不认可她。因为，她是女人！

任凭御街上喧闹腾天，周遭的人欢声笑语，刘娥却独自陷入沉思中。自踏入皇宫，三十年过去了，在这漫长的三十年里，她一直在和对她的出身、性别的傲慢与偏见作战，开始是她的出身，现在是她的性别，构成了她的"罪状"，他们对背负这两项罪名的女人展开围攻。左冲右突，终于从出身的偏见之网中突围出来了，由皇后而太后，临朝称制，成为大宋的当家人，呕心沥血、孜孜求治，打造出了一个前所未有的承平、富庶时代，她以为自己成功了、胜利了，却不料又陷入了性别的偏见之网。要从这张网中突围，难上加难！刘娥感到厌倦，她累了。她想就此歇息，到永定陵去陪她的天哥，斋殿诵经，以了残生。

午夜，城楼鸣鞭，是皇帝起驾、收灯的信号。杨淑妃和郭后欠了欠身，见坐在中间的刘娥一动不动，只得又坐下了。过了许久，刘娥还不起身，杨淑妃向郭后递个眼色，二人上前，一左一右将她搀起，扶着她慢慢挪步，缓缓下了楼。刘娥神情恍惚，不知道是怎么回到崇徽殿的，也忘记了是何时躺到床榻上的。辗转反侧了不知多久，才朦朦胧胧睡去。又不知过了多久，她被噩梦惊醒。梦中，她在成都街头拨鼗卖唱，突然，几个书生模样的人围过来，不由分说把她手中的鼗夺去，她想夺回来，却怎么也迈不开步，眼睁睁看着夺鼗的人发出胜利的怪叫声，听她拨鼗的人群，不去帮她夺鼗，甚至也不指责他们，反而齐刷刷地伸出手指，指着她的鼻子骂道："骗子，你是骗子！"她想辩解，却张不开嘴。众人"忽"地围上前去，出手相殴，她左右躲闪着……

"何以做这样一个梦？"黑暗中，刘娥睁开眼，自问。琢磨了片刻，蓦地打了个寒噤，口中默念，"你，退无可退，不然，一切都将失去，儿子、地位、名誉、甚至，性命！"这样想着，突然感到有了精神，有了力量。她翻身下床，走到窗前，月亮已经西移，慢慢下沉着，光线却依然皎洁。万籁俱寂，刘娥的内心却像上演着一场战斗，分不清哪是敌哪是友。退，就是万丈深渊；进，就要迎接战斗！

像大唐天后武则天那样，虽千万人吾往矣？刘娥摇头，她下不了那样的狠心，大宋的祖宗家法也不允许使用酷烈手段，那么，就只能靠智慧和韧劲，再和大宋最优秀的男人们较量一番了。刘娥相信，她能够赢得胜利！

上元节假期过后，精神抖擞的皇太后出现在了众人的面前。她似乎等待着，等待着有人冲出来，短兵相接。

5

赵祯十九岁寿诞的乾元节，气氛极其压抑。文德殿贺寿时，百官个个神情凝重，似乎为皇上感到委屈和不平，又为自己的缄默而羞愧。

皇帝十九岁了，太后却还没有还政的表示，甚至看不出还政的迹象；宰执大臣集体沉默，台谏官也没有上章呼吁。

参知政事张士逊有意站出来带头呼吁，可是，思考了几天，还是放弃了。这是一步险棋，不能轻易冒险。可将来皇上亲政，如何向他表功？思维再三，张士逊想到了一个人：他的同乡、左司谏刘随。

这天，张士逊将刘随召到家里，怂恿他道："为官家立大功的时候到了，将来官家亲政，必有厚报。"

"执政公乃官家的师保，何不登高一呼？"刘随反问。

"老夫冲锋陷阵，谁来保护？"张士逊解释道，"乡党一旦触太后雷霆之怒，届时老夫好出面保护。"

刘随动心了。他和张士逊密议良久，决定先不呈报奏章，而是以突然袭击的方式，在朝会上宣读。

乾元节后太后五日一听政的第一次朝会上，奏事即将结束时，刘随出列，大声道："太后、皇上！臣左司谏刘随，忝列台谏，而台谏号称公议，臣闻街谈巷议，都在议论一件事：先帝念及皇上年幼，遗命皇太后权且处分军国政事；目今六年已过，皇上已然成年，臣请皇太后遵先帝遗命，践当年之诺，还政皇上。"说着，从袖中掏出奏表，并不急于递给殿班内侍，而是展开大声宣读起来：

> 皇太后临朝初，尝言期见抱孙之欢，永遂含饴之乐。如今天下治矣，王业崇矣，皇帝长矣，太后勤矣！臣愚欲乞今后军国常务，专取皇帝处分。所贵清神养素，延圣母万寿之期；内

侍问安，成皇帝孝治之德。

众人屏住呼吸，神情紧张地等候着帘后的答语。

"司谏之言，甚获吾心！"刘娥痛快地说，不惟未发雷霆之怒，语调中还流露出几分喜悦。

"吽——"长春殿里响起一阵惊讶的感叹声。这个答语，让百官感到意外。太后因何说出这样的话来？如果说她真的想还政，何必等到今日？倘若她不想还政，理应大怒才对啊！群臣惊诧之余，都在暗自揣度着。

"官家，你说吧！"刘娥又道。她早就预料要面对这样的场面，并且已成竹在胸。她很清楚，还政与否，取决于赤哥儿的态度；而只要以亲情和孝道约束住他，"还政"二字，赤哥儿说不出口。所以，拿皇帝做挡箭牌，就是她最好的防御。

赵祯措手不及，愣了片刻，大声道："大胆刘随，你想离间朕母子，是何居心？拿下了，议罪以闻！"

刘随没有想到太后会把难题推给皇上，更未料到皇上会给他扣上离间母子的罪名，顿感紧张，躬身辩解道："臣绝无离间皇上、太后之心！"他翻了一下眼皮，偷偷觑了前列的张士逊，见他站立不动，并未出列奏上缓颊的话，刘随心里越发紧张，双腿微微有些颤抖。

两名殿班侍卫趄趄而来，走到刘随面前，刚要动手，帘后响起太后的声音："殿班侍卫退下！"

殿班侍卫闻声退下了，刘随还怔怔地站着。

刘娥又道："朝廷设谏官，就是让他们指陈朝廷的阙失，不可因履行了职责而治罪！"

百官愕然！刘随也蒙了，不敢再说要太后还政的话，而是以恳求的语气道："臣恳请太后、皇上将臣外贬！"

赵祯不知所措，刘娥向他递了个眼色，他会意，大声道："朕念及太后娘娘为刘随讲情，免治其罪。给刘随找一个合适的地方！朕望刘随到地方，好好反省！"又提高声调，"众卿听着，再有如刘随这般意图离间我母子者，定重治不饶！"

殿廷里陷入难堪的沉默。

第十章　大庆之梦水中捞月　还政呼声震动朝野

"天下公议在台谏。我大宋立国，元气也在台谏。"突然，帘后响起太后高昂悦耳的声音，"朝廷有大政事，台谏可以否决；君主有过失，台谏可加制止；百官犯纲纪，台谏可以弹劾。时下御史台尚算健全，惟谏官栖身御史台，不合适。当设置谏院，增加员额；谏院要有独立官署，可把门下省迁到右掖门之西，以门下省现有官署作为谏院办公之所。"

百官被刘娥一番话说得云里雾里，目瞪口呆。

"她葫芦里卖的什么药?"卷班后，尚未走出长春殿，张士逊就低声问王曾。

王曾佯装没有听清，一语不发，沉着脸顾自往外走。

第十一章
相国寺茶农闹事　襄阳驿枢相自杀

1

大相国寺是京城最大的寺庙，也是最大的集贸市场，每逢朔望和三、八日开放，每到开放日，人流熙熙攘攘，摩肩接踵。今日正逢开放日，黎明时分，大相国寺牌坊下，突然聚集起一二百头戴斗笠、肩背竹篓、衣衫褴褛的农人。

这么多农人聚集，吸引了人们的目光，人群越聚越多，道路为之堵塞。不一会儿，这些农人开始列队游行，呼喊口号，向御街进发。人们方知是淮南的茶农，因生计无着，晋京请愿。

秘阁校理马季良看到这个场景，心里七上八下，大汗淋漓，顾不得上朝，急匆匆赶到符永的府邸。

"不会牵连到秘阁的，万一有事，还需秘阁转圜！"符永见马季良神色惶恐，笑着安慰道。

马季良这才稍稍安心。

天圣初改茶叶专卖法为通商法，朝廷的茶利收入增加，茶叶贸易量大增。可豪商大贾因无法垄断茶货、操纵茶价，却对新法深恶痛绝。作为京城第一大茶商的符永最不甘心。两个月前，他探得今年春季淮南干旱，茶农受损，又怀念起以往统购统销的日子，正是推翻新法的良机，便找到马季良，请他转圜。马季良本不敢再管闲事，但他正为自己的处境而郁闷，便半推半就答应了符永。

马季良所担任的秘阁校理属于馆职，按制须通过特定考试方可授予。

马季良参加馆试时，刘娥命内侍前去赐食，促馆试早点结束，主试领会了太后的意图，偷偷替他写完了试卷，马季良总算过关。此事为台谏察知后，提出参劾。虽然马季良保住了职位，却受到官场的鄙视。马季良颜面扫地。他感到在官场忍受煎熬又无前途，和符永一起做些事情，也是个寄托，这才动了心，遂上表称："京师商人常以贱价居茶盐交引，请官置务收市之。"不料惹得太后大怒，骂他糊涂，在他的奏表上批示："与民争利，岂国体耶！"马季良垂头丧气，不敢再过问茶法之事。

符永在官场人脉甚广，他找到赵州兵马监押曹汭，请他出面找枢密使曹利用转圜。曹汭贪财，以能与大茶商符永结交为荣，亲自晋京替他疏通。他也知道叔父不许他插手朝廷的事，便到参知政事张士逊家里拜谒。张士逊为曹利用一手提携，又听曹汭是为推翻新茶法之事而来，心中暗喜。他对太后屡屡改制早就耿耿于怀了，一直在寻找机会推翻新法，今日有人送上门来，他求之不得。他为符永出主意：想推翻新茶法，非大臣进言所能奏效；太后苦寒出身，以民间疾苦方可打动之。符永心领神会，差人火速赶到淮南。淮南干旱，茶叶歉收，茶户骚然，经符永差去的人串联鼓动，乐得到京城游玩一番，便坐上为他们雇来的大船，往京师请愿。

京城街巷，三百步左右设军巡铺屋，每铺有军巡五人。大相国寺前还有专设的军巡铺屋，军巡也不过二十人。听到有人聚集呼喊口号，急忙前来查看，怎奈大相国寺前人流密集，军巡百般穿插，还是难以靠近。知开封府程琳闻报，差了几百逻卒，呼啸着赶到，想驱散围观的人群，也是徒叹奈何。

游行队伍一直走到御街，眼看靠近乾元门了，才被军巡和开封府逻卒拦下。经过一番交涉，茶农差二人到乾元门南街西庑敲登闻鼓，呈递请愿表。登闻鼓就是为百姓告御状而设，当年有人因丢失一头猪找不到而敲登闻鼓，太宗皇帝还引以为傲；如今几百人千里迢迢赶来请愿，自是不能阻拦，开封府抽调逻卒护送二人来到登闻鼓前，指引他们用力敲去。

刘娥在崇徽殿听到了登闻鼓声，忙命内侍打问，登闻鼓院遂将茶农请愿表呈上。刘娥阅罢，急召二府大臣奏对。

曹利用奏道："臣闻西夏德明之子元昊，杀气腾腾，屡次劝乃父放弃我皇宋正朔而称帝，德明年老，若元昊继位，西疆堪忧；契丹主耶律隆绪有和平诚意，愿守盟约，可他年老多病，来日无多，一旦继任者有异志，北鄙势必多事。臣以为，我当居安思危，未雨绸缪。"

刘娥悚然道："居安思危，这话是没有错的。"

曹利用继续说："臣闻外间对茶法多有议论，恐新法不利济边需，如今茶农又来请愿，臣敢请太后俯顺民意，恢复旧法。"

新茶法推行阻力很大，近来不断有地方官员上表请求恢复旧制。刘娥认为这多半是茶商私下鼓动所致，始终没有动摇过。但曹利用是枢密使，他的话是有分量的，尤其是西夏和契丹都到了新老交替的敏感时刻，和平局面面临考验；今茶农又晋京请愿，说明新茶法未必符合民意。但茶法革新是她强力推动的，灰溜溜收回成命，让朝野如何看她？沉思良久，刘娥一时无有主张，情绪有些烦躁，就拿曹利用撒气，质问道："侍中，这些话，当初何以不说？"

"臣记得，新法不利于边需的话，当初臣已说过。"曹利用理直气壮答道。

刘娥隔帘望去，见王曾眯着眼睛，像是想着心事，吕夷简不住地擦汗，张士逊一副幸灾乐祸的样子，知道从他们那里，得不到什么支持，也就不再多问，决断道："此事，命侍讲学士孙奭牵头论证。"又吩咐内押班杨怀敏，"去登闻鼓院传旨，命知院事亲自出面，向请愿百姓说明，朝廷已听到他们的呼请，正重新审视茶法，叫他们回去。"

张士逊当晚就将这个消息通报给了符永，又指点道："孙奭是书呆子，只要茶农向他陈情，孙奭必听从！"

次日黎明，百余名茶农围堵在孙奭宅前，孙奭只得将领头二人请到府中，听取陈情。孙奭是直臣，垂垂老矣却敢言极谏，又是皇帝身边的人，与朝中大臣甚少瓜葛，所以刘娥才指定了他。孙奭更是学究，他对儒家经典烂熟于胸，听罢茶农陈情，毫不犹豫地表态道："诸位乡亲可以回家了，必恢复旧法不可！"他没有急着上朝，利用三天时间写成了奏表，从儒家义利观入手，说到朝廷当体恤民间疾苦，任何举措都应当顺民心、合民意。

刘娥阅罢，长叹一声，对赵祯道："官家，你下旨吧，恢复旧法。"

赵祯见大娘娘极不情愿的样子，道："通商法以来，京城茶叶供应充足，质量也好，国家课税比过去多了一倍……"

刘娥摇摇手，有气无力地说："不要说了，对的事，时机不成熟时做了，就是错的。"

赵祯想了想，说："茶法更革失败，不能让大娘娘担着，应当有人承担责任。儿这就传旨御史台，推治原议官员。"

明明是自己决断、推动的，却要让支持她的臣僚担责，刘娥有些不忍，但转念一想，君王不对具体事件负责，这也是朝廷的惯例；况且赤哥儿如此体谅她，还是要领这个情，也就默然接受了。

过了一个月，御史台奏报：参知政事吕夷简因倡言改制，罚俸一月；时任御史中丞刘筠谏净不力，罚铜二十斤；入内省都知罗崇勋采集舆论失当，误导决策，罚铜二十斤。

罗崇勋受到处罚，不仅没有沮丧，反而暗喜。前不久，侦事内侍岑保正密奏，茶商符永与曹利用的侄子曹汭、参知政事张士逊暗中有交往。罗崇勋引而不发，并没有向太后奏报。恢复旧茶法的敕书颁布后，罗崇勋方意识到，符永与曹汭、张士逊暗中勾连，曹利用出面陈情，这一连串的动作，都是为了推翻新茶法。倘若真是这样，太后必震怒，曹利用的末日也就不远了。

2

曹利用身着一品绯袍，腰束金鱼瑞草圆胯带，目不斜视，迈着方步走进承明殿。内侍故意给他搬了一个土墩凳，曹利用见之大怒："本院是侍中，安得坐土墩？换了！"

内侍换上机凳，曹利用怒目而视，斥责道："你们这些内官，太嚣张！"

听到"内官嚣张"的话，刘娥感到刺耳。身为女主，最怕外间有任用宦官的议论。曹利用裁抑内官不遗余力，刘娥虽一时不快，也安然接受；可他屡屡当众说出内官嚣张的话，不能不让刘娥怀疑，矛头是指向她的。弦外之音岂不是女主必然带来宦官权势膨胀？随着赵祯成年，她继续临朝称制的合法性越来越不足了，刘娥变得格外敏感。

曹利用见太后沉默不语，一时不知所措，长长的指甲，不断敲打着圆胯腰带上的金鱼古眼。

"侍中！"刘娥终于开口了，"内官数量庞大，吾为裁抑内官，花了不少工夫。听政之初就立下规矩，内官奉旨外出办事，不能直接向有司或地方索要经费，所需一切经费，必经三司稽核后拨发；内官外出不得直接抽调亲从，须经皇城司给凭，方可抽调。这些，侍中晓得的吧？"

"太后用心良苦。"曹利用敷衍道。

刘娥又道："今日找侍中来，是想问问驸马郭宗庆的事，为何迟迟未见回音？"曹利用一直抑制太后给宦官、外戚、宗室的恩赏，屡屡封驳她的"内降"。她已降过两次手诏，要求晋驸马郭宗庆节度使荣衔，曹利用都没有办，所以今日特意召他来当面敦促。

"郭宗庆没有一丝一毫的功勋，若授节度使衔，这让久守边关的将士如何看？所以，臣以为不能授！"曹利用语气生硬地说。

刘娥道："侍中的话是不错的，可郭家不同的呀！郭氏是后周皇族，我太祖受郭氏禅让得位，有旨对郭家要照顾。郭宗庆不仅是先帝的侄女婿，更是周世祖之孙，侍中从这个角度想一想，就破一次例如何？"

"容臣回去和同僚商议。"曹利用答。

刘娥轻叹一声，命曹利用退下了。她明白，曹利用在枢密院一言九鼎，所谓商议，推托之词罢了。

"太后娘娘，曹侍中在帘前甚放肆，用手指弹击腰带！"曹利用刚出殿，杨怀敏便上前奏道。见太后不语，又道，"若是先帝，曹侍中敢如此吗？"

自从被曹利用当众责罚，罗崇勋和内官们就发誓复仇，一直在暗中寻找他的把柄。侦事内侍岑保正的密报，让罗崇勋看到了向曹利用复仇的契机。罗崇勋一面密嘱岑保正到赵州一行，从曹汭那里寻找突破口；一面与内押班杨怀敏密商，设法破坏曹利用在太后心目中的形象。内侍为曹利用搬土墩凳，就是故意刺激他的，曹利用果然上当了。

听了杨怀敏一番说辞，刘娥脸色陡变。曹利用分明是轻慢，连内官都察觉出来了！她眯起双目，冷冷地说："忘乎所以！"

杨怀敏急忙将承明殿召对情形向罗崇勋禀报。二人密议一番，又生出一计。

"太后娘娘，曹侍中有时封驳内降，有时又接受，外间都猜测，这里面有名堂。"这天，看到授郭宗庆为节度使的诏书，杨怀敏故作神秘地奏报道。

刘娥不愿听到内官品评大臣，沉着脸道："侍中抵制内降，出以公心，免得恩赏过滥。"

杨怀敏道："太后娘娘，小奴听说，太后娘娘每次恩赏，曹侍中都不同意，但只要给他夫人行贿，他夫人私下应承下来，曹侍中就会照内降给予恩赏。太后娘娘若不信，可差人问问郭驸马。"

这正是罗崇勋和杨怀敏的密计。刘娥召对曹利用垂问晋封郭宗庆一事的当晚，罗崇勋就偷偷知会郭宗庆身边人，要想办成此事，不妨给曹利用夫人送些礼去。郭宗庆果真照办了。这个消息传递给罗崇勋，他才嘱咐杨怀敏在太后面前奏报。

刘娥沉默着，嘴唇却在微微颤动。

杨怀敏立即向罗崇勋禀报。罗崇勋诡秘一笑："别着急，等等赵州那边动静再说！"

此时，侦事内侍岑保正已到赵州两天了。他尚未到长胡须的年纪，没有人认出他是内官。一到赵州，他就四处打探曹沆的事，很快就打探到曹利用之兄曹利涉在赵州强市邸店、役军士治第等不法之事，岑保正觉得仅此无法向罗崇勋交差，就又多留了两天。

傍晚，岑保正进了一家酒馆，刚坐定，就听邻桌一个醉醺醺的男子"啪"的一声将酒盏摔在地上，摇摇晃晃站起身："老子、老子也是男人，不能这么、这么窝囊！他、他是监押、监押，又怎的？"说着，东倒西歪出了酒馆。

岑保正听到"监押"二字，已是眼中放光，忙向酒保打问。酒保向外一指，低声道："人家嘲笑他戴绿帽子，因而发怒。"岑保正快步出了酒馆，不由分说，搀扶着醉汉回到自己住的客栈。醉汉刚要往床上倒，岑保正拿出腰牌一举，道："看见了，咱是钦差，有啥冤屈，给咱说，咱给你做主！"

醉汉一听"钦差"二字，酒醒了大半，"嗵"地跪地叩头，吐沫飞溅地向岑保正倾诉自己的委屈。

这名醉汉名赵崇德，在赵州城为曹汭看管一家邸店。曹汭有一小妾翁氏，取名翁童，为正房所不容，曹汭便假意将她嫁给赵崇德，但不许赵崇德与她同房，他则随时过来私会。久而久之，翁童厌倦了这种不伦不类的日子，想与赵崇德堂堂正正过日子，曹汭不允。赵崇德因落得个"王八"的绰号，耿耿于怀；翁童也因不能与赵崇德堂堂正正过日子而对曹汭心生怨怒。

岑保正听罢，狡黠地一笑："只要你听从咱的安排，女人是你的，邸店也归你了！"

赵崇德依计行事，他吩咐翁童缝制了一件黄衫。一日，曹汭又来幽会，酒足饭饱后，翁童言要体验一下皇帝临幸嫔妃的感觉，便拿出黄衫让曹汭穿上。赵崇德在暗处偷窥，见曹汭果然穿上了黄衫，坐于椅上，翁童叫来曹汭的几名侍从，一起跪地，口中呼喊："万岁！万岁！万万岁！"

见此场景，赵崇德急忙向岑保正禀报。岑保正已备好两匹快马，与赵崇德连夜赶往京城，向罗崇勋复命。

罗崇勋大喜，命人将曹汭黄袍加身、强市邸店、役军士治第和霸占人妻四项罪名——罗列，写成诉状，嘱赵崇德敲登闻鼓鸣冤告状。

登闻鼓院接了诉状一看，见被告乃枢密使曹利用之侄，又有"黄袍加身"四字，不敢怠慢，急忙呈奏。

刘娥阅罢，提笔在诉状上批：著监察御史崔暨、秘阁校理马季良、入内省都知罗崇勋，速往真定府按治。

曹利用得到消息，即知已为太后所弃，急忙上表，请求辞去枢密使之职。接到奏表，刘娥将王曾、已由张旻改名为张耆者的知枢密院事一起召到承明殿相商。王曾与曹利用素来不睦，近年来曹利用越来越跋扈，王曾颇受其压制。他从太后命罗崇勋前去勘案这一细节判断出，太后不能容忍出现权臣，她要抛弃曹利用。所以便开门见山道："曹利用当罢！"

"张旻，你看呢？"刘娥又问。张旻觉得"旻"字有些轻飘，被任为知枢密院事后，就奏请改名张耆，但刘娥觉得唤他张旻很亲切，称呼仍旧。

"臣悉听太后决断！"张耆答。

刘娥略一思忖："曹利用有旧劳，邓州离京城不远，就让曹利用以侍中判邓州。"

曹利用接到制书，上写着："枢密使曹利用累章请外，解枢密使职，以保平节度使、守司空、检校太师兼侍中，判邓州。"他反复斟酌，感到太后似乎并未恩断义绝，忙吩咐幕僚拟写谢恩表，尚未送出，内押班杨怀敏进来，宣读懿旨："曹利用非文臣，掌军武久，既调外，当即刻出京，以免骇京师观听！"读罢，又得意扬扬地一指自己的鼻子，"侍中，太后命小奴护送侍中赴任，这就请吧！"

曹利用只得上路。刚走到端礼街，突然从景灵宫冲出几名道士，拦住了去路。一位道长抱拳道："宫使，借债还钱，天经地义。请宫使把债还上！"

景灵宫是大中祥符五年敕建，仿唐代太清宫之制，乃是奉太祖及以下已故皇帝、皇后御容之处，每年逢年过节或帝后祭日，皇帝都会率嫔妃到此进香。曹利用是景灵宫宫使，当年为建造私宅，挪用了景灵宫的公使钱，迄未归还。公使钱虽由主官自由支配，但用于修造私宅无论如何是说不过去的。曹利用吓得脸色煞白，不住地向道长摇手示意。

杨怀敏一脸惊诧地说："侍中，景灵宫公使钱怎敢挪用？"他向曹利用一抱拳，"此事，小奴不敢为侍中遮掩。"转身吩咐亲随，"带上道长，向御史台禀报！"

曹利用羞惧交加，恳求道："道长，卖了家宅也要还上！"说罢，耷拉下脑袋，跟在杨怀敏马后，继续向南走，直到出了南熏门，再也没敢抬头。

御史台接到曹利用挪用景灵宫公使钱的禀报，当即上章弹劾。刘娥阅罢，只是叹息一声，就将弹章搁置了。

3

崔暨、马季良、罗崇勋一行赶到真定后，曹汭并一干证人已被解到。

罗崇勋命严刑讯问，穷治其狱，但也只坐实曹汭酒后穿黄衣，令军民王旻、王元亨等八人呼万岁，并未查出谋反证据，也查不到此事与曹利用有何关系。罗崇勋不甘心，一再提审曹汭，曹汭不得不将他受茶商符永所托，密谋推翻新茶法的事，也招供出来。有了这些罪证，罗崇勋才得意扬扬地赶回京城复命。

刘娥听罢奏报，勃然大怒，写手诏给王曾："曹利用与其侄谋反事，理分明也，须早杀却。若落他手，悔不及也！"

"啊?！"王曾双手颤抖着，喃喃自语，"要大开杀戒了？"他把手诏转给吕夷简，又指了指张士逊，就闭目沉思起来。

张士逊阅罢，面无血色，语调急促地说："这是要以刑立威！目标不仅是曹利用，是朝廷百官！"

吕夷简听出了张士逊的言外之意，是想说，太后迟迟不还政，自己也觉得不好交代，心虚！可越是心虚，越要摆出强硬姿态，以期震慑百官，使之噤口。但他又故意装作不解的样子问："张公何出此言？"

张士逊揶揄道："何必揣着明白装糊涂！"他转向王曾，"相公，局势微妙，政府断不能听之任之！"

王曾当即递帖请对。

刚进了承明殿，刘娥就将罗崇勋等人勘问曹汭的奏表往御案一丢，怒气冲冲道："拿去看！"

帘内的内侍拿过奏表，掀帘递于跪在帘外专责转递文书的殿内内侍，殿内内侍再捧递于王曾。王曾浏览一遍，把奏表递给吕夷简，举笏奏道："太后陛下，若定曹利用谋反罪，臣不敢奉诏。"

刘娥冷笑道："卿每每说曹利用横肆，怎么今天又替他辩解？"

王曾道："曹利用恃恩素骄，臣每以理折之，今加之大恶，则非臣所知也。"

张士逊接言道："太后！臣记得太宗时寇准在开封街头被人山呼万岁，太宗皇帝并未追究；先帝时，寇准外放陕州，过生日时，当晚衣黄道服，簪花走马，被人告发，先帝怒，欲治其罪，为宰相王旦所劝，并未追究，不久还召回复相。今曹汭着黄衣，命人呼万岁，此事非曹利用本人所为，安得谓曹利用谋反？勘案三臣说曹汭所为乃曹利用教之，臣实在想不出曹利用如此教唆，用意何在？"

"忘乎所以，此之谓也！"刘娥怒气冲冲道。

吕夷简道："太后每每忧心天下有冤狱。对百姓如此，对朝廷大臣也理当如此。臣看曹利用之罪，乃在贷景灵宫公使钱不还。"

"吕卿未免轻描淡写了吧？"刘娥驳道，"其他且不说，身为朝廷大臣，不能管束亲属，这与自身贪墨何异？"

王曾道："曹利用固有不法，但谓之谋反，未免耸人听闻。"

刘娥并不认同罗崇勋给曹利用、曹汭捏造的谋反罪名，她之所以提出要杀曹利用，只是为了向宰执大臣宣示，对忘乎所以之臣，她是敢动杀机的。此刻她也就顺水推舟，放缓语调道："既然卿等为曹利用讲情，那就从轻发落，谋反之事不必提，骄横不法之事要深究！"

张士逊道："褫夺节度使、司空、检校太师兼侍中衔，贬谪小州，罚当其罪。"

"曹利用阳奉阴违，替茶商说话，非大臣所当为！"刘娥突然大声道。在曹利用所有罪状中，她最耿耿于怀的，正是这一点。

王曾接言道："臣以为，可贬曹利用为崇信军节度副使，房州安置。"

刘娥沉吟片刻，道："也罢，就按宰相说的办！"

"太后圣明！"王曾急忙道，"曹利用当年有奉使之劳，今予以宽贷，可昭朝廷顾念勋旧之大信。"

刘娥突然大声问："那个富商符永，能不能治罪？"

张士逊心里一沉，忙道："曹汭并未供出符永有行贿情状，治他的罪，臣恐于法无据。"

刘娥冷冷一笑："哼，有人怕牵连到他吧？"听到罗崇勋密报符永与曹汭、张士逊私下有来往；又见曹汭供词中说他曾经与符永一起拜谒张士逊，刘娥恼怒非常，本想查办他，可新茶法已然废止，再纠缠此事于她的威信有损，就希望通过查办符永，看看张士逊有没有受贿情状。张士逊抢先为符永辩护，正说明他心虚，故刘娥方故意用这样的话敲打他。

王曾生恐追究下去会牵连很多人，忙道："太后陛下，先帝当年手诏宰相李文靖公，命究治与符永之父有来往的七十余名官员，李文靖公夤夜觐见，先帝纳其言，收回成命。今曹利用已贬，新茶法也已废止，朝野本就议论纷纭，还是息事宁人为好。"

刘娥不语。

王曾又道："恐曹利用要到邓州上任了，还是上紧差人去传旨吧！"

刘娥终于松口，道："照宰相说的办吧！"

回到政事堂，王曾即命知制诰张师德起草诏书。因曹利用已不是侍中，再贬令由过去的制书改为诏书。诏书制成，内侍飞马追送，在邓州北门外追上了。

杨怀敏听罢宣旨，心凉了半截。罗崇勋原说要置曹利用于死地的，怎么只是这个结果？倘若曹利用不死，一旦有朝一日复起，这一路上对他的羞辱，将来要一报还一报的！杨怀敏急得直顿足，暗暗思忖对策。

闰二月的一天，杨怀敏护送曹利用来到了襄阳北津渡。这是汉江北岸的一个渡口。春风习习，江水清澈，粼粼波光，惹人陶醉。杨怀敏一指，对曹利用道："侍中，好一江春水啊！"

曹利用无心观景，勉强抬起头，挤出一丝笑容："是不错。"

杨怀敏露出失望的神情，船到江心，猛地伸手拍了拍曹利用的肩膀，以诡异的口气说："侍中，好一江春水啊！"

曹利用蓦然明白了，默默地看着远方，痛苦地摇了摇头。

下了船，杨怀敏拉住曹利用，转过身去，又一指："侍中，好一江春水啊！"见曹利用站着不动，杨怀敏轻轻向前推了推，"侍中，好一江春水啊！"

曹利用缓步走到江边，忽而仰天长叹，忽而摇头大笑，足足过了一刻钟，一顿足，又转身回来了。

杨怀敏脸一沉道："前面就是襄阳驿，到了襄阳驿，绝不再走了！"

当晚，在襄阳驿官舍里，杨怀敏屏退左右，与曹利用对饮。他先敬了曹利用一盏酒，道："侍中，当年我太宗皇帝将周世宗之子郭宗训、亲弟廷美，先后安置于房州，他们二位后来怎么样了？"

曹利用沉默不语。

杨怀敏又道："侍中不要难为我辈，就到此为止吧，房州不必再去了，侍中不难为我，我会在太后面前为侍中转圜，保护侍中的家人。"

听到"家人"二字，曹利用浑身打了个激灵。他长叹一声，举盏敬酒："那就拜托押班了。"说完，流着泪将酒盏举起，一饮而尽。

曹利用喝多了，东倒西歪，被随从扶到卧室，倒在床上痛哭不止。

午夜，刮起了大风，卧室的窗被吹开了，曹利用已然酒醒，起身走到窗前，窗外黑得密不透风，突然一道闪电划破夜空，"轰隆"一声炸雷响起，曹利用打了个趔趄，默念道："该走了，该走了!"回身拿起一条长绫，搬过座椅，站在上面，将长绫搭到房梁，拽了拽，系于脖颈，用力将脚下的座椅蹬翻……

杨怀敏回京，以曹利用暴卒复命。

刘娥闻报不敢相信，盯着杨怀敏问："曹利用到底是如何死的?"

杨怀敏被太后盯得浑身发毛，还是咬紧牙关道："暴卒!"

第十二章
幸灾乐祸咄咄逼人　当机立断中枢换帅

1

　　朝廷设有昭文馆、国史馆、天章阁、龙图阁等馆阁。馆阁被视为储才之地，充任馆阁之职者，需经有名望的大臣举荐，再经专门的考试方可。刚由南京留守内调朝廷，担任翰林学士、侍讲学士直秘阁不久的晏殊，奉旨举荐一名秘阁校理人选。可荐表呈报许久，迟迟没有回音。无奈之下，他只得到政事堂谒见首相王曾。

　　依照礼节，翰林学士来谒，宰相当起身相迎，隔几而坐。两人落了座，不待晏殊开口，王曾先道："晏学士主持应天府书院，风生水起嘛！学士所聘范仲淹其人，如何？"

　　范仲淹本吴县人，襁褓中丧父，母谢氏改嫁长山县人朱文翰，范仲淹也改从其姓，取名朱说。后由寒儒成进士，并归宗复姓，改名范仲淹。十余年来历官多地，官声甚佳。因母亲病逝，辞官守丧，居南京。正直晏殊外放南京留守，主持应天府书院，闻范仲淹名，力邀其执掌书院教务。所以，王曾有此一问。

　　晏殊不假思索答道："范希文教学有志，授徒有方，训督皆有法度，勤学恭谨，以身先之，由是四方从学者辐辏。"

　　王曾把晏殊的荐表从抽匣中拣出，笑着问："既然晏学士如此推崇范仲淹，因何荐表上不是他的名字？"

　　晏殊愣了一下，觑了王曾一眼，从他的神情里，看不出他想表达什么。经历了一次外贬，晏殊变得谨慎。他摸不清王曾的底细，不愿贸然说话，试探道："范希文倡言，三代圣王治天下必先崇学校。以此观之，或许，此人主持教育，最为适宜。"

王曾也在观察晏殊的表情，见他说这话时目光躲闪，似非发自真诚，遂追问道："晏学士这么看？因此而不荐他入馆阁？"

晏殊回避着王曾的目光，欠了欠身，突然咏道：

> 马卿才大常能赋，梅福官卑数上书。
> 黼座垂精正求治，何时条对召公车。

咏罢，"呵呵"一笑道："这是杭州林隐士回赠范希文的诗，范希文热衷上书，就连隐士也知道。"

王曾笑而不语。前不久，丁忧中的范仲淹冒哀上万言书，大声疾呼要固邦本、厚民力、重名器、备戎狄、杜奸雄、明国听。万言书上达朝廷，张士逊厌恶地说，这个范仲淹，给张相知白公上书、给皇太后上书，今又上执政书，喜事邀名如此！王曾也认为，范仲淹的许多话危言耸听了。正因范仲淹敢于危言耸听，王曾才觉得正是时下他所需要的人。随着皇上春秋长，朝野要求太后还政的暗流涌动。自左司谏刘随公开呼吁太后还政之日起，王曾就压力陡增，并渐渐看清了内幕。以他多年来对皇上的观察，皇上在两个女人的疼爱中长大，虽已成年，却并不成熟，太后当家这些年，朝政无失，天下承平，乃大宋开国七十年来最好的时期。太后继续主政，实为大宋百姓之福，对皇上也未必是坏事。但是，太后是女人，牝鸡司晨，士人蒙羞，况且，皇上二十岁了，依法依理，太后应当还政。这也是当年在起草先帝遗诏时，王曾坚持不能去掉"权"字的初衷。可第一次公开出现还政的呼吁，太后竟以两策回应。先是把难题推给皇上。以王曾对皇上的了解，他与太后母子情深，两年前的琼林宴上，皇上的一句话，就让王曾断定，他还像未断奶的孩童，对太后依赖甚深，所以，太后仅此一招，就将还政吁请压制住了，谁再提出还政，不是和太后过不去，而是和皇上过不去。不惟如此，谏官吁请太后还政，她却当场决定设置谏院，增加谏官，为谏院腾挪出专门的公廨，不久又将外放的刘随调回，恢复司谏之职。百官私下揣测，有的说这是太后为树立从善如流的形象；还有的说是太后为培养圣君，刻意这么做的。王曾却认为，这些意图固然不能排除，但太后的主旨在于，台谏要她还政，她故意抬高台谏，给人以她乐于接受台谏建言的印象，不是她不想还政，是皇帝不同意她还政。结果，原以为刘随一带头，必一呼百应，形成强大的舆论攻势，没有想到太后两招制胜，后续再没有一人跟上。没有人公开呼吁，不等于接受了太后继续听政的现实。百官心里积压着一股怨气，不敢再公开向太后发难，对宰相就不那么客气了。或公开，或私下，说他身为宰相不敢担当。王曾为此而苦恼。尤其是，他和曹利用是相互牵制的，两人长期不和，却又唇亡齿寒。曹利用既倒，王曾感到了空前危机。他能够察觉到，他巧妙地用"太后以谦全国体"这句话，打破了太后在天安殿贺花甲之寿的美梦后，太后对他就一直耿耿于怀。若不是他有牵制曹利用之效，恐早已被罢黜了。时下，他对太后已经失去利用价值，随时可能被抛弃。他不能被动等待这一刻的到来，决计主动应对。前不久，他上了一道密启，正等待太后的回应；与此同时，就是设法把范仲淹这样敢言的人提调朝廷。王曾相信，范仲淹不会安于缄默，只要他振臂一呼，或许太后还政的事就有了眉目，至少，太后会因承受巨大压力，转而有求于他。但王曾也听说过，范仲淹刚直无隐，必是个惹事的角色，他不愿直接出面举荐，便故意暗示晏殊举荐他。

晏殊欣赏范仲淹，又怕他惹事连累自己，不敢贸然举荐。既然宰相把他举荐的人否决了，又特意问到范仲淹，近乎做出了明示，晏殊这才放心，歉意一笑道："相公为国惜才，非我辈凡俗可比。那就改荐范希文吧！"

刚送走晏殊，内侍来传召，太后在承明殿召对。

王曾揣度，单独召对他，当是为他的那道密启。

果然，一进殿，太后就问："卿恳请增补宰相，是何意？"

王曾早有准备，答道："太后陛下，我朝规矩，政府设左右相、枢府设枢密使并知枢密院事，此为常例。今臣独相已久，殊非臣和社稷之福，臣无时不惶恐，敢请太后增补宰相。"

"吾对卿家并无猜忌。"刘娥笑着说。意在向王曾表明，她已看透了他请求增补宰相的心机。

王曾咽了口唾沫，道："臣无此意。参知政事吕夷简，才干在臣之上，补为宰相，有助圣治。"

刘娥不语。

王曾故意道："太后不相信吕夷简，以臣度圣意，不欲其班列张耆之上吧？张耆一介赤脚武夫而已，岂可让他挡住贤者晋升之路？"

曹利用被贬后，张耆独掌枢密院；枢密使例列宰相之后，故王曾方有此说。

刘娥一笑道："卿这是什么话，何至如此！"

请对了一场，可到底是不是增补宰相，并没有明确说法。王曾次日即递表告病假，他嘱咐吕夷简，若太后有内降，当照办。

就在王曾告假的当天，吕夷简就接到了内降：晋秘阁校理马季良为龙图阁待制。前来送手诏的内侍还带来了太后的口谕："速办！"

王曾告假，张士逊奉旨到祥符县查看农事，政府暂时由吕夷简一人主持。王曾的嘱咐、太后的口谕，都让他感到不同寻常。无论如何，在此局势微妙之际，吕夷简不想得罪太后，他当即照办了。

看到诏书，刘娥露出了笑容。她之所以对王曾增补宰相的提议没有当场表态，一则表示对王曾信任如故，一则对吕夷简尚不放心。毕竟，命相事大，一旦上位，再想更换殊为不易。通过多年观察，刘娥得出结论，在对待她的态度上，吕夷简似比王曾略显温和，才干则在王曾之上。但吕夷简是否恭顺，刘娥到底没有把握。马季良升职的内降屡次被王曾驳回，正好拿此事来检验吕夷简的灵活度，一举两得。吕夷简承顺且遽，令人满意；也终于可以给侄女瑾儿一个交代了，刘娥自是感到欣慰。她让赵祯召翰林学士晏殊，在内东门小殿锁院，起草了吕夷简拜相的制书。

吕夷简拜相，王曾的"病"也痊愈了。随着吕夷简拜相，可大大减缓太后对他的猜忌，主动应对的第一步算是初见成效，只等着第二个步骤能否如愿以偿了。范仲淹入朝后，会不会像他期待的那样拍案而起，他一时还拿不准。毕竟，一个沉浮州县十余年的微官，终于升调朝廷，位列馆阁，谁个不珍惜？

2

夜半的一声炸雷，把刚蒙蒙眬眬入睡的刘娥惊醒了。她怕惊着赤哥儿，正要唤内侍去延庆殿探看，却隐隐约约听到玉清昭应宫起火的喊声，顾不上梳洗，披衣冲出了崇徽殿，侍女紧追着为她披上了斗篷，展开油伞，又赶上来几名内侍，有的挑灯笼，有的上前搀扶，跌跌撞撞登上宣佑门。此刻，电闪雷鸣，大雨倾泻而下，咫尺间语不相闻。刘娥瞭望一眼，但见火苗升腾，光照如昼，顿时就瘫坐在地，泪如雨下："快，快，都去扑救，都去！"

刘娥边哭边大声喊着。侍女们不知所措，叫来了罗崇勋，方勉强把刘娥用肩舆抬回崇徽殿。她不停地在殿内徘徊，过一会儿问一句，扑灭了吗？保得住吗？守在一旁的罗崇勋只以正全力扑救搪塞。

赵祯闻讯，急忙赶到崇徽殿，刘娥一见，抱住他哭道："我的儿，这让娘如何向你爹爹交代！"

母子坐在崇徽殿里，焦急地等待着灭火的消息。大火直到黎明时分才扑灭，共烧毁宫殿凡二千六百一十楹，大像穹碑悉坠煨烬，巍峨的宫殿、威严的神像、精巧的园林、美妙的壁画、众多的御笔亲题，一夜之间化为灰烬，仅剩下长生、崇寿两座小殿，孤零零地在灰烬的包围中苟延残喘。

刘娥闻报，心如刀绞，可当着赤哥儿的面，不能惊慌失措，要让他明白做人君者在任何情况下都要镇静。她沉默片刻，吩咐道："朝会照常举行。再差人到天章阁去，把先帝咏玉清昭应宫的御制诗和大臣奉和诗都找出，送给孙奭。"

接到口谕，百官慌忙整理冠带，不少人连脸上的灰烬尚未来得及擦洗，就急匆匆赶到幕次。张士逊进了幕次，王曾、吕夷简正坐在长凳上闭目沉思，他没有入座，而是凑到王曾跟前，弯身道："急匆匆召集朝会，这是想打个措手不及吧？"说罢，直起身，一晃拳头，冷笑道："天赐良机，不可坐失！"

玉清昭应宫废墟上还冒着缕缕白烟，浓烈的烟熏气息在皇宫内弥漫，长春殿里的朝会已如常开始。百官列班毕，帘内传出太后的抽泣声："先帝力成此宫，一夕延燔殆尽，犹有一二小殿存尔，吾如何向先帝交代？"说着，向赵祯颔首示意。赵祯会意，照大娘娘事先嘱咐，命侍讲学士孙奭把先帝的玉清昭应宫御制十一首，当庭选读一首。

玉清昭应宫落成后，赵恒时常去谒，先后写了十一首诗。孙奭出列，择其中一首吟诵：

> 巍巍真宇，奕奕殊庭。规模太紫，炳焕丹青。
>
> 元命祗答，大猷是经。多仪有践，丕应无形。
>
> 肆设金石，声闻杳冥。伫回飚驭，永祐基扃。

赵祯又道："卿再把甘露歌吟读一遍。"

赵恒在世时，喜与臣下唱和，大臣奉和他的十一首玉清昭应宫御制诗的诗作多达数百首，赵祯说的甘露歌即其中一首。待孙奭诵毕，刘娥边哭边重复道："众卿，先帝留下的宫殿，一夜之间荡然无存，如何向先帝交代？！"

王曾出列，以沉痛的语调道："臣供职无状，招此灾异，当罢职以谢天下！"

刘娥道："宰相言之过早了！"

参知政事张士逊一撇嘴，想说什么，又止住了，回头向御史中丞王曙张望着。

王曙从刘娥的话中听出有重建之意，遂大步出列，高声道："臣认为，全部烧光更好！"

朝堂发出一片惊讶的叫声，就连负责纠弹朝仪的殿班御史也没有忍住。刘娥闻言，气血上冲，几近晕厥。赵祯见状大怒，喝道："御前器械何在？"

刘娥连连摆手，低声道："慢，让他说说理由。"

王曙举笏道："先帝修建玉清昭应宫，耗尽全国财力，现在一夜之间化为灰烬，是天意！如重修，天下百姓不堪重负。上天示警，朝廷却以加重百姓负担回应，这是逆天意，臣以为万万不可！"

右相吕夷简接言道："《尚书·洪范》中有言……"他刚要展开陈述，忽听从乾元门南街西庑传出重重敲击登闻鼓的声音。

刘娥本就心烦意乱，又听登闻鼓响个不停，甚是恼怒："谏院何在？"

登闻鼓特为百姓告御状而设，并置登闻鼓院理其事，隶属谏院，知谏院宋绶出列道："臣在！"

刘娥烦躁地说："卿亲自过去，看看何人因何事击鼓！"

宋绶领命而去，吕夷简接着被打断的话道："《洪范》列五行：水、火、木、金、土；又言政情可使天象变化，故汉儒据此提出'天人感应'之说，意在申明，君王当遵循上天的意志。臣以为，玉清昭应宫失火，要不要重建，当以《洪范》所言为是。"

吕夷简话音刚落，又有台谏官出列，力言玉清昭应宫不可复。

"太后！皇上！"随着一声唤，宋绶拉着一个年轻人进了殿，"此人乃太庙斋郎苏舜钦，违制擂登闻鼓。臣欲治其罪，苏舜钦喊冤，要太后、皇上评理。"

"烈士不避斧钺而进谏，明君不讳过失而纳忠！"苏舜钦边大声说话，边疾步走到庭中，跪地道，"微臣照例不该擂登闻鼓，可事情紧急，微臣不得已为之，就是要赶在太后决断前能够帘前陈情。玉清昭应宫失火，微臣度圣意，必是颁令大赦天下并筹备重建。臣以为万万不可！古书云：'积阴生阳，阳生则灾见焉'，玉清昭应宫火灾，是上天降下的惩戒。两宫应易简服、食素食、避正殿，反省过失，然后颁罪己诏，停止不必要的土木工程，安抚失业民众，如此方可把灾害变成佑护，万不可筹划修复重建。微臣恳请朝廷选贤任能，两宫注重自身修省，为百姓减税，如此方是回应上天示警、安抚百姓之计。动乱时代，上天根本不会发出警示，现在上天发出警示，是因为两宫愿意接受，万万不可忽视啊！"

刘娥屏息静听，颇觉刺耳，但或许这代表了民意？要不要重建玉清昭应宫，她正在纠结中。重建，劳民伤财；不建，对不起赵恒。这一生，她没有做过一件对不起赵恒的事，也没有做过一件劳民伤财的怪诞之事。因此，重建与否，她实难抉择。她以为，宣读御制诗，当庭痛哭，会唤起百官对先帝的追念，或许大臣会主动提出重建的建言，她即可顺水推舟；可所有奏事者，不仅没有一人提出重建，反而先发制人，以咄咄逼人的姿态要她反躬自省。大臣对皇帝的感情，有多少是真的？刘娥看透了，彻底看透了！但同时，她也清醒了。重建玉清昭应宫，必遭遇强大阻力，还会引发要求她还政的风潮。适才奏事的斋郎引用古人"积阴生阳，阳生则灾见焉"的一句话，引申下去，就是阴气过盛，转化为阳气，从而导致火灾。照此推演下去，惟有还政，才是补救之策。看来，只有放弃重修玉清昭应宫，以全大局。想到这里，她以低沉的声音道："殿班内侍，将这个违制的斋郎逐出去！"

苏舜钦以为太后会惩治他，结果只是把他赶出去，倒让他颇有壮志难酬的遗憾。

"臣为宰相，又兼玉清昭应宫使，今宫观被毁，臣于理于法，皆当承担责任，臣请罢宰相并宫使之职。"王曾又一次恳求道。他自忖，若不能重建玉清昭应宫，太后必惩罚大臣以泄愤，与其被罢黜，不如自己请辞。

知谏院宋绶奏道："臣为玉清昭应宫宫判，供职无状，也请罢臣之职。"

吕夷简、张士逊也出列，请求罢职。

刘娥没有理会，唤道："台长！"

御史中丞王曙出列道："臣在！"

刘娥吩咐道："御史台查明责任！"

王曙奏道："《左传·鲁庄公十一年》云：'禹、汤罪己，其兴也勃焉。'臣以为，发生灾变，首先当是帝王诚心向上天悔过，方可感召和气，消灾弭祸。"

"臣等以为，理应如此！"谏官班列里发出参差不齐但意思相似的呼应声。

这是个不祥的信号！没有人关心到底是什么原因导致玉清昭应宫被毁的，也没有人关心是不是对得起先帝，他们只想着如何拿这件事做文章！刘娥顿时火冒三丈，厉声质问道："卿等意欲何为？想掩盖犯罪吗?！"

3

回到崇徽殿，刘娥倒在床榻上默默流泪。玉清昭应宫，曾是赵恒的寄托，也是她和赵恒相伴相偕的见证。她在想象着，赵恒若地下有知，该是多么伤心！

"天哥，对不起你，对不起了！"刘娥喃喃自语着。

赵祯担心大娘娘伤心过度，请小娘娘杨淑妃一同到床前探视。刘娥伸手拉住赵祯，哭着说："赤哥儿，大娘娘愧对你爹爹啊！九泉相见，你爹爹问起玉清昭应宫，娘该如何回答你爹爹？"

赵祯垂泪道："大娘娘不必伤心，儿这就手诏二府三司，筹备重修玉清昭应宫！"

刘娥把赵祯的手抓紧了，摇头道："儿有此孝心就好。人君不能做勉强之事。"

"儿听大娘娘的！儿恳请大娘娘不要太伤心了。"赵祯眼泪汪汪地说。

刘娥松开赵祯的手，突然恨恨然道："命御史台好好查查，这次火灾，失职渎职的大小官员，要严惩不贷！"

"都说是天灾，起火后扑救也很卖力。"赵祯怕大娘娘情急之下会兴大狱，忙劝解说。为了给自己的话提供佐证，又道，"儿听说内侍邓德用，一看到玉清昭应宫起火，就勾抽皇城司副校黄遂以下二百六十人，赶赴现场扑火。"

"什么？！"刘娥大惊，一把掀开搭在身上的薄被，"腾"地坐了起来，"这还得了！快传旨，以后没有皇城司文凭，内官不得抽调皇城司官卒！"见赵祯露出不解的神情，刘娥焦急地解释道，"倘若内官无文凭就能任意抽遣皇城司官卒，官家在宫里还能安枕吗？内官难制，吾儿要格外小心哪！"

赵祯恍然大悟，连连点头，由衷敬佩大娘娘的老练。踌躇片刻，又道："大娘娘，既然众臣都说要反躬自省，儿拟颁罪己诏。"

"儿若发罪己诏，就把娘的还政诏也一并准备好吧！"说着，转过脸去，又躺下了。

赵祯不知大娘娘为何说出这样的话，一时手足无措，尴尬地揉了揉鼻子。杨淑妃见状，屏退左右，上前劝道："太后姐姐，赤哥儿年少，哪句话说得不合适，太后姐姐教教他就是了。太后姐姐一心要训导赤哥儿做明君，赤哥儿下诏罪己，不也是明君该做的吗？太后姐姐怎么说出还政的话，这让奴也糊涂了。"

刘娥知道赵祯并非有意冲撞她，确是想摆出明君的姿态，她气在赤哥儿太单纯，凡事只看表面；她更觉得委屈，已经放弃了重建玉清昭应宫的打算，却仍得不到大臣的谅解，还要逼她罪己，一旦按他们的要求做了，接下来提出以还政回应上天示警的要求，就是顺理成章的了。罪己和还政，是环环相扣的，罪己是宣示，还政是罪己的行动。放弃重建，就已退了一步，换来的却是再退两步的压力，而退两步，就是万丈深渊，刘娥不想退，不能退！可是这些话，不能向赤哥儿和盘托出，只能提示道："火灾原因尚未查清，就众口一词说是上天示警，逼我母子下诏罪己，是何居心？"

杨淑妃忙道："赤哥儿，到底是大娘娘看得透。你看，内官勾抽皇城司官卒救火的事、发罪己诏的事，大娘娘一眼就看出隐藏的危险了，赤哥儿要向大娘娘学的还多着呢！"

赵祯红着脸道："儿明白了。"

刘娥板着脸道："官家，该听书去了！"

杨淑妃心疼地说："太后姐姐，赤哥儿昨夜未眠，今日听书的事，就免了吧，好不好？"

刘娥不语。多年前，她定下规矩，赵祯每天都要到迩英阁听侍讲学士孙奭、翰林学士晏殊轮流讲经史。今日，她要考验一下他的毅力。赵祯见大娘娘不说话，乖顺地向大娘娘、小娘娘施礼辞出，刘娥这才命内侍传旨，停讲一日，扈从官家回宫歇息。

杨淑妃笑了："太后姐姐到底是心疼赤哥儿，只是不像奴这般只知疼爱，不知训导。"说着，坐到刘娥身边，伸过头去，近乎贴在她的脸上，压低声音道，"姐姐，还政的话千万莫再说。姐姐掌权，没人敢胡说八道，倘若姐姐退居深宫，奸人从中挑拨，赤哥儿的身……"她露出惊恐的神情，"姐姐，会发生可怕的事情呀！奴看赤哥儿对姐姐依赖非常，姐姐富于经验，再带带赤哥儿，不然被大臣钳制、内官包围，不知会发生什么事。若要赤哥儿做明君，姐姐就不要撒手不管！"

刘娥拉住杨淑妃的手道："多谢妹妹能体谅！"

杨淑妃抑制不住，与刘娥抱头痛哭。二人哭累了，杨淑妃才起身道：

"太后姐姐日夜操劳，太辛苦了，正可好好养养精神。"

刘娥感激地点点头。她没有病，只是伤心过度，但却卧病六七天没有上朝。在责成御史台查核的当天，她就命罗崇勋差侦事内侍密查玉清昭应宫着火真相。之所以抱病不出，是因为在没有拿到内官的密报之前，她无法采取相应对策，还会在上天示警的鼓噪声中陷入被动。

玉清昭应宫被焚毁的第六天，罗崇勋的密报到了：知玉清昭应宫事李知损，当夜在宫内喝酒、吃肉，酩酊大醉，东倒西歪，将烛台上的蜡烛碰翻，引燃了床帏，导致火灾；起火后李知损惊慌失措，逃之夭夭。外间因此传言，李知损名"知损"，让他做知宫，预示着玉清昭应宫必在他任上损毁。知宫由宫使任用，李知损是王曾任命的，相当于作为宫使的王曾在玉清昭应宫的代表。玉清昭应宫神圣之地，李知损竟将荤腥食物带进宫内，呼朋唤友深夜聚饮，仅此一点就足以说明，王曾对宫官疏于管束到了何种程度！刘娥的满腔愤怒，刹那间都集中到了王曾身上。倏忽间，耳畔又回响起他那句"太后以谦全国体"的话，好像她若在天安殿祝寿，就是有损国体。这样的人，岂可再表率百僚！待赵祯前来问安时，她以决绝的口气道："罢黜王曾！"

赵祯道："大娘娘，谁做首相合适呢？"

刘娥反问："吾儿看呢？"

赵祯思忖片刻道："儿看大娘娘这些年用的，都是爹爹当年赏识的人，听说爹爹当年也很赏识吕夷简。"

刘娥点点头："你爹爹曾和娘说过，吕夷简有宰辅才。娘观察多年，吕夷简有分寸。多次听内侍说，吕夷简朝会出入进止皆有常处，在殿廷立砖位，从不差尺寸。"

母子达成共识，刘娥有了精神，次日就出来视事，在承明殿单独召见吕夷简。

"卿以为，吾还政，如何？"刘娥问。

吕夷简没有想到太后突然有此惊天之问，但他并不惊慌，从容答道："太后陛下，臣以为，太后还政与否，乃是太后与皇上母子之间的事，当由二圣母子斟酌决断，非臣下敢妄言。"

刘娥很满意，但还是继续追问："卿个人有何想法，不妨直言。"

吕夷简沉吟着，在斟酌词句，良久方道："二圣母子欢洽，天下臣民之福，大宋社稷之幸！"

这就是默契了！刘娥心里顿感敞亮，道："王曾有负先帝，吾与官家虽不忍，也不得不罢黜他，安置于何处，卿家斟酌。"

4

玉清昭应宫焚毁后的第二次朝会，远不像前次朝会那样仓促。张士逊、王曙，还有私下联络好的谏官们，仿佛是开赴战场的将士，充满信心地要投入一场决战。八天时间里，张士逊与王曙密议，对玉清昭应宫火灾的定性，只能是天灾；按照惯例，天灾的责任由天下之主承担；目今的天下之主是太后，太后承担责任的方式不言自明——还政。第一次朝会，牛刀小试，就让太后难以招架，不得不打消了重建的念头，今天，再来一番穷追猛打，或许，下次朝会，就是宣布胜利的时刻。

美中不足的是，两位宰相，王曾和吕夷简，态度不明朗。王曾神情沮丧，似乎对一切都失去了兴趣；吕夷简躲躲闪闪，三缄其口。但张士逊顾不得那么多了，这个天赐良机不能白白错过。

朝会开始，仿佛决战前的短暂平静，殿庭里异常安静。

"台长！"刘娥唤了一声，王曙出列，提了提神，正要奏报，太后却先发制人，"吾闻知玉清昭应宫事李知损，当夜在宫内喝酒、吃肉……"她把内官查得的情形说了一遍，凿凿有据，让王曙猝不及防，只得顺着太后的话做出解释。

"臣等奉旨详查，查得此次大火，乃雷电所致，非是人为。但臣等也查得，当晚李知损委实在玉清昭应宫与其徒饮酒，且食用荤腥食物，此举违制，臣等提议，将知宫李知损罢职，押送陈州监管。"

"宰相、宫使、王卿！"刘娥以揶揄的语调唤王曾道，"李知损是你任用、提调，他放肆如此，你可知晓？平时是如何管束的？"

王曾出列，躬身道："臣有罪！请太后、皇上治臣失察之罪。"

刘娥一扬手，宣赞舍人立于帘前，宣读制书：罢王曾宰相职，以司空、中书门下平章事知青州。

王曾谢恩退出了。

宣赞舍人又宣读诏书，玉清昭应宫宫判、知谏院宋绶，罢职，任谏议大夫散职。

殿庭里的气氛越发紧张了。

"玉清昭应宫守卫人等，职在守护宫观安全！"帘后又传出太后愤怒的声音，"可火势初起，守卫人等竟纷然而逃，此与战场上的逃兵何异？"她问枢密使张耆，"枢相，对战场上的逃兵，当如何处置？"

张耆道："禀太后陛下，战场上，临阵脱逃，格杀勿论！"

刘娥高声道："玉清昭应宫守卫人等，统统收押，秋后斩首！"

王曙抗辩道："臣等查得，玉清昭应宫火灾实为天灾，不宜置狱穷治。从前鲁桓公、鲁僖公的祭室发生火灾，孔子认为是因为他们的直系血缘已经断绝，所以上天以之示警；汉高祖陵便殿火灾，董仲舒认为祭庙不应和陵寝建在一起，故而上天示警；三国时魏国崇华殿火灾，高堂隆认为这是宫殿建设太过奢华所致，而魏明帝却不接纳批评，结果第二年再次发生火灾。这都是历史的借鉴。建造玉清昭应宫，不合规矩，故上天以火焚毁，以为警示。臣以为不应追究官员和侍卫责任，而要反躬自省，拿出行动回应上天的警示！"

"既然上天示警，理当敬畏！"

"追究官员责任，恐会让上天更为愤怒！"

台谏行列里响起一片呼应声。

"住口！"赵祯突然大声说。他想弥补那天轻率提出下罪己诏的过失，在大娘娘面前表现一下，遂以前所未有的严厉语气质问："玉清昭应宫被毁当天，尚未查核原因，就先入为主说是上天示警，是何道理？对失火细节不查、不究，一口咬定就是上天示警，是何居心？"

张士逊、王曙没有想到会受到皇上的呵斥，不敢再辩。

刘娥并没有想把守卫都斩杀了，只是抛出一个话题，诱导众人为此纠缠，讨价还价，见火候已到，该了断了，便决断道："既然众卿为守卫人等求情，那就由御史台提问，细细查明，起火后逃遁的，重治不饶！"停顿片刻，又哽咽道，"玉清昭应宫被毁，负先帝，吾有深愧焉，以后，不要再提此伤心事！"

"太后、皇上！"秘阁校理范仲淹出列奏道，"街谈巷议仍担心朝廷会重建玉清昭应宫，恐有新征调发生，各业观望。微臣敢请朝廷下诏，宣示天下，不会重建玉清昭应宫，以安人心。"

刘娥皱了皱眉。刚说不让提玉清昭应宫，话音未落范仲淹就又站出来了，本想严厉呵斥，又觉他说的也不无道理，也就不想再计较了，对赵祯道："官家看呢？"

赵祯从大娘娘的神情中觉察出，愿意接受范仲淹的建议，之所以让他说话，是为给他树立从谏如流的形象，也就大胆答复道："下诏，以释群疑；此后概不许再提此事！"

"惨败！"出了长春殿，张士逊一脸苦楚地对王曙道。他和王曙谋划的"上天示警——罪己诏——还政"三部曲，连第一步都没有迈出去，就损兵折将，胎死腹中，所以大感沮丧。

王曙挤出一丝笑容："也不能这么说，玉清宫不再重建，就是胜利。"

张士逊苦笑一声："这下好了，首相被罢，终于可以用她想用的人了！"

"执政公！"王曙举起手，在眼前摇了几摇，"偃旗息鼓吧！"说话的口气、摇手的动作，就像衰迈老翁，尽管他还不到六十岁。他觉得累了。自追随岳父寇准反对刘娥册后起，倏忽三十载已逝，刘娥在群臣的反对、掣肘下步步惊心地走上了权力巅峰，国家并没有因为女主临朝而衰败，朝政更没有因女主执掌而纷乱。那么，执迷不悟地反对下去，意义何在？王曙感到，自己的使命已经结束，是退出的时候了。当天，他就呈上了辞表。

赵祯拿上王曙的辞表，前往崇徽殿找大娘娘请示。

刘娥又卧床了。昨日朝会一散，她就径直去了福圣殿，在赵恒的御容前大哭。为赵恒而哭，玉清昭应宫凝聚着赵恒的心血，她没有替他看护好；也为自己而哭。照当下的国库，比起当年建造玉清昭应宫时要宽裕得多，重建完全负担得起，她放弃了，为了减轻百姓负担。可放弃重建，并没有得到大臣们应有的称道，他们不满意，因为他们没有达到目的。她只有将满腹委屈、一腔感伤，向赵恒哭诉，祈求他的宽恕，从中获得安慰。从福圣殿回到崇徽殿，刘娥就躺倒了。她并没有病，只是累了。

接过王曙的辞表，刘娥反复阅看，言辞恳切，没有变相表达抗议的意味。她抬眼看着赵祯，蔼然道："张士逊、晏殊、王曙，都是东宫旧臣，中枢缺员，你和吕夷简商量一下，就把他们都用起来吧！"

赵祯颇觉意外，但听大娘娘的语调，不像是气话，他一时琢磨不透，大娘娘是为显示宽容抑或还有别的想法？

第十二章　幸灾乐祸咄咄逼人　当机立断中枢换帅

第十三章
母子情深皇帝表孝心　义无反顾儒者护道义

1

入冬了，夜晚，坐在承明殿里阅看章奏，赵祯感到阵阵阴冷。他吩咐内侍再加盆炭火，却被大娘娘阻止了。大娘娘节俭惯了，舍不得，赵祯也只得作罢。

阅看章奏的间歇，赵祯不时扭过脸去，看一眼大娘娘。烛光闪烁间，缕缕银丝格外显眼。自玉清昭应宫被毁，大娘娘受重创，不时念叨九泉下无颜见先帝之类的话。赵祯突然想到，母亲已年过花甲，大宋开国七十年了，所有的太后、皇后，还没有一个人活到过这个年纪。二十年了，母亲悉心抚育、训导，如今她已年迈，不能眼睁睁看着她老人家因玉清昭应宫被毁忍受折磨！既然不能重建玉清昭应宫，还有什么别的办法，抚慰母亲的创伤呢？

"官家！"刘娥唤了一声，没有听到回应，抬头看去，赵祯像是在沉思，她笑了笑，提高了声调，又唤了一声，道："这是范仲淹的奏章，建言恢复制科。明日召吕夷简他们来，商量一下吧！"

"嗯嗯！"赵祯兀自想心事，并没有听清大娘娘说了什么，但仍然下意识地点点头，道："照大娘娘说的办。"

"官家，你先想想，制科该不该恢复，明日和大臣商量时，心里好有个底。"刘娥嘱咐说，又启发道，"进士科重诗赋，倘若考诗赋那场不过关，就会被淘汰。可是，有的年轻人，虽不擅长诗赋，却有治国安邦之才。设制科，就是为这些读书人开辟一个通道。"

赵祯明白了大娘娘的意思，道："儿知道了，当开制科。"

次日辰时，吕夷简率新晋右相张士逊，参知政事晏殊、王曙进了承明殿。

四人施礼毕，刘娥突然问："众卿！吾闻有传言，当年吾让大臣以亲族三代名册进呈，是一个计谋，凡名册里有的，故意不除授。众卿听到否？"

吕夷简、张士逊、王曙都愣住了，一时不知作何回答；晏殊躬身道："臣也听说，太后陛下乃是为防范朝臣结朋党。"

刘娥"呵呵"笑道："也不能这么看，好像真有什么计谋。众卿还记得吧？当年刑部郎中曾会之子曾公亮，推恩授为大理评事，但他说要从正途入仕，不愿以斜封做官，拒绝了任命。天圣二年新朝首开科考，曾公亮果然进士及第。吾不授大臣子弟京官，非不推恩大臣，实则是为激劝他们走正途。苦寒人家的孩子能够登科，官宦之家的子弟应该比他们更有优势嘛！"

吕夷简不相信太后真的是为了激劝才故意压制官宦子弟的，但也只得敷衍道："太后圣明！"

刘娥这才进入正题："范仲淹复制科之疏，想必众卿看过了。今日即与卿等商议此事。官家说该复了制科。总归要把天下英才都选出来，苦寒出身也好，官宦子弟也罢，士农工商，只要有真才实学，都不要埋没了！"

吕夷简道："隋唐创科举，至我皇宋开国，最重制科，自太宗晚年至今，又独重进士科。臣以为当双科并重。可在唐之制科基础上稍加增损。"

刘娥沉吟片刻，道："吾意要设对布衣开放的制科。"

晏殊道："臣以为可设茂才异等科，以选拔布衣。州县举荐或本人投牒均可，将才艺等申报有司审查，合格者天子亲试之。"

"晏卿所言当嘉纳！"刘娥兴奋地说，转脸问赵祯，"官家看呢？"

"当嘉纳！"赵祯回应道。

王曙道："重文治不可废武事。我皇宋开国，多年不设武举，先帝咸平年间曾有过以武举选人的做法，但未形成规制，臣请复设武举。"

刘娥道："这是应该做的。"

"当设武举。"众人皆附和道。

刘娥又道："既然议定了，明年是进士开科之年，制科也一并开科。"

吕夷简踌躇片刻，道："只剩两个月时间，恐来不及了。"

"不妨事。"刘娥坚持说，"制科不必与进士科同时，下半年开制科也好嘛！"

吕夷简躬身道："臣等这就筹备。"

众人正要卷班，晏殊从袖中掏出几份文稿，道："臣有一制科人选，洛阳举子富弼。这里有他几篇文论，呈太后、皇上御览。"

内侍接过，转呈帘内。目送宰执退出后，刘娥翻看着，有《边防论》《灾异论》《近君子远小人论》。边翻阅边道："这就是了，像写文论的这个书生，若应制科，必可录取。"她突然停下手，贴近了细细阅看，眼前一亮，举起《近君子远小人论》，指着一段话道，"官家看看这几句话。"

赵祯接过一看，只见上面写着：

> 人主不可以同为喜、以异为怒，亦不可以喜怒定取舍。人主之好恶，不可令人窥见，否则奸人即予逢迎之机。人主当像上天视人一样，善恶皆由自取。

刘娥道："人主不能以同为喜、以异为怒；用人时，更不能以喜怒定取舍。官家明白了吗？用李迪、张士逊、王曙这些人，都是这个理儿！"

赵祯低下头，面有愧色。他原以为，大娘娘让张士逊晋右相，王曙登政府，是有什么交换；现在看，倒显得他的格局小了。他低下头去，不敢与大娘娘对视。自己的所思所想，都会被大娘娘精准地洞察到。大娘娘的胸襟格局、大娘娘对人和事的洞察力，都让赵祯自叹弗如。他清醒地意识到，自己与大娘娘相比，差之甚远，要学的还很多。他也很庆幸，自己有这样一位母亲，抚育、扶持他成长、成熟。

刘娥看完了富弼的文论，道："登科的士子，像包拯、韩琦、文彦博；明年还会有一大批，像这个富弼，听说还有一个叫欧阳修的发誓明年要夺状元，这些年轻人，将来都是国家的栋梁，吾儿的辅弼。有了这些人，天下不难治理。"

"大娘娘说的是。"赵祯一欠身道。他突然动情地唤了一声，"大娘娘！"

"哦？官家有话说？"刘娥笑着问。

"冬至节，儿要率群臣在文德殿给大娘娘贺节！"赵祯道。昨夜，他辗转反侧，一直在思忖如何向母亲表达孝心，抚慰因玉清昭应宫被毁带给母亲的创伤，终于想出了这样一个举措。

"吾儿一片孝心，娘很欣慰！"刘娥蔼然道。赤哥儿长大了，真的长大了！刘娥默念着，泪水不由自主涌了出来。

赵祯已提笔写好了手诏，吩咐杨怀敏即送政事堂。

接到手诏，吕夷简读了一遍，试探着问："诸公，如何？"

晏殊、王曙默然，张士逊冷冷一笑："文德殿是外朝。女人端坐外朝，受天子率百官朝贺，五百年来，怕是只有唐之武则天做过！"

"不过是官家表孝心而已，不必作他想！"王曙反驳道。

"哎呀王参政！"张士逊揶揄道，"太后让你登政府，感激不尽吧？"

"张公此言差矣！"王曙微微一笑道，"若官家受胁迫发此诏，王某必伏阙抗争。可官家是受胁迫吗？官家纯孝，出于母子情分有此愿望，我辈做臣子的力持不可，闹得沸沸扬扬，于公于私，何益之有？"自呈递辞表起，王曙就放弃了与太后的抗争，出人意料地晋参知政事，又让他对太后的包容而感动，他不想看到无谓的抗争了。

张士逊找不出反击的词句，脸憋得发紫，长叹一声。吕夷简顺势道："我看就不必争来争去了，反倒让官家为难。"

张士逊不再说话，吕夷简即命知制诰张师德起草诏书呈上。

刘娥没想到会如此顺利。她之所以同意为她贺冬至，固然是接受赤哥儿孝心；但她内心还有一个想法，那就是，以此检验一下新组建的中枢对她的态度。宰执没有驳回，而是照办了，她感到欣慰。把诏书递给赵祯，道："用玺吧！"说话间，脑海中突然闪出一个人影，刘娥皱了皱眉，吩咐杨怀敏道："今晚，你替我去看一个人。"

2

城南厢康保门外的一座院落，是秘阁校理范仲淹的宅第。这天晚饭后，范仲淹正在院中漫步，忽听门环"喀啪喀啪"作响。他上前开门，夜色朦胧中，看见一个内官出现在他的面前。

"嘿嘿嘿！范秘阁，认得咱吧？"

范仲淹用力挤了两下眼睛，他不是不认得，是不敢相信。眼前站着的，竟是内押班杨怀敏。内押班在宦官中，仅次于正副都知。他整天围在皇太后面前，朝会时站班，平时常到二府三司传达懿旨，是宦官中炙手可热的人物。

"中贵人所为何来？"范仲淹不冷不热地问。朝廷有规矩，外廷百官不得与宦官私下交通，而他又实在想不出，如此重要的大珰，乘夜色来访，会有什么公干。所以，他并没有做出请杨怀敏入内的表示。

杨怀敏向内一扬下颌，不悦道："咱有公干！"

范仲淹吸了口气，一脸狐疑。他想不出内侍找他会有什么公干；即使真有，也用不着内押班亲自登门吧？但他还是拱了拱手，请杨怀敏入内。杨怀敏屏退了身后站着的两个小黄门，只身随范仲淹进了院子。

走到院中，范仲淹站住了，拱手问："中贵人有何见教？家中无人，不妨在此明示。"

杨怀敏"嘿嘿"一笑道："秘阁，咱特来宣皇太后陛下口谕。"

范仲淹越发疑惑了。他不过是一个还没有资格被称卿的秘阁校理，皇太后怎么可能会特意差内侍给他宣谕？可内押班敢假传圣旨？这更不可能了！

"恭喜秘阁！"杨怀敏一抱拳道，"皇太后让咱知会秘阁一句话。"他故作神秘，从嗓子眼里发出低沉的声音，"皇太后陛下说：今后凡有大号令，不须强上拗，三五年可得宰相位！"

范仲淹不敢相信自己的耳朵，怔在那里，眨巴着眼睛，似乎在分辨是不是在做梦。

杨怀敏又是"嘿嘿"一笑："怎么样，秘阁？咱们的皇太后，当年看到你给她的《奏上时务疏》，就很赏识你嘞！皇太后娘娘还特意问了你的身世，听说秘阁孤寒，皇太后娘娘垂泪呢！"

范仲淹正色道："请中贵人转奏皇太后，仲淹忠君爱国之心，天日可鉴！"

杨怀敏不知作何回答，又"嘿嘿"笑了两声，拱手告辞。

范仲淹是经翰林学士晏殊的举荐，在去年底丁忧服除后，经过馆试合格，被授予秘阁校理一职的。三五年可得宰相，对一个七品秘阁校理来说，听起来令人匪夷所思；可细细推敲，并不是没有可能。本朝崇文崇儒，士大夫皆有馆阁情结，皇帝多从馆阁中甄拔宰辅大臣。进士出身者一旦入馆阁，受到赏识，三五年做宰相者，也不乏其例。范仲淹在应天府书院主持教务，天下士子纷纷投入其门下；洋洋万言的《上执政书》，也已在朝野传诵。因此，他在读书人中已颇有名望。一个有名望的馆阁之士，不久的将来成为国家的宰辅大臣，是顺理成章的。对此，已经四十一岁的范仲淹，同样充满期待。

"今后凡有大号令，不须强上拗，三五年可得宰相位！"范仲淹的耳边，反复回响着这个声音，不是杨怀敏的声音，是皇太后的声音。多年来，范仲淹"官卑数上书"，进入朝廷后，也常常就朝政提出建言。皇太后突然差大珰抛出如此甘甜的诱饵，必是有所举动，担心遭到他的反对。想到这里，范仲淹一笑。看来，太后不明白什么是真正的儒者啊！如果不能抵御利诱，还是儒者吗？

恰恰是杨怀敏的到访，提醒了范仲淹，让他对朝廷的举动多了几分关注。很快，他就了解到，冬至节，皇上要率百官在文德殿为皇太后贺节，礼仪院正在绞尽脑汁拟定仪注。

这绝非小事！倘若没有人站出来反对，太后会不会误以为她的权势足以威慑百官，叵以为所欲为？果如此，必一步步误入武则天称帝的歧途！这无论对大宋社稷，还是对太后本人，都将是莫大的悲剧。无论如何，要让太后意识到，大宋已然不是大唐，大宋的读书人，绝不允许历史悲剧重演！

当国的宰辅大臣、负有言责的台谏，都保持沉默，一个小小的秘阁校理，为何要出头？即使站出来大喝一声，人微言轻，又能阻止得了吗？

明知于事无补，又何必强上拗？"光宇无私，文明由己！"范仲淹想到了自己为应天府书院生徒所作范文的这句话。世人对儒者的诟病，集矢于言行不一。满口仁义道德，遇事却患得患失。要弘扬儒家大道，要做真儒，就必须抛弃小我，义无反顾！

主意已定，范仲淹反复斟酌词句。他不能明说要太后放弃效法武则天的梦幻，只能从法理人情入手，向皇上提出谏言。很快，他就理出了头绪。

到了五日一上朝听政的日子。范仲淹官职卑微，列班在队尾。朝会即将结束时，他大步出列，高声奏道："太后、皇上！皇上手诏，命礼仪院拟贺冬至仪注。皇上纯孝之心，可感天地。但微臣以为，此一做法混淆了家礼与国礼。皇上有事亲之道，但无做臣之礼；若要尽孝心，于内廷行家人礼即可，在外廷率百官朝拜太后，形同降九五之尊为人臣，有损皇上威严，且开后世弱皇上而强母后之例，微臣敢请皇上收回成命！"

朝堂上一阵躁动后，很快变得寂静。

"宰执议一议，看看范仲淹说得对不对！"帘后传出皇太后的声音。说完，起身向后幄而去。

百官卷班，一出长春殿，就三三两两低声议论起来。范仲淹目不斜视，昂然独行。刚回到直房，晏殊差亲吏来，召他到中书省一见。

"晏公相召，有何见教？"进了晏殊的直房，范仲淹施礼道。他入应天府书院主持教务，乃晏殊所聘；入秘阁，又是晏殊所荐，因此，范仲淹将比他小两岁的晏殊视为师长，对其执弟子礼。

晏殊沉着脸，坐着未动，良久方责备道："希文，你可知馆阁之职是做什么的？台谏官又是做什么的？你又知官家为何要在文德殿为皇太后贺冬至？"

范仲淹躬身道："晏公，仲淹只知，官家那样做不合常理，若无人谏诤，会向皇太后发出错误信号……"

"坐下吧！"晏殊打断他，指了指书案对面的一个杌凳，缓和了语气道，"太后起自寒微，士大夫始终反对先帝立她为后；如今以女主临朝，孜孜求治，天下晏然，却仍得不到士大夫的尊重；太后与先帝感情甚笃，玉清昭应宫被毁，觉得无颜见先帝于九泉，痛不欲生。官家与太后母子情深，故以贺冬至为母后解颐。这样的事，你何必非要出头，惹太后和官家不高兴？平心而论，皇太后这些年治国，说得上孜孜求治、兢兢业业了。我中华汉代生齿之数，户过千万；唐时九百余万；皇宋太宗时，三百五十七万；真宗时八百六十七万；今已过千万，超汉代矣！田亩耕地，也远过盛唐。虽几十次下诏减工商税赋、蠲免受灾民众钱粮，但八年来承平无战事、无劳民伤财土木之兴，皇太后、皇上带头节俭，故国库每年增加千万计，年年盈余。朝政，可说是历朝历代最宽大、最清明的。"他喝了口茶，以语重心长的口气道，"希文哪，君相都厚望于你，只要你沉得住气……"

"晏公！"范仲淹打断了晏殊，"仲淹绝然不会为了升官，说违心话，做违心事！"

"没叫你说违心话做违心事，只要沉住气就好！"晏殊耐心开导道，"世间没有完美的事，不要求全责备。"说着，拿出一张稿笺，"这是我新填的一首词，你拿去看看吧！"

范仲淹接过一看，是一首《浣溪沙》：

> 一向年光有限身，
> 等闲离别易消魂。
> 酒筵歌席莫辞频。
> 满目山河空念远，
> 落花风雨更伤春。
> 不如怜取眼前人。

晏殊起身走到窗前，望着窗外的飞雪，感慨道："人生中，美好的东西，都太容易失去，要懂得珍惜啊！"

3

随着新的一年即将到来，躁动的情绪在悄悄蔓延。人们似乎已看到了闪电，只等着炸雷的轰响声，而正旦节前最后一次朝会，就像是乌云满布的天空，炸雷潜伏其中。

朝会奏事已接近尾声，一切如常。

"太后，皇上！"权知开封府程琳出列奏道，"李见勤一案，本府已查清，乃杀人案！"

百官不解，刘娥更是一惊，想不到开封府会在朝会上奏报一个具体的案子。

"京兆，朝会上，不必说这等事！"刘娥制止道。

程琳辩道："太后！此案涉及外戚，当公之于众，不然，臣担心案子办不下去！"

前不久，刘娥之侄刘从德的岳父王蒙正家，有一个叫李见勤的老奴暴卒，李见勤妻儿到开封府报官，但当仵作前去验尸时，苦主妻儿又改口说暴病而卒，不必验尸。人命关天，程琳下令验尸。王蒙正之子王齐雄通过妹妹、刘从德之妻蓉儿向姑母求情。刘美死后，刘娥悉心抚育、培养刘从德，以振娘家门庭，所以侄媳求到她，她即差内押班杨怀敏去见程琳，说既然苦主家人都认为是病死的，就不必立案了。程琳回禀说需验尸以查明真相；刘娥无奈，又差内押班杨怀敏去，要求程琳尽早验尸完结。后续情况如何，程琳并没有再回奏，今日却突然在朝会上抛出，显然是要给她难堪。开口制止程琳，却被他强硬顶回，刘娥恼怒不已，却也不便发火，只能任凭程琳说下去。

"凶犯乃外戚王蒙正之子王齐雄！"程琳又道。

刘娥回应道："吾听说，是王齐雄的一个仆人将苦主捶打致死。"

"仆人安得自专？乃受王齐雄指使，捶杀苦主！"程琳寸步不让，辩驳道，"指使他人杀人，与自己亲手杀人，依大宋律法，都是杀人犯！"

刘娥无奈地轻叹一声，道："卿等依法查办就是了！"

殿班内侍刚要宣布卷班，从馆阁班列中传来洪亮的声音："太后、皇上，微臣范仲淹有奏！"

奏事内侍上前，接过范仲淹的奏表，跪呈于帘后。

"微臣所上，乃《乞太后还政疏》。微臣想说的是，太后陛下拥扶圣躬，听断大政，日月持久，今皇上春秋已盛，睿哲明发，握乾纲而归坤纽，非黄裳之吉象也。岂若保庆寿于长乐，卷收大权，还上真主，以享天下之养！"

皇上率百官为太后贺冬至典礼，到底还是如期举办了。范仲淹很失望，但他不想就此罢手。自从上万言书起，一个信念已然在他的心中形成，那就是，倘若认为有悖儒家之道，作为儒者，就应该站出来反对。希望别人站出来发声，就是推卸责任，就是自私！既然阻止外朝贺节不成，那就再进一步，直击要害！以前，《上太后时务疏》也好，《上执政书》也罢，都是论事的；而这次，是论人的。这个人，是全权在握的最高统治者；而且，他不是提醒最高统治者改进不足的，而是要她交出权力的。范仲淹不去想可能面临的后果，他只想尽到自己的责任。

晏殊听罢，脸色煞白，大汗淋漓。太后的威权早已不是从前了，到了一旨黜首相的地步，一旦激怒她，后果不堪设想。他为范仲淹捏了把汗，也怕太后一怒之下，追究他这个举荐范仲淹的人。

帘内没有回应，殿廷内也是一片沉寂，寂静得彼此能听到对方的心跳声。

刘娥并不吃惊，甚至，没有了恼怒。毕竟，正如范仲淹所说，皇帝春秋已盛，睿哲明发，臣工吁请还政，也在意料之内。范仲淹微官而已，皇帝亲政他也做不了宰相，若为了私利，三五年成宰相的许诺他不会置若罔闻。出以公心，敢言直谏者，是忠臣。最重要的是，刘娥不担心一两个微官的呼吁会动摇她的地位。她的对策再简单不过，沉默。

"范仲淹，又是你！听说你常言要忠诚，朕看，你、你是惟恐天下不乱！"过了一会儿，传出皇上的斥责声。

对于还政，一方面，赵祯不像大臣那么急切，从内心里更愿意维持当下的局面；另一方面，又怕被朝野轻看，说他不敢担当，没有帝王气象。因此，内心一直纠结着。可是，无论是发自内心还是出于孝道，这种时刻，他只能站在大娘娘一边。

范仲淹毫无惧色，铿锵道："何谓忠诚？臣以为，忠诚，当危言危行，绝不逊言逊行，阿谀奉承；有益于社稷之事，臣必秉公直言，虽有杀身之祸，也在所不惜！"

赵祯语塞，可又不能沉默，只得虚张声势道："不许再狡辩！"

范仲淹又道："既然太后、皇上不纳忠言，微臣也不必再立朝班，恳请太后、皇上将微臣外贬！"

赵祯已没有退路，扭头看了大娘娘一眼，见她闭目不语，只好表态道："朕成全你！吕卿，你给范仲淹找个地方！"说罢，慌慌张张向殿班内侍使眼色，内侍一扬拂尘，宣赞舍人高唱一声："卷班——"

话音甫落，殿廷里"嗡"的一声，百官议论开来。不少人向范仲淹抱拳拱手，有的则投去钦佩的目光。

刚走出殿门，晏殊扭过头去，厉声道："范希文！"

范仲淹走到晏殊面前，默默地躬身施礼。

晏殊高声呵斥道："做事，当考虑后果。不顾及自己也就罢了，要想想举荐你的人！"

范仲淹抱拳道："仲淹受明公误知，常惧不称，为知己羞，不意更以正论得罪于门下。"说完，施礼而去。

当天，范仲淹以秘阁校理通判河中府的敕牒就颁下了。尽管年关将近，范仲淹还是于次日就离京赴任。

刚出了新郑门，忽见黑压压一片人，挡住了范仲淹的去路。定睛一看，有直集贤院、监左藏库韩琦，太庙斋郎苏舜钦等十多位年轻官员；更多的则是赴京应试的举子，有富弼、石介、张方平、欧阳修等数十人。

范仲淹下马，抱拳相谢。

"范公，此行极光！"太庙斋郎苏舜钦大声喊道。他是开封人，祖父是太宗时的参知政事，父亲官至河东转运使。苏舜钦去岁以推恩补太庙斋郎。他不顾流俗，提倡古文，虽只二十出头，却有"诗老"之称，是天下名流。

国子监监生欧阳修高喊道："天下读书人皆知，刑赏为一时之荣辱，其权在时君；名节为万世之荣辱，其权在清议！"他在国子学的广文馆试、国学解试中已连获第一，声名大噪，都说明年开科，欧阳修必连中三元。

范仲淹拱手，朗声道："凡为官者，私罪不可有，公罪不可无！"

"此言，掷地有声！"富弼喊道。

"范公慨然以天下为己任，志大才高，我辈盼范公早日还朝，登政府，秉国钧！"韩琦动情地说。

景仰、期待、欢呼，热烈的气氛仿佛是欢送将帅出征。范仲淹担心连累众人，不敢久留，抱拳揖了又揖，辞别而去。

侦事内侍将新郑门发生的这一幕，当即就向在承明殿批答章奏的太后禀报了。

刘娥只是一笑。对范仲淹的举动，刘娥内心是赏识的。她已传谕审官院，范仲淹不是外贬，是外放，还要为他正常晋级。

还政，是大势所趋，刘娥也认为，她应该还政。只是，她有自己的隐衷。谁又知道这个压在她心底的隐衷，是何等沉重！

第十四章
闻密报以攻为守　献图帧欲擒故纵

1

契丹国主耶律隆绪驾崩的消息，给京城带来了不安乃至恐慌，使得街谈巷议的热络话题，立即由范仲淹吁请太后还政，转移到会不会发生战争上来了。自澶渊缔约，结束与契丹长达二十五年的战争，又带来了二十八年的和平，没有经历过战争的一代人，正成为国家的中坚，战争这个字眼，已变成了一个符号、一个噤若寒蝉的遥远的传说，而随着诚意维系和平的契丹主的离世，战争的阴霾骤然间笼罩在人们的心头。

接到耶律隆绪六月初三驾崩的密帖，首相吕夷简、枢密使张耆，当即被召进了承明殿。

刘娥先亮明了自己的想法："发动战争易，维系和平难。近三十年来，两家君臣顾大局、识大体，欢好至今。我当竭尽全力，延续这个局面。但两家欢好，不能一厢情愿，还要做最坏的打算。"

"太后圣明！"吕夷简以习惯性用语回应道。

刘娥又道："吊慰使和贺新皇登基的贺使，都要差得力之人。权知开封府程琳，做接伴使多年，让他做吊慰使；谏议大夫宋绶，口才出众，让他做贺使；内供奉官江德明，屡次出使契丹，与王继忠交情甚深，以他副之。契丹告哀使一到，吊慰使团即火速前往，宣示维系欢好诚意，摸清契丹动向；枢府即传檄沿边各镇，加强戒备，还要多派细作打探谍报，党项人为我藩属，但惯于火中取栗，一旦我与契丹破裂，党项人必趁火打劫，故西北防线，不可掉以轻心，要统筹两线，一体布阵！"

无人提出异议，一句争论也没有。可是，承明殿里的空气，还是显得紧张。

　　大宋开国七十一年了，战将名帅，凋零殆尽；又经历了二十八年的和平岁月，尤其是太后称制以来的十年间，边境静谧，连一次军事冲突也未曾发生；内部也未出现过以往常有的民变、兵变。打仗，对将士来说，已然陌生了。刘娥也好，辅弼大臣也罢，多年没有议过排军布阵的军机了。刘娥清醒地意识到，此时，她不再是女人，而是大宋的最高统帅，必须承担起责任！白天，她不是召对二府三司大臣商议战争动员的一应事宜，就是与枢府大臣排兵布阵；夜里，她和赵祯一起研读赵恒留下的阵图战法，秉烛查看舆图。不管会不会发生战争，刘娥都是一副战争即将来临的神情，她要利用这次机会，让赤哥儿学习战略，熟悉军机。

　　一时间，河北、山西、山东诸路，各府、州、军都进入高度戒备状态，传递消息的探马穿梭于京城与瓦桥关、高阳关一带。

　　深夜，刘娥躺在床榻上，常常自问：会发生战争吗？倘若齐天皇后能够听政，就不会发生战争；可齐天皇后能不能听政，恰恰是刘娥最担心的事。契丹太子耶律宗真才十五岁，自幼由不能生育的齐天皇后抚养。可是，耶律宗真的身世没有保密，而契丹上下早就担心他的生母萧耨斤在耶律隆绪身后会与齐天皇后发生冲突。这些情形，通过出使契丹的使臣，刘娥都已掌握。只有她和杨淑妃两个人知晓，她与齐天皇后有惊人的相似之处，这使得她时刻关心着那个与她时常互通国书的齐天皇后的命运。

　　契丹告哀使抵达后，本朝的吊慰使团当日出发。临行前，刘娥在崇徽殿单独召见了内供奉官江德明，嘱他细细打探契丹宫廷之事。

　　上京距开封遥遥数千里，使臣尽管知道朝廷焦急地等待着他们的归来，往返还是耗去了两个月。这两个月，对刘娥来说，比十五年幽居岁月还要漫长。对战争可能爆发的担忧，对同病相怜的齐天皇后命运的牵挂，都让她时刻处于忐忑中，内心失去了平静。

　　终于等到吊慰使程琳、贺登基使宋绶前后脚回到京城的消息，刘娥当晚即在承明殿召对。

　　程琳奏报：耶律隆绪驾崩，十五岁的太子耶律宗真继位，耶律宗真生母强制新皇帝宗真晋封她为皇太后，临朝称制，掌握契丹最高权力。契丹朝廷忙于内部争斗，无暇顾及对外战和事。

刘娥额头上渗出一片汗珠，心里七上八下，良久不出一语，承明殿一时陷入沉默。

"契丹内乱，越乱越好，乱得越大越好！"宋绶打破沉默，以幸灾乐祸的语气道。

赵祯不以为然，转脸看了看大娘娘，见她闭目不语，便坐直了身子，清了清嗓子，驳斥道："宋卿！不能这么说。既然我与契丹谁也消灭不了谁，就该共进共荣才好。契丹内乱，一番折腾，轻者要我增加岁币，重者穷兵黩武，哪一件是我朝的好事呢？朕以为，当盼契丹稳定、上进，而我亦当励精图治，上下同心，胜其一筹！"

"皇上圣明！"吕夷简夸赞道。

突然，刘娥浑身一阵颤抖，急促的喘息声连帘外的吕夷简和张耆也清晰可闻。

赵祯一脸惊慌，对帘外喊道："卿等退下！"言毕，躬身去搀扶大娘娘，几名侍女上前，将太后从御座上搀起，缓缓坐进步辇，回到了崇徽殿。

刘娥并没有躺下，一路上，她都在暗暗叮嘱自己要坚强，一旦倒下，必授人以柄，所以，无论如何要挺住！

当晚，刘娥又将内供奉官江德明召到崇徽殿，江德明将了解到的契丹宫廷的变故，细细奏报：

耶律隆绪临终前，对皇后在他身后的处境感到担忧，弥留之际，特将太子召至病榻前，嘱咐说，皇后陪伴我四十多年，虽未生育，抚养了你，你才成为太子，我死后，你要约束你生母，千万不要伤害皇后。太子含泪答应。耶律隆绪又召太子生母萧耨斤，恳求她以慈悲为怀，善待皇后，并当着太子和萧耨斤的面写下遗诏。可是，耶律隆绪一咽气，萧耨斤夺去遗诏隐匿不宣，自立为太后，宣布由她临朝称制，并命其家奴诬告齐天皇后家族谋反，将皇后娘家一族灭门，家产籍没。新帝见状，恳求生母说，皇后侍奉先帝四十年，抚育我成人，按遗诏本应晋太后，现在不但没有得到应有的身份，反而要加罪于她，实在说不过去；皇后年老，又没有儿子，不会有什么作为了，就放过她吧！这番话反而激发了萧耨斤的妒意，索性差人胁迫齐天皇后自杀。

刘娥静静地听着，没有说一句话。齐天皇后在先朝，补属官，出教令，几与皇帝平起平坐；可随着耶律隆绪的去世，失去凭仗、失去权力，随之失去了生命！原因只有一个，继位的皇帝不是她的亲生儿子！刘娥坐立不安，神情恍惚地来到福圣殿。

"天哥——"刘娥唤了一声，默念着，"谢谢你替我保守了那个惊天秘密！可是，天哥，我还是怕呀！我怕失去赤哥儿，我怕多年的心血付诸东流！我不能还政，你不要怪我！"

走出福圣殿，一阵凉风吹过，刘娥清醒了许多。国人的历史观中，是没有私德的位置的，人们回望历史，颂的是开疆拓土，赞的是富国强兵，主政者若要生前安全、身后传名，就要把国家治理好，打造一个承平、富庶的时代！

可是，若不还政，就要准备迎战，刘娥明白，对她来说，这是一场失去道义支持的孤军奋战！

2

刘娥突然变得喜欢上了化妆，不再穿与宫女无少异的不织靡的酺襦练裙，而是穿上了领、袖、裾以红色云龙纹镶边的深青色袆衣，五彩重行，飘带挂着玉环绶，发饰、面饰、耳饰、颈饰和胸饰一应俱全。她要装扮得雍容华贵，显得精力充沛，以饱满的精气神儿展现于人们面前。

可是，脂粉掩饰不住额头上深深的皱纹，几乎一夜间全白了的头发，像是在无声地诉说着岁月的沧桑。刘娥的刻意打扮，像是故意在提醒百官，她，已然是一位迟暮老人了。在大宋开国七十年间，无论是皇帝还是太后、皇后，没有一个人活过六十岁的，而当今太后，已经六十三岁了。

六十三岁的太后不仅突然之间喜欢穿衣打扮，还比任何时候都要勤政。她传旨给吕夷简，要求内外诸司、大小官员乃至布衣百姓，凡有兴利除弊的建言，概不许压下，都要进呈御览；又传旨，继《天圣编敕》

第十四章 闻密报以攻为守 献图帧欲擒故纵

后，再编《天圣新修令》，将这些年颁布的法令，与时俱进加以修改完善后重新颁行；还传旨侍讲学士孙奭、西上阁门使夏元亨，将她听政以来新定仪制汇编成《内东门仪制》，以垂后世。

知河南府李迪有罢"职田"之议，吕夷简压下了，接到太后懿旨，不得不呈上去。职田，是按品级授予官员的公田，佃给民户耕种，收取地租，供官员私人开销。李迪认为，各地田亩多寡不一，地力也参差不齐，官员都想多划职田，千方百计从百姓手里夺取，残害细民之事不时发生。刘娥支持李迪的建议，亲自出面，在朝堂上和宰相吕夷简展开辩论。

"本朝自先帝继位后的第二年，恢复唐代实行的职田制，既是历朝传承，又是先帝所推；且罢职田，恐导致廉者复浊，何以致化？"吕夷简拿出两条理由，理直气壮。

"不管谁定的规矩，凡害民者，都要改！"刘娥底气十足地反驳说，"田亩，是农户的命根子，把几百万亩职田分给租种的农户，农户有了自家土地才会打理精细，才有足够的钱粮缴纳赋税，国家才会繁荣；国家有钱了，也不会亏待官员；若将官员能否守廉寄托于职田，恐为后世笑！"

吕夷简不再辩。他知道，曹利用被贬死，主要原因就在于太后对茶法改制失败的不满发泄到了他身上。他不想重蹈覆辙。

罢职田剥夺的是官员的利益，连通判河中府的范仲淹都上章反对。但刘娥持论甚坚，最后不得不颁发罢职田敕书。这让几乎所有的官员都生出了迫切希望太后早日还政的期盼。

可是，没有人敢像范仲淹那样，直言不讳地吁请太后还政。还是谏议大夫宋绶想出了一个两全其美的对策，这天朝会，他出列道："太后陛下！臣近读唐史，睿宗为太上皇时，五日一受朝，处分军国重务，授三品以上官，决重刑；皇帝则每日听朝，授三品以下官，决徒刑。臣以为，此例可鉴。官家春秋正盛，迄今尚未独对群臣，似可仿效唐睿宗故事，官家每日在前殿独对群臣，非军国大事及重臣除拜，皆前殿取官家之旨，皇太后不必如此辛劳，只处分军国重务、决定三品以上官员除授。"

"一派胡言！"刘娥勃然大怒，厉声呵斥，又以不容置疑的口气对宰相道，"吕卿，目今政通人和，宋绶无事生非，降职外放！"

群臣愕然！

这太出人预料了。宋绶身为谏官，并没有说要太后还政，不过建议她只决定重大事项，日常事务交由皇上处理。即使站在太后的角度说，这也是合情合理的，因何引发她如此震怒？而此前刘随、范仲淹等人，明确提出要她还政，她都是沉默以对，让皇上发话；今日为何亲自出面，声色俱厉？

"太后、皇上，臣以为，宋绶乃谏官，且擅文学，当留在朝廷，不宜外放！"第一个吁请太后还政、已升任御史台佐贰官的御史知杂刘随出列，为宋绶求情。

"不许！"刘娥近乎歇斯底里地喊了一声。

赵祯被大娘娘的尖叫声吓了一跳，急忙附和道："贬宋绶出京！"

百官无不摇头叹息，无人再争。次日，诏书颁下，宋绶出知应天府。

看到宋绶被贬的诏书，刘娥没有一丝胜利的喜悦，而是多了一份沉重。宋绶的建言合情合理，但若采纳，还政的呼声必如影随形般响起，退了一步，就不得不退第二步。所以，刘娥只能咬紧牙关，摆出强硬姿态，而不稍做妥协。

明知说的是对的，还要打压下去，这是权力的魔力。可这样的权力，伤害他人的同时，也在伤害自己。刘娥内心的恐惧没有随着宋绶的被贬而减少，反而增加了。她常常失眠，烦躁易怒，郭后、杨淑妃来给她请安，也免不了遭到莫名的呵斥。除了到福圣殿赵恒的御容前倾诉，找不到宣泄的出口，她想回娘家一趟，见见侄子刘从德、侄女刘瑾儿和他们的孩子，或许能够缓解一下压力。她召吕夷简到承明殿商量。

吕夷简道："太后陛下驾幸外戚府邸，恐引发无端揣测。"

刘娥不悦道："揣测什么？顾忌人言，就要阻断吾之亲情？"

吕夷简不解释，继续劝道："臣等无能！但太后陛下一向主张朝廷要安静，协力谋国，臣敢请太后打消此意。"

刘娥只得作罢。正想召刘瑾儿带上刘家的第三代进宫来见，忽然接到侄子刘从德去世的消息。

刘从德以恩荫得蔡州团练使，知相州。作为刘家的长子，刘娥指望他顶门立户，不顾物议扶持他，不料年仅三十余就去世了。刘娥痛惜不已，大哭了一场，差内侍江德明前去吊慰，又捎话给刘瑾儿，嘱她以刘从德名义上遗表。

刘瑾儿懵懵懂懂，她的丈夫马季良理解了姑母的意图。做龙图阁待制多年，马季良知道朝廷的规制：本朝外戚，指皇太后、皇后和贵妃、德妃、淑妃、贤妃的娘家；而外戚享受恩荫待遇——谓之捧香得官，除非赶上朝廷大礼、大节及特恩，通过遗表获得恩荫是重要途径。此时以刘从德名义上遗表，便可借机大封族人。马季良遂把刘氏兄妹及姻亲、门人一概列入，刘从德的岳父王蒙正之子、因捶杀老奴李见勤而入狱的王齐雄也列在其中，要求赦免其罪。

刘娥看也不看，嘱赵祯降手诏给政事堂。

接到手诏，张士逊冷笑道："死了一个侄子，竟录其内外姻亲门人、童隶七十有奇，令人费解！"

晏殊道："或许，太后悲怜过度，方有此举？"

吕夷简叹息一声："诸公没有看出来吗？太后突然变得易怒。"

晏殊附和道："太后家门萧索，恩录的人都是杂七杂八，就不必计较了吧！"

正在沉思的张士逊突然诡异一笑道："也好，照单全收！"

张士逊之所以转变态度，是因为一个大谋略已在他脑海酝酿，而太后恩封娘家，正是实施他的这个谋略的突破口。

当晚，张士逊将他举荐的御史孔道辅召到家里，神情肃穆道："三百年前，年过花甲的武后篡唐称帝，就是从恩封母家诸侄开始的。这一幕，终于在皇宋朝廷上演了！"

孔道辅闻之悚然。台谏早就跃跃欲试，只是慑于太后威权，不敢贸然行事。如今有了恩封母家这件事，再与武后故事联系起来，足以令负有言责的孔道辅感到了压力，也找到了话柄。

张士逊又点拨道："不要单枪匹马，要多联络些人，形成声势。"

经过宰相张士逊一番策动，仅仅过了两天，就有四名御史相约向太后发难。

这天，长春殿的朝会一开始，御史孔道辅就出列道："刘从德乃外戚，遗表荐举过滥，人言汲汲，臣请收回成命！"

"孔御史所言，臣也有同感！"御史鞠咏紧接着出列奏道，"官家春秋正盛，太后迄未还政，今又恩封侄辈，人心惶恐！"

"太后、皇上！"鞠咏话音未落，御史崔暨大喊一声，奏道，"朝野都在揣度圣意，恐有不可测之事发生！"

御史曹修古边大步出列边道："非臣等不体谅太后亲情，实是形势不允，太后还政之日，臣等愿泣血上表，乞求朝廷恩封外戚！"

"够了！"刘娥怒不可遏，厉声道，"此四人，罢职外贬！"

"啊！"殿庭里发出惊诧的叫声。

吕夷简出列求情："太后陛下，臣……"

"吕夷简！"刘娥直呼其名，打断他，"不必再说！"

"照太后娘娘说的办！"赵祯接言道。

"一举罢黜四御史，这样的事，即使太祖、太宗时代，也不曾发生过。"张士逊抗争道。

"哼哼！"刘娥发出冷冷的、恶狠狠的笑声，回击道，"祖宗时，有如此别有用心、无事生非的御史吗？谁再替他们说话，谁就是幕后黑手！"

3

北风尖厉的呼啸声打破了黎明前的寂静，让习惯早起的人们也禁不住把探出被窝的身子又缩了回去。一向没有睡过懒觉的刘娥，在饱尝了大半夜的失眠折磨后，此时却蒙蒙眬眬睡着了。睡梦中，忽见一个银须老者飘然落在绣于睡榻帷帐的一朵荷花上，开言道："还政乎？法武乎？"

刘娥被这句话惊醒了，蓦然睁开眼，惊恐地问："谁？"

没有人回答。只是一个梦。可是，声音那么真切，面容那么熟悉，刘娥闭上眼睛，回味了一下梦境，"吓"了一声，明白了，这个人，是冯仙儿。当年，遇到难题，她就会想到冯仙儿，也总能从他那里受到启迪。许多年没有冯仙儿的消息了。她册封皇后不久，即差人去看视他，冯仙儿已不知所踪，住所也在拓宽街道时拆除了。有人说他去了函谷关，也有人说他去了云台山，总之，从此再也没有得到过他的消息。突然在梦中相见，刘娥有几许感慨，她反复回味着冯仙儿的那句话，正是隐藏在她内心深处不敢冒出来的念头。

要么还政，要么称帝，摆在她面前的，似乎只有这两条路。

还政？最佳时机已然过去。此时还政，那些不满她迟迟不还政的人在弹冠相庆时，一定不会忘记对她展开清算，那个惊天秘密或许在还政的当天就会被揭穿，齐天皇后的下场，就是前车之鉴！同样一件事，在对的时间做就是好事；错过这个时间再做，就会错上加错。

内心的秘密是包袱，会越背越重。一切，都是因为那个谎言。谎言需要掩盖，掩盖谎言的言行越是表现得理直气壮，越是心虚。刘娥心虚了，越来越心虚！

法武？人言汲汲，都在做这样的揣测。这也难怪，大唐开国七十年之时，武后临朝，年过花甲却大权独揽，在恩封母家诸侄两年后篡唐自立。可是，称帝，意味着背叛先帝，想到要背叛世间惟一一个理解她、信任她，给了她一切的赵恒，刘娥的心就要碎了。何况，她称帝，又置纯孝仁义的赤哥儿于何地？把赤哥儿抚育成人，培养成一代明君，不是她对先帝的承诺吗？不是她念兹在兹的使命吗？

怎么办？一日不还政，敌意就累加一日；敌意累加越多，越不能还政。刘娥知道，她陷入了一个怪圈。

当务之急是，走出这个怪圈。

可是，走出这个怪圈，谈何容易！

刘娥睁眼望着天花板，记忆的片段，杂乱无章地在脑海里不停地闪出，少时买物时讨价还价的情形，在眼前闪过。她忙把这个片段锁定，蓦然有了主意。起身吩咐内侍："去待漏院传谕：交辰时，承明殿召对吕夷简。"

待漏院在丹凤门之西，每天北阙向曙，东方未明，宰执大臣就来到这里，等待宫门开启，以示勤政。内侍到待漏院传旨，必是要紧之事。吕夷简和张士逊、晏殊、王曙相商，一起梳理有何急务。众人都以为是改元之事。太祖、太宗、真宗三朝，用过十三个年号，最长未超过九年者。天圣年号已使用九年了，照例当改元，可太后不以为然，吕夷简劝说了几次均无果，眼看快到年底了，要颁历书，改元的事再不定下来，就来不及了。

进了承明殿，吕夷简火急火燎奏报改元之事，太后很不耐烦，裁示明年为天圣十年，不必再议，随即拿出一份奏表，传递给吕夷简过目。吕夷简一看，乃是两年前殿中丞方仲弓所呈，吁请朝廷为太后建刘氏宗庙。

历代礼制，天子七庙，诸侯五庙。庙乃社稷象征，唐武后谋称帝的重要一步就是在东都洛阳"立崇先庙以享武氏祖考"。正因如此，两年前方仲弓呈上立刘氏宗庙的奏表，遭到太后的斥责，怎么两年后的今日，在舆情汹汹、中外莫测的情形下，突然又翻出来了？吕夷简大惑不解，一脸狐疑，神经顿时绷紧了。

刘娥却镇定异常，问道："方仲弓请立刘氏祖庙，卿以为如何？"

吕夷简额头上冒出汗珠，悚然道："唐之武后曾立武氏宗庙，可后来怎么样了？"说着，把方仲弓的奏表交还内侍。

内侍刚传到帘内，就传出"嚓嚓"的声音，吕夷简隔着纱帘也能看清，太后在撕奏表。须臾，帘后安静下来，太后掸手道："记得官家看到方仲弓的这个奏表时说，方仲弓亦出于忠孝，其心可嘉。忠孝之臣，自当奖赏。卿斟酌一下，给方仲弓升职。"

"这……"吕夷简懵了。一边撕毁奏表，一边却又为上表者晋职，这是怎么回事？他一时不知该如何应答，待回过神儿来，听到的是卷帘的声音，太后已然离殿了。

方仲弓只是一个从七品微官，没有必要为他开罪太后。吕夷简以明升暗降的办法，悄悄将方仲弓升为开封府录事。

太后拒不还政、一日罢黜四御史的冲击尚未平息，又发生了方仲弓因吁请为刘氏立庙而获擢升之事，朝野哗然，太后要称帝的揣测很快流传开来。唐之武后为了称帝，大开杀戒，今之刘后会不会杀人祭旗？那些写好了吁请还政奏表的台谏，不得不暂时把奏表压下，观察一下动向再说。

形势陡然间变得严峻，杀机四伏的恐怖气氛在皇宫内外弥漫开来，殿庭里空气沉闷，但也格外安静，吁请还政的呼声陡然间偃旗息鼓了。

刘娥松了口气。但是，她清醒地意识到，一切都是暂时的，终归要有一场较量。她不知道的是，这场较量，何时、以何种方式展开。

这天，忽接阁门使呈来的禀帖：知开封府程琳请求密奏太后。刘娥感到奇怪，开封府地位虽特殊，但到底是地方官，地方会有何需要向人君密奏之事？况且，程琳柔中带刚，刘娥为一个案子向他求情，他不惟不买账，还故意在朝会上公开，让她难堪，这样一个人，怎么忽然请求密奏，而且要背着皇帝向她一人密奏？带着这些疑惑，刘娥在承明殿召对程琳。

程琳施礼毕，从袖中掏出一幅画，奏道："太后陛下，臣有一图，特献太后御览。"

内侍接传于帘内，刘娥一看，是幅《武后临朝图》。她眯起双目沉吟着，程琳何意？是劝进吗？她不动声色，佯装未看，道："待吾有暇再观。"又问，"卿要密奏什么？"

程琳道："臣只为献此图。"

刘娥本想追问献图的用意，可话到嘴边，又咽回去了。沉默了片刻，面无表情地道："既如此，退下吧！"

待程琳怅然若失地出了殿门，刘娥吩咐内押班杨怀敏："请官家来，再宣吕夷简到殿奏对。"

赵祯先进了殿，刚入座，刘娥将《武后临朝图》递给他阅看。赵祯只看了一眼，就惊得打了个激灵，耳朵通红。想问，又不敢开口。刘娥佯装没有看见，闭目等待吕夷简的到来。

须臾，吕夷简进殿，施礼间，向帘内偷偷觑了一眼，见皇上神情惶恐，太后闭目端坐，气氛诡异，心里"咯噔"一下。

"吕卿，唐武后如何主？"帘内传出太后的声音。

吕夷简一愣，心跳加快，大汗淋漓。此前，武后，一直是君臣都回避的名字，以免引起联想，有影射之嫌；今日太后为何突然当着皇上的面主动提起？难道，太后真的在做称帝的试探？那就不能有丝毫的含糊了。这样想着，吕夷简清了清嗓子，高声道："武氏，唐之罪人，几危社稷！"

刘娥默然，命内侍将陈琳所献《武后临朝图》给吕夷简阅看。

吕夷简双手颤抖，道："臣不知程琳献此图何意？敢问太后陛下令臣观看，又是何意？"说着，像是丢掉一个烫手的烙铁，"忽"地将图塞进殿班内侍手中，正色道，"此图，臣不忍睹！"

刘娥接过内侍传进的《武后临朝图》，"哗啦"一声，用力扔到地上，大声说："吾不为负先帝之事！"

赵祯如释重负地长出了口气。

吕夷简用力挤了挤眼睛，尽管一时猜不透太后的意图，还是以惊喜的语调道："臣这就将圣意传布天下！"

"不可！此事不必为外人知！"刘娥制止道。

吕夷简"嘶"地吸了口气。太后今日的举动，与前不久边撕方仲弓奏表边命为他升职如出一辙。吕夷简似乎悟出了什么，微微一笑，躬身告退。

程琳见献图一事久久没有回应，倒是吕夷简每次相见都向他投去鄙夷的目光，终于忍不住了，这天朝会卷班后，他追上吕夷简，低声问："相公可知下官献图一事？"

吕夷简佯装不知，反问："献图？什么图？"

程琳道："《武后临朝图》。"

吕夷简故作惊诧，瞪眼问："劝进？"

程琳摇头道："摸不透底细，以此试探，逼太后早日表明态度，再作计较！"

吕夷简这才明白了程琳的意图，苦笑道："京兆安得如此，恐跳进黄河也洗不清喽！"

陈琳凛然道："为维护皇宋社稷，维护今上，死不足惜，况名声乎？"他长叹一声，"可是，太后默不作声，委实叫人摸不着头脑！"

吕夷简感慨道："想大唐时，武后临朝称制，士大夫多有投机劝进者；我皇宋推崇文治，优容士大夫，从而使士大夫得以保持书生意气，只服从道理，不迷信权力，迄今无一人投机劝进，甚至无向太后献媚者。这，就是我皇宋士大夫的浩然风骨啊！"

程琳却心情沉重，喟叹道："唐开国七十年之际，武后称帝之心昭然，宰相裴炎谏阻，竟被武后诬为谋反，断然杀戮！今正值我皇宋开国七十年之际，蛛丝马迹令人生疑，相公主政府、居相位，责任何其重大！"

　　吕夷简已心中有数，但他不能说破，故意问："京兆以为，太后果会法武？"

　　"人心惶惑，中外莫测！"程琳忧心忡忡道。

第十五章
永定陵李顺容惊魂　宣佑门吕相公犯跸

1

一场大雪，把永定陵下宫前的石狮都淹没不见了。监护皇陵的陵使、都监等大小官员，奉旨守卫的禁军，专门培护柏树的柏子户，都闭门不出，围炉烤火，四处一片寂静，惟有下宫斋殿里，传出敲磬诵经之声。

一阵剧烈的咳嗽，让李顺容不得不终止了诵经。她恨自己不争气，急忙用双手把嘴紧紧捂住，以免亵渎了先帝的灵魂。可是，胸口憋闷，嗓子又疼又痒，捂得面庞发紫，咳嗽声还是未能止住，两名侍女慌慌张张进来，搀扶她沿回廊回到住处。

"我要死了，要死了！"李顺容躺在床上，口中喃喃道，"四座山陵里，埋着十位太后、皇后，除了太祖、太宗的母亲杜太后，其他九人，没有一个活到我这个岁数的。"

侍女安慰了两句，替她熬药、递水。

"要能见弟弟一面，我就死而无憾了。"李顺容小声念叨着。

多年来，亲生儿子做了皇帝，这个巨大的秘密，带给李顺容隐秘的幸福，也压得她喘不过气来。她很想与哪怕是一个人分享这巨大的喜悦，但是，她知道，这是万万不能的。做人，要守信，答应过刘娘娘的事，不能也不应该反悔。若不是刘娘娘心地良善，早就杀人灭口了，哪会活到今天？晋升她的品级也好、替她找到弟弟也罢，对刘娘娘来说，都是冒着巨大风险的。这一点，李顺容有切身的体会。每次晋升她，总会引来奇异的目光，人称八大王的赵元俨的王妃，就多次旁敲侧击地试探过她。李顺容守口如瓶，怀着一颗感恩的心，每天为先帝祈祷冥福，为刘娘娘祈祷阳寿，即使病得不能独立行走了，也让侍女搀扶着到斋殿去，只要还有一口气，她都要坚持，以此报答刘娘娘的恩德。她惟一后悔的是，不该见赤哥儿。四年前，自从在阙庭见到赤哥儿，李顺容的心就不再平静，时而，想到自己的儿子是当朝天子，她就偷偷地笑、甜蜜地笑；时而又想听到儿子亲口叫她一声"娘"，想得心痛，泪流不止。

躺了小半个时辰，胸口的憋闷缓解了，李顺容坐起身，吩咐侍女道："来，扶我去斋殿！"她感到，大白天躺在床上，像是在偷懒，对不起刘娘娘。

侍女正不知所措，忽听侍卫在院外高声禀报："启禀顺容娘娘，阁门祗候、权提点在京仓草场李用和求见，说是顺容娘娘胞弟，在神门外候着！"

李顺容大惊，半天才缓过神儿来，口中喃喃道："要入土的人了，就想见弟弟一面，既然来了，就见他一面吧！"

须臾，李用和带着一身寒气，疾步进了房门，见姐姐浑身颤抖着倚在床头，急忙脱下斗篷，往地上一扔，喊道："姐姐——"

李顺容拉住李用和的手，哭道："弟弟，姐姐可以瞑目了！"

李用和摇晃了一下李顺容的手，哽咽道："姐姐，弟来接姐姐回开封！"

李顺容猛地推开李用和的手道："傻话！姐姐奉旨守陵，怎么能擅自回去呢？"

李用和道："弟听说姐姐病了，弟接姐姐回京医病。"

李顺容一惊，问："你、你听谁、谁……"话未说完，胸口又一阵憋闷，喘不上气来，喉咙里发出"叽叽滋滋"的响声。

李用和轻轻拍打着姐姐的后背，却不回答她的问话。

李顺容用力吸了口气，抓住他的手，以惊恐的语调问："弟弟，你、你要和姐姐说，到底、到底是谁让你来的？"

李用和附在姐姐耳边，像是从腹腔中吹出三个字："八大王！"

八大王赵元俨十年来都处于郁闷中。赵恒病危时，企图仿太祖兄终弟及之制传位于他的试探失败后，赵元俨恐刘娥追究，深思沉晦，闭门与外界隔绝，自称有阳狂病，极少出席亲王应参加的朝仪，埋头文辞，习书画，打发时光。可是，眼看赵家江山由刘氏当家，赵元俨愤愤不平。赤哥儿已成年，太后不仅不还政，街谈巷议间，都在揣测有称帝之心。恩封刘氏宗亲、一举罢黜四御史、突然擢升建言立刘氏宗庙者、开封府程琳献图，种种迹象，让人不能不联想到武后故事。称帝，意味着夺取大宋江山，对臣民来说，只是改朝换代，对皇家来说，则是江山易主。作为太宗惟一在世的儿子、真宗之弟、今上的叔父，赵元俨既愤怒又恐惧。武氏称帝，从大封诸侄始，接着就是对皇族大开杀戒，武则天是蹚着李氏皇族的血水走上九五之尊宝座的。那么，接下来，这样的惨剧，会不会落到赵氏皇族的头上？唐时，还有英国公徐敬业、琅琊王李冲、越王李贞起兵抗争，如今的宗室，无兵可起，但他手里，也握有一个大唐宗室所没有的撒手锏。早在赤哥儿出生时，赵元俨就不相信他是刘娥所出，利用一切机会观察、打探，从李顺容在三哥死后还不断得到晋升的轨迹，赵元俨看出了端倪。他确信，李顺容就是皇帝的生母。至此紧急时刻，赵元俨决定动用这个撒手锏！可二十二岁的赤哥儿，在亲情和孝道的约束下，对太后言听计从，处处维护，只要赤哥儿不转变立场，还政遥遥无期，称帝并非虚言。能够让赤哥儿转变立场的，惟有这件事。只要把这个真相摆在赤哥儿面前，他势必与太后反目，以皇帝身份宣布太后还政，群臣只会欢呼，不会反对。但是，由他直接出面去说，赤哥儿未必相信，风险也太大。于是，他想到了李用和。由李用和偷偷将李顺容接回开封，再找机会进宫，只要他们母子见面，李顺容不会不吐露真情，赤哥儿也一定会相信。即使万一有闪失，也能以弟弟思念姐姐为由搪塞，太后也不敢大肆声张。主意已定，赵元俨便差人将李用和秘密接入府中，虽未明言，也做了一番暗示，许诺一旦接回李顺容，李家荣华富贵、高官厚禄指日可待。李用和思念姐姐，见又是人称八大王的皇叔亲自差遣，也就懵懵懂懂答应了，带着赵元俨差的几个侍从和一辆马车、两名侍女，悄悄来到了永定陵。

李顺容一听弟弟为赵元俨所差，吓得面如土色，浑身战栗，嘴唇哆嗦着道："弟弟，你、你……"眼珠向上一翻，晕死过去。

"姐姐！姐姐！"李用和扶着李顺容的肩膀晃动着，呼唤着。

过了好一阵，李顺容缓过来，断断续续道："你、你是来、来杀姐姐的，你、你也不想活了！"

李用和"嗵"地跪倒在床前："姐姐，弟弟只是想念姐姐！"

李顺容喘息了一阵，气若游丝地说："你、你快走吧，姐姐见你一面，知、知足了。你回去、回去以后，除了、除了当差，千万千万闭门不出，听姐姐的话，千万千万不要、不要和、和任何人、任何人私下交通。"

正说着，院外一阵骚动，内供奉官江德明带着一队金吾侍卫，"呼啦"一声闯了进来，大声喝道："什么人，敢擅入此地！"话音未落，已有几名金吾一拥而上，将李用和按倒在地，闪着凛凛寒光的剑戟，架在了他的脖子上。

李顺容受到惊吓，昏死过去。李用和挣扎着，一边大声呼唤姐姐，一边说出了自己的名字。江德明走上前去，细细端详了一番，摆了摆手，金吾撤出了。李用和起身摇晃着姐姐，又一阵呼唤，李顺容慢慢苏醒过来。

江德明躬身道："启禀顺容娘娘，小奴内供奉官江德明，奉太后娘娘懿旨，前来接顺容娘娘回京！适才进得神门，见雪地上有马蹄印迹，恐歹人潜入，故未经通禀，擅闯顺容娘娘居室，还请顺容娘娘恕罪！"

"要杀我吗？要杀我吗?！"李顺容惊恐地连声道，又向江德明点头，做鞠躬谢罪状，求情道，"家弟未请旨来此，有杀头之罪。是我思念弟弟心切，捎话让他来的，我是要死的人了，就让我一个人去死吧，烦请供奉官奏明太后娘娘，饶家弟一命，来世报答太后娘娘的大恩大德！"

2

城西金水门外，琼林苑、金明池的东侧不远处，有一座神秘的院落，除了偶尔开启大门，从中驶出一辆密封的马车以外，从来都是大门紧闭，很少有人出入。只有皇宫里的人知道，这个被叫作安和院的院落，是专门安置先朝老病嫔妃之所。

这天夜里，寒风呼啸，京城的喧闹声已渐渐散去，只有少数的店铺还未打烊，街道上行人稀少，一辆毡车悄然驶进了安和院，在西北隅的一所房子前停下。挑灯的两名内侍站定，另有一人掀开挂在毡车前棚上的厚帘，两名侍女下来，放好了踏板，上前搀扶一个身披深色斗篷、裹着头巾的老妇，缓慢地下了毡车，快步进了房门。

"妹妹！"老妇一进门，望见床榻上躺着的女人，便哽咽着唤了一声，走上前去拉住病妇的手，"姐姐看你来了！"

病妇艰难地抬了抬头，唤了声"太后娘娘——"就再也支撑不住了，脑袋重重地落在枕上，张开嘴巴，大口地喘息着。

侍女搬来一个机凳，刘娥在病榻前坐下，向外一扬手道："都退下，没有本宫吩咐，概不许进来！"

宫女、内侍都悄无声息地退出了，刘娥拉住病妇的手，摩挲着，痛惜地说："妹妹，我早想接你回来，只是可怜先帝孤单，身边没有体己的人，却不知妹妹病成这样，这让我如何……如何不愧疚！"

"太后娘娘——奴、奴绣儿知足，"说着，两行泪珠顺着消瘦的脸颊淌了下来，从喉咙里发出低沉的声音，"太后娘娘，奴这一生无他，做一个感恩的人、说话算数的人，死而无憾了！奴、奴只求太后娘娘一件事……"气力似乎已然用尽，李顺容只得顿住，大口大口喘息起来。

刚想夸赞两句，听了后面一句话，刘娥心里一紧，沉默了。难道她想见赤哥儿？

歇息良久，李顺容凄凄哀哀道："奴弟用和，不懂事，思念奴心切，不知深浅，坏了规矩，请太后娘娘宽恕他。"

刘娥轻松一笑道："放心吧，不会追究他。这件事，不必和外人说起，当从未发生就是了！"

"奴谢太后娘娘！"李顺容在枕上勾了一下头，"太后娘娘，奴有一事……"又停了好久，才继续道，"太后娘娘对奴姐弟，有再生之恩，奴不知如何报答，有话也不想瞒着太后娘娘，奴弟用和到山陵去，是八、八王所差。"

刘娥脸上的肌肉跳动几下，旋即恢复了平静，岔开话题道："绣儿有恩于哀家，有功于先帝，哀家不能对不起你。当晋你为妃，不仅为绣儿，也为以后好看顾你的娘家！"说着，站起身，吩咐侍女进来，将一个长长的锦盒放在李顺容枕边，"这有两棵高丽所贡人参，妹妹补补身子吧！"言毕，迈步要走，又转过身来，弯身道，"妹妹安心养病，不要胡思乱想。"

李顺容拭了把泪，吃力地伸出手，和刘娥道别。

刘娥上了毡车，闭目沉思，突然打了个寒战。八王赵元俨竟然差李用和私下去接李顺容，这太可怕了！若不是吕夷简及时提醒，事态将不可控。

前些日子，在众议汹汹中，吕夷简提醒太后，时下谣言四起，议论纷纭，恐宗室躁动。刘娥明白吕夷简的言外之意。唐武后时，称帝之迹显露，宗室纷纷起兵造反；如今，朝野都在揣测她是不是要称帝，也难免引起宗室的警觉。不过，本朝的宗室与唐时已大不同，起兵造反是断无可能的，但会不会有别的举动？思来想去，她最担心的是那个惊天秘密被揭穿，这是她的软肋，只有一个人说出真相，赤哥儿才会相信，那就是李顺容。继续让她在山陵，会不会有失控的危险？刘娥权衡再三，密差内供奉官江德明到永定陵接李顺容回京。让她意外的是，李顺容已经病重，更令她震惊的是，李用和竟然在山陵现身！刘娥很想知晓，是李用和擅为还是有人指使，但又不想把事情闹得沸沸扬扬，所以没有拘提李用和，而是黉夜来到安和院，一则探视李顺容的病情，再则想从她那里探得事情原委。这么多年了，绣儿没有变，不仅没有丝毫的怨气，而且感恩之情越发浓烈了。不待她问，就把李用和乃赵元俨所差的事说了出来。刘娥感动于绣儿的忠诚、守信，这才当场说出要晋她为妃的话。

赵元俨会善罢甘休吗？刘娥自问。当年，弥留之际的先帝伸出八根手指，引起大臣的恐慌，她向大臣作了一番别样的解释，才避免了一场骨肉相残的悲剧。既然赵元俨早年即有夺位之心，如今又想兴风作浪，她就不能坐视不管，必须尽快拿出对策，遏制事态继续恶化。

汉之吕后、唐之武后，对待挑战者，共同的手段就是铁和血！胆敢说出"还政"二字，甚至不够恭顺者，大臣也好，宗室、后妃也罢，不是刀剑砍头，就是枷锁上身。像赵元俨这等表现，若在吕、武时代，恐早已骸骨无存了！

铁血手段是常规，但并不高明；大宋的朝廷，也不允许铁与血的玷污。那就只能以柔术化解。待毡车一入后苑迎阳门，她就拿定了主意。下了车，吩咐内侍，传仁寿公主和驸马李遵勖明日午后入参。

仁寿公主是赵恒的幺妹，乖巧可爱，刘娥对她一直很关照，姑嫂欢洽。因刘娥越来越沉迷于朝政，后宫事务转交给郭后打理，就连命妇入参，也多是郭后出面，所以仁寿公主也很久没有见到三嫂了，忽接懿旨，她有些诧异，嘱咐驸马见到三嫂，不可妄言。

"都是一家人，不拘礼节。"一见到仁寿公主夫妇，刘娥就笑吟吟地说。她把仁寿公主叫到自己的坐榻上同坐，姑嫂话起了家常，坐在不远处的驸马李遵勖，端起茶盏喝一口，放下，再端起，再放下，掩饰自己的局促。

刘娥抬头看了李遵勖一眼，以不经意的口气问："幺妹近来见过八哥吗？他身体如何？八哥也年近半百了，爹爹九子，只剩他一人了。"

"禀三嫂，小妹许久没有出门了，八哥的情形，知之甚少。"仁寿公主答，又一指李遵勖，"三嫂是知道的，他这个人，整日埋头佛家典藏，足不出户。"

刘娥一笑，问李遵勖："驸马可知，外间有何言？"

李遵勖看着仁寿公主，未敢答话。

"有何不可说的？"刘娥嗔怪道，"自家人有话还不能说，那还听得到实话吗？驸马大胆说就是了！"

李遵勖虽挂着左龙武将军、驸马都尉、宣州观察使的职衔，却是进士出身，早年对杨亿执弟子礼甚恭，至今还周济他的遗属，或许受杨亿的影响，他对女人干政充满敌视，此时也顾不得公主的叮嘱，瓮声道："臣无他闻，但人言天子既成年，太后宜以时还政！"

仁寿公主脸色陡变，呵斥道："你胡说八道些什么？！"

刘娥一笑："群臣也有此言。"她突然叹了口气，掩面拭泪，"先帝走得早，撇下孤儿寡母，何其艰难！如今我非恋此，毕竟赤哥儿还年轻，内侍多，我怕他未必约束得了他们。"

仁寿公主狠狠瞪了李遵勖一眼，转向刘娥道："三嫂，莫听他胡言乱语，赤哥儿离不开三嫂，小妹明白的。"

"幺妹，你是赵家人还是李家人？"刘娥突然问。

仁寿公主莫名其妙，看看刘娥，又看看李遵勖，道："小妹是赵家人。"

"错了！"刘娥断然道，"小妹是李家人，我才是赵家人。"

"这……三嫂说得对，小妹记住了！"仁寿公主红着脸说。

"既然小妹是李家人，就是来走娘家的。"说着，吩咐侍女，拿出一对事先备好的玉镯，笑着递给仁寿公主，"娘家人不能让姑奶奶空手回去嘛！"

仁寿公主接过，谢了又谢，起身告退。

刘娥送到门口，慨叹一声道："幺妹，三嫂老了，念旧，捎话给你八嫂，有空来宫里坐坐，妯娌好久不见了，想念呢！"

仁寿公主当天就差侍女到八哥家通报。新晋为孟王的赵元俨一脸狐疑，吩咐夫人到仁寿公主府上问明白了，又反复叮嘱一番，这才命夫人入参。

"三嫂，这是八哥献三嫂的。"孟王妃进了崇徽殿，施礼毕，恭恭敬敬拿出赵元俨亲手所绘、令蜀人尹质描染的一幅《鹤竹图》，呈递给刘娥。

刘娥细细端详，但见雪毛丹顶，传警露之姿；翠叶霜筠，尽含烟之态，点头道："嗯，颇佳！这是八哥画的？八哥沉得住气？"

孟王妃忙道："三嫂还不知晓吗？这些年，老八埋头书斋，读书、写字，这两年又迷上了绘画，说他沉得住气是轻的，简直可说钻到故纸堆里出不来了！"

刘娥笑而不语。

孟王妃又无话找话扯了几句家常，临走前，伸手道："三嫂，没有礼物给咱？"

刘娥笑问："你家缺什么？"

孟王妃一扭身，道："听说幺姑来，三嫂送了玉镯。"

"八嫂！"刘娥抓住她的手，拍了拍道，"幺妹是出了门的姑奶奶，来走亲戚的，自是要送礼物；你呢？你是主人嘛，哪有主人在自己家还要礼物的道理呀！"

孟王妃尴尬一笑道："也是也是！"说罢再施一礼，讪讪告辞。

马车刚驶入孟王府首门，就见赵元俨一步跨过来，急切地问："怎么样？"夫人坐在车里向他禀报了入参情形，赵元俨如坠雾中，边不停地转圈，嘴里边一遍遍地念叨着："深不可测，深不可测！"

接李顺容回京的图谋失败，赵元俨既懊恼，又恐惧，任何风吹草动，都怀疑是太后在向他下手，虽一时摸不清太后的底细，但有一点毋庸置疑，那就是，这不会是单纯的家长里短，背后必有名堂。

"想麻痹本王？哼哼，没那么容易！"赵元俨冷笑道。

3

今日朝会的气氛，是多年来没有遇到过的。太后心不在焉，宰相心事重重，群臣目光游移，奏事者因觉察到自己的话无人留心听，不是三言两语草草收场，就是有气无力应付了事。后来，本打算奏事的官员，索性不再开口。

殿班内侍甩了甩拂尘，百官卷班。

宰相吕夷简却站着不动。刘娥、赵祯正要起身，见此情形，也就又坐稳了身子。

"太后、皇上！"众人都退出了，吕夷简一举朝笏道，"臣闻昨日有宫嫔去世。"

刘娥神情慌乱，惊视吕夷简道："宰相也可干预宫中之事？"说着，像是要躲避猛兽似的，上前拉住赵祯，慌慌张张往外走。

赵祯不解地问："大娘娘，吕夷简……"他觉得大娘娘和吕夷简都有些反常，虽跟在大娘娘身后出了长春殿，脸上却蒙上了一层疑云。

"莫理会他！"刘娥怒道，"我看吕夷简不像过去那么知分寸了！"

吕夷简透过纱帘，见太后惊慌失措的样子，微微一笑，这恰恰印证了他的判断准确无误。既然判断无误，就必须坚持到底，这绝非小事，不仅关乎太后身后安危，也直接关乎他未来的命运。吕夷简继续站在殿庭，耐心等待着。

刘娥拉着赵祯走到殿外，催他先上步辇回宫。赵祯不敢多问，满腹狐疑地坐步辇走了。刘娥转身回到长春殿，见吕夷简果然还站在原地，没好气地吩咐道："都退下！"又一指吕夷简，"近前来！"

吕夷简走到帘前，躬身施礼。

刘娥喘着粗气，厉声质问道："吕夷简，你为何要离间我母子？"

吕夷简打躬道："太后陛下何出此言？"他不再绕弯子，以诡秘的语调道，"太后陛下，他日不想保全刘氏乎？"

刘娥浑身瘫软，嘴唇哆嗦着道："此事，外廷不必过问！"吕夷简还要辩，她无力地挥挥手，从喉中发出含混的声音，"退下！"

吕夷简只得退出。刘娥刚要起身，脑袋"嗡"的一声，顿觉天旋地转，晕倒在御座。

谎言要被揭穿、大祸临头的惶恐和即将失去爱子的巨大痛苦，同时向刘娥袭来，她被击倒了！

昨日辰时，入内省都知罗崇勋奉懿旨到安和院，向病榻上的李顺容宣读制书，晋她为宸妃。妃，在后宫属第一序列，一品，娘家列外戚。先帝已逝十年了，为何突然晋升一个先朝的嫔御？不仅宰执感到不解，就是赵祯也颇觉意外。杨淑妃垂泪劝阻，可刘娥以不如此无以报绣儿为由，执意要做。这一举动，大大增加了人们对皇上身世的疑虑。当年，朝野私下热议，多年未育的刘美人因何在四十多岁年纪忽诞皇子？如今，这个谜底变相揭开了！但太后全权在握，皇上与她母子情深，没人敢公开说出来，都在观望着，仿佛在看一台好戏，等待着高潮的一幕。

李宸妃听完宣制，一阵激动过后，随即陷入昏迷，当晚便含笑而逝。入内省都知罗崇勋依一品嫔妃的丧葬规制，将李宸妃的遗体转移至宫内，停放于西北隅的广圣宫，这才向太后奏报。刘娥既哀伤又庆幸，同时也感到了棘手。从内侍、宫女们躲躲闪闪的眼神中，她捕捉到了危险的信号——惊天秘密已然到了昭然若揭的边缘。要想不负人，就要付出代价。可这个代价未免太大太大了，几乎要把她的一切搭上。刘娥感到惶恐，不住地出虚汗。倘若宸妃的葬仪超出常格，就相当于呼应了她是皇上生母的猜测，就相当于揭开了谜底。其后果，不仅意味着她将失去倾注半生心血、寄予无限希望的心爱的儿子，也意味着她的形象、人格的坍塌，局势将迅速失控，她个人的生命、来之不易的承平时代，都将面临严峻威胁！这个后果，是刘娥不能承受的。她希望这件事快些过去，所以，密嘱罗崇勋将李宸妃悄悄葬掉，把影响降到最低。没想到，吕夷简竟当着她和赤哥儿的面，突然提出这个话题！这等于向她亮明，他已知晓了那个惊天秘密，而且，他无意替她隐瞒。刘娥惶恐、恼怒，惊慌失措，这才急忙把赵祯支开。

刘娥一直以为，吕夷简对她忠贞不贰，可关键时刻露出了真容。他无非是在为自己留后路，以此表明他对皇帝的忠心。刘娥恨不能立即杀了吕夷简。可吕夷简"他日保全刘氏"的话，让刘娥顿时清醒了许多，对他的愤恨，也稍稍纾解。汉之吕后、唐之武后，哪一个不是身后遭灭门之灾？固然，她不像吕、武二人欠有血债；可她欺骗了赤哥儿，仅此一条，奸人挑拨，就足以让她身败名裂，生前没有让娘家人飞黄腾达，死后却给他们带去杀身之祸！想到这里，刘娥浑身战栗，晕厥过去。

宫女、内侍听到御座上有异常的响动，手忙脚乱进了殿，刘娥已缓了过来，被众人搀扶着出了长春殿。

刚回到崇徽殿，入内省都知罗崇勋就来请旨，该以何种规格安排李宸妃的丧仪。和吕夷简一样，罗崇勋也是从李宸妃的超常晋封中确认了自己对皇帝身世的判断。太后已经年迈，早晚有一天，皇上会知晓真相，到那时，追究往事，如何解脱自己？只有宸妃的葬仪这件事能够有所作为。所以，他不惟没有遵照懿旨悄悄安葬李宸妃，还偷偷将她薨逝的消息知会了吕夷简。此时，他壮着胆子来请旨，显然是不想按照太后的密嘱办事。

倘若是以往，罗崇勋抗旨不遵，定然受到严厉呵斥；可今日，刘娥没有发火，沉默以对。如何安葬李宸妃，刘娥也感到棘手。规格太高的风险她已想到了，所以才要罗崇勋悄悄安葬；可真的悄悄安葬了，赤哥儿将来得知真相，势必怨恨她。左思右想，足足半个时辰，才想出了一个主意，吩咐罗崇勋到天监司问吉凶。

天监司回奏：岁月未利。

刘娥不再纠结，决定守住底线。不管多少人怀疑赤哥儿的身世，也只是揣测而已，不能因李宸妃的葬礼将其坐实；况且，只要赤哥儿还蒙在鼓里，就不会出现那个可怕的后果。遂命罗崇勋："凿宫城西北墙出殡。"

罗崇勋默默退出崇徽殿，悄悄将消息禀报了吕夷简。吕夷简当即上密启："臣请发哀成服，以一品礼，备宫仗，殡宸妃于洪福院。"

刘娥接到密启，没有按惯例留给在迩英阁读书的赵祯看，偷偷塞入袖中。吕夷简见宫中没有动静，急忙递帖请对。刘娥不想见他，吩咐罗崇勋道："去问吕夷简，请对所为何事？"

吕夷简就等在宣佑门外，向罗崇勋一拱手道："请都知转奏皇太后，乃为宸妃丧仪。"

刘娥听了罗崇勋的转奏，沉着脸道："去知会吕夷简，宫内自有安排，宰相不必劳神。"

吕夷简听罢，摇摇头道："请都知转奏：宸妃灵车，宜自西华门出。"

罗崇勋回奏，刘娥恼怒地说："去知会吕夷简：吾想不到吕夷简会如此！"

吕夷简毫不退缩，要罗崇勋转奏："臣位宰相，朝廷大事，理当廷争，太后若不许，臣就站在宣佑门不走！"

"让他站着吧，看他能站多久！"刘娥嘲讽似的说，又一指罗崇勋，呵斥道，"谁让你站着的？还不快去把适才的话传给吕夷简！"

罗崇勋不到两刻钟工夫，已跑了三个来回，吕夷简有些不忍，也就不再兜圈子，附耳向罗崇勋交代了几句。罗崇勋浑身一抖，愣愣地站着，摇了摇头。吕夷简一顿足，正色道："都知当速速如实转奏！"

回到崇徽殿，罗崇勋"嗵"地跪在太后面前，颤抖着奏道："太后娘娘，吕相公命小奴转奏：'宸妃诞育圣躬，丧不成礼，异日必有担其罪者，莫谓吕夷简今日不言！'"

刘娥虽有预感，但第一次明白无误地听到大臣把那个惊天秘密说出口，她还是感到震惊！正要去端茶盏，手一抖，茶盏倾斜，茶水洒在御案，她想去扶正，身子瘫在坐榻上，手脚都不听使唤了。内侍、宫女听到"哐啷"声响，进来打扫，刘娥气急败坏，吼道："退下！"

罗崇勋见状，战战兢兢起身，动手扶好茶盏，擦去水渍，又为太后换了一盏新茶。刘娥还呆呆地瘫坐着。她不能惩罚吕夷简，否则会鱼死网破，而时间，不在她一边。沉思良久，刘娥缓缓坐直了身子，提笔写手诏：先帝宸妃薨逝，着中书定丧仪以呈。

吕夷简终于松了口气，亲自执笔拟定仪注：移宸妃灵于皇仪殿，右掖门外设警场，翌日日旦发引；陈卤簿、鼓吹、太常乐；僧道诵经超度；二府三司自右掖门至奉先寺缘道设祭；百官列班辞灵，于御史台陈祭；殡后，百官赴上阁门奉慰；封赠宸妃三代，曾祖、祖为光禄少卿，父为崇州防御使，母为高平郡太君。

这个丧仪，已超出一品嫔妃的规格，近乎皇太后的威仪。刘娥没有驳回，拿给赵祯，大大方方地说："官家看，如何？"

赵祯不仅为先朝一位默默无闻的嫔妃因何得享如此风光大葬而不解，更为那些投向他的飘忽不定的诡异的眼神而疑惑。他皱了皱眉，支吾道："这、这未免……"又怕大娘娘听了不高兴，把后边的话咽了回去。

刘娥幽幽道："赤哥儿，娘老了，念旧。你爹爹走了十余年，娘无时无刻不想念他，宸妃生前，侍奉你爹爹很尽心；这几年又代娘在定陵陪伴你爹爹，娘感念她，就让她风风光光去陪你爹爹吧！"

赵祯半信半疑，道："既如此，照大娘娘的话做！"

太后、皇上都在仪注上写了"可"字，吕夷简很欣慰，又差人将罗崇勋召到朝房，附耳密嘱。

"这……"罗崇勋面露难色。

吕夷简正色道："若不照此办理，日后一旦有事发生，谁承担得起？"

罗崇勋悚然，忙道："也罢，就擅为这一回！"

第十六章
走险棋亲王破釜沉舟　穿龙袍女皇呼之欲出

1

夜幕笼罩下的京城，各色交易纷纷登场。孟王赵元俨的画室里，也在进行着一场不投本钱的交易。

"林进士，你看看这个。"赵元俨拿出一沓文稿，递给一个面色抑郁的年轻人。被叫为林进士的人展开一看，是欧阳修的诗，有《游龙门分题十五首》《咏香山八节滩》。其中有首写月夜山景的：

> 春岩瀑泉响，夜久山已寂。
>
> 明月静松林，千峰同一色。

林进士不解，难道人称八大王的孟王殿下将他找来，就是赏诗的？

赵元俨一笑道："林进士，你和欧阳修同科及第，可他分发到西京两年了，西京留守钱惟演带着一帮人吟诗作赋，欧阳修名列'洛阳八友'，声名大噪，入阁拜相，早晚之事。本王说这个，是想提醒林进士，我朝用人，甚重名望，默默无闻者，终归起不来。"

林进士烦躁地欠了欠身，脸色越发凝重了。他在天圣八年进士及第，尚未来得及参加琼林宴，就接到了父亲去世的讣闻，回家守制，不久前才回京到吏部报到，等待分发。起步比同榜进士晚了两年，他已然十分郁闷了，又听赵元俨这么一说，浑身燥热难耐。

赵元俨向林进士招招手，示意他靠近些，低声道："听说宸妃的丧仪了吗？这是个机会，只要林进士上表揭出真相，一夕间就会名震朝野！"

林进士摇摇头。

赵元俨自暗中策划李用和去接皇帝生母起，就认定，只有直捣太后这个软肋，才能翻盘。他原以为，宸妃丧仪已然将黑幕暴露于阳光之下，必有人站出来揭开真相；不料等了两个月，却没有任何动静。赵元俨不甘心，欲找一位躁进者一用，物色到了这位名叫林献可的待分发进士，便把他召到府上。见林献可摇头，以为他是畏惧，便打气道："不会有风险！官家得知真相，会保护你。"

林献可还是摇头，解释道："殿下，学生敢问，即便是邻居家抱养一个小孩，谁要是把真相捅出来，会是什么名声？"

赵元俨一愣，现出尴尬之色。

林献可见状，忙起身道："殿下的指教，令学生茅塞顿开，学生知道该怎么做了，多谢殿下！"说完，深揖而去。

次日一早，林献可就来到了丹凤门外。仪仗的灯笼火把，远远地向这边移动，照亮了街道。随着叮叮当当富有节奏的铃声，吕夷简的马车到了，侍从撩开车上的帷盖，吕夷简下了车，迈步往待漏院走，林献可疾步上前，大声道："进士林献可有表呈相公！"

"递表？递表有递表的程序，因何拦道？"吕夷简生气地说。

林献可正是想把事情闹大，才故意拦道的，虽双腿一直在微微颤抖，声音却依然高亢："相公，唐之武后，六十七岁称帝；今皇太后六十四岁矣，拒不还政，相公不测其隐者，却悠然自得，不怕天下笑？！我林献可先就大笑！"说着，仰天夸张地"哈哈"笑了起来。

吕夷简一甩袍袖，往待漏院走，扭脸吩咐侍从："把林献可的奏表接了！"

进了待漏院，借着烛光，吕夷简把林献可的奏表粗粗浏览了一遍，感叹道："唉！年轻人，不知轻重，这个时候，还来添乱！"

今春江淮大旱，太后接连召集二府三司商议救灾，又接到西夏酋长赵德明死讯。赵德明在位期间还算恭顺，未有挑衅之事发生，而他的继任者元昊却桀骜不驯，谍报显示，他正跃跃欲试，要脱离国朝而建国称帝。这两件事让吕夷简夜不能寐，太后、皇上也以减膳、罢宴以示罪己。因宸妃之葬引发的沸沸扬扬的舆论风潮刚刚止息，正要集中精力应对难题，一个尚未入仕的进士突然跳出来发难，让吕夷简感到事情非同寻常。但他又不能隐匿不报，待朝会已毕，吕夷简把林献可的奏表递给殿班内侍，传递于帘内，奏报道："太后、皇上，待分发进士林献可，狂徒，且时于丹凤门外拦道所呈。"

刘娥伸手将奏表夺了过去。自宸妃之丧以来，她多了一份心事，时时留心身边的人，越看越觉得他们的表情像是知晓了那个惊天秘密，正伺机向皇帝密告；她更是暗暗观察赤哥儿的表情，以便确认他是不是听到了什么风声。适才卷班时，刘娥察觉吕夷简行动异常，所以没有马上起身，吕夷简返身回来递表，显然不正常，她担心是揭穿真相的，岂可让赤哥儿看到？夺过一看，她松了口气，奏表并没有涉及那个惊天秘密，是要求她还政的，只是比范仲淹的《乞太后还政疏》更激烈，中外莫测，恐武后故事重现于今日之类的话赫然纸上。

"官家，你看看吧！"刘娥放心地把奏表转给了坐在一旁的赵祯。

赵祯粗粗看了两眼，怒道："既是狂徒，又如此挑拨是非，革了他的功名！"

吕夷简道："一个未入仕的进士，大体是想以此博取名声，依臣看，不理会他就是了！"

"此生怪异，收御史台提问！"刘娥突然怒气冲冲道。

吕夷简谏阻道："太后，林献可只是上书言事，不宜拘提。"

刘娥冷冷一笑道："吾非提问言事者，是查查看背后有没有主使者，主使者意欲何为！"

吕夷简道："御史台提问言事者之名传扬出去，终归不美。臣以为，若太后怀疑林献可举动异常，密查为宜。"

刘娥默认了吕夷简的提议。回到崇徽殿，即召侦事内侍岑保正，命他密查林献可。

林献可正沉浸在名声带来的荣耀中。他拦道嘲笑吕夷简、要求太后还政的事，早已在京城传开，就连有"诗老"之誉的苏舜钦这样的名流，也出面邀请他聚会宴饮，一时间，他仿佛沙场凯旋的军帅，受到读书人的崇拜。

但是，随着西夏政局有变的消息传来，人们关注的焦点迅速转移了，林献可感到失落。岑保正借机接近他，屡次请他喝酒听曲，慢慢熟稔起来。这天晚上，岑保正又请林献可喝酒，林献可不知不觉间有了醉意，目光迷离，嘴角挂着白沫，说道："林某虽则求名心切，但也是有底线的！"

"此话怎讲?"岑保正问。

"八大王……"林献可话一出口，就感觉到失言了，急忙捂住了嘴，用手在面前扇了扇，"不说谁了吧，反正有显贵，鼓动林某揭开一个惊天秘密，林某断然拒绝！"

"果然是他！"接到岑保正的密报，刘娥自语道。赵元俨一心要揭开那个惊天秘密，难道仅仅是逼迫自己还政? 他是想看母子相残，以便坐收渔人之利吧? 居心叵测！看来，不能再一味忍让下去了。当即，传旨召枢密使张耆到承明殿独对。

张耆惶恐道："太后陛下，恕臣直言，目今局势微妙，若对赵氏宗室有举动，恐朝野会联想到武后对李唐皇族，事态就严重了。太后一向主张恬静，又与先帝感情甚笃，先帝在天之灵，恐亦不愿看到这种局面出现！"

刘娥叹息一声："卿言有理，念先帝重手足之情，吾不忍动他。"突然一拍御案，咬牙切齿道，"那个林献可，不能饶！"

张耆劝道："林献可建言太后还政，因此惩罚他，有损圣主广开言路、从谏如流的形象；但他暗结宗室，是大干禁条的，只是，这个罪名一出，还是会牵连到宗室……"

刘娥道："他不是布衣，为何拦道递表，喧哗怒骂于街衢? 存心不良、动机不纯！"说罢，写了词头，命内侍送吕夷简拟旨，发配林献可于岭南。

诏书一出，举朝大哗！苏舜钦当即赋长诗一首，又串联柳三变等名流和大批学子，到慈孝寺山亭为林献可饯行，苏舜钦当场吟诵所写《林书生》长诗：

> 狂说圣所择，愚谋帝不罪。况乎言又文，黑白明利害。
> 前日林书生，自谓胸臆大。潜心遮世病，策成谓可卖。

投颡触谏函，献言何耿介。云昨见星凶，上帝下警戒。

意若日胸杯，出处忞蜂虿。安坐弄神器，开门纳珍贿。

宗友若系囚，亲亲礼日杀。大臣尸其柄，咋舌希宠拜。

……

孟王赵元俨读罢，虽觉解气，却难抑失败的沮丧。林献可的"责词"里，无一语涉及上书言事，字里行间似有弦外之音。赵元俨惴惴不安。或许，太后已磨刀霍霍了吧？他一咬牙，自语道："与其坐以待毙，莫如破釜沉舟！"

2

天圣十年八月，京城格外干燥，中秋节刚过，深秋的萧杀气息就在阵阵寒风中迅速弥漫开来。二十日入夜，突然刮起了罕见的东南风，树上的残枝败叶被一扫而空，大风召唤而来的怪兽般的乌云，翻滚着向京城压来，不时飞过的乌鸦发出的瘆人的叫声，更增添了几分凄凉。

三更的鼓点刚刚打过，突然，从东华门西南皇城司廨舍一带，升腾起一片火光，火苗像是滚滚车轮，裹挟着噼里啪啦的燃烧声，在东南风手舞足蹈的助推下，迅速向西北方向气势汹汹扑去。

"着火啦——着火啦——"声嘶力竭的喊叫声，夹带着惊恐的哭腔，在皇宫内此起彼伏。

刘娥尚未就寝，几个内侍、宫女上前搀扶着她就往外走，一出崇徽殿，腾腾烟雾和灼热的气息兜头而来。

"快，快去救官家——"刘娥喊道。

此时，小黄门王守规背着赵祯，慌慌张张跑了过来。

"到后苑去！"刘娥吩咐道。

内侍岑保正背起刘娥，王守规背着赵祯紧随其后，向北跑去。可是，宫里的规矩，入夜各门都要锁闭，往后苑去要穿过好几道门，慌乱之下找不到拿钥匙的人，小黄门王守规当机立断，指挥内侍举刀砍开，这才通过。进了后苑，过了金水桥，刘娥吩咐移御延福宫，内侍、宫女急忙跑过去掌灯、煮茶，把延福宫穆清、灵顾两殿收拾一遍，挑灯引导太后、皇上进殿。

在延福宫正堂坐下，惊魂未定，赵祯问："大娘娘，该怎么办？"

"只要官家无恙，就不会有事。"刘娥安慰道，又吩咐内侍，服侍皇帝到穆清殿歇息。

罗崇勋、杨怀敏、江德明等内侍得知两宫到了后苑延福宫，先后慌慌张张跑来护驾。刘娥一言不发，向外摆摆手，示意他们出去扑火。皇宫大内，外面的人进不来，只能靠内官扑救。

四更将近，罗崇勋满身灰烬，进来奏报：大火已然扑灭，仅就火势走向判断，当起自皇城司廨舍西侧的缝衣院，延燔延庆、崇徽、长春、承明、崇德、滋福、会庆、天和八殿。

刘娥心里"咯噔"一下，心快跳到嗓子眼了。玉清昭应宫被焚之夜有雷电，可这次，既无电闪也无雷鸣，因何突发大火？而且过火之处也颇是奇怪，听政之所和寝宫，无一幸免，莫名而起的大火，似乎专门对着他们母子而来。难道，这仅仅是巧合？

"太后娘娘，百官晨朝而宫门未开，人心惶惶，吕夷简在门外大声呼叫请对！"副都知杨怀敏匆匆来报。

刘娥吩咐道："去，请官家御拱宸门，向群臣报个平安。"

内侍在拱宸门设御座，挂上了帘子。鸣鞭声响过，百官在楼下朝拜，吕夷简站着不动，百官见状，不知所措，礼仪为之中断。杨怀敏问道："宰相因何不拜？"

吕夷简大声道："宫廷有变，群臣愿一望清光！"

众人这才明白，吕夷简是担心帘后若不是皇帝，朝拜相当于承认另立的新君，故而不拜。赵祯很感动，亲自举帘道："卿来看！"

吕夷简看到是皇上无疑，这才领拜，拱宸门响起异乎寻常的"万岁"的呼喊声。

赵祯命副都知杨怀敏通报了火灾情形，并皇太后、皇上起居处。正要卷班，内押班江德明前来传皇太后懿旨：此后御崇政殿视朝，百官自拱宸门入；今日辰时召对二府三司大臣。

崇政殿召对开始，刘娥虽一夜未眠，却没有倦意，而且不像玉清昭应宫被毁时那样悲伤，语调异常平静，透出几分坚毅："众卿想必都晓得了，皇宫八殿被烧，非小黄门王守规引皇帝出延庆殿，我母子几与卿等不相见！"稍一停顿，又道，"此番被烧八殿，乃寝宫与听政之所，当尽快修复。著以吕夷简为修葺大内使，杨崇勋副之，中书传敕京东西、淮南、江东、河北路并发工匠赴京师，营造宫殿庭宇，参照旧制，以减省为宜！"

赵祯接言道："除皇太后娘娘和上阁中的金银器物量留供需外，其余各殿原有金银器，都转交左藏库，兑换出的钱，供营修大内之用。"

闻听此言，刘娥眼圈红了。正是这些年的言传身教，赤哥儿养成了节俭的习惯，这让她感到无限欣慰，夸赞道："如今天下富庶，官家仍知节俭，实是天下苍生之福。崇徽殿金银器物不多，但也不再留用，都转交出去！"

吕夷简躬身道："太后、皇上节俭如此，臣等为我国家贺！"

"朝政，不能因火灾和修建宫殿而受影响，一切都如常推进。"刘娥又道。

吕夷简喏喏，就再也没有话了，分明是在刻意回避着什么。

刘娥只得点破了："众卿难道不觉得此次火灾奇怪吗？"

在拱宸门听到入内省副都知杨怀敏的通报，群臣无不惊诧。皇宫失火并不是第一次，可从来也不像此次这样怪异。若是人为，一举置两宫于死地，必出自皇室内部无疑。关涉皇家，群臣都三缄其口。此时，面对太后垂问，宰执大臣还是保持沉默。

刘娥恼怒道："当查明真相，以绝后患！"

"太后、皇上！"吕夷简道，"皇宫大内，外臣不得入，臣以为，此事委内官查核为宜。"

刘娥冷冷道："也罢，就差内官查核，卿等不要说任用内官就好。"

参知政事王曙道："内官查核，若果有嫌疑，当将人犯移交外廷，依法审判，不可于内廷置狱。"

刘娥没有回应。下朝后，和赵祯一同回到延福宫，即把罗崇勋、杨怀敏、江德明召来，吩咐三人亲自查核。

火起之处在皇城司廨舍西侧。这里原本是真宗时的道场，后来辟为缝衣院，专责为皇帝、后妃制作衣物被褥，照周礼设缝人掌院事。罗崇勋等人在缝衣院仔细查勘，找到一个火斗，火斗下还压着衣物的灰烬。结论很快就出来了：火斗久置衣物上，引燃室内布匹，再由东南风将火势引到西北方向的会庆、天和、崇德、滋福、长春、承明六殿，蔓延至延庆、崇徽二殿。

刘娥闻报，下令将缝人拿问。

宫中有变，火烧八殿的消息，只一盏茶工夫就在京城传开了，街谈巷议中，都纷纷猜测火灾的起因，一时讹言腾天，众议汹汹。百官更是无心理事，一个个竖起耳朵，睁大眼睛，悄悄打探，偷偷交换着得到的消息，忽闻拿获缝人火斗，震惊之余，预感不测之事将要发生。

孟王府差出的密探，不断将外间的各种消息禀报给赵元俨。

赵元俨已经两天两夜没有合眼了。鼓动李用和、林献可揭穿惊天秘密的两次行动，都以失败告终，而且他断定，太后对他幕后指使者的身份已了如指掌，只是不动声色而已，不知何时就会大祸临头。惶恐中，他想到了纵火。火乃积阴生阳所致，一旦有火灾，就有了由头，掀起促使太后还政的浪潮，釜底抽薪，化解他的危机。费了两个月工夫，拐弯抹角，物色到了掌缝衣院事的缝人，这是一位五十多岁的妇人。赵元俨给缝人的许诺，除了一笔丰厚的酬金，就是太后一旦还政，他向皇上举荐，让她的儿子做官。黄灿灿的金条、诱人的官位、皇叔拍胸脯的保证，都让缝人动心。原以为火斗引燃缝衣院，再扑灭，即使被查出，皇叔八大王也能保住她，不会有太大的风险，却不料遇上了罕见的东南风，火势迅速向宫内蔓延，闯下了滔天大祸！行动之前，缝人已向赵元俨禀报，孟王府的密探早早就在宫外观望，轮番回府禀报最新情形。赵元俨始则惊恐，继之又觉天意相助，若两宫都葬身火海，天下就是他的了！可天亮后就传回消息，两宫都避往后苑，并无大碍。赵元俨失望之余，陷入更大的惶恐中。但他也早有预案，得知缝人被拿，赵元俨当夜就微服出府，亲自登门拜访权知开封府程琳。

程琳大惊，急忙将赵元俨迎进书房。真宗时代，赵元俨甚活跃，与程琳多有来往；这十余年赵元俨深思沉晦，突然微服到访，绝非等闲之事，程琳心里怦怦乱跳，不敢轻易开口。

"京兆献图，为朝野所鄙；目今有了自证清白的机会，本王即为此事而来！"赵元俨开门见山道，"太后拒不还政，朝野测其有称帝之心。此番大内失火，必借此兴大狱，屠戮宗室，一如武后称帝前故事。兴大狱，则必称帝；阻止兴大狱，火灾即为天意，群臣必借此吁请太后还政。故此番火灾导致的结果有两个，不是称帝，就是还政，而主导权操乎京兆之手。京兆要做罪人还是做功臣？依本王之见，京兆当据理力争，将人犯移交开封府；至于怎么审理，相信京兆有智慧。《尚书》云：'牝鸡司晨，惟家之索。'女人主政，必败坏国家。朝野早已忍无可忍，想京兆是明白此大势的。此番立大功的机会，望京兆不要错过。本王保证，皇上亲政，必以宰执酬报。"

程琳道："臣对皇上忠心耿耿，献图乃是……"

赵元俨一扬手，打断他："京兆百口莫辩矣！"说罢，告辞而去。

程琳权衡再三，决定照孟王的指点做。他写了札子，呈报中书。

刘娥接到罗崇勋奏报，缝人已证伏，便传旨入内省置狱审勘，尚未开审，吕夷简请对，将程琳札子呈上，请求太后同意移人犯于开封府审理，为避任用内官之嫌，刘娥不得不同意。

程琳装模作样，差人到宫内测量了一番，画出火势走向图，揣入袖中，在崇政殿朝会上，将火灾图展示出来，奏道："后宫人多，所居甚隘，烟灶近壁，岁久燥而易焚。这是天意，非人为，故臣府审理结果是，人犯无罪，当开释！"

"大胆程琳！"刘娥怒斥道："你枉法放纵罪人，是何居心？"

"太后陛下息怒！"御史蒋堂出列奏道，"火起无迹，安知不是天意？太后、皇上宜修德应变，岂可归罪于宫人？臣以为若不开释，是再招天谴之举，错上加错！"

"御史所言，正是臣所思，臣有表呈奏！"殿中丞滕宗谅出列，举着一本奏表，却未交给殿班内侍，而是当庭朗读道，"臣闻夫攻玉必以石，濯锦必以鱼。古颍考叔舍肉以启郑庄公之孝，少孺子挟弹而罢吴王之兵。臣之区区，窃慕于此。伏见掖庭遗烬，延炽宫闱，虽沿人事，实系天时。天意所致，岂可罪人？宫人赴狱，何求不可？若不开释，恐违上天垂戒之意，累两宫好生之德。变警之来，近在禁掖，诚愿修德以御之，思患以防之。凡逮系者，特从原免，庶几咎灾可消，而福祥来格。国家以火德王天下，火失其性，缘于政失其本。追根溯源，乃因我皇上春秋已长，而太后仍不还政！"

秘书丞刘越接言道："说的是！臣以为，大内火灾，乃是上天示警，太后宜即还政，以示畏天变之诚！不然，恐灾祸迭至！"

话音未落，御史刘涣又道："臣请太后还政，以应天变！"

刘娥想发火，可陡然间，从未有过的惶恐向她袭来，惶恐而又无助。她没有依靠，没有援手，能够保护自己的，只有手中的权力。

"不——"帘内传出刘娥歇斯底里的吼叫声。

群臣惊愕，分不清这吼叫声蕴含的是恐怖、愤怒、委屈、挣扎，还是哀求。

3

刘娥躺在延福宫灵顾殿里，整整两天，不吃不喝，一语不发。赵祯和郭后、杨淑妃轮流守候在床前，不时垂泪。第二天傍晚，刘娥睁开眼睛，见赵祯坐在床边的一把椅子上，面带凄容，她伸出手去，唤了声："赤哥儿！"

赵祯一阵惊喜，唤道："大娘娘！"

"赤哥儿，娘对不起你！"刘娥哭着说，"你这就传旨，把娘送到定陵去，娘要去陪伴你爹爹！"

"大娘娘！"赵祯又唤了一声。

"他们不容娘！"刘娥以微弱的声音道，"赤哥儿，传旨，这就送娘走，这就走……"

赵祯流泪道："儿不让大娘娘走，大娘娘也不忍抛下儿不管！"

"赤哥儿，坐近些！"刘娥向赵祯招招手，赵祯移坐到床榻边，刘娥一把抱住他，"我的儿——"

"儿不让大娘娘走！儿不许他们再说那些话就是了！"赵祯哽咽道。

刘娥松开赵祯，半倚在床头，拭去眼泪，自责道："太祖、太宗，还有你爹爹，年号无过九年者，娘悔不该固执。天圣十年不吉，江淮大旱、元昊跳梁，今大内又遭火灾，天圣十年的年号不用了，让吕夷简他们议个新年号出来，这就改元。"见赵祯点头，又道，"让吕夷简他们议一议，晋封宗室，以敦亲情；火灾的原因不再深究了，收押的缝人也赦了吧！"

赵祯道："可是，大娘娘，缝人火斗……"

刘娥拍了拍赵祯的手背道："为人君者，时刻不可忘记责任。把国家治理好才是正道。纷纷攘攘，难以集中精力做事，为了大局，人君宁可受些委屈。"

赵祯点头，即召吕夷简，将太后的想法一一告知于他，为表对大娘娘孝心，又嘱吕夷简道："太后娘娘听政以来，内外无间，天下晏然，当为皇太后上尊号，以崇其功。"

吕夷简领旨，即与同僚商议，其他各事均无异议，惟新年号一事，争论不休。

张士逊道："当初太后何以不愿改年号？因天圣者，'二人圣'之意也；今官家二十三岁了，新年号当突出天无二日、国无二主之意！"

"太后若不同意，终归通不过。"王曙为难地说。

晏殊道："用'明道'如何？既可理解为'日月并明'之意，亦可理解为要明大道；大道者，天下之主，惟天子一人。"

吕夷简道："甚佳！"

宰执议定，呈报禁中，太后、皇上都同意了。于是，连颁制书、诏旨：

> 改天圣十年为明道元年，大赦天下，寇准、丁谓、曹利用等贬谪诸臣，死者恢复旧官，存者升调腹地。
>
> 故楚王赵元佐，由雍州牧追封江陵牧，增食邑；故昭成太子赵元僖无子，以秦王赵廷美之孙赵宗保出继赵元僖为孙；故郓王赵元份追晋陈王；故安王赵元杰追晋邢王；故徐王赵元偓追晋邓王；故曹王赵元偁追晋蔡王；孟王赵元俨晋封荆王。
>
> 改崇德殿曰紫宸、长春殿曰垂拱、会庆殿曰集英、承明殿曰端明、延庆殿曰福宁、崇徽殿曰宝慈、天和殿曰观文；左右勤政门曰左右嘉福；乾元门曰正阳。
>
> 优赏诸军，百官皆进官一等。

与此同时，大内修成，赐修大内役卒缗钱。赵祯恭谢天地于天安殿，又谒太庙恭告祖宗。礼成，太后、皇上这才自延福宫返回宝慈殿、福宁殿。

回到曾经居住了三十多年的殿阁，牌匾已然由崇徽殿换成了宝慈殿，殿内书籍簿册俱已焚毁，床帏座椅也更换一新。刘娥禁不住又掉下泪来。这把火，仿佛把她三十多年的心血付之一炬了。她已经没有了一切从头再来的豪情，却一头扎进不可挽回的岁月里独自伤感。见证她和赵恒相扶相伴的物件寻不到了，新添的御案、坐榻，对她十多年来为这个国家呕心沥血的场景浑然不知，刘娥感到，她似乎变成了这个殿阁的客人，这里的一切，都不属于她，她已经一无所有。

刘娥衰老了，突然间衰老得步履蹒跚。坐在镜前，已找不出一根黑发，眼皮耷拉下来，两颊甜甜的酒窝早已无影无踪，只留下两个凹陷的枯坑，皱纹以胜利者的姿态占据了额头。惟有两只浑浊的眼睛，还顽强地闪烁出智慧的、不屈的光芒。

赵祯察觉了大娘娘的伤感，传旨政事堂，冬至节，他要陪皇太后御天安殿，接受百官朝贺。

"不可！"张士逊断然道，"女人安得登天安殿！"

吕夷简无奈地说："官家纯孝，总要给官家一个表达孝心的机会。"

"太后老矣！"晏殊以同情的语调道，"各退一步吧，皇上在天安殿受朝；百官贺皇太后于文德殿，是日为皇太后上尊号。"

按照晏殊的提议，中书呈奏了冬至贺节仪注。刘娥不语，赵祯也只得接受。冬至节，百官贺太后于文德殿，上皇太后尊号曰"应天齐圣显功崇德慈仁保寿"。

"我辈吁请皇太后还政，这倒好，不惟不还政，还在文德殿受百官朝贺，国将不国矣！"御史石延年一走出文德殿，就痛心疾首道。

"是啊，我辈位居台谏，不能负了这份俸禄！"司谏孙祖德附和道。

"上表！"石延年脖子一梗道。

御史刘涣、石延年、司谏孙祖德，同日上表，吁请太后立即还政。

因为刘娥早有口谕，百官章奏，呈报御览的，要先送她阅看，台谏的这几份奏表，也就摆在了她的案头。

"啪嗒！啪嗒！"几颗豆大的泪珠滴落御案。她突然痛苦地意识到，自己的一生，失败了。她想证明自己值得尊重，她想证明女人也是和男人一样的人，她想证明当初羞辱她的那些人错了。为此，她耗尽了毕生心血。可是，到头来，错的是她！她什么也没有改变。固然，她打造了一个富庶繁荣的时代，可她不能改变自己的附庸身份。即使是她掌握着权力，那也是从丈夫、儿子那里暂借的，甚至，窃取的。她依旧是那个漂泊到京城逐梦的一无所有的歌女！现在，梦醒了，而她已老迈。这漫长的一生，她仿佛一直都在无形的牢笼里拼命挣扎，以为挣脱出来了，蓦然发现，依然是囚徒。

"呵！既然是囚徒，还充什么好人！"刘娥自嘲地一笑，"哗啦"一声，把御案上的奏表扒拉到了地上。她站起身，两眼直视前方，发出一阵"哈哈！呵呵！"的怪笑，吓得内侍、宫女毛骨悚然。刘娥大声呵斥道："都退下！"左右都退出了，宝慈殿里，只剩下她一人，她要好好想一想，如何做一个只服从内心召唤的坏人。

现成的榜样，一个吕后，一个武后，两人都杀人如麻，一定很过瘾吧？杀了那个贼心不死的赵元俨如何？刘娥涌出一阵快感，但旋即又摇摇头，她觉得无法向重手足的赵恒交代。那就杀了逼她还政的人？是啊，武后不是把要求她还政的宰相裴炎杀了吗？几个御史喋喋不休，杀他们！可快感转瞬即逝，手颤抖起来，她下不了这个狠心。那么，养男宠？她身上顿时有些麻酥酥的感觉。是啊，男人做皇帝，后宫佳丽成群，女人当家做主了，为何不能找男宠？吕后、武后都是有男宠的嘛！刘娥捂住了脸，有扇自己嘴巴的冲动，不要说做，即使这么一想，她就觉得对不起赵恒！那就大兴土木？她觉得这个主意不错。想那武后在临朝称制时，命面首薛怀义率人建明堂、铸大像，一举将国库全部掏空，却也丝毫不放在心上，真是豪气啊！可是，刘娥又摇摇头，想到了在慈孝寺遇到的织妇，把国库掏空了，不是还要从百姓身上搜刮吗？民生多艰，何忍盘剥！

终归还是放不下，放不开！她感叹着，自责着。看来，不是谁都能做得了坏人的。这世上，只要还怀有一颗爱怜之心，做好人固然艰辛，想做坏人却也不易！

最可悲的是，一辈子都在努力做好人，可最终却还是落得个坏人的名声！这坏名声，不是因为你做了坏事，恰恰是因为你做了太多的好事。而之所以如此，是因为你根本没有资格去做这些好事。你生来是一个歌女，就该去卖唱，而你却成为堂堂大宋的皇后！你生来是女人，就该相夫教子，而你却介入朝政，甚至主宰男人们的命运！所以，你是一个窃权者，一个恋栈者，一个使大宋蒙羞的女人！或许，还是一个野心勃勃，怀抱毁灭大宋江山社稷妄念的女人！

"我不甘心哪！"刘娥低下头，哭着说，又蓦地抬起头，双手扶着御案，吃力地站了起来，"我要证明给你们看！"

4

赵祯第一次感到了恐惧。他想象不出，大娘娘为何突然提出那样一个令人不可思议的要求！过去，他从不怀疑大娘娘对他的疼爱，也绝不相信那些大娘娘要称帝的传言。他已习惯了大娘娘的保护、训导，甚至听到逼迫大娘娘还政的吁请，他也觉得是让他难堪。可是，大娘娘命内押班江德明郑重其事宣达的口谕，却让赵祯脊背发凉。

历史一再证明，亲情，在权位面前，是不堪一击的。汉之吕后，也是只有惠帝刘盈一个亲子，对其呵护有加，可是，史家都说，二十三岁的惠帝正是死于母亲吕后之手。一想到惠帝，赵祯冷汗涔涔而下，他也是二十三岁啊！还有武后，长子李弘虽立为太子，却被亲生母亲武后毒死；次子李贤继之被立为太子，又被母亲逼令自杀；三子李显好不容易继位称帝，可仅仅两个月，就被母亲武后废为庐陵王，软禁于均州，几度吓得欲自杀；四子李旦在李显被废后继位，武后临朝听政，将其软禁，他不得不吁请武后称帝，又恳请赐他武姓。想到这些，赵祯浑身颤抖，彻夜未眠。

赵祯想不出对策。多年来，遇到难事，有大娘娘在，他不必费心劳神；即使有办法，他也不想付诸行动，要他对一向敬畏的亲娘动手，赵祯下不了这个狠心。那就只能求助于大臣了。他知道，大臣内心是忠诚于他的。

天一亮，赵祯将写好的手诏交到刚由小黄门晋升入内殿头的王守规手里，命他到政事堂传旨。

今日没有朝会，是赵祯到迩英阁听讲的日子。他临时改变了主意，命内侍秘密向侍讲学士孙奭传旨，改在资善堂听讲。似乎这样一来，到迩英阁抓他的人，就会扑空。他也知道这是自我安慰，但他所能做的，也只有这称不上躲避的躲避了。他暗自祈祷，希望大臣们能设法扭转局势。

接到皇上的手诏，吕夷简目瞪口呆！

"这……这是要公然称帝吗？"张士逊接过手诏一看，大惊道。

"皇太后意欲何为？"晏殊瞪大眼睛，情绪激动地问。

"官家何在？"张士逊突然神情紧张地说，"快把官家保护起来！"

"且慢！"吕夷简制止道，"手诏是官家所降，说明官家是知道这件事的，可官家并未有密诏要我辈筹策，还是不要轻举妄动的好。"

"吕公说的是。"王曙附和道，"太后此举虽怪异，但若说是称帝，却也未必。称帝要有称帝的样子。武后先是诛灭了皇族和反对势力，幽禁了皇帝，才敢公开其图谋。我皇太后通晓史事，难道连这一点都不知道，如此不管不顾，直接称帝？"

张士逊辩驳道："此怪异之举，超出常理，如何解释？"

"抗旨！"晏殊声音颤抖，高声道，"请对！"

"也罢，先摸摸底也好！"吕夷简决断道。

张士逊一缩脖子道："会不会设了伏兵，待我辈一到端明殿，一网打尽？"

晏殊苦笑道："皇太后若想动手，到政事堂瓮中捉鳖，我辈还不是一个也跑不了？！"

吕夷简沉思片刻，对张士逊道："公在枢府多年，知兵事，为防万一，请留守政事堂，一旦有变，公出面主持，设法保护官家，挽救时局。"

此言一出，政事堂的气氛顿时紧张起来，众人都沉默了，各自想着心事，等待着禁中的消息。过了半个时辰，阁门吏来宣，皇太后在端明殿召对。

吕夷简向张士逊郑重地拱了拱手，率晏殊、王曙一起出了政事堂。走在去往端明殿的路上，没有了往日的欢声笑语、插科打诨，每个人的脸上，都现出悲壮的神情。北风裹挟的绿豆大的雪粒打在纱帽上，"啪啦"作响，凛冽的寒气穿透了朝袍，几个人不约而同地打了个寒噤。

　　端明殿内外，看不出异常，只是太后的态度大异于往日。不等几人施礼毕，就先发制人，厉声道："若为那件事而来，免开尊口！"

　　吕夷简扭脸看了看晏殊。

　　是晏殊提议请对的，此时他也只好硬着头皮道："太后陛下，臣等忽接皇上手诏，谕臣等曰：来年二月躬耕籍田，先请太后着天子衮冕恭谢宗庙，命臣等拟仪注，为太后裁制皇冠、龙袍。《传》云：国之大事，在祀与戎。自周代起，即有天子躬耕之礼，谓之南郊或籍田礼，历朝历代，南郊礼都是国家最隆重的礼仪。臣等查遍《周礼》，翻检史册，恭览祖制，都明文记载，南郊礼乃为天子所定，天子躬耕南郊前，先行恭谢宗庙，并无太后代替皇上恭谢宗庙之例；且太后凤袍，早有定制，从未有太后着衮冕的先例。臣等不知太后陛下所要的衮冕是何制式？"

　　"晏殊！"刘娥直呼其名，揶揄道，"你以为只有你读过书？不需要你为吾讲史！先帝曾赴曲阜祭孔，尊封孔子之妻，有先例吗？任何先例，总是要有开创者的，今吾就给你开一个先例！"

　　太后虽严明，却从来没有如此蛮横过，宰执大臣面面相觑。

　　"太后陛下！"王曙奏道，"自古拜礼，男女不同。臣敢问，若太后着衮冕至太庙行礼，是如皇上一样行男子礼，抑或仍行女子礼？"

　　刘娥语塞。但是，她不想和他们论法讲理，就是要以权压人，享受这种从未有过的蛮横带来的快感。沉默片刻，厉声道："王曙，是你去行礼还是吾去行礼？吾行什么礼，不劳你费心！"又直呼吕夷简的名字，以警告的语气道，"吕夷简，知会台谏，都免开尊口，莫苦苦相逼，勿谓言之不预也！"

　　吕夷简冒出冷汗，暗忖：太后这是怎么了？判若两人！他自知再辩无益，卷班辞出。

　　"大事不好！"张士逊候在宣佑门外，一见吕夷简出来，就迎过去道，"官家不知所踪！"

吕夷简大惊失色，正要开口问，张士逊禀报道："今日官家当在迩英阁听讲，可迩英阁并无圣驾；多方探寻，方知临时改在资善堂，可到资善堂去问，仍无圣驾！"

"快快！"吕夷简神情慌乱，"到政事堂商议办法！"

"哎呀！官家何在？官家何在？"晏殊焦急地嘀咕着。

此时，赵祯正在宝庆殿里。

昨夜忽接江德明传大娘娘要着衮冕祭太庙的口谕，赵祯震惊之下，夜不能寐，听讲时更是心不在焉。事态紧急，万一有变，他该如何决断？于是中断了讲书，悄悄去往宝庆殿，去见小娘娘杨淑妃。

"什么？她要替官家去祭太庙？还要穿戴天子衮冕？"杨淑妃"腾"地站起身，吃惊地问，随即拉住赵祯，安慰道，"赤哥儿莫着急，让小娘娘想想，我想想。"她重重吸了口气，在殿内徘徊了两圈，坐到赵祯身边，叹息一声道，"大娘娘心里太苦了。她这一辈子，都是克己奉人，太压抑了。"

"可是……"赵祯支吾着，他还是想不明白，既然大娘娘一生克己，为何突然出此惊人之举。

"大娘娘对你爹爹爱之甚深，不可能做对不起你爹爹的事！"杨淑妃既是分析又是劝慰，"这十多年，大娘娘咬紧牙关，一心只想把天下治理好，把赤哥儿训导好，宵衣旰食，没有松懈，更无享乐，可做成这样了，大臣们、台谏们，却还是不能谅解。"

赵祯点头道："嗯，儿也心疼大娘娘。不知如何报答大娘娘，所以一再告诫自己，务必听大娘娘的话，不惹大娘娘生气。"

"这是大娘娘的福气，不然大娘娘就更苦了。可是，赤哥儿怎知大娘娘的心结？她心里还压着……"说到这里，杨淑妃急忙收住了，神色慌张地觑了赵祯一眼，扭过脸来，喟叹道，"大娘娘老了，近来去请安，几次见她正说话间，突然勾下头，昏昏沉沉睡去。大娘娘恐来日无多了，她要做什么，赤哥儿都不要拦着，由她去吧！赤哥儿记住小娘娘的话，大娘娘不会辜负你爹爹，不会做伤害你的事！"

赵祯顿感豁然开朗，紧锁的眉头舒展开来，唤王守规进殿，吩咐道："去政事堂传旨，着遵手诏拟仪注、制衮冕，不得有误！"

吕夷简等人正为不知皇上所踪而焦急万分，忽见内侍来传口谕，又得知皇上在杨淑妃殿内，所发圣谕并非受人胁迫，这才松了口气。

"无论如何，不能放任太后着天子衮冕！"张士逊激愤地说，"今日可着天子衮冕，明日即可登基称帝，我辈岂不成了大宋的罪人？"

吕夷简劝道："太后执念甚坚，官家又一再降旨，我辈做臣子的，总不能硬顶到底吧？"

"我看太后不会改主意了！"晏殊接言道，"只要官家不是受胁迫而赞同此事，我辈要做的，就是退而求其次，设法把太后的衮冕规制与天子衮冕区别一下，这样更有意义些。"

"且不说此举是不是称帝的试探，就说一个女人着衮冕到太庙行礼，太祖、太宗之灵震惊之余，一定会责我辈臣子无能、不忠！我辈如何向祖宗交代？"张士逊说着，捶胸顿足，潸然泪下。

众人闻言，都低头不语。

门外传来内侍的声音，又有三道手诏传来：

著吕夷简为恭谢太庙籍田大礼使，张士逊为礼仪使，张耆为仪仗使，杨崇勋为卤簿使。

著直集贤院韩琦与礼官详定皇太后谒庙仪注。

著晏殊提举制作皇太后衮冕事。

吕夷简举着三道手诏晃了晃，道："诸公，还是不要难为官家了吧！"

"不甘心哪！张某不甘心！"张士逊拍打着胸脯说，老泪纵横。

5

正当朝野为皇太后以天子礼谒太庙一事忧心忡忡、明阻暗拦之时，忽然传来西夏酋长赵元昊不再奉正朔的消息。自赵德明故去，朝廷就担心桀骜不驯的元昊会生出事端，果然，当"明道"年号颁示西夏后，元昊遣使回复，为避父名讳，新号不敢用，而自拟"显道"年号颁行。

刘娥突然来了精神，在端明殿召对二府三司大臣。

"元昊说的也有道理。毕竟他父名里有一个'明'字，何必授人以柄呢？天圣十年已用了十个多月了，不如明年改元，另起年号。"张士逊先表态道。他本来就对新年号所蕴含的"日月并明"之意甚不满，便借机提出废掉。

王曙不以为然道："国家避臣子名讳，古未有之。若元昊提出要求，朝廷就改年号，岂不是向其示弱？元昊无臣服心，不是第一次了，即使改了年号，他还有别的借口要挑衅。"

枢密使张耆道："这些年国家富庶，兵源充沛，何惧西人？"

刘娥突然发出一声怪异的冷笑。这些年，对契丹、西夏，无不小心翼翼，和平得以维系，国家日渐富庶。可她得到了什么？还不是要赶走她！那好吧，无非是流血，即使被说成穷兵黩武，那又如何？反正左右都是错，索性由着性子来！她一拍御座扶手道："众卿整备，吾要率三军亲征！"

群臣愕然失色！这还是那个以维系和平为念的太后吗？葫芦里卖的什么药？吕夷简只得谏阻道："太后陛下，牵一发而动全身，臣以为还是先礼后兵，先遣使宣谕为好。"

赵祯也担心大娘娘突然发出战争信号，会导致与西夏、契丹关系破裂，国家将陷入全面战争的泥潭；但他不敢直接表示反对，便接着吕夷简的话茬道："宣谕也是该做的；但若要用兵，朕当亲征！"

刘娥脑海里突然闪现出赤哥儿身陷敌营，矢石锋镝在御驾四周狂飞乱舞的场景，心顿时软了。她暗暗嘲笑自己，六十多岁才想到了任性，岂不给儿孙添乱？她不得不收回刚刚释放出来的狂野之性，回到了既有轨道，决断道："维系和平国策不可变。就照宰相说的，先宣谕，同时传敕沿边各镇，加强戒备。"

赵祯很高兴，借机向大娘娘表孝心，吩咐道："虽有西人捣乱，但皇太后娘娘谒太庙事宜，不可受干扰，要上紧筹办！"

刘娥暗自感叹，赤哥儿若不是如此纯孝，说不定她就能放下、放纵了。凡是给赤哥儿带来隐患的事，不忍为，都算了，只把衮冕谒庙事做得风风光光就好。

不几日，衮冕仪制、谒庙仪注，一同呈到。仪制上写着，皇太后所穿皇帝衮服，衣去宗彝，裳去元藻，不佩剑，名曰改衮衣；所戴皇冠，龙花十六株，前后垂珠翠各十二旒，名曰仪天冠。刘娥不在乎这些细节，只要是衮冕就好。自远古迄今，女人何其多，只有一个武则天穿过衮冕；而大宋朝，又一个女人，堂堂正正身穿龙袍、头戴皇冠，出现在大庭广众之下！她要的是这个效果，抠那些细节，书生之气！遂提笔在仪制上批了"可"字，又拿起仪注阅看，粗粗浏览一遍，却找不到她最想要的，"啪"地往御案上一拍，吩咐道："内侍，传吕夷简到端明殿奏对！"

吕夷简战战兢兢到了端明殿，施礼未毕，就听帘后传出怒气冲冲的质问声："吕夷简，你做宰相多年，每年都有南郊礼，往年官家去太庙行礼，坐什么车、用什么仪仗，难道你不晓得？"

"乘玉辂，用卤簿。"吕夷简声音低沉，答道。

"那就是了！既然吾着衮冕，行南郊礼，怎么还要乘大安辇，用自己的仪仗？"刘娥说着，起身亲自动手挑开帘子，把仪注"哗"地扔了出去，"回去改了！"

吕夷简弯下身，默默将仪注捡起，揣入袖中，施礼辞出。

"又生事端？"张士逊见吕夷简黑着脸，步履沉重地进了政事堂，忙问。

吕夷简长叹一声，通报了召对情形。

"着衮冕、乘玉辂、用卤簿，名副其实的皇帝嘛！"张士逊用力一捶书案，愤懑地说。

"诸公！有埋伏嘞！"晏殊起身接过吕夷简手里的仪注，诡秘一笑道，"看到这两条了吗？只要这两条还保留，就不必争了！"

"哈哈！"张士逊笑了起来，"都说太后多智，便是诸葛孔明，到底顶不过三个皮匠！哈哈，哈……"

笑声戛然而止。众人的脸都阴沉下来，屈辱感陡然袭上心头。一个女人，身着皇帝衮冕，乘坐只有皇帝才能乘坐的玉辂，使用只有皇帝才能使用的卤簿，而他们，朝廷中的衮衮诸公，七尺男儿，却不能阻止，倒为扳回一两个细节而庆幸，这是何等的屈辱？！

屈辱的情绪在百官中蔓延，但更多的是不解。太后何以如此？效法武氏称帝？可她并没有扫除称帝道路上的障碍；若说太后无称帝之心，一个女人，因何要着男人的衮冕？太不可思议了！大声疾呼太后还政的孙祖德、刘涣几个人，则是感到了恐惧。太后不仅不想还政，还要向天

第十六章　走险棋亲王破釜沉舟　穿龙袍女皇呼之欲出

下人示威，接下来，会不会拿他们开刀祭旗？

台谏集体沉默了。再没有还政的吁请，也没有反对太后以天子礼谒庙的章奏。

刘娥反倒不安起来。为什么这么平静？平静得令人窒息！屈服？屈服不等于承认，一旦失去权力，屈服者的反弹更可怕！抑或，是看穿了？看穿就等于在看一场戏，他们心里一定会说，到底是歌女，表演这么一出大戏！她感到羞愧，想收回成命。可是，一生就放纵这么一次，还要半途而废，未免太委屈自己了。她时而盼着这一天早点到来，快快过去；时而又怕这一天的到来，不知如何面对。在这样的纠结中，刘娥病倒了。明道二年的长宁节，她只能躺在宝慈殿接受帝后嫔妃、命妇宗室、内侍宫女们分批拜寿；上元节，也未能到正阳楼观灯，直到正月底才痊愈，而谒庙的日子，是二月初九。

二月初八，刘娥搬到垂拱殿，一整天吃斋，当夜宿于殿内。她一夜没有合眼，时而激动，时而懊悔。刚过三更，就开始梳洗，穿上袆衣，戴好花钗冠，端坐殿中。

辰时一到，鸣鞭奏乐，朝廷规模最大、礼仪最隆的南郊谒庙礼正式登场。卤簿仪仗多达万人，自宣佑门浩浩荡荡而出，穿过正阳门，来到御街上。京城百姓早就听说皇太后穿龙袍、戴皇冠、坐玉辂，要去做只有皇帝才有资格做的事——南郊谒庙，万人空巷，涌到大街两旁，争睹大宋女皇的威仪。

可是，大臣在仪注里已经设下埋伏，皇太后在沿途并没有着衮冕，而是身着深蓝袆衣、头戴花钗冠，依然是太后的法服。

刘娥端坐在玉辂上，高高的黄盖昭示着无上的尊严。此刻，她忘记了眼前的一切，脑海里，全是五十年前韩王出阁时，她在御街观礼的情景。她向拥挤的人群望去，寻找着那个初到京城的欢快而又迷茫的蜀女的身影。找不到了，再也找不到了，那张青春的脸庞，脸庞上灿烂的笑容，充满好奇和渴望的双眼，还有，大把大把可供挥霍的岁月！五十年过去了，那个蜀地歌女，正以君临天下的威仪，向世人宣告，她，那个出身卑微的歌女，已然是大宋的最高统治者，没有皇帝称号的女皇！她要向世人宣告，出身卑微者，不应该被轻视；女人，同样值得尊重！

玉辂在太庙的大门外停下，大礼使宰相吕夷简、礼仪使宰相张士逊、仪仗使枢密使张耆、卤簿使殿前马军都虞候杨崇勋，率文武百官跪迎于道。一道又一道的礼节令人眼花缭乱又倍感庄严。进得太庙，刘娥在赞礼官引导下，走进更服阁，换上改衮衣、戴好仪天冠，以皇帝的威仪，出现在百官面前。

旭日东升，霞光洒满了天际，微风轻拂，初绿的小草，卑微、顽强而又欢快地散发着春的气息。韶乐奏起，内侍赞道，身着衮冕的皇太后刘娥略显拘谨地迈步向祖宗灵室走去。

太庙供奉七位祖宗的灵牌，其中第一室至第四室，分别供奉着太祖追封的四位先祖；第五室为太祖，第六室为太宗，第七室为真宗。

刘娥在赞礼官引导下，按照皇帝祭祖的礼节，从第一室起，一一行初献礼，皇太妃杨氏行亚献礼，皇后郭氏行终献礼。

出了太宗的灵室，该到第七室了，刘娥突然有些踌躇。这身装束，该如何向那个日夜思念的男人解释？但是，她坚信，世间最理解她的那个男人，一定能理解她时下的举动！这样想着，她甩开上前搀扶的内侍，缓缓地挪动脚步，走进了灵室，泪水扑簌簌淌下来，她拭了拭泪，走上前去，紧紧盯着赵恒的御容，心里唤了声："天哥，月妹来看你了！"

赞礼官几次做出导引的手势，刘娥都没有看到，她默默地站着，千言万语涌上心头。她想大哭一场，可是她知道，这不能；她轻轻抖了抖身上的龙袍，又正了正头上的仪天冠，想说一句对不住，请求他的宽恕，她知道，这也不能。她只能按照既定的礼节，向她的天哥行大礼。她是在用心行礼，礼节未毕，已气喘吁吁，颤颤巍巍，坚持着完成了每一个动作，腿脚就再也不听使唤了。眼看皇太后要歪倒，赞道内侍顾不得许多，急忙上前，左右搀扶着，缓缓地向外走。

初春的阳光明媚温煦，风中弥漫着花草的芳香。刘娥深深地吸了一口，望着通往太庙首门的道路，道路如此漫长，仿佛需要花上五十年才能走完。她挪不开步了，内侍架着她，走到恭默殿旁。按照仪注，她还要进殿换掉衮冕，穿上祎衣；可是，她没有气力再去更衣了，以哀求的目光投向赞道内侍罗崇勋，罗崇勋只好去向大礼使吕夷简请示，吕夷简临时变更了仪注，吩咐直接将太后搀上了玉辂。

回程，刘娥虽着衮冕，却连抬头的气力也没有了，瘫坐在御座上，大口地喘息着。

进了宣佑门，照皇帝的谒庙礼，已完成了全部仪式。可是，在仪注里，大臣们又加上了一条：文德殿受册。在玉辂未到前，先期奉命回宫的内侍已备好了软轿，内侍将刘娥从玉辂上搀下，换上软轿，直接抬进了文德殿，安置到凤椅上。吕夷简手捧册宝，趋前跪地，朗声道："臣吕夷简，奉旨献册宝！"内侍接过，高声读道："应天齐圣显功崇德慈仁保寿皇太后册宝！"

吕夷简带头呼喊："皇太后陛下，千岁千岁，千千岁！"

昏沉沉中，刘娥明白了，大臣是要以这个仪式，抵消她以天子礼谒庙的影响，向她、向天下宣示，她不是女皇，只是皇太后。

拜舞礼毕，宣赞舍人宣读皇太后懿旨：自明道元年起，民年八十以上，每遇长宁、乾元节，许赴州县燕设；其父母年八十者，与免一丁，著为令；权罢江淮发运司今年春漕，以济饥民。

吕夷简又领呼："皇太后陛下千岁，千千岁！"

刘娥在群臣的欢呼声中，晕了过去。

第十七章
游金明听奏报欣慰异常　嘱后事扯衮衣死不瞑目

1

金明池在春二月开园，许士庶纵观，谓之开池。皇家最大的御园金明池一开池，立即就成为京城百姓的热闹去处。

寒意随着二月的结束退出了京城，万物复苏，桃红似锦，春回大地的景象，仿佛是上天为世间发出的又一次生命的提示。病榻上的刘娥，似乎接收到了春天的提示，突然提出要到金明池一观。

自二月九日太庙行礼当天，刘娥就病倒了。太医诊治，半个月未见起色。赵祯很焦急，传旨政事堂，命有司到京城遍访名医，又亲自到兴国寺进香，为大娘娘祈福。听到大娘娘要幸金明池的话，赵祯且喜且忧。他体谅大娘娘的心意，却又担心她体力不支，左右为难。

"京城有句谚语：'一春好天气，不过二十日。'我看这几天天气不错，就不要再等了。"这天晚上，刘娥催促前来问安的赵祯道。

侍候在侧的郭后道："三月三是上巳节，是亲水以拔除病根的日子。奴看，就请大娘娘三月三幸金明池吧？"

赵祯一听"拔除病根"四字，当即就同意了。

按照刘娥的嘱咐，三月三这天交了巳时，坐软轿，不备威仪，出正阳门，沿汴河大街西行，再向南出顺天门。此行只有皇后和杨淑妃同去，并特意召宰执大臣的夫人相陪。

刘娥坐在轿中，虽偶因胸口憋闷而发出剧烈的咳嗽声，却也不停地举目四望，观看京城的街景。只见雕车竞驻于天街，宝马争驰于御路，金翠耀目，罗绮飘香，新声巧笑于柳陌花衢，按管调弦于茶坊酒肆，一片繁荣盛景，她禁不住感慨一声："我的心血没有白费，对得起先帝了！"

软轿从金明池北门而入，径直到了池北岸的龙奥，这里停泊着一艘龙舟。龙舟是太宗时所造，最高一层殿阁谓之"时乘"。软轿一直抬进时乘殿，刘娥这才在侍女搀扶下，移到御座上。当年赵恒活着的时候，每年春，她都会陪同他登舟游览，自赵恒病重，十五年了，刘娥还是第一次再登龙舟，睹物思人，禁不住泪水涟涟。坐在旁侧的郭后一边为她拭泪，一边好言相劝，又向一旁的晏殊夫人递眼色。

晏殊夫人会意，感叹一声道："哎呀，这些年太后娘娘忙于军国政事，外间市井的事知道的不多吧？目今开封很繁华的呀！潘楼南有条茶汤巷，是茶坊一条街；马行北街，卖药的聚集成街。这些地方，全天十二个时辰都开张呢！"

刘娥听得津津有味，露出了笑容。

龙舟缓缓启动，时乘殿里响起了欢声笑语。

"大娘娘，快看！"郭后向东南方的岸上一指，惊喜道。

刘娥手搭凉棚望去，但见沿岸垂杨蘸水，烟草铺堤，忽有三五个轻衫小帽的少年公子，用短缰促马，头剌地而行，呵喝骤驰，竞逞俊逸；一群执扇女子，披着凉衫，抹胸内衣外穿，袒露胸颈，在旁惊叫；不远处，临时搭盖的彩棚里，观看水戏的男女不为所动，只知为伶人的表演而叫好，一群半大的孩童，扬鞭打着千千车，带他们来玩耍的父母，忙里偷闲，在旁埋头打着双陆。

"哎呀，那里好喧闹啊！"吕夷简夫人指着不远处的殿阁道。

刘娥看过去，那是面北的一座建筑，名临水殿，皇帝赐宴群臣之所，但每年开池的一个多月里，百姓可借此宴饮，京城的富商，都早早预订下来，带上歌姬、戏班，宴请亲朋，饮酒听曲，猜枚行令。

"大娘娘，骆驼虹就要到了！"郭后提醒说。

金明池南岸一直到池中心，建有一座长数百步又甚宽阔的巨型拱桥，朱漆栏盾，下排雁柱，中央隆起，如飞虹状，人们都以骆驼虹称之，仙桥的本名，倒是没人提起了。但见桥上红男绿女，或说说笑笑，指指点点，或俯身凝眉，侧耳细听，有的为重殿玉宇、雄楼杰阁而感叹；有的欣赏着奇花异石、珍禽怪兽；少年郎则多半向船坞码头、战船龙舟投去好奇的目光；多情的少女们又为花间粉蝶、树上黄鹂所吸引，还有书生模样的男子，望着池中，似乎在回味雨打荷叶的金池夜雨场景，以便吟出几句脍炙人口的诗作。

京城的百姓见惯了皇家的威仪，对龙舟的游弋至多投去不经意的一瞥，也就兀自继续挥洒自己的游兴。

龙舟抵达南岸，不断有游人从棂星门进进出出，或许是游过了金明池，再到对面的琼林苑一观；琼林苑的游人则与之相反。看着穿梭于两大皇家园囿的人群，刘娥慨然道："看到百姓安居乐业，吾心可安！"她突然很想和百姓交谈，吩咐内侍传旨，搭栈桥，唤几名老者上船。

金明池执事官不敢怠慢，物色了三四位体面的老妇，顺着栈桥登上龙舟，朝见皇太后。

刘娥问："哀家很想知晓，百姓对做官的有何看法？"

一位老妇答道："回太后娘娘的话。奴娘家在河中，河中百姓有女不肯嫁官人。"

"这……"刘娥愣了一下，"这是为何？"

老妇笑道："做官之人，不能在一地久任，随时会调往别的州县。这些年，吏治简易，民俗富乐，骨肉不能常相聚，终归是憾事，所以呢，嫁女不选官员。"

刘娥松了口气，笑了起来。

"还说嘞！"另一位老妇道，"奴娘家在齐州，齐州百姓，嫁闺女娶媳妇，都比着大摆庆贺酒宴，最长的一连摆宴四十天哪！"

"天哪天哪！"刘娥惊叹道。

吕夷简夫人笑着说："皆因百姓富庶，又好争面子。"

"可不是嘛，都这么说！"老妇们赞同道。

"这些年，不打仗，朝廷也不瞎折腾了，老百姓日子好过了，都说以后别变了章法就好！"一位老妇感慨道。

郭后听了刺耳，怕老妇们再说出什么不合时宜的话来，忙道："大娘娘累了，让她们下去吧？"

刘娥点头。

几位老妇施礼告退，刘娥一指案上的糕点："赏给她们些！"

晏殊夫人道："呵呵，太后娘娘，她们未必稀罕呢！"

吕夷简夫人道："太后娘娘体恤百姓，天下无不仰诵！"

"是啊是啊，皇太后娘娘励精图治，如今天下太平，百姓富庶，谁不感戴?!"命妇们纷纷附和道。

刘娥一笑道："人都爱听好话啊，听了，心里就是舒坦。"

在众人的夸赞声中，龙舟转过弯去，靠西岸向北驶去。西岸没有楼宇，是垂钓者的天地，显得颇是静谧。驶过中心岛，忽见一和尚站在岸边的一棵柳树下，手牵一枝柳条，像是在吟唱什么词曲。刘娥侧耳细听，隐隐约约听到几句：

> 争知道，梦里蓬莱，待忘了馀香，时传音信。纵留得莺花，东风不住，也只眼前愁闷。

"圣人，那位和尚在吟唱什么？"刘娥问郭后道。

"大娘娘，儿媳没有听到呀！"郭后答。

"我听到了。"刘娥幽幽地说，"他说的是'纵留得莺花，东风不住，也只眼前愁闷'。圣人，你给大娘娘说说，这是何意？"

众人惊讶不已。或许是没有留意，也或许是耳背，谁也没有听清和尚在吟唱些什么，怎么太后居然听到了，而且记住了？

郭后扑棱棱快速眨巴了几下眼睛，答道："大娘娘，那和尚吟唱的这句，大抵是伤春的话吧？"

"不必忌讳，他说的意思我懂。"刘娥说着，长长地呼了口气，又道，"和尚说得对，即使莺声和花香留住了，可还是难遣愁绪。这愁绪，非为春天良辰美景而发，而是为世间的人所发，春去还会再回，而人老去，也就老去了！"

郭后唤了一声："大娘娘！"也就不知该说什么安慰她了。

"这金明池，我是再也来不到了，再也来不到了……"刘娥伤感地自言自语似的念叨着。

病痛袭来，加上路途劳累，刘娥没有了力气，头勾了下去，像是睡着了。众人沉默着，无心再赏景，郭后传旨，命龙舟加速行驶。进得码头，内侍将昏睡中的刘娥抬上软轿，急急忙忙往皇宫赶去。

昏睡了两天后，刘娥苏醒过来。守在床前的赵祯一脸倦容，见大娘娘苏醒，兴奋不已，吩咐为大娘娘喂参汤。赵祯端碗，郭后拿勺子，一口一口喂下去。

刘娥强迫自己喝了几口，轻轻把郭后的手推开了，流泪道："娘这一辈子，养儿如此，夫复何言！"

赵祯道："儿只盼大娘娘早日好起来！"说着，把碗递给侍女，又道，"大娘娘，这两天朝政……"

刘娥摆摆手道："吾儿大了，顶天立地，朝政，就不必再和娘说了。"喘了几口气，又道，"病体若见好，娘还想再上一次朝，让群臣说说天下事。"

赵祯点头。他理解大娘娘的意思，传谕吕夷简，朝会上，多说皇太后喜欢听的话。

过了两天，尽管身体虚弱，刘娥还是坚持要上朝。她又一次穿上了改衮衣，戴上仪天冠，被抬到了垂拱殿。

百官早已知道皇太后病重的消息，预感到她是来与群臣告别的，忘却了往日对她迟迟不还政的怨恨，都默默地等待着听她说些什么。

"程琳何在？"刘娥问。

"臣在！"权知开封府程琳出列道。

刘娥问："京城现在的廉租屋有多少？"

程琳答："太后陛下，先朝天禧年间，楼店务掌廉租屋二万三千三百余间，年收入租金十四万贯；至五年前的天圣五年，租屋数为六万三千余间，但价格更低廉，租金比天禧年间反而少了四万贯。"

刘娥又问："大理寺，天下刑狱如何？"

大理寺卿奏道："太后陛下，正常年景，本寺案牍未决者常几百事，近三四年来，逾月并无公案。汉文帝决死刑四百，唐太宗决死刑三百，皆大书特书，以为刑措；今日以四海之广而死刑案件罕有，动辄逾月无一件，足见民识礼仪而不犯国法，天下大治之象也！"

刘娥又问："财用如何？"

三司使奏道："太后陛下，目今商业繁荣，真宗景德年间，商税四百多万贯，去岁则是两千万贯。海外贸易繁盛。朝廷昭告天下，蕃商有愿来华者，听其便，外邦客商纷至沓来，有'苍官影里三洲路，涨海声中万国商'之谓。天圣以来，虽几次下诏减工商税赋，数十次蠲免受灾民众钱粮；但十多年承平无战事、无劳民伤财土木之兴，我皇太后、皇上带头节俭，故国库每年增加千万计，年年盈余。"

"台谏有何说?"刘娥问。

御史中丞蔡齐出列奏道："太后陛下，先朝虽设台谏官，但多不专任，自天圣元年以来，台谏官专任，增设谏院并专辟廨舍，台谏官言事无须白长官，此三项举措，使我皇宋台谏，得一时之盛。"

刘娥露出欣慰的笑容。大宋在她的治理下走向了繁荣! 几代君主励精图治，至有今日，可赤哥儿仁慈宽厚，那些好生事的大臣会不会胁迫他改了章法? 想到这里，刘娥顿感忧虑，喘息越来越急促，越来越艰难。

2

宝慈殿里，刘娥昏昏沉沉好几天了，已分不清白天黑夜，今夕何年。一缕阳光透过窗棂投进了寝阁，窗外一棵高大的杨树上有几只老鸹轻盈地叫了几声，仿佛表达对久久不曾露面的殿阁主人的问候，又像是传递着它们的疑惑，不知一向勤劳的主人因何变得懒惰。

刘娥慢慢睁开了眼睛，眼前一片模糊，殿内格外寂静。她艰难地伸出手去，哆嗦着向四周摸索着。

"赤哥儿，赤哥儿!"她唤道。

"太后姐姐，赤哥儿和圣人到景灵宫行礼去了。"是杨淑妃的声音，"今日三月十五，是太宗皇帝的祭日。"

"老天! 为何还不带走我，为何?!"刘娥发出懊恼的声音，"快带我走吧，带我走吧，让我与祖宗同一个忌日，以后，就能给吾儿省些麻烦!"

"太后姐姐，这话让赤哥儿听到了，更伤心了。"杨淑妃道，"赤哥儿天天盼着大娘娘快些好起来呢! 这些天，连发了几道诏书。"说着，把诏书举在手里，在刘娥眼前晃了晃。

刘娥抚摸着，凄然道："我看不见，什么也看不见了。"

杨淑妃道："赤哥儿颁布了大赦令，为大娘娘积德；又颁布了敕书，募天下善医驰传赴京，为大娘娘治病；还颁诏，命僧道、童行系帐。除了颁诏，赤哥儿每天都去寺庙为大娘娘祈福。"

刘娥露出笑容："赤哥儿和他爹爹一样，心地纯良。心地纯良的人不会做坏事。"

杨淑妃道："太后姐姐说得对。赤哥儿自幼目睹了爹娘之爱，还有我们的姐妹之爱，也体验了厚重真挚的母爱。他是在爱的氛围里长大的。有爱的孩子，心地纯良，心地纯良的皇帝，一定是位仁君；赤哥儿五岁裹头出阁，外有大臣，内有太后姐姐辅导他治国，如今太后姐姐又手把手教他十多年，他一定是历史上最会做官家的。既仁德又会做官家，太后姐姐大可放心了。"

刘娥欣慰地笑了："呵呵！我这一辈子做的事，他们或许不认可、不谅解；可有一件事，他们不能否认，那就是，我为大宋训导出一代圣君！只这一件事，我死而无憾了！"

"姐姐在赤哥儿身上倾注的心血，胜过……"说到这里，杨淑妃意识到失言了，忙住了嘴。定睛看过去，见刘娥突然浑身颤抖，像是想说什么，嘴唇哆嗦得吐不出字来。杨淑妃慌忙唤内侍传太医。

"不！不！"刘娥含混地发出声音，颤抖的手微微抬起，吃力地摇摆着，"让、让他们都、都退下！"

内侍人等都退出去了，刘娥用力攥着杨淑妃的手，仿佛想借着她的力量使自己镇静下来。攥了片刻，抖动减缓了，刘娥以微弱但却充满惊恐的语调道："妹妹，妹妹，我死后，你、你要保证，保证那个秘密、那个秘密不被揭穿，好不好，妹妹，你说话啊！"

"姐姐——"杨淑妃沉默良久，唤了一声，却不敢说出保证的话。

刘娥突然镇静下来了。她闭上眼睛，嘴唇嚅动着，似乎在思考着什么。

"能掩盖真相的，只有权力！"刘娥喃喃道，她又攥紧了杨淑妃的手，"妹妹，我会交代好，姐姐只求你这一件事，你一定要答应姐姐！"

"姐姐放心，赤哥儿不是忘恩负义的孩子！"杨淑妃含含糊糊地答道。

"传内舍人来！"刘娥以卧病以来从未有过的威严的口气道。

须臾，内舍人进殿，杨淑妃告退，刘娥断断续续，口授遗诰。内舍人记录下来，读了一遍，刘娥微微点头，吩咐道："誊请，用宝。"

遗诰办理完毕，刘娥接过，压在枕下，似乎所有的气力已被耗尽，她又昏睡了过去。

不知过了多久，刘娥听到了呼唤声，是赤哥儿的声音。她吃力地睁开眼睛，眼睛上像蒙了一层雾，看不清赤哥儿的面容了。她伸出手臂，颤抖着抚摸赤哥儿的脸，心疼地说："赤哥儿憔悴了，娘拖累儿了。"

"大娘娘！"赵祯唤了一声，泪水流到了大娘娘枯干的手掌里。

"莫哭，赤哥儿！"刘娥劝慰道。说着，手从赤哥儿脸上移开去，在枕边摸索了一阵，摸到了一摞簿册，又伸手把赤哥儿的手抓住，移到簿册上，说，"赤哥儿，这是什么？"

赤哥儿拿起一一阅看，答道："大娘娘，九部是法典，一部是《内东门仪制》。"

太祖太宗时，混一四海，法令、制度处于草创期，数量不多；真宗朝二十五年，颁布法令十部；刘娥听政以来，颁布法令九部。《内东门仪制》，则是听政以来规制的汇编。

"赤哥儿，法令不是一时一事管用，是管长远的，你照着这些治国，就不作难了。"刘娥拍着赤哥儿的手道，"今后，娘不在了，你要学会克己。做帝王的，坏了江山社稷，都是因为不知克己。"

"大娘娘，儿记住了！"赵祯哽咽道。

刘娥继续说："赤哥儿，娘这一生，没有偷过懒，没有害过人，怀着一颗感恩之心，战战兢兢，走到今日。娘累了，该去陪你爹爹了。一想到从此能和你爹爹永远在一起，再不分开了，娘就觉得，死，对娘来说，是莫大的幸福！所以，娘盼赤哥儿千万不要难过！"

"大娘娘！大娘娘！"赤哥儿唤着，抽泣道，"儿舍不得离开大娘娘啊！大娘娘操劳了一生，还未来得及颐养天年呢！还未能抱上孙子呢！儿还没有来得及给大娘娘尽孝呢！"

"莫哭，赤哥儿，莫哭！"刘娥边伸手替赤哥儿拭泪，边道："赤哥儿，娘答应过你爹爹，要把你抚养成人，娘做到了。可是，娘还是不放心。娘惟一的遗憾是，你到现在还没有一个皇子。"

赵祯大婚已经十个年头了，皇后不能生育，嫔妃为她诞育了几个公主一个皇子，可皇子却一落地就夭折了。这成了刘娥的又一块心病。

"当年，有娘在，你爹爹、你爹爹才、才有了你。"刘娥支吾着说，又嘱咐道，"你爹爹这辈子，没有为后宫的事操过心，凡事娘都为他打理好。娘不能帮你打理后宫，儿要学会治家。记住，要为你爹爹诞育几个孙子。"

赵祯默默地点了点头。

刘娥端了口气，歇息片刻，几次欲言又止，终于还是下定了决心，吞吞吐吐道："娘、娘这一生，若说、若说有什么错，是、是有一个错，一个错。娘对不住吾儿。"

赵祯没有多想，以为大娘娘是说她迟迟未还政之事，便道："大娘娘，有大娘娘在，是儿的福气；况且，这世上，何来母亲对不住儿子之说呢？"

刘娥并不解释，也解释不清，便继续照自己的思路道："娘之所以有这个错，只有一点，就是、就是，娘不想失去我的赤哥儿！赤哥儿，你千万莫要怪娘！"

赵祯觉得莫名其妙，或许是大娘娘病得糊涂了？忙道："儿怎么会怪罪娘呢？儿只盼大娘娘快些好起来，让儿多尽尽孝。"

刘娥长长叹息一声道："没有机会了，赤哥儿，没有机会了。"说着，从枕下拿出遗诰，用尽最后的力气，嘱咐道："当娘的，永远放心不下自己的儿子。娘死后，要尊你小娘娘为太后，用大臣的事、宫里的事，让小娘娘参决。"

赵祯感到意外，可还是乖顺地说："大娘娘放心吧，儿照大娘娘嘱咐做！"

刘娥久久没有回应。

赵祯起身，唤来太医，吩咐道："适才太后娘娘精神颇佳，康复有望，你等要精心调治！"

太医低声道："陛下，皇太后陛下是、是回光返照，恐、恐熬不过今天了!"

赵祯焦急地说:"不是诏善医驰传赴京了吗?你等要虚心,一起切磋,精心调理,朕、朕有厚望焉!"

太医摇了摇头,道:"臣等敢不尽心?可……"

"不要再说了!"赵祯不忍听下去,制止道,又吩咐内侍,"宣吕夷简来见!"

3

日头在西陲缓缓地沉没了,恋恋不舍地吐出一抹微弱的霞光,天际一片暗红,化作丝丝缕缕的惆怅和伤感,织成了夜幕,将大地万物轻轻笼罩,暮霭倔强地显示一下自己的存在,便不知所踪了。

病榻上的刘娥,朦朦胧胧间,仿佛随着飘忽而去的烟霭慢慢向上升腾。她看见了赵恒,憨憨地对她笑着,她扑了过去,却突然被他一把推开了。

刘娥惊诧、慌乱、委屈,正要探问原委,耳边响起了赵恒的呵斥声:"你不是我的月妹,你是武氏第二!"刘娥恍然大悟,赵恒是被她的一身衮冕激怒了。

病榻上突然传出"呲呲"的声音,守在床前的赵祯惊恐地看过去,是大娘娘在用力撕扯着身上的改衮衣。

"大娘娘醒过来啦!"郭后惊喜地叫道。

"大娘娘!大娘娘!"是赤哥儿的呼唤声。

刘娥听到了,她想对赤哥儿说,把她的衮冕换掉,却一个字也吐不出来了。

午时,听到太医说大娘娘熬不过今天的话,赵祯虽不愿接受这个现实,却也不能不面对。按照京城的习俗,老人要在咽气前穿上送老衣,方证明儿女有孝心、老人有福气。刘娥是皇太后,不能穿寿衣铺里的寿衣,只能穿皇太后的法服。赵祯怕委屈了大娘娘,他想让大娘娘着衮冕风光地离开这世界。历史上,着衮冕的女人,除了唐之武后,就是大娘娘了,大娘娘配得上这身衮冕!他把宰相吕夷简召进宝慈殿,向他说出了自己的决定。吕夷简没有反对，但他的想法与皇上不同，就像天书随葬一样，也让改衮冕和仪天冠以这种方式从世间消失吧！

此刻，望着撕扯衮冕的大娘娘，赵祯不知所措。

两颗豆大的泪珠，从刘娥塌陷的眼窝滚落下来。这是她的哀泣，向她深爱的天哥，也向她疼爱的赤哥儿哀泣。她在祈求他们的宽恕。她想告诉这两个她最爱的男人，她这一生，都在压抑着自己的欲望，在生命的最后时刻，通过身着衮冕的放纵得以释放。她想证明自己，她要体验一次放纵的滋味。可是，放纵的代价如此巨大，她只能以死来解脱。她不怕死，甚至，向往着死。因为，九泉之下有一个来生再相厮守的人在等待着她，这是多么幸福的事啊！她也可以死了，因为抚养成人、训导成君的赤哥儿顶天立地了，大宋将在他手上走向辉煌！到那时，他们会想起她，这个呕心沥血为大宋培养出一代圣君的母亲！此刻，她只想做母亲。终归是女人，做母亲，才是她最真实的愿望。可是，她担心，母亲的身份，会随着她生命的终结而终结，甚至，将她曝尸荒野，不允许她和她日夜思念的人再相厮守。她在哀求，哀求赤哥儿，哀求天哥，她说不出话来，只能用手撕扯身上的衣服，可是，她的最后一丝气力终于耗尽了……

"太后娘娘上仙了！"太医沮丧地奏报道。

"大娘娘——"赵祯大声哭喊着，扑到病榻上，却见大娘娘眼睛还睁着，赵祯惊恐地伸出双手，一边颤抖着为大娘娘合上眼睛，一边哭着道，"大娘娘，大娘娘，放心吧，放心去吧！儿不会辜负大娘娘！"

丧仪在哭声中启动，皇太后的遗体随即被转移到了皇仪殿。

赵祯嗓子快要哭哑了，却还是难抑悲痛。内侍催促他，群臣在东楹候驾多时了。赵祯一脸戚容地来到皇仪殿东楹，尚未落座，下意识向右侧看了一眼，右侧已然没有大娘娘的身影，一阵悲伤顿时涌上心头，他又痛哭起来，边哭边道："众卿，太后娘娘临终前，数度撕扯身上衣装，可有什么心愿未了？"他只怕大娘娘委屈而逝，想快些做出弥补，也好打开自己的这个心结。

群臣默然。

晏殊灵机一动，奏道："陛下，臣以为，太后必是不愿身着天子衮冕与先帝相见。"

"是啊是啊!"众人附和道。

赵祯恍然大悟,转身进了内殿,吩咐内侍将皇太后袆衣、花钗冠取来,和郭后一起,边口中念念有词,边垂泪为大娘娘换上。因哀伤过度,赵祯已无气力再与群臣议事,内侍只能去向吕夷简、张士逊通报,群臣无奈地卷班而去。

熬过了一夜,迎来了黎明。这是失去母亲后的第一个黎明。赵祯又来到皇仪殿里,在大娘娘灵前痛哭。郭后见状,只得请小娘娘杨淑妃前来劝慰。

"官家——"杨淑妃哽咽着唤了一声,再也说不出话来,扭脸拭泪。

"小娘娘,儿没有大娘娘了,再也听不到大娘娘的训教了!"赵祯哭着说。

"官家,你长大了,你大娘娘放心了,所以撒手不管了。"杨淑妃安慰道。

赵祯蓦然想起大娘娘嘱咐他要小娘娘参决大政的话,拭泪道:"可是,儿总觉得,大娘娘并不放心。"

杨淑妃长叹一声:"唉——大娘娘有心结啊!"

"大娘娘有何心结?"赵祯忙问,似乎怕委屈了大娘娘,问清楚了好上紧弥补。

杨淑妃欲言又止。赵祯以期盼的目光望着杨淑妃,杨淑妃抓住他的手,嘱咐道:"官家,不管别人说什么,你都不要相信。你要相信,大娘娘的后半生,都是为你活着的。"

"儿明白!儿明白!"赵祯连连说,话未说完,又痛哭起来。他以为,小娘娘是担心因大娘娘至死不还政,一旦有大臣挑拨,他会对大娘娘生出怨恨。

"太后——三嫂啊!"随着一声夸张的哭喊声,荆王赵元俨大步进殿。杨淑妃回避而去。赵元俨行了礼,翻着眼皮觑了赵祯一眼,见他凄凄哀哀,不能自已,便撇了撇嘴,一抖袍服,道:"官家,我有话要说。"说着,拉住赵祯的袍袖就往外走,一直走到偏殿才驻足,盯着赵祯问,"官家,听说你悲伤过度,群臣已三次上表恳请官家听政,官家一概不许?"

"叔王……"赵祯哽咽着，想解释。

"官家！"赵元俨一顿足道，"官家可知，大行皇太后，她、她并非官家生母，她、她是从、从李宸妃手里夺去的！"

赵祯大惊："叔王，你说什么？"他不敢相信，却也突然觉得李宸妃超常的葬仪、小娘娘说到大娘娘有心结后的欲言又止，从荆王的这句话里，找到了谜底。

赵元俨继续说："官家身世，尽人皆知，只是畏惧大行皇太后的权势，无人敢言！可怜只有官家一人，受骗二十多年！"

"叔王，这是真的？"赵祯浑身战栗，以颤抖的声音问。

"何止于此啊！"赵元俨又道，"为了消除后患，去年，乘宸妃娘娘偶染病恙，差东染院使张怀德、押医官杨可久，以医治为名，生生将宸妃娘娘毒死了！"

"啊?!"赵祯大叫一声，向前栽去。赵元俨一把将他抱住，顺势扶到御座上。

第十八章
开棺验尸明真相　顾全大局显忠诚

1

　　自从五年前到永安祭陵遇到李顺容，赵祯的心里就生出疑惑：为何自己的面庞那么像李顺容？这个李顺容，只不过是先帝的一个品级最低的嫔御，因何在先帝驾崩这么多年来，还不断得到晋升，甚至晋升到了帝妃一级？李宸妃薨逝后，宫府的气氛突然显得诡异，似乎有什么事情故意瞒着他，而李宸妃超乎寻常的丧仪，更加深了赵祯的疑虑。大娘娘的解释，让他一时释怀了，但事后将曾经的事情串联起来一想，那些解释到底还是有些苍白。他脑海里曾经有过李宸妃会不会是生母的闪念，但很快又自我否定了。一想到自己居然怀疑大娘娘是不是自己的亲生母亲，赵祯就有强烈的负罪感。他见证了父母深沉的夫妻之爱，也体验了大娘娘真挚的母爱，二十多年来，一直对大娘娘充满感激、敬畏。皇帝与母后，像他们母子这般感情深厚、关系融洽的，历朝历代的宫廷中，又有几多？所以，赵祯郑重告诫自己，胡思乱想，形同忤逆不孝！

　　在承受失去母亲的巨大的创痛中，突然听到八叔的那番话，犹如晴天霹雳，将赵祯瞬间击倒。但他毕竟年轻，很快就缓过气来，脸憋得通红，浑身颤抖着，发出声嘶力竭的喊叫声：“传朕的口谕，派兵把刘氏宅围了，不许一人逃脱！”

　　下达了口谕，赵祯心如刀绞，跌跌撞撞赶往宝庆殿，他要向小娘娘求证。

　　杨淑妃一见赤哥儿失魂落魄的样子，就知道真相已被揭穿，慌乱了一阵，慢慢镇静下来，将当年赵恒五个儿子都夭折，刘娥如何为皇上无子而焦虑，如何求子遇到李宸妃，李宸妃如何心甘情愿为刘娥借腹生子，刘娥如何优待李宸妃，如何千方百计寻找宸妃胞弟李用和等等，都和盘托出，最后道："倘若大娘娘真的狠毒，最好的办法是杀人灭口，可她不仅没有杀宸妃，还一力提携她，不然，也不会有外人晓得官家的身世了。"

赵祯知道小娘娘和大娘娘关系亲密，对她的话半信半疑，但也觉得围宅之举到底是冲动了，回到福宁殿，又传谕："围宅人马，不许抓人！"

此时，殿前马军都虞候杨崇勋亲自率兵，将已故殿前马军都虞候刘美的住宅团团围住；又差一百人马，将太后侄女刘瑾儿和马季良的住宅，同样围了个严实。正要进宅抓人，副都知杨怀敏前来宣谕，杨崇勋只得命众校尉从宅院撤出，在院外凛凛而立。

京城百姓奔走相告，震惊之余，纷纷向刘宅这边围拢过来，争看一场清算皇太后娘家的大戏。

"相公！出大事啦！"权知开封府程琳飞马来到政事堂，顾不得礼貌，尚未进门就大声喊道。

吕夷简刚闻听有兵马出动，正纳闷间，忽见程琳神色慌乱地进来，忙问："京兆因何惊慌？"

程琳气喘吁吁，将刘宅被围一事说了一遍。

吕夷简预料会有这么一天，但他没有料到这一天来得如此之快，皇上的反应这么激烈。好在他早有应对准备，到了他一展身手的时候了。他把手向上一挥，对程琳道："京兆请回！"又吩咐堂吏，"投帖请对！"

赵祯坐在福宁殿里，神情恍惚，目光呆滞，忽而痛哭，忽而冷笑，正不知下一步该如何办，吕夷简请对的帖子到了。他当即传旨，召吕夷简进殿奏对。

吕夷简施礼毕，问道："臣闻陛下派兵围太后娘家，耸动京城观听，不知何故？"

"吕卿！"赵祯唤了一声，又落下泪来，"朕生母乃宸妃；宸妃去岁为大行皇太后毒死，你可曾听说过？"

吕夷简道："陛下为宸妃所诞，臣隐隐约约有所耳闻；但若说大行皇太后毒死宸妃，臣以为绝无此事。"

"何以见得?"赵祯问。

吕夷简遂将去年为宸妃争丧仪一事说了一遍，最后道："宸妃的灵柩并未下葬，悬棺城西北的奉先寺。为让陛下放心，臣请陛下传谕，开棺验尸!"

"朕亲自去!"赵祯急不可待地说。

"陛下九五之尊，万万去不得!"吕夷简阻止道，"但有一个人最合适，宸妃的胞弟李用和。"

赵祯思忖片刻，提笔写了一道手诏，吩咐内侍："速送李用和!"

李用和已经听到了刘宅被围的消息，街谈巷议里，说当今皇上是他的亲外甥! 他不敢相信，正不知该如何求证，忽有几十个宫中金吾驰马而来，恭恭敬敬行礼，请他入宫见驾。

"这……这难道是真的?"李用和被突如其来的消息惊得手足无措，在屋内打转，嘴里不住地念叨着。

金吾校尉不敢耽搁，上前搀扶着，把李用和搀到院中，扶到一匹高头大马上，左右护卫着，疾驰入宫。

"舅舅!"赵祯见李用和进了殿，不待他施礼，就唤了一声。

李用和站立不稳，索性"嗵"的一声跪地，连连叩首。

赵祯起身上前扶起，吩咐内侍赐座。

退至一旁的吕夷简向李用和施了一礼，道："有劳国舅爷，代官家奉先寺一行。"

在去请李用和的这段时间里，吕夷简已把人员、车马预备停当，并且把他去年的一个大胆举动，奏报给了皇上。

去年，吕夷简在为宸妃争取到超级葬仪后，又密嘱罗崇勋，为宸妃穿上皇太后法服，以水银置棺中，以大漆涂殡，悬棺于奉先寺的一口深井内。这是瞒着皇太后偷偷做的。

李用和一行来到奉先寺，几十名人役拉住粗大的绳索，将棺木吊出，在李用和的见证下，棺木徐徐开启，棺盖移开，只见李宸妃的遗体以水银浸泡，容貌如生，服饰严具，一切都是皇太后的规制，更找不到中毒的蛛丝马迹。众人哭祭一番，急匆匆回宫奏报。

赵祯闻报，感叹道："人言岂能信?!"说罢，下令立即遣散包围刘宅的兵士，并差副都知杨怀敏、内押班江德明，前去向刘氏一族问安。吩咐毕，赵祯起身到了皇仪殿，在刘娥灵前焚香，哭道："自今大娘娘平生分明矣!"

走出皇仪殿，赵祯脑海里冒出一个疑问：八叔何以说生母是大娘娘毒死的？他与大娘娘有何冤仇？此事，关涉皇家内幕，不便向外人探问，赵祯便转往宝庆殿，再去向小娘娘探问。

"当年你爹爹病危前，八叔留宫不出，你爹爹口不能言，伸出八根指头，大臣以为事态紧急，聚配殿商议对策，差一点闹出大事，大娘娘出面解释，息事宁人了；去年大内火灾烧得蹊跷，大娘娘本想追究，念及你爹爹重手足，不了了之。大娘娘委曲求全，怎知八叔却以怨报德!"杨淑妃愤愤不平地说。

赵祯出了一身冷汗，急召吕夷简、程琳到福宁殿偏殿奏对。

程琳将审勘此案的内幕如实奏报，跪地哀求道："臣等当时的想法，皆是为逼迫太后还政，更为防止武后故事重演，方有此枉法之举，敢请陛下宽恕!"

赵祯大怒："彻查此案，不能让恶人逍遥法外，继续为恶!"

吕夷简不紧不慢地说："陛下，开棺验尸，真相大白，所谓恶人，根本没有料到宸妃并未下葬，伎俩已被揭穿，名誉扫地，再也翻不起大浪了，还是息事宁人为好。"

赵祯质问道："吕卿，你还要袒护谋逆者？是不是你牵涉其中?"

吕夷简缓缓道："陛下息怒! 陛下试想，大行皇太后对荆王心机洞若观火，以她的威势，要铲除他，易如反掌；大行皇太后何以一忍再忍、一让再让？固然，大行皇太后宅心仁厚，但也因荆王乃先帝胞弟，太宗皇帝仅存一子，优待荆王，就是稳定皇室，安定皇宋社稷，也为天下示范，任何情况下，不可亲族倾轧、骨肉相残! 这是我皇宋的品格。如今陛下初政，就拿皇叔开刀，天下士庶有何观感？请陛下三思。"

赵祯沉吟片刻，道："吕卿说的也有道理。可是，即使纵火一事不再追究，诬陷大行皇太后之事，不能不了了之，朕咽不下这口气!"

吕夷简一笑道："常言道，冤家宜解不宜结，臣知荆王有子，皇太后长侄刘从德有女，陛下不妨赐婚，这事也就过去了。"

赵祯叹了口气，算是勉强接受了吕夷简的提议。

吕夷简又道："陛下，臣等已五次上表，恳请陛下听政。目下因围宅、开棺事，朝野讹言腾天，人心惶惶，臣敢请陛下节哀顺变，即出视朝，以安人心。"

赵祯道："朕念大行皇太后在世日，不御外殿；在为大行皇太后守孝期，朕也不御外殿，只在崇政殿听政。"

吕夷简赞道："陛下纯孝，大行皇太后在天之灵可安矣！"

突如其来的即将上演的对刘氏一族的清算、激愤之下追究荆王谋逆大罪，这接连发生的两件大事，就这样被一一化解了，君臣心里都敞亮了许多。二十四岁的皇帝正式亲政，标志着大宋的政治格局结束了几十年的偏离，终于回到了正轨，多年来充斥殿庭的压抑气氛，一扫而光。

可是，宰执们却心事重重。

"吕公，真会这么平稳过渡吗？我隐隐有些不安。"晏殊悄悄对吕夷简道。

吕夷简一笑道："皇上年轻，脱离了皇太后的管束，只怕后宫的事……"

"只是后宫吗？"晏殊一皱眉头，忧虑地说。

2

太后去世，最高兴的莫过于右相张士逊了。从宣布太后死讯当天起，他每晚必在家中饮酒。可仅仅过了三天，喜酒就变成了闷酒。他原以为，太后去世之日，就是他取代吕夷简之时。自天圣五年太后率帝后幸慈孝寺上香时拦道起，张士逊就明里暗里和太后作对，等待的就是太后去世、皇上身世真相大白、对太后实施清算的这一天。这时，他就能以抵制太后的最大功臣身份，取代吕夷简，拨乱反正。事态的演进却超出了他的预料。皇上得知身世后，并未对太后实施清算，反而下旨，大行皇太后听政十余年，非普通皇太后可比，葬地应称山陵；而他的生母宸妃虽也尊为太后，却只建园陵。

年逾古稀的张士逊不甘心，他要抓住人生中这最后的机会。

这天，乘吕夷简休沐之时，张士逊递帖请对，语重心长地对皇上道："陛下，大行皇太后至死不还政，给朝野的印象，好像陛下不能独立治天下。倘若不与大行皇太后划清界限，尽早走出她的阴影，陛下何以立圣威？如何一新气象？"

赵祯悚然，问道："卿以为当何如？"

张士逊道："一朝天子一朝臣。中枢必须立即大换血。凡是反对过太后的，都应重新起用；凡是太后用的人，都应贬谪出去。如此，方可一新天下人耳目。"

赵祯觉得有理，连颁制书诏敕：首相吕夷简知澶州，参知政事晏殊知亳州，参知政事王曙知河南府，枢密使张耆判陈州，枢密副使范雍知延州，入内省都知罗崇勋为太子右监门、永州安置；任张士逊为首相，起用知河南府李迪为右相，殿前马军都虞候杨崇勋为枢密使，知应天府宋绶为参知政事。与此同时，先后吁请太后还政而被贬的右司谏刘随、御史孔道辅、殿中丞滕宗谅、秘阁校理范仲淹等，破格升职，急调回朝。

人事布局已定，张士逊决定出手，对大行皇太后展开攻击。越是把大行皇太后攻击得声名狼藉，越证明他当年抵制她的行为是正确的、有功于国家的。他选择以大行皇太后遗诰作为突破口，时机则选择在被贬的台谏官回朝以后。

刘娥去世已经一个月了，她的遗诰尚未颁下。张士逊提议，在朝会上宣读，听取群臣的意见。

这天的崇政殿朝会一开始，宣赞舍人就奉旨宣读大行皇太后遗诰：

> ……皇太妃与吾同事先朝，备彰懿范。自今朝之临御，亦共赞于内谋。爰属慈辰，允当崇奉。宜尊为皇太后。往者皇帝践祚，方在冲年。吾禀先帝遗言，使权助军国大事。今皇帝君临一纪，盛德日新，此后听断，一依祖宗旧规。如有军国大事，皇帝与皇太后内中裁量。

"陛下二十四岁了，皇太后薨逝，却还要一个沉寂多年的前朝太妃晋皇太后，继续参决大政，这岂不是对陛下的不信任？既不合法，也不合理！"新任右相李迪率先表态道。

张士逊接言道："臣以为，大行皇太后遗诰，有陛下不能亲政之疑，对陛下圣威有损。是故，遗诰当修改，删除'如有军国大事，皇帝与皇太后内中裁量'一句。"

御史中丞蔡齐附和道："陛下年富力强，熟知天下情伪，现在刚刚开始亲政，岂宜再次使女后干预朝政？"

赵祯面露难色："遗诰可改乎？"

"可改，当改！"破格升任右司谏、刚回朝的范仲淹出列道，"太后者，母号也，自古无代立者。今一太后崩，又立一太后，天下人一定会怀疑，陛下不可一日无母后之助也！所以，臣以为，大行皇太后的遗诰，当改！"

赵祯左右为难。群臣的建言，都是维护他的；可采纳他们的建言又觉得对不起大娘娘。大娘娘在时，裁决过多少难题，何其不易！这样一想，越发为失去大娘娘而痛苦，眼眶瞬间湿润了。但他不能表现出自己的软弱，挺直身子道："此事，朕自有处分，不必再议！"

话虽这么说，实际上赵祯心里并没有底。他之所以终止了朝议，是想先取得小娘娘的谅解。杨淑妃听罢一笑道："官家，你大娘娘之所以留下这个遗诰，是怕你的身世被揭穿，希望我能保护她身后的安全。时下身世已然大白于天下，这个遗诰，也就没有什么意义了。"

明白了这一点，赵祯拿定了主意，以手诏送政事堂：大行皇太后遗诰最后一句话删除；皇太妃杨氏尊太后，但不册立、不授宝，以其所居宝庆殿，尊为宝庆太后。

看到这个手诏，张士逊、李迪相视一笑。几十年来，他们不遗余力地抵制这个女人，希望把她排斥在政治之外，可每次，都以她的胜利而告终；如今她刚去世，遗诰竟然被删改后才能面世。这表明，最终失败的，还是女人！

突破口打开了，张士逊决定乘胜追击。他授意侍御史石延年，清除太后亲属。石延年上章，对西京留守钱惟演和龙图阁待制马季良提出弹劾。张士逊命知制诰张师德拟旨，钱惟演贬知随州、马季良贬知庆州。

赵祯阅罢，提笔将马季良知庆州，改为迁尚书工部员外郎。

已升任礼宾使，赐第惠宁坊的李用和，与马季良一向交好，不时到他家中拜访。大臣攻击大行皇太后的举动让他颇是不安。姐姐临终前一再嘱咐他，他们姐弟的一切都是刘娘娘给的，一生一世都要想着报答刘娘娘的恩德。如今眼看刘家遭难，他不忍袖手旁观，便悄悄拜访卧病尚未离京的晏殊，请他代写了一道密启上呈：

> 大行皇太后临朝，虽政出官闱，而号令严明，恩威加天下，左右近习亦少所假借，官掖间未尝妄有改作，赐与有节；况大行皇太后保育圣躬，尽心竭力，陛下当念大行皇太后之德。

赵祯阅罢，命宣赞舍人在朝会上宣读。

张士逊正打算从大行皇太后夺人子、拆散亲生母子入手，升级对刘娥的清算，听了李用和的奏疏，只得放弃了。但一个女人临朝称制却变乱祖制的事，不能不清算。他义愤填膺道："陛下，大行皇太后固然有保育圣躬之功，但因女主身份，所颁法令多有与祖宗家法和圣贤之道不合者。比如《户绝条贯》规定，出嫁女也有继承父母遗产之权；再如，此前律令，人犯发配，其妻当随夫前往配所，可《天圣令》却改为，其妻不愿随夫者，听其便。此等违背名教的恶法，为数不少。臣以为，当将垂帘以来所颁的《天圣编敕》《天圣新修令》《田亩敕》一体废除！"

赵祯蹙眉道："法令，乃治世之经，如可轻改，则众听滋惑，何以训迪天下？大行皇太后听政以来所定法令，既已颁宣，自今有司毋得辄请删改。有未便者，中书、枢密院具奏听裁！"

张士逊摇摇头，又道："臣以为，大行皇太后听政以来的许多举措，也多有乖张处，当改！比如——"他重重咽了口唾沫，接着道，"比如，自古以来，历朝历代都鼓励番邦朝贡，我皇宋乃泱泱大国，惜乎大行皇太后起自寒微，女主当国，斤斤计较，以薄来厚往为吃亏，力言莫如把厚赏外邦的钱财用于惠民生，竟不再以朝贡维系万邦，而改为以贸易敦邦交。我皇宋臣民，宁可省吃俭用，也愿厚赐番邦，维系万邦来朝的局面！故臣请恢复朝贡体制。"

赵祯不悦道:"张卿,要做的事很多,何必翻旧账?"

太常寺卿庞籍道:"陛下,旧账该销掉的就要销掉。臣已将《内东门仪制》五卷之版烧了!"

"大胆!"赵祯呵斥道。

庞籍毫无惧色道:"大行皇太后的这套制度,不足为后世法!故臣擅自做主,烧了!"

"烧得好!"张士逊赞赏道,"不惟如此,女主临朝,不免任用内官。已故枢密使曹利用,就是因为抑制内官不遗余力,被内官所陷,虽已复其旧官,尚未大加褒扬,臣请朝廷旌表!"

赵祯脸色阴沉,轻叹一声,沉吟不语。

殿廷里,突然传出一个洪亮的声音:"先帝驾崩之时,陛下尚在冲龄,是以先帝将幼主、皇宋天下,托付于大行皇太后;大行皇太后听政以来,内外肃然,纲纪得以树立,朝政并无大缺失,奸邪之人不敢肆意妄为;况大行皇太后有护佑圣躬之大德,臣以为,即使大行皇太后偶有小过,朝廷亦应为其掩,以成其美德,岂可故意挑剔,大肆诋毁?更不宜沉湎于反攻倒算,置百姓生死于不顾!"

"谁在说话?"赵祯吃惊地问。

"右司谏范仲淹!"范仲淹答。他因上《乞太后还政疏》不被采纳而自请外放,在河中府和陈州五个年头,远离朝廷以后,方知百姓并不在乎当政的是男人还是女人,只在乎世道是不是公道,日子是不是好过,这让他深受触动。如今皇上亲政,国家政治回归常态,他迫切希望继往开来,不再纠缠过去,以免造成不必要的纷争,干扰推行新政。可是,现实却是,张士逊带头,沉浸在反攻倒算中难以自拔,以至于京东、淮南各路旱灾严重,他几次吁请赈灾,张士逊都无动于衷,到直房谒见,也被他拒之门外。所有这一切,都让范仲淹意识到,这种局面不能再持续下去了。经过反复思考,他才挺身而出,吁请制止反攻倒算。

朝班里响起惊诧的"嗡嗡"声。百官不敢相信,这番话出自因吁请皇太后还政而被外放五年的范仲淹之口。

赵祯远远地看着范仲淹,目光中流露出惊诧和欣赏之情。他早就对张士逊掀起的反攻倒算不满了,尤其是,西夏局势令人担忧,各地的灾情奏报纷至沓来，大臣们漠然视之，他希望有人站出来，替他分忧，遏制反攻倒算的势头，只是没有想到站出来的人竟然是在皇太后时代受到压制的范仲淹。这让他颇是感慨，大声道："众卿！何谓忠诚？此乃真忠诚！"

朝堂里陷入寂静。

散朝了，尚未走出崇政殿，左司谏滕宗谅一把拉住范仲淹，瞪大眼睛道："希文兄，你因何说这样的话？试想，把皇太后说得越是不堪，越证明我辈当年要求她还政的正确。你反倒替皇太后辩护起来了！"

范仲淹叫着他的字道："子京，儒者应超越个人恩怨，为大局着想！"

"范公，真儒者！"直集贤院韩琦走过来，抱拳赞叹道，"太后掌权时，范公呼吁她还政；太后死后，面临反攻倒算之际，范公毅然决然站出来，呼吁全太后之德，劝官家恪尽子道。若有私心，谁能做到?!"说着，连连抱拳拱手，表达钦佩之情。

张士逊鼻子里发出"哼"声，转过身来，换作一张笑脸，叫着范仲淹的字道："希文心系民生，令人感佩。你多次吁请赈灾，以老夫看，你这就启程，到淮南路赈灾！"

3

赵祯躺在睡榻上，睡意全无，睁开眼睛，又回味起范仲淹在朝会上义正词严的一席话。二十多年来大娘娘抚育、训导他的一幕一幕，在脑海里重现。大娘娘有吕后、武则天之威权，做的事，超过吕后、武则天，但她没有做过一件有负先帝、有负天下百姓的事。如果说大娘娘有什么过错的话，那就是在他成年后还迟迟不还政，违背了当初的承诺。但是，此时的赵祯已然知道了大娘娘的隐衷，她这么做，只是不想失去儿子，失去做母亲的身份。赵祯对自己竟然放纵大臣攻击大娘娘半年之久感到脸红。大娘娘虽然不是生母，但与吕后、武则天对她们各自的亲生儿子相比，不知要好多少倍。大娘娘不仅没有伤害他，反而竭尽全力护佑他，给予的母爱非常人可及，先帝驾崩后，大娘娘又以她的严明弥补了他父爱的缺失。想到这里，两行热泪，顺着他的脸颊滚落下来，他没有擦拭，翻身下床，摸索着点亮了御案上的蜡烛，提笔写了一道手诏，命中书颁发全国：

> 大行皇太后保佑冲人十有二年，恩勤至矣，而言者罔识大体，务诋讦一时之事，非所以慰朕孝思也。其垂帘日诏命中外，毋辄以言。

写好了手诏，赵祯意犹未尽，把中书为大行皇太后、本生皇太后上谥号的奏表拣出，提笔将刚批过的"可"字抹去，重新批道："本生皇太后受'章懿'谥号，无需再议；大行皇太后辅佐先帝多年，又临朝听政十二年，'章献'谥号，不足以彰显，重议。"

张士逊接到皇上的两道手诏，长叹一声，转给李迪，问："封驳，何如？"

李迪阅罢，摇摇头道："不好封驳。官家只要拿孝道说事，我辈就无言以对。"

可是，大行皇太后的谥号，不管用什么字，都难以满足皇上提出的要求。张士逊无奈，只得递帖请对，让皇上自己定。

"两字不行，就用四字。"赵祯决断说。

张士逊辩驳道："陛下，大宋皇太后谥号，无有四字者！"

赵祯道："像大行皇太后这般尽心朝政的皇太后，也只出了一位。以四字为谥号，方可与其他皇太后区别开来！"

张士逊无言再辩，只得召集群臣，议四字谥号。参知政事宋绶是神童出身，提议以"章献明肃"作为大行皇太后谥号，被众人所接受，皇上也没有提出异议。

圣旨颁发，京城内外议论纷纷。刘娥去世后，赵祯的身世之谜真相大白，朝野都以为，将不可避免地发生一场惊心动魄的大清算，至少也会让大行皇太后名誉扫地，却不料皇上不仅没有清算、贬抑她，还一如既往地尊敬她、抬高她：陵园改山陵，表示她的葬地享有帝王的规格；谥号用四字，表示她绝非通常皇太后可比；又明令禁止非议她的为政举措，可谓维护、尊崇，不遗余力。

"好人有好报，记住这句话！"

"是啊是啊！历数各代，临朝听政的女主，可有一个得了好下场的？不是自己就是娘家人，最终必遭殃；惟有人家章献明肃皇太后是例外！"

"哎呀，难怪真宗皇帝说蜀女多才慧，你看章献明肃皇太后，有吕武之才，无吕武之恶。她不像吕后那样心狠手辣，更不像武后那样赶尽杀绝。心地纯良，以柔克刚，化敌为友，凡事留有余地，给身后留了后路，给朝廷留下稳定。"

"常言道，两好搁一好。若今上不是仁君，恐皇太后身后必遭清算。"

"今上还不是章献明肃皇太后训导出来的？皇太后做人主成功，国家治理得富庶繁荣；做女人也成功，训导出了一位仁君，所以她才有好结局。"

"女人当政，终归不合常理，将来会有清算的时候！"

"也对，官家管得了当下，管不了将来。女人当家，天下男人之辱！将来章献明肃皇太后的名声，能不能保持下去，难说嘞！"

人们议论着，感慨着。

听到这些议论，张士逊心烦意乱。一旦不能清算章献明肃皇太后，他的价值就大打折扣。他既没有驾驭局势的能力，也没有调和鼎鼐的公心，致使朝政乱作一团，百官怨声载道，而他又全无应对之策，整日以宴饮打发时光。

这天，本是为大行皇太后上谥号的典礼，照例应由张士逊主持。可他一起床就到了枢密使杨崇勋的宅邸，二人叫上几名歌姬，在花园里摆开宴席，越喝越兴奋，待尽兴而罢，早已日薄西山了。张士逊这才想起上午主持典礼之事，顿时出了一身冷汗，跨马疾驰，到了政事堂，李迪一见，皱眉道："张公，百官列班候了半个时辰啊，无奈之下，鄙人只好代劳了。"

张士逊一脸肃穆地说："有重要军机与枢相密商，不能脱身。"

李迪一笑："呵呵，御史可不这么看。"

张士逊额头冒汗，慌慌张张进了直房，写了禀帖，解释因密议军机而误事，恳请皇上宽恕。

接到张士逊的禀帖，多名御史的弹章已摆在赵祯的案头。他早就对张士逊失望至极了，只是苦于没有借口；如今张士逊把把柄主动送上门来，岂可再误?! 当即吩咐内押班阎文应，召翰林学士孙奭到内东门偏小殿，起草了两道制书：

张士逊有失相体，罢为西京留守。

召吕夷简回朝，复中书门下平章事，昭文馆大学士，监修国史。

吕夷简刚回到京城，正赶上章献明肃皇太后的葬期。

发引之日，望着大娘娘的灵驾被抬出皇仪殿，赵祯悲痛难抑。回头对吕夷简道："朕欲亲行执绋，以申孝心！"不等吕夷简回应，疾步走上前去，将牵引灵驾的绳索搭到肩上，边走边哭，出了皇仪门。

按制，皇上只是目送灵驾出皇仪门即可；可皇上不惟亲行执绋，而且出皇仪门仍然没有止步。吕夷简命礼官上前请止，皇上仍执绋哭泣，吕夷简走过去，大声道："陛下是万乘之尊，已然执绋出皇仪门了，还要再行，圣威何存？"说着，一把将绳索夺过，赵祯这才不得不移开了。

载着灵驾的大安辇缓缓前行，每走一步，赵祯的心里就像是被撕扯一下，他忍不住又追了过去，吕夷简急忙拦住，赵祯无奈，命右相李迪代他到正阳门外再行祭奠礼。

灵驾远去，终于看不到了。赵祯擦干泪水，心中默念道："大娘娘，你追念爹爹不止，这回可以永远陪伴爹爹了。大娘娘放心吧，儿绝不辜负大娘娘的训导，定然把天下治理好！"